# 宿命と真実の炎

貫 井 徳 郎

幻冬舎文庫

# 宿命と真実の炎

――梅原さんに。

# 1

日中の過ごしやすさに比べて、夜の空気は冷たくなり始めていた。

大した防寒対策はしていないので、首元から冷たい風が入り込んでくる。手や腕はグローブや長袖の上着で守っているからいいが、首元から風が入ってくれば体は冷える。昔は多少の寒さなどものともせずに走ったものだが、今はあまり我慢が利かなくなった。少し早い気はするものの、マフラーを用意するかと杉本宏治《すぎもとこうじ》は考えた。ただ、どこを捜せば見つかるかわからないのが問題だったが。

妻と離婚してからこちら、家の中が荒れてしまった。衣替えなどもう何年もしたことがなく、夏物も冬物もごっちゃになっている。これでは駄目だと考え、せめて冬物だけでもまとめておこうと去年は決めたのだが、結局実行できなかった。最後にマフラーを使ったのがいつだったか、まるで思い出せない。だからどこに置いたかも、当然記憶になかった。

長い喧嘩《けんか》と冷え込んだ期間の末に離婚に至ったときは、正直ホッとしたものだった。ひとり暮らしに戻り、テレビを点《つ》けっぱなしにしても、長風呂をしても、誰にも嫌みを言われない生活には解放感を覚えた。思えば、あの解放感が曲者《くせもの》だったのだ。妻は神経質なまでの綺《き》麗《れい》好きだった。使った物をちょっとその辺に置いておくなどということすら、許そうとしなかった。だからその反動で、妻に対する憂さ晴らしのつもりで片づけを怠った。綺麗な状態を保つには不断の努力が必要だが、一度箍《たが》を外すと乱雑になるのはあっという間だった。埃《ほこり》ひとつ落ちていなかったあの家と、今の自宅が同じ物だとは、住んでいる杉本自身も信じられない。羽目を外すことを覚えるとところとん落ちていくのは、人間の性《さが》だと思えた。家の片づけは仕方がないから、せめて職務上は自堕落にならないように己を戒めなければならないと思う。

杉本宏治は警察官だった。交通課勤務の、いわゆる白バイ警官だ。子供の頃から白バイに憧れていて、夢を叶《かな》えて警官になったわけである。警察官の多くは出世を目指して、ある者は手柄を立てることに腐心し、ある者は昇進試験に精を出す。だが白バイ警官は、杉本が見るところあまり出世を望まない。もともとバイクに乗るのが好きで、白バイ勤務を希望するからだろう。念願叶って白バイ警官になれば、これ以上の出世を望まずずっと白バイに乗っていたいと思う。下手に昇進すれば、バイクを降りて内勤になってしまうかもしれないからだ。だから白バイ警官の中には、勤続二十年や三十年といったベテランがざらにいる。杉本も白バイに乗るようになって今年で十九年目なので、ベテランの域に達しようとしていた。

離婚した妻も、元警察官だった。ミニパト勤務で、かつて同じ署で働いていた。もともと警察官は出会いが少なく、仕事に理解がある人でなければ配偶者にふさわしくないので、どうしても職場結婚が多くなる。逆に言えば、元警察官であるからには杉本の仕事内容も熟知しているはずだった。

それなのに妻は、警察を辞めて十年も経《た》つと、かつての仕事を綺麗に忘れ去ったかのようだった。予定より帰りが遅いと言っては苛立《いらだ》ち、休みが取れないと言っては嫌みを口にした。結婚前から底抜けに明るいとはとても言いかねる性格だったが、家庭に入ってからますます陰に籠《こも》るようになった気がする。こんな女だと知っていたら結婚しなかったのに、と思ったときには後の祭りだった。すでに子供ができていて、簡単に離婚できる状況ではなかった。

思うにあれは、世間との接触を断ってしまったがためのストレスが原因なのだろう。杉本にはそう感じられたので、外に出て働くように勧めてみた。しかしミニパト勤務しかしたことがない妻は、普通のパート仕事をいやがった。スーパーマーケットのレジ打ちをしていて、かつて厳しく駐車違反を取り締まった人が来たりしたら怖いと言うのだ。そんな偶然はめったにないし、偶然を恐れるならあまり人と接触しない仕事に就けばいいと杉本は考えるが、ともかく働きに出るのはいやなのだと言い張る。理屈で論破できないだけに、妻を説き伏せることは不可能だった。

それならば習いごとでもしたらどうかと提案しても、興味がないと言う。なんと面白みのない女かと、杉本は内心で慨嘆した。女性警官としてはかわいかった顔立ちと、それから同じ警察官という利点だけに釣られて結婚したが、一緒に暮らしていくためにはもっと大事な要素が他にあったと悟った。妻の性格を変えることは無理だと諦《あきら》めると、ろくに笑いもしない陰気さが耐えがたくなった。

離婚を決意してから、実際に別れるまでに三年かかった。討議しているうちにわかってきたのだが、妻の発想の中に離婚という選択は存在していなかったのだ。いい関係を続ける努力を怠れば離婚もあり得るのだと理解させるのに、三年の月日を要したのである。

かわいい盛りの娘と別れるのは辛《つら》かった。しかし、妻への嫌悪が勝っていたので、それはやむを得なかった。別れるとなれば、杉本がひとりで娘を育てるのは無理である。妻が娘を引き取ることに、文句は言えなかった。

それでも、定期的に娘と会う約束はした。白バイ警官は私服刑事などに比べて、休みが突然潰《つぶ》れることは少ない。だから離婚後も、娘とは継続して会えていた。明日も非番で、娘と会う日だった。

娘は来年小学校六年生になる年だから、かつてのように「パパ、パパ」と懐いてきたりはしない。ひと月に一度ペースでしか会っていないと、娘の成長が特に早く感じられて寂しい。今だが大きくなってくれれば対等に話ができるようになり、また別種の楽しさも生じていた。

は、会ってもどこかに遊びに連れていくというわけではなく、語り合うことが主目的である。二年後には中学に入学することになるから、そのことへの不安も感じているようだ。おそらく明日は、進学についての話をすることになるだろう。

嬉《うれ》しいことに、娘は妻に似ず陰気な性格にはならなかった。子供の性格は環境が作るのではなく、生まれ持ったものなのだと、娘を見ているとつくづく思う。明朗かつ理知的で、妻を相手にしたときのような話が通じない感覚はない。小学生にしてはいささか割り切りすぎているところが気になるが、それは両親の離婚が原因なのかと思うと杉本も責任を感じる。とはいえ、感情的でないのはいいことだ。加えて、顔は妻の若い頃を思い起こさせる愛らしさがある。両親のいいところだけを受け継いでくれて、杉本の自慢の娘だった。

そんな娘と明日は会えるかと思うと、昂揚《こうよう》のあまりついスロットルを開きたくなってしまう。今は連雀《れんじゃく》通りを、小金井《こがねい》市役所方面に走っているところだった。夜十一時を回っているので交通量は少なく、スピードを出そうと思えば出せてしまう。しかし白バイ警官がスピード違反で捕まるわけにはいかないので、かろうじて自制心を働かせて法定速度を少し超える程度にとどめている。そもそも、早く家に帰ったところでその分早く娘に会えるというわけではないのだ。感情に任せて走るような真似《まね》は、厳に慎むべきだった。

白バイ警官だからといって、出勤もバイクでと義務づけられているわけではない。だが杉本は、自分のバイクで署まで行っていた。真冬の寒い日も、雨の日も、バイクに乗ることをためらわない。心底バイクに乗るのが好きなのだという自覚がある。風を切り、自分自身も風となって走る快感は、何物にも代えがたかった。

交通量が少ない分、所々に路上駐車をしている車があった。連雀通りは片側一車線なので、駐車違反の車は邪魔だった。取り締まりをもっと厳しくすべきだと杉本は考えるが、今は駐車監視員が違反を取り締まる時世である。ミニパトに乗っている女性警官を焚《た》きつけていた頃とは、勝手が違った。機会があったら言おうと留意する程度で、それ以上関われないのが残念だった。

時速五十キロほどで、路上駐車している黒いワゴンの横を通り抜けようとしたときだった。突然、前方から強い衝撃を受けて息が止まった。なぜか、不意に時間の流れが遅くなったように感じられた。自分も含めた世界がゆっくり動く感覚の中で、杉本はバランスを失い右側に倒れ始めていた。両手がバイクから離れる。右足を路面につけて踏ん張った方がいいと考えても、思考はうまく体に伝わらなかった。なすすべもなく体は右側に倒れていき、しかも視野には恐ろしい光景が映っていた。反対車線を走ってきたセダンが、杉本に迫ってこようとしていたのだ。

停《と》まれよ、おい、停まれ。叫んだつもりだったが、この意思もまた喉《のど》に届くことはなかった。セダンがゆっくりと、杉本の鼻先に向かってくる。体が右側に倒れる速度と、セダンが迫るタイミングが絶妙に合致してしまっていた。自分の身に起きたことが信じられず、明日は娘に会うはずだったのにと無念さが頭をよぎった。

次の瞬間、杉本の頭部は対向車線のセダンにまともにぶつかり、弾《はじ》き飛ばされた。意識も同時に吹き飛び、二度と杉本の体に戻ることはなかった。

## 2

一瞬のことだったが、バイクの運転手が反対車線を走ってきた車に撥《は》ねられたのは見た。耳をつんざく急ブレーキの音が夜の巷《ちまた》に響いたのも、しっかり聞いた。だが見届けるのはそこまでで、渕上誠也《ふちがみせいや》はその場を離れなければならなかった。ワゴンのエンジンがかかり、動き出す。誠也は首を捻《ひね》って、事故現場を目で追い続けた。

バイクの運転手の首は、ほとんど百八十度近く背中側に折れ曲がっていた。走行中の車に顔面からまともにぶつかり、生きている者などいないだろう。死亡を確認しなくても、計画は成功したと考えて間違いなかった。

「うまくいったね」

　ハンドルを握るレイが、前方を見たまま話しかけてきた。言われてようやく、短く切った物干し竿《ざお》をまだ握っていることに気づいた。指を開いて離そうとしたら、手が強張《こわば》っていた。情けない、と己を叱咤《しった》する。かつて連勝記録を止められた力士は、「我、未《いま》だ木鶏《もっけい》たり得ず」と言ったそうだ。自分も同じだ。木製の鶏《にわとり》のように、何があっても動じないようにならなければいけない。人ひとり殺したくらいで、手を強張らせている場合ではない。

「あいつ、死んだかな」

　自分の動揺から目を逸《そ》らすために、口に出してみた。間違いなく死んでいることは、問わなくても確信していた。

「死んだよ。絶対に死んでる。あれで生きてたら、不死身の化け物だよ」

　レイは楽しそうに言う。その口調だけでは、人ひとりの命を奪ったという罪悪感は感じられない。だがおそらく、レイも緊張が高じて普通ではなくなっているのだ。誠也は手を強張らせ、レイは感覚が麻痺《まひ》している。いつになったら人の命を奪うことに慣れるのか、と思った。

「誰にも見られなかったかな」

　喋《しゃべ》らずにはいられなかった。計画には、運が必要だった。路上駐車しているこのワゴンの横を杉本が通りかかったとき、ちょうど対向車が来ていること。そしてその瞬間に、近くに第三者がいないこと。そのふたつの条件が揃《そろ》って初めて、計画を実行に移すことができたのだ。これまで二度、タイミングが合わずに見送った。バイクで走りすぎていく杉本の背中を、誠也は悔しさをこらえて睨《にら》んだ。今晩も好機が訪れるという確信はなかった。しかし、それはやってきた。誠也は運命に導かれるように、手にしていた物干し竿を窓から出して杉本のみぞおちを突いたのだった。

物干し竿は扱いやすいように短く切っただけでなく、ペンキで黒く塗っておいた。夜であることと、それからこのワゴンの車体の色に紛れることを計算してだ。仮に犯行の瞬間を遠目に目撃した人がいたとしても、ワゴンの中から棒が突き出されたとはっきり証言するのは難しいのではないか。唯一近くで見ている人がいるとしたら、それは杉本を撥ねた車の運転手だが、動転してこのワゴンのナンバーはおろか、車種すら憶《おぼ》えていないに違いない。他に目撃者がいなければ、責任逃れのいい加減な主張と見做《みな》されるはずだった。

「見られてないよ。それにもし見られてたって、いつまでも事故に見せかけることなんて無理なんだから同じだし」

きっぱりとレイは言い切った。まったくそのとおりだ。誠也だってわかっている。わかっていても、喋らずにはいられないのだ。レイは違うのだろうか。実際に杉本をこの手で突いた感触が、誠也を饒舌《じょうぜつ》にさせているのか。レイは自分で手を下していないから、強くいられるのか。

この黒いワゴンは誠也のものだが、ナンバープレートは偽造品に換えてある。後部座席にいる誠也の顔は外から見えないし、運転席のレイはサージカルマスクをしていた。万が一、特に夜目の利く人がワゴンから突き出された物干し竿を見ていたとしても、誠也たちに辿《たど》り着くことはできない。いくら日本の警察が優秀であっても、不可能を可能にすることは無理なはずだった。

「そうだな。うまくいったんだな。おれたちはやったんだな」

己に言い聞かせるように言葉を重ねて、ようやく成功を嚙《か》み締めることができた。長い間、この日を待ち望んでいた。子供の頃から復讐《ふくしゅう》を考えていたわけではない。しかしこうして成功してみれば、この瞬間を自分がずっと待っていたことに気づいた。レイとともに遂げる復讐。この復讐計画を最後まで遂行することができたなら、もう他に何も望まないとすら思えた。

「そうだよ、誠也。私たちはやったんだよ。あの憎い奴《やつ》らのひとりを、自分たちで片づけたんだよ」

レイは力強く応じる。自分たちで、とレイは言った。手を下したのは誠也ひとりではない。誠也とレイが、ふたりで殺したのだ。もうレイとは離れられないと、改めて思う。離れられないし、離れたくない。子供の頃に引き離されたあの悲しみは、心に刻印として残っている。もう二度と会えないと思っていたのに、天が、運命がレイと再会させてくれた。だからもう、絶対に離れ離れにはならないと心に固く決めたのだった。

レイが母親に手を引かれて遠ざかっていく光景は、今も鮮明に憶えている。誠也はレイの名を呼び、行かないでくれと泣き叫んだ。レイもまた、振り返りながら誠也の名を繰り返した。レイの手を強引に引っ張っていく母親。なぜ自分も一緒に連れていってくれないのかと、誠也は問いたかった。誠也も一緒に行けたなら、レイと離れずに済むのに。しかしそれが不可能なことは、小学生にもなれば理解できた。

レイには母親がいるが、誠也には誰もいなかった。親戚に引き取られることになった絶望的な孤独が、心を冷やした。あの心細い状況でこそ、レイにそばにいて欲しかった。だがレイは去り、おそらくもう会うことはない。あのまったき絶望。レイと自分を引き裂いた何者かを、一生をかけて呪ってやると幼心に誓った。

長じて、恨むべき相手が警察であると知った。警察の腐った体質が、レイと誠也の運命を狂わせたのだ。だがそのことは、誠也の怒りを掻《か》き立てるのではなく、心の底が抜けるような脱力感を覚えさせた。警察は敵とするにはあまりに大きかった。公権力に楯突《たてつ》いて、勝てるわけがない。復讐など思いもよらず、せいぜい交番勤務の制服警官を睨みつけるのが関の山だった。そんな己の無力を、誠也は嘆くこともできなかった。ただ、警察を呪う気持ちだけは依然として残っていて、そんな負の感情に自家中毒を起こしそうではあった。

あのままでいたなら、誠也は単なる世を拗《す》ねた、斜に構えた平凡な男で終わっていただろう。しかし今は、運命を信じている。一度狂わされたはずの運命は、ふたたび誠也とレイを巡り合わせてくれた。再会し、こうして復讐まで成し遂げてみれば、これが運命であり、宿命だったと確言できる。誠也はレイとともに生きるために、この世に生を受けたのだった。

とはいえそんな運命的な再会も、その瞬間には誠也の心を震わせなかった。十八年の歳月は長く、レイを大きく変えていたからだ。声をかけられても、誠也は相手が誰かわからなかった。名乗られてようやく、じわじわと衝撃が訪れてきた。レイは驚くほど綺麗になり、昔の面影はまるでなかった。街角でこんなレベルの美人に声をかけられても、キャッチセールスか何かかとかえって警戒するだろう。誠也の戸惑った顔を見て、レイは笑った。その笑い顔には確かに昔の面影が見て取れ、とんでもない偶然が自分とレイを引き合わせたのだと理解した。心を満たしたはずの感情は爆発的すぎて、表面上はむしろ平静だった。それでよかったと、後に思った。通常レベルの歓喜だったら、あの場でレイの手を握り、大袈裟《おおげさ》に喜びの声を上げていただろうからだ。

運命の歯車は、あのとき動き出した。十八年前に止まっていた、誠也の運命の歯車。そして誠也はその運命に導かれるままに、ついに復讐の第一歩を踏み出した。心は罪の重さに竦《すく》み、体は情けなくも強張っている。しかし、今はレイがいる。レイがそばにいてくれる。レイと一緒ならば、たとえ地獄にしか繋《つな》がらない運命だとしても喜んで受け入れられる。人を殺してこんなにも幸せな気持ちに満たされるとは、予想外のことだった。

「ねえ、シャンパンでも買おうか。記念に、シャンパンで乾杯しようよ」

レイはそんなことを言った。今の状況に不釣り合いのようで、ふたりの心境に合致した言葉。誠也は即座に賛成した。

「いいね。乾杯しよう。復讐の成功に乾杯だ」

「えーっ、なんか殺伐としてる。そうじゃなくてさ、うーんと、目標達成に乾杯、とか」

「そうだな、それでいこう。おれたちの再会と、目標達成に乾杯だ」

「再会の乾杯は、とっくにやったじゃん」

レイはからかい気味に言った。そうだったな、と応じると、自然と笑いが漏れた。竦んでいた心が、レイの言葉で解《と》かされていく。自分はレイの存在に救われていると、確かに感じる。

未だに握り締めていた物干し竿を、ようやく足許《あしもと》に置いた。とたんに、手に残っていた殺人の感触が消え失せた。まだやれる。復讐が完成するまで、警察官の血で手を染めることができる。レイが望み、そして誠也も切望した復讐は、始まったばかりだった。レイとともに生きる道がこれしかなくても、誠也は悲しいとは思わなかった。

## 3

ガラスを拳で叩《たた》く相手の顔は見えなかった。ガラスの仕切りを開け、身を乗り出して顔を突き出し、動きを止める。そこに立っていたのは、あまりに思いがけない人物だった。とっさには声が出ず、しばし相手の顔を凝視することになった。

「兄貴……」

ようやく口から出たのは、単語ひとつだけだった。相手はわずかに口許《くちもと》を綻《ほころ》ばせ、「よう」と言う。西條輝司《さいじょうこうじ》は慌てて立ち上がり、ドアを開けて警備員室の外に出た。

「兄貴、どうしてここが？」

知人が訪ねてきたことなど、ここで働き始めてから一度もなかった。まして兄が、わざわざ足を運ぶとは想像もしなかった。警察を辞めてから、兄にも居所は伝えていなかったのだ。どうやって西條を見つけたのか、こうして兄を目の前にしても見当がつかない。

「久しぶりだな、輝司。意外と元気そうじゃないか」

兄は目を細め、西條の姿を上から下まで見た。目尻に皺《しわ》が寄っている。兄はそんな年になっていたかと驚いたが、悪くなかった。加齢を無理に隠そうとせず、受け入れることで新たな魅力を手にしている。兄はいい年の取り方をしていると思った。

「兄貴こそ」

兄はベージュのコートを着ていた。兄のことだから、一流品だろう。それが嫌みでなく、様になっている。西條も若い頃はファッションモデルになればいいと言われたものだが、容姿では兄の方が遥《はる》かにレベルが上だった。容姿だけでなく、兄に勝てる点など昔からひとつもなかったのだが。

勝つどころか、今は彼我の差がますます開いていた。高級なコートを着こなす兄に対して、自分は警備員の制服を身にまとっている。警察を追われた後、知人に拾ってもらってようやく見つけた職だった。こんなところを兄に見られたくなかったという思いと、いまさら見栄《みえ》を張っても仕方がないという自嘲《じちょう》が相半ばする。西條が肩肘を張らずに接することができる数少ない相手のひとりが兄なのだから、今の境遇を恥じたところで意味はなかった。

「本当はもっと早く会いに来たかったんだ。でもお前、電話にも出なかっただろ。また始まったかと思って、少し放っておいたんだ。お前の気持ちが落ち着くまでな」

確かに兄は、西條が警察を辞めた直後に連絡をくれた。だがあのときは事情を説明する気になれず、そのうち携帯電話に充電をする手段も失ったので着信を受けることができなくなった。職を得てからも合わせる顔がなく、連絡をとれずにいた。兄の方から訪ねてくれなければ、二度と会う機会はなかったかもしれない。

「すまない。いろいろごたごたしてたんで」

「そりゃあ、そうだろう。不倫を週刊誌に叩かれて、警察を辞めて、ごたごたしてなかったら不思議だ。困ったときに兄を頼るような弟じゃないことは、お前が生まれたときから知ってたよ」

兄は冗談めかして言った。見抜かれているので、西條は苦笑するしかない。西條の性格を理解し、これまで放置しておいてくれた気遣いに感謝した。

「仕事中にすまないな。いつ終わる？　終わったら、少し話をしようじゃないか」

兄は警備員室の中を覗《のぞ》き込みながら、そう尋ねた。中にいる同僚が、首を突き出すようにして兄に会釈している。西條は腕時計に視線を落とした。夜七時を回ったところだった。

「夜間勤務の人と交替するのは、九時なんだ。まだ二時間もある。待っててもらうのは心苦しいな」

「二時間なら、その辺で夕飯でも食って待ってるよ。お前は夕飯をどうするんだ？」

「コンビニで弁当を買ってきて、同僚と食べることになってる。この場を離れられないんでね」

「そうか。じゃあ飯を一緒にってわけにはいかないな。適当に時間を潰して、九時にまた来るよ。逃げずに待ってろよ」

「逃げないよ」

またしても苦笑。こんな短時間に二度も笑うことなど、ここ最近はなかった。兄のペースに乗せられるのは久しぶりだが、心地よくもあった。

じゃ、と軽く手を挙げて、兄は歩き去っていった。背筋が伸びているので、後ろ姿も絵になる。十代の頃は、女の子からの兄宛の電話や手紙が家に頻繁に来ていたことを思い出した。裕福な家の息子で、容姿に優れ、頭も切れるのだから、異性にもてないはずがない。西條も見た目が刑事らしくないからと警察内の反感を買ったものだが、兄に比べれば自分など平凡な男でしかないと当時の同僚に教えてやりたかった。

「西條さんの兄さんッスか？　なんか、渋い人ッスね」

同僚が興味深げに話しかけてきた。この同僚が西條の過去を知っているのかどうか、確認したことはない。知っていたならなおさら、今のやり取りは興味深かっただろう。西條は「ああ」とだけ応じて、それ以上の言葉は重ねなかった。取りつくしまのない西條の態度に、同僚は口を噤《つぐ》んだ。

それから二時間は日常の勤務に徹し、九時には着替えて兄を待った。ふたたび現れた兄は、近づいてきて「さて」と言った。

「飯じゃないなら、何にするか？　コーヒーを飲むか、酒にするか」

「おれに話があるんだろう。その内容次第だ。深刻な話なら、酒はやめよう」

「別に深刻じゃないさ。構えるなよ」

「じゃあ、酒でいい。ただし、あんまり高い店には行けないぞ」

「奢《おご》るに決まってるだろ。兄貴に奢られるのはいやだ、なんて言うなよ」

先に釘を刺されてしまった。人に奢られるのは嫌いだが、西條の性格を熟知している兄に先回りされては仕方がない。「わかったよ」と応じて、歩き出した兄に従った。

兄はタクシーを拾い、恵比寿《えびす》へ行ってくれと運転手に頼んだ。「近いところがいいだろう」と西條にも確認する。詳しくは知らないが、行きつけのバーでもあるのだろうか。潤いのない私生活を送ってきた西條に対し、兄は昔からスマートな遊び方を心得ていた。

恵比寿駅からかなり離れたところにある、ビルの地下のバーに入った。カウンターの他に、間仕切りでそれぞれ隔てられたテーブル席がある。そこのひとつに案内してもらい、テーブルを挟んで向き合った。ここであれば、話の内容を隣席に聞かれる心配はなさそうだった。

「一年半ぶりくらいだな。もっと人相が悪くなってるかと心配したが、そうでもないんでホッとしたよ」

注文を終えてから、ずけずけと兄は言う。遠慮のない物言いだが、悪意はないので不快ではない。西條も軽口で応じた。

「刑事を辞めたから、むしろ人相はよくなったんじゃないか」

「いや、別に変わってないな。よくも悪くもなってない」

「人相が悪いのは、もともとか」

人相が変わってないと言われたのは、存外に嬉しかった。警察を辞める際の一連の出来事を思えば、顔つきが険しくなっていてもおかしくなかった。あのような修羅は、もう二度と経験したくない。

「家族はみんな元気か」

兄の近況を尋ねた。兄嫁や甥姪《おいめい》たちとも、当然無沙汰《ぶさた》している。兄の家族は、西條のことを一族の恥曝《はじさら》しと思っているのではないか。

「元気だよ。実悠希《みゆき》はもう小学校に入った」

「入学祝いもあげてないな。今度渡す」

「いいよ。気を使うな」

兄は小さく手を振り、運ばれてきたカクテルグラスに口をつけた。兄は風習や決まり事にうるさい人ではないが、自分はきちんと礼儀を欠かさない。こうしてまた付き合いが復活するなら、姪の入学祝いくらいは渡しておきたかった。

「で、どうしておれの居所がわかった？　探偵でも使ったか」

兄が訪ねてきたときからの疑問を質《ただ》した。兄はあっさり、「ああ」と認める。

「そうだ。探偵に調べさせて、お前の動向は把握していた。たったひとりの弟だからな。気にかけるのは当然だろう」

「すまないな。面倒をかけた」

「自分から連絡してくるような弟なら、心配もしないさ」

西條の居所を突き止めるだけなら一度の依頼で済むが、再就職先まで把握するには継続的に調べさせる必要があったはずだ。調査費用はかなりかかっているだろうに、恩着せがましいことは何も言わない。思えば兄のこういう大人な態度に、昔から何度も助けられてきた。

「捜してくれて、感謝してるよ。ありがとう」

素直に礼を言った。できすぎの兄に対して、コンプレックスを持ったことは一度もない。対抗意識を燃やす気にもなれないほど、兄はすべてにおいて優れていたのだ。兄が目立っていたからこそ、西條はその陰に隠れて安楽にしていられたのだと思う。兄とは別の道を選んだとたん、周囲の反感を買うようになってしまった。社会に出て初めて、兄の存在の大きさを実感したようなものだった。

「どういたしまして。それで、今の仕事は気に入っているのか」

兄はさりげなく話題を移行させたが、これが本題なのだと西條は即座に察した。兄が西條の身を案じるなら、現在の暮らしに言及するのは当然のことだった。

「特に気に入ってるわけじゃないが、元刑事なんてまったく潰しが利かないからな。贅沢《ぜいたく》は言えないよ。仕事があるだけありがたい」

「親父《おやじ》と大喧嘩してまで警察に入ったのに、それを辞めさせられたんだから不本意だろう」

「辞めさせられたんじゃない。自分が悪いんだ」

一連のことを他人のせいにする気はなかった。すべて己に非があるのだと、心底思っている。自分の罪は充分に自覚し、それから逃げずに一生背負って生きていく覚悟もあった。

「詳細はそのうち聞かせてくれよ。まだ言う気にはならないんだろう？」

兄の指摘は、これまたそのとおりだった。ここまで把握されていると、いっそ楽だった。なんでも見抜いて欲しいとすら思えてくる。

「すまない。おれの気持ちは、兄貴なら想像がつくと思う」

「どうだろうな。お前のことはお前にしかわからないよ」

それでも兄は、見透かしたようなことは言わなかった。気遣いと、適度な距離感。兄の賢さは、こんなところによく表れている。

「お前、家も貯金も全部秋穂《あきほ》さんにやっちまったんだろ。今は文なしで、質素なアパートに住んでるそうじゃないか」

兄は別れた妻の名を出した。その名を聞くと、未だに胸に本当の痛みを感じる。細い針で刺し貫かれるような、鋭い痛み。目には見えない穴は、おそらく癒《い》えることはないのだろう。

「慣れればどうということはないよ。自分ひとりだけなら、生きていく手段はある」

兄の訪問の目的には朧《おぼろ》げに見当がついたので、先回りしたつもりだった。だがそれすら兄は予想済みだったように、「まあまあ」と宥《なだ》める。

「毎日カップラーメンだけ食って生きている状態が、人並みの生活とは言えないだろ。おれの言いたいことはわかってるようだからさっさと切り出すが、再就職する気はないか」

「親父の会社に、なんて言うつもりはないだろうな」

西條の父は、日本有数の大企業のトップだった。今は社長職を後継者に譲り、自分は会長に退いているが、実質的に経営を切り盛りしているのが西條の父であることは内外の人間が知っている。そして次期社長が誰であるかも、衆目の一致するところだった。

「こんな状況になっても泣きついてこないのは根性が据わってるが、頑固さは馬鹿と紙一重だぞ」

兄は涼しい顔で言う。これまたそのとおりで、西條に反論の言葉はない。おれは馬鹿なんだよと、心の中で開き直るだけだった。

「お前も少しはおれの理解力を信用しろ。お前がそんなことを言うのは、こっちだってわかってるに決まってるだろ。おれのところに来いと言ってるんじゃない。系列会社だ」

「系列だろうと子会社だろうと、親父の息がかかっていることには変わりないだろう」

「変わるさ。お前はわかってないな。江戸時代の殿様じゃないんだから、一企業の会長なんてそこまで偉くはないぞ」

「そうかな。それは兄貴の感覚が麻痺してるんじゃないか」

たとえ系列会社であろうと、親会社の会長の息子を押しつけられたら、腫《は》れ物扱いするに決まっている。御曹司《おんぞうし》として大切にされるのを喜ぶ性格であったら、そもそも家を飛び出したりはしなかった。

「そうつんけんするな。人の話はちゃんと聞け。そんなふうに決めつけてかかって、よく刑事が務まってたな」

兄の口調には、いささか呆《あき》れた気振りが交じっていた。西條が刑事として実績を上げていたことも、おそらく聞き知っているのだろう。またしても的確な指摘を受け、西條は恥じ入る。兄の前では、釈迦《しゃか》の掌《てのひら》の上の孫悟空《そんごくう》も同じだった。

「すまん。説明を聞く」

素直になると、それでいいとばかりに兄は頷《うなず》いた。

「系列と言っても、合併でうちの傘下に入ったところだから、カラーがかなり違う。経営は独自だし、うちから社長を出向で送り込んだりもしてない。もともとの社風を大事にしてもらおうというのが、こちらの考えなんだ。お前が入っても、まあパンダを見る程度には珍しがられるかもしれないが、その程度だよ。下にも置かぬ扱いなんて、頼んでもしてくれないさ」

「しかし、厄介者を押しつけるのは同じだろう。そもそも、いまさらおれにサラリーマンは無理だ。なんの知識も経験もないのに年だけ食ってるんだから、新人の方がましじゃないか」

「押しつけるんじゃないよ。向こうがお前みたいな人材を求めてるんだ」

「おれみたいな？　元警官を、ということか」

「そうだ」

「総会屋対策か」

株主総会で睨みを利かせて欲しいという、ただそれだけの理由で元警官を採用する企業は少なくない。そういう受け皿がなければ、警察を辞めた者は路頭に迷うと言ってもいいだろう。昔で言う用心棒であり、有事の際以外は遊んでいるようなものだ。腕に技術も経験もない元警官にとっては、願ってもないありがたい職務だった。

「企業の番犬になれ、と？」

端的に表現した。兄は悪びれずに認める。

「そうだよ。チワワやプードルに番犬はできない。牙《きば》がある猛犬じゃないとな。お前にはまだ牙があるんだろう。それを生かすのは、悪くないんじゃないか」

問われて、西條は黙り込んだ。一考の余地があると思えたのだ。企業の番犬という表現には蔑《さげす》みのニュアンスがあったが、他人を蔑む資格が自分にあるのかと改めて問う。いや、問うまでもなく答えはわかっていた。反射的に蔑みの表現が口を突いたのは、まだ西條に傲慢《ごうまん》なところが残っているからだった。落ちるところまで落ちて、くだらない矜持《きょうじ》は綺麗さっぱり捨て去ったつもりだったのに、ふとした弾みで己の自覚のなさに気づく。情けない限りだった。

兄が本気で弟の生活を案じてくれているのは、痛いほどにわかった。そしておそらく、父には内緒でこの話を持ってきてくれたのだろう。そうした気遣いを、無下にすることはできなかった。そもそも西條は、己の狷介《けんかい》さに嫌気が差していたのだった。

「牙なんて格好いいものじゃないが、うるさい奴を睨みつけるくらいならおれにもできそうだな。ありがたい話だと思うよ。考えさせてくれ」

「ああ、そうしろ。お前はまだ若い。一度躓《つまず》いたくらいで、人生は終わりじゃないんだぞ」

兄はそう励ましてくれるが、一度の躓きがとうてい許されないレベルの落ち度であることもある。西條がやり直すことを許してくれるのは、世の中で兄くらいなものだろう。

兄は具体的な待遇を教えてくれた。悪くないどころか、一般的に見てかなりの好条件だった。一度はすべてを失った人間にとって、考えられない破格の話である。結局は生まれがものを言うのかとも思ったが、父の引き立てではなく兄の尽力であれば斜に構える気も起きない。こんな兄を持った幸運を、噛み締めるだけだった。

説明を終えると兄は安堵《あんど》したのか、それまでちびちびとしか飲んでいなかったカクテルを一気に呷《あお》り、もう一杯注文した。西條も久しぶりに、アルコールを喉に流し込みたくなった。考えてみれば、兄と差し向かいで飲む機会などほとんどなかった。悪くないものだ、と思った。

## 4

容疑者が自供したとの報告に、講堂内は沸き返った。事件発生から五日でのスピード逮捕ではあるが、捜査本部が設置された初日から署に泊まり込んでいる者も少なくない。帰宅もせずに捜査に注力した結果のスピード逮捕であり、自供なのだから、捜査本部一同が喜びの声を上げるのも当然だった。だがそんな歓喜の輪の中に、高城理那《たかじょうりな》は入っていけなかった。

自分は間違っていたのだ。その事実を今、思い知らされた。容疑者を取り調べていたのは人情派で知られる本庁の温厚な刑事だから、強引に自供をさせたはずがない。おそらく朴訥《ぼくとつ》な口振りで容疑者に接し、固い心を解きほぐして自供させたのだろう。ならば、やはり容疑者が真犯人だったのだ。その事実はもう、動かないと見てよかった。

自分の考えは間違っていた。もう一度、頭の中で繰り返す。そうすることが、己の傲慢さに対する罰になると思えた。あれほど自信を持っていた推理は、結局間違いだった。誰も賛同してくれず、だからこそ独自の着眼点だと自負した推理だったが、的外れではなんにもならない。多少は頭の働きに自信があっただけに、完全な空振りは衝撃だった。理那の主張に首を傾《かし》げていた者たちが、そら見ろとばかりにあざ笑っているかと思うと、羞恥《しゅうち》で身が焼き尽くされそうであった。

事件は質屋の店主殺しだった。被害者は頭を殴られ死亡し、店からは金が奪われていた。その夜は店主の妻はフラメンコ教室に行っていて、店と一体の自宅にいるのは被害者だけだった。鍵をこじ開けた痕跡《こんせき》はなく、店主自らが犯人を内部に請《しょう》じ入れたらしい点から、顔見知りの犯行という推測が最初から成り立った。

被害者の周辺を洗い、ふたりの容疑者が浮かび上がった。甥と友人である。ふたりとも金銭的に困窮し、被害者に金を貸してくれと頼んでいた。だが、被害者は応じようとしなかった。事業に失敗した甥はサラ金に手を出し、ヤクザ紛《まが》いの取り立て屋に追われていた。友人は会社の金に手を着け、それが発覚すれば馘《くび》になるだけでなく、刑事告訴されるのは間違いない状況だった。どちらも切羽詰まった事情があり、金銭貸与を拒んだ被害者を逆恨みしてもおかしくなかったと思われる。強盗殺人をするには充分な動機だった。

理那は女性である点を買われ、被害者の妻の事情聴取に立ち会った。その際に、妻の態度に違和感を覚えた。悲しんでいる素振りは見せるが、どうにも演技臭い。指摘しても同行した男性刑事は気づかなかったと言うから、これは同性でなければわからない程度の違和感だったのだろう。ならば、自分が徹底して調べなければならない。そう意気込んで、被害者の妻に目をつけたのだった。

捜査本部の方針は、ふたりの容疑者の線を洗うと決まっていた。だが理那はその方針に従わず、相棒の本庁刑事の尻を叩き、独自に被害者の妻を再訪した。相手がトイレに立った際には、妻のスマートフォンを勝手に手に取った。妻がスケジュールを確認するために使ったときに盗み見て、四桁の暗証番号を暗記していた。メールアプリを開くと、案の定怪しいやり取りがすぐに見つかった。

　ざっと見ただけで、夫以外の男性とのやり取りだとわかった。店主の妻は五十代後半だが、文面だけではとてもそうとは思えないほど若々しいことを書いていた。恋愛に年齢は関係ないのだろう。ともあれ、妻が浮気をしていたことは間違いなかった。

　ならば、妻にも動機がある。実際の犯行は愛人が手を下したのかもしれないが、妻ならば自宅の鍵を持っているので押し入る必要もなかったはずだ。これは見過ごしにはできない。相棒に頭を下げて頼み込んで、捜査会議の場で発表してもらった。

　だが、反応は鈍かった。白けた空気と言ってもよかった。こんな大発見を、誰ひとり評価してくれない。あまりに予想外の雰囲気に、理那は憤慨した。相棒は発表する際、これは理那の意見だと最初に言った。その口振りは、自分の考えは違うと言いたげだった。そんな発表の仕方をするから、誰もまともに意見を聞いてくれないのだと思った。理那が若い女だからだ。警察には未だに、女性蔑視の風潮がある。警官になってからずっと、見えない壁に立ち塞《ふさ》がられているように感じていたが、今回の壁は特別強固だった。

『いくらなんでも、あのおばさんに愛人なんて、なぁ』

　本庁捜査一課の誰かが、半ば嘲《あざけ》るように言った。その嘲りの対象は被害者の妻なのか、それとも理那なのか。どちらであっても聞き捨てならず、所轄刑事の身分も忘れてつい発言した。

『人を外見で判断するのでしょうか』

本庁捜査一課が乗り出した事件では、所轄刑事はただのお手伝いに過ぎない。会議の場で発言が許されるのは、求められた場合だけだ。にもかかわらず声を上げた理那に、会議室じゅうの視線が集まる。なんだあいつ、とそれぞれの目が雄弁に語っていた。

『外見で判断するよ。惚《ほ》れた腫れたには、外見が大きな要素だろ。見た目が綺麗かどうかで女性を差別しちゃいけない、なんて言っても無意味だぞ』

発言の主は、自分の差別的言辞を反省するどころか、逆に開き直った。こんなことが現代社会で許されていいのだろうか。これほど露骨な女性蔑視発言をして咎《とが》められないのは、今や警察内部だけに違いない。ふだんから自分が陰でブス呼ばわりされていることも、理那は知っていた。

己の容姿が平均的水準を下回っていることは、三十二にもなれば充分に自覚していた。背が低くがっちりした体格で、顔は凹凸《おうとつ》に乏しい。ファッションや化粧でごまかすには土台が最低でも普通レベルである必要があり、それを下回る理那はどんな努力をしても自分をよく見せることができなかった。だからこそ、女の価値は容姿だけではないと信じ、仕事に打ち込んできた。その結果として、三十二歳という若さで私服刑事になれた。自分の実績には誇りを抱いているし、同時にそれが唯一のよりどころとなっていることも感じている。だとしてもなお、女性の容姿を気軽に貶《けな》す男の言動には敏感に反応してしまうのだった。

『今はほら、気持ちいい言葉を自動で返信してくれるサービスとかもあるんだろ。大方、そういうのをやってたんじゃないの？』

そんなサービスが世の中にあるとは知らなかった。自分の勉強不足を恥じたが、あれは間違いなく生身の人間とのやり取りだったと断言できた。そう言い返すと、『じゃあ、ホストだよ』と一課刑事は簡単に決めつける。会議に出席している他の者たちも、何人か笑いながら頷いていた。

相手がホストではないと証明する手段はなかったのでその場は引き下がったが、諦めたわけではなかった。誰も賛同してくれないなら自分が手柄を挙げるまでだと密《ひそ》かに決意したものの、それもたった今、無意味な意気込みだったと証明されてしまった。結局犯人は被害者の友人であり、証拠を揃えて尋問したところ、自白が得られたのだ。落ち込まずにはいられなかった。

思えば、自分の推理が的外れである徴候はあったのだ。捜査本部で割り当てられた仕事以外を調べるのはなかなか難しかったが、それでもわずかな隙を使って理那は店主の妻の素行を洗った。だが、妻が誰かと会っている様子はなかった。夜はフラメンコ教室に行く以外は自宅にいるので、ホストクラブにも通っていない。ならばやはりあれは一課刑事の言うとおり、目にして心地よい言葉をコンピューターが送ってくるサービスだったのか。あるいは、まだ浮気は未遂の段階か。おそらく後者なのだろう。

ともあれ、自分の間違いは素直に認めなければならなかった。やはり捜査には、経験がものを言うのだろうか。理那も現場で揉《も》まれ、それなりに経験を積んできたつもりだったが、捜査一課の猛者《もさ》たちにはとても及ばないようだ。有能さに対する自負こそが心のよりどころだっただけに、衝撃は大きかった。

幸いなのは、落ち込んでいる理那に気づく者などいないことだった。男社会の警察の中では、女はあくまで異物だ。せめて理那が美人であったら別の意味で気にかける者もいたかもしれないが、今は完全に無視されている。意気阻喪しているところをからかわれずにいるのは、たったひとつの救いだった。誰も見ていないのをいいことに、テーブルに両肘をついて頭を抱え込んだ。

職場に馴染《なじ》めないなどと、愚痴を言うつもりはない。自分が生きる道はここにしかないと、とうに覚悟を固めている。女性蔑視の風潮があるなら自分が変えてやると、着任前には考えていた。先駆者が実績を作らなければ、いつまでも後続の者が苦労をするのだ。

しかし、職場の異物である限り、周りを動かすことは不可能だった。もっとかわいげのある態度をとり、周囲に溶け込む努力をすべきだろうか。理解者を作らないことには、認めてくれる人も出てこない。実績を積めば認められると簡単に考えていたものの、肝心の仕事でこうして失敗するようでは周囲の認識を変えることなど覚束《おぼつか》なかった。

ふと、噂《うわさ》で聞いたある人物の評判を思い出した。理那と同じように職場では浮いていて、それでもしっかりと結果を残していた人。あまりに独断専行が過ぎるので〝名探偵〟と揶揄《やゆ》されていても、かまわず超然と振る舞っていたと聞く。強くありたいと願うのにこうして落ち込んでいる理那には、目指すべき姿に思える。その人は何をよりどころに、浮いている自分を容認できていたのだろう。やはり己の能力への自負なのか。

その人の名は西條といった。警視庁の威信を傷つけるスキャンダルで失脚し、警察を追われた男。だが現役中の評判と、その末路には大きなギャップがあった。敏腕刑事だった西條を、何が狂わせたのか。たったひとりの女の存在は、才ある男の人生を曲げるほどの大きな力があったのだろうか。自分にはそんな力はないので、想像が及ばない。

西條は独特の推理力を発揮し、いくつもの事件を解決してきたという。噂なので本当かどうかわからないが、あの《指蒐集家《しゅうしゅうか》》事件も実際は西條が解決したとも言われている。民間人になった者が事件解決に寄与するなど考えられないので単なる噂だとは思うが、そうした噂が流れるほど西條の能力は神格化されているのだろう。一度でいいから、西條が現役のときにその仕事ぶりを見てみたかった。

西條はいかにして、そんな突出した推理力を身につけたのか。研鑽《けんさん》の結果か、あるいは持って生まれた才能か。もし才能なのだとしたら、それは容姿と同じではないか。生まれつきのものに頼っていては、当人の手柄とは言えない。刑事としての経験とは関係なく、生来の頭のよさで西條が実績を上げていたのだとしたら、いささか腹立たしかった。話に聞く西條は、ファッションモデルにでもなればよかったほど優れた容姿の持ち主だったそうなので、そのことにも理那は密かに反感を抱いていた。

「なあ」

呼びかけられて、顔を上げた。目の前には、相棒の本庁刑事が立っていた。理那の意見には耳を貸してくれなかったが、結果的にそれは正しかった。その判断こそが、本庁刑事と所轄刑事の差なのだろうか。そう考えると、理不尽だという自覚はありつつも、目の前の中年男に忌避感が湧いてくる。なぜ話しかけてくるのかと、苛立ちを覚えた。

「はい」

無視するわけにもいかないので、短く応じた。相棒はぶっきらぼうに、唐突なことを言う。

「あれ、メールだけだったんじゃないか」

「は？」

説明が足りなくて、何を言っているのかわからなかった。もはや苛立ちを隠しておくことができず、眉間《みけん》に皺を寄せてしまう。目上の者に対してすらこんな表情を浮かべてしまうから、理那はかわいげがないと言われるのだ。いや、理那が美人だったら、きっと眉間に皺を寄せてもかわいいと褒《ほ》められていたのだろう。

「ほら、あんたが気にしてた、被害者《ガイシャ》の奥さんのメールだよ。メールだけで、それ以上のことは何もしてなかったんじゃないかね」

浮気未遂だったということか。そんな推理なら、理那もそれが真相だったと今は考えている。わかっていると言いかけたが、先に相棒が続けた。

「奥さんは二十代とか、せいぜい三十代くらいの女の振りをして、若い男とやり取りだけを楽しんでたんじゃないかな。いるんだよ、そういう人。相手の男が知ったらショックだろうけど、会わない限りはお互いに楽しいんだから、まあ罪のない遊びじゃないか」

だから理那が読んでもくすぐったくなるような文章を、あの妻は書いていたのか。短絡して浮気と考えてしまったが、言われてみれば、若い女になりすましている可能性の方がずっと高い。思いつきもしなかった己の思考範囲の狭さを、理那は罵《のの》りたくなった。

「それ、わかってたんですか。だったらどうして、先に言ってくれなかったんですか」

自分への怒りを、つい相手に転嫁してしまった。その抗議に、相棒は肩を竦める。

「言ったってあんた、絶対納得しなかったろ。だから言うだけ無駄だと思ったんだよ。ま、そういうことだ。スピード解決できてよかったぜ。お疲れさん」

そう言うと、相棒は軽く手を挙げて遠ざかっていった。言うだけ無駄、という表現が理那の胸に突き刺さる。そんなに自分は頑迷だっただろうか。おそらく、そうなのだろう。爆発的に自己嫌悪が成長し、理那は机の上に突っ伏した。

# 5

通夜なんてただでさえ重苦しいものなのに、寒い夜はますます陰気になってやがる。受付で香典を渡して、小川道明《おがわみちあき》は内心で吐き捨てた。金を取られた上にべそべそした雰囲気に巻き込まれるのだから、たまったもんじゃない。祭壇の前には杉本宏治の年老いた両親がうなだれて坐《すわ》っているのが見え、小川は顔を歪《ゆが》めたくなった。息子が警察官になった時点で、先に死なれることは覚悟していたのだろうか。とはいえ、杉本は間抜けなことに自損事故で死んだ。白バイ警官として、こんな恥ずかしいことはない。同僚が殉死すれば明日は我が身と思うところだが、白損事故ではとても同情できなかった。

せめてもの救いは、杉本がすでに離婚していることだった。元妻や子供も焼香には来たのだろうが、当然のことながら親族席には坐っていない。この場にとどまって長時間悲しまなければならない人など、少ない方がいい。小川も、悲しんでやる気はない。杉本とは一時期、職場が一緒だっただけの関係だ。転勤してからは、一度も連絡をとり合っていなかった。

　その程度の付き合いであっても、通夜の連絡が来れば無視するわけにはいかない。警察官は仲間意識が強いのだ。内勤ならともかく、外に出る者は常に死と隣り合わせと言っていい。いささか誇張気味ではあるものの、それぐらいの覚悟が必要なのは確かだった。だからこそ、若くして死ねば通夜や葬儀には同僚たちが駆けつける。皆、自分が死んだ場合にもそうして欲しいからだ。小川自身も、自分の葬儀に誰も来なかったら寂しいと思う。香典を取られるためにわざわざ通夜までやってきたのは、死んだ杉本のためではなく、自分のためだった。

　焼香待ちの列は長かった。勤務中の者は来られないが、警察は三交代制の部署が多いから、意外に時間が空いているものである。小川は午前中まで働いていたが、勤務明けで今は体が空いていた。並んでいる他の者たちも、どこかの署の交通課勤務か、現在杉本が所属している署の署員だろう。あまりに列が長いので、見知った顔がいたとしても見つけられない。

　何もすることがなく、新しくやってくる焼香客の顔をただ眺めて時間を潰した。そして、三十分以上も待っただろうか、ようやく順番が回ってきた。遠目に杉本の両親は小さく見えたが、近くに寄ってもやはり肩が落ちていてちんまりとしている。そんな様が痛々しく、一度頭を下げてすぐに目を逸らした。遺影の杉本は、口を真一文字に結んで生真面目《きまじめ》な顔をしている。おれが死んだらどんな写真が遺影に使われるのか、と不吉な考えが頭をよぎった。

さっさと焼香を終え、列の横を引き返した。すると手が伸びてきて、小川の注意を惹《ひ》いた。顔を上げると、旧知の人物がそこにいた。「ああ」と思わず声が漏れる。

「久しぶりだな。こんなときくらいしか会わないとは、因果な商売だ」

先ほどから思っていたことが、つい口から出た。相手も渋い顔をして、「そうですね」と応じる。

「私ももうすぐ順番が回ってくるから、少し待っててください」

「わかった」

相手次第では無視して帰るところだが、声をかけてきた男はそれほど不愉快な奴ではなかった。むしろ、馬が合う方だったと言ってもいい。小川は受付で返礼品を受け取り、葬儀場の出入り口付近で立ち止まった。三分ほどで、先ほどの男がやってきた。

「すみません、お待たせしました」

男の名は千葉《ちば》といった。かつて、同じ署の交通課に所属していた。そのとき署にいたふたりの白バイ警官のうちのひとりが、杉本だった。つまり小川と千葉、杉本は一緒に働いていた仲だったのだ。

「杉本がバイクの事故で死ぬなんてね。それも自損事故とは、わからないものです」

千葉は小さく首を振りながら、嘆くように言った。千葉は年次で小川のひとつ下になる。先輩後輩関係はいつまで経っても変わらないから、職場が別になった今も千葉は敬語だ。千葉とは年次の垣根を越えて親しくなったが、言葉遣いは砕けたものにはならなかった。

「そうだな。バイクの腕だけが取り柄のような男だったのに」

答えて、急にあれこれ思い出した。杉本は千葉とは違い、話をして楽しい相手ではなかった。融通が利かず、乗りが悪い。バイクが恋人とでも言いたげなバイク馬鹿で、人付き合いに積極的ではなかった。そのせいで妻とも別れたのではないかと、小川は睨んでいた。

「猿も木から落ちるってやつですかね。それにしても、白バイ乗りとしてはちょっと恥ずかしい死に方ですが」

さすがに周囲の耳を気にして、千葉は声を潜めた。故人の死に様を揶揄するのは、通夜の場ではいかにも不謹慎だ。だが、小川も思うことは同じである。その辺の感覚が一致していたから馬が合ったのだよなと、改めて再確認した。

「まったくだ。まあ、バイク馬鹿がバイクの事故で死んだんだから、本望なんじゃないのか」

「そうかもしれませんね。おれなら、美人の上に乗っかってるときに死にたいですが」

千葉は軽口で応じる。小川も同調して返してやった。

「お前の女房の上か」

「勘弁してくださいよ。そんな死に方したら、むしろこの世に未練が残る」

「お前、ガキはふたりだっけ？　ガキをふたりもこさえておいて、勘弁も何もないだろ」

「それは言わないでください。ガキのふたりくらい、普通でしょ。人のことを言うなら、小川さんこそどうなんですか？　結婚したって話は聞こえてこないから、まだ独身なんですよね」

「ああ。おれは賢いからな」

答えて、にやりと笑った。千葉は苦笑を浮かべる。

「確かに、そのとおりですよ。ただまあ、老後のことを考えると、おれはこれでいいかなと思いますけどね。年取ってからひとりだと、寂しいんじゃないですか」

「うるせえな。女ができずに悩んでる相手に、そんなひどいことを言うのか、お前は」

「悩んでるって、何言ってんですか。女を作らないようにしてるだけでしょ。実はすげえ美人と付き合ってる、なんて噂も聞いたことありますよ」

「見たのか。ただの都市伝説だろ」

「すみません、鎌かけてみました」

千葉は首を前に突き出すようにする。詫《わ》びたつもりのようだ。会ったのは数年ぶりでも、面白い奴だという感想は変わらない。このまま帰るつもりだったが、気が変わった。

「美人の女房のところに飛んで帰りたいか。久しぶりに、少し飲まないか」

盃《さかずき》を呷る動作をする。千葉は表情を明るくした。

「いいですねぇ。精進落とし、しましょうか。少しは杉本のことも思い出してやりますかね」

「いやなこった。思い出してどうするんだよ」

「——あ、そういえば」

失言とばかりに、千葉は眉根を寄せる。どうやら本当に忘れていたようだ。幸せな奴だなお前は、と内心で呼びかける。もっとも、小川には思い出す特別な事情があったから憶えているのだが。それがなければ、綺麗に忘れていたことだろう。

「まあ、いいや。行こうぜ」

顎《あご》をしゃくって、歩き出した。千葉がついてくる。焼香待ちの列は、まだかなり長かった。

## 6

間をおけば怖くなる。次の復讐には、気持ちが高ぶっているうちに着手しようと最初から決めていた。そのための下調べも、杉本を殺す前に終えていた。杉本殺しの方が確実性が高いから、最初の標的にしただけである。ふたり目の命も早く奪わなければならないと、誠也は焦燥に駆られながら考えていた。

「いつやるの？」

レイもそう言って急《せ》かす。レイの方が肝が据わっているようだ。どちらかといえばこの復讐は、誠也の問題なのに。レイの期待に応えるためにも、誠也は決断した。

「バイクを盗めたら、すぐに機会を窺《うかが》おう」

宣言すると、心の底にわずかに残っていたためらいが一掃された。このためらいは、失敗への恐怖だと思う。一度うまくいったからといって、次も成功するとは限らない。むしろ、次は失敗してしまう危険性の方が高かった。しかし、決めたからにはやり抜く。もう失敗した場合のことを考えても仕方がない。警察への憎しみだけを胸に、決意を鋭く絞り込んでいき、錐《きり》のように尖《とが》らせた。

ふたり目の標的である小川道明は、杉本とは違い通勤にオートバイを使っていなかった。電車を使って出勤しているだけである。だから事故に見せかけるにも、手段は限られた。レイとともに頭を悩ませた末に出した結論は、やはり交通事故だった。

勤務中は難しい。小川もまた警察官であるが、今は内勤なのだ。狙う隙はなかった。

勤務終了後の、在宅時を狙うと決めた。家で寛《くつろ》いでいるところを呼び出し、襲う。襲撃の機会がないなら、作るまでだった。

狙う時刻と場所が決まれば、後は手段だった。杉本のときのように、誠也の車を使うわけにはいかない。車を盗めればいいが、盗難車を乗り回すのは別の危険がある。復讐の前に、窃盗で逮捕されることだけは避けなければならない。そのため、盗むのはバイクにした。バイクであれば、盗難車ほど目立たないだろうと考えたのだ。

しかし、そのバイクの窃盗が大変だった。なかなか盗めるバイクに行き当たらなかったのである。鍵がかかっているバイクを動かす方法は身につけた。とはいえ、窃盗のプロではないからどうしても時間がかかる。いじっているところを誰にも見咎《みとが》められない場所にあり、かつ目的に合う大きさのバイクはそう簡単に見つからなかった。本当ならすぐにも取りかかりたかった二度目の復讐も、やむを得ずずるずると先延ばしすることになってしまった。

この件に関しては、レイと手分けするわけにはいかなかった。自由になる時間は、最近のレイにはあまりなかったからだ。誠也はひとりであちこちを歩き回り、放置されているバイクを探した。駅前よりは住宅街、一戸建てよりは集合住宅の駐輪場を見て回る。そうしてようやく、団地の一角に都合のいいバイクを見つけた。

その駐輪場は団地の敷地内の隅にあった。どの棟からも死角で、身を乗り出さないと窓からは見えないはずである。何度か通《かよ》って確認してみたが、バイクがなかった日は一度もなかった。持ち主はあまり頻繁に乗っているわけではないようだ。むしろバッテリーが上がっていないか心配だったものの、そこまで古そうでもなかった。

下見の際は車で通ったが、いざ窃盗に取りかかるときはタクシーで近くまで行った。適当なところで降りて、十五分ほど歩く。時刻は午前二時を回っていて、団地は寝静まっているはずだった。手許《てもと》が暗いことを除けば、じっくりと時間をかけられる条件が調《ととの》っていた。

二十分ばかりかけて、ついにエンジンを動かすことができた。ガソリンも半分近く入っている。ライトも点くし、整備上の問題はなかった。そうなれば、不用意に長くエンジン音を響かせておくわけにはいかない。持参したヘルメットを被《かぶ》り、バイクに跨《また》がってさっさと団地を後にした。敷地を出た後は、Nシステムに引っかからないように大きい道路は通らずに帰った。

前回と同じように、バイクにも偽装ナンバーを取りつけた。バイクが手に入ったことをレイにメールで伝えると、〈やった！〉と返事がきた。レイが喜んでくれることが、一番嬉しい。苦労をした甲斐《かい》があったと思った。

レイと都合を合わせ、翌々日を決行日とした。内勤の小川は、夜十一時以降であればほぼ在宅している。小川の生活パターンは、すでに把握してある。万が一、突発事でそのパターンが崩れたなら、また別の日にすればいい。機会を待つのではなく、こちらが作るのなら、いくらでもやり直しは可能だった。

当日、誠也はレイをタンデムシートに乗せ、新青梅街道《しんおうめ》を通って中野区鷺宮《なかのくさぎのみや》に向かった。背中にしがみついているレイからは、緊張感が伝わってこない。寛いで、すべてを誠也に任せていることがわかる。レイは強いと思う。その強さは、誠也への信頼に根ざしているのか。それとも、生来の度胸のよさか。レイを見習い、緊張を紛らわすためにこれからのことは考えないようにした。手順は何度も頭の中で繰り返した。いまさら考えなくても、体が勝手に動くはずだった。

バイクを停めたのは、道幅が広い生活道路だった。誠也から見て右側はマンションを建設中の工事現場で、左は駐車場になっている。十一時半を過ぎた住宅街は静まり返っていて、道を歩く人もいなかった。レイはタンデムシートを降りると、脱いだヘルメットをバイクのメットホルダーにかけ、離れていく。誠也はその場で、バイクに乗ったまま待機した。

それから五分後に、曲がり角から人が現れた。広い肩幅と分厚い胸板。間違いない、小川だ。警察官は剣道か柔道のどちらかをやっていると聞くが、この体型は明らかに柔道であろう。不意を衝《つ》かなければ、仕留めるのは難しい。勝負は一瞬で決まる。誠也はバイクのエンジンを始動させた。

ライトを点けないまま、スロットルを開いた。ギアをセカンドからサードまで上げ、加速しつつ初速のパワーを維持する。背後からの突然の爆音に驚いた小川が、立ち止まって振り返った。そこに、躊躇《ちゅうちょ》なく突っ込んだ。

衝撃があった。バイクは確かに小川を撥ねたはずだった。しかし小川の運動神経は、誠也の予測を超えてよかったらしい。わずかに身を捻られ、撥ね飛ばすことはできなかった。小川は倒れたが、ダメージは右半身にしか負っていないようだった。

失敗した。全身の血液が、すっと下降していく。顔からも指先からも体温が失われ、思考停止しかけた。慌ててブレーキをかけ、右足を地面についた。そこを軸にしてUターンし、もう一度小川に突っ込もうとする。だが距離がないので、充分に加速できそうにない。小川は顔を上げ、こちらを睨んでいた。開いた口からは、誰何《すいか》する大声が今にも飛び出してきそうだった。

だが、小川は声を発さなかった。その顔には、驚愕《きょうがく》の色があった。自分を襲ったふたつ目の衝撃があまりに予想外で、何が起きたか理解できていないようだ。ゆっくりと首を動かし、背後を見ようとする。しかし、首は九十度くらいまでしか回らない。小川は自分の背後に取りついた者の顔を捉《とら》えることはできないはずだった。

小川の背後には、レイがいた。レイは体を、小川の背中に預けるようにしている。むろん、ただくっついているわけではない。レイは今、背後から小川の心臓にナイフを突き立てているのだ。誠也が失敗した場合の、次善の策を決行したのだった。

小川の開いた口が、何度か動いたように見えた。言葉を発したらしいが、誠也には聞こえない。レイがさらに自分の体を預けると、小川は前のめりに倒れた。レイは体重をかけ、ナイフの刃を小川に押し込んでいた。

バイクを動かした。レイの横で停まり、手を伸ばす。レイは小川の体を探ってから、誠也の手を摑《つか》み、タンデムシートにひらりと飛び乗った。ナイフはそのまま、小川の体に残してある。絶命しているか確認する暇がないので、死んでいるはずと期待するしかなかった。レイの手が誠也の胴に絡みついたのを確かめてから、一気に加速してその場を離れた。

「やったよ。私、やったよ」

額を誠也の背中に押しつけているレイが、そう言っているのが聞こえた。誠也は精一杯のねぎらいの気持ちを込めて、「よくやったな」と応じた。

ヘルメットの中では、目に涙が浮かんでいた。レイの手を血で染めさせてしまった。罪を背負うのは、自分だけでよかったのに。レイまで人殺しにしてしまった。もう戻れない。もう引き返せない。レイの助けを借りなければ目的を果たせなかった自分が、情けなくてならなかった。

# 7

電話がかかってきたのは、寝るための着替えを終えた直後のことだった。着信メロディから、緊急連絡だとわかる。ああ、この時間だと徹夜か。時計で時刻を確認して、理那はため息をついた。時計の針は長針短針ともに、12の文字盤辺りを指している。こんな深夜の呼び出しは重大事件だろう、と直感した。

電話に出てみると、相手は果たして「殺しだ」と告げた。管轄内の路上で、死亡している男性が発見されたらしい。「わかりました」と答え、通話を切る。これからまた出かけるための身支度をするかと思うとうんざりしたが、他の同僚の男どもに後《おく》れを取るわけにはいかないのでぐずぐずしていられない。いまさら一番乗りは無理だとしても、現場到着がビリになるのは避けなければならなかった。

髪はすでに乾いているので、後ろで縛るだけにした。この時刻では公共交通は止まっているだろうから、タクシーで移動するしかない。メイクはタクシーの中ですればいいだろう。ともかく着替えて、バッグを摑んで家を飛び出した。大通りに出ればさほど待たずにタクシーを摑まえられることは、これまでの経験でわかっている。案の定、すぐに空車がやってきて飛び乗った。死体発見現場の住所を運転手に告げてから、コンパクトを開く。きっちりメイクをしてはそれはそれで男どもに眉を顰《ひそ》められるので、ファウンデーションと口紅を塗るだけにとどめた。こんなとき、男だったら着の身着のまま、髪の毛もぼさぼさでも問題ないのだろう。むしろ、駆けつけた感があって好ましく思われるかもしれない。女は損だと、毎回感じることを心の中で愚痴る。

現場近くには、四十分ほどで着いた。親とともに自宅に住んでいるので、勤務先に近いわけではないのだ。渋滞してなかっただけましだが、覚悟していたとおり、すでにパトカーが一台停まっている。夜勤の制服警官だけでなく、刑事課の者も何人か到着していることだろう。代金のおつりを受け取らずにタクシーを降り、パトカーの方へ近づいた。パトカーの中には誰も乗っていなかった。

見回すと、大通りから道一本折れたところに黄色い規制線が張られていた。制服警官も立っている。歩きながらバッグから警察バッジを取り出し、「ご苦労様です」と制服警官に示した。バッジを示すまでもなく、立っている制服警官は顔見知りだった。だが相手は理那の顔にではなくバッジに一瞥《いちべつ》をくれてから、挨拶《あいさつ》を返す。規制線を持ち上げてはくれなかったので、身を屈《かが》めてくぐった。この制服警官はきっと、相手が男の刑事であったら規制線を持ち上げているのだろう。そんな小さな差別に苛立ちを覚えたが、それは日々何度も感じる苛立ちのひとつに過ぎなかった。

「遅くなりました」

規制線の内側に課長が立っていたので、声をかけた。課長はこちらをちらりと見て、「うん」と頷く。理那もそこで立ち止まった。前方には、路上に倒れている男の姿がある。男の背中には、ナイフが突き立っていた。どう見ても、事故ではなく事件だった。

理那が死体に近づかないのは、鑑識課の者が現場検証を行っているからだった。不用意に近づき、現場を足跡や体から落ちる微細な物で汚染するわけにはいかない。理那たち刑事課の人間がするべきことは、周辺の聞き込みだった。

「周りを当たりますが、どっちを?」

課長に問いかけた。通常、聞き込みは死体発見現場を中心に周辺を四方に分け、それぞれ刑事をあてがう。刑事たちが勝手に動いては、聞き込み範囲が重なって非効率的だからだ。この場に課長以外の刑事課の人間がいないということは、すでに聞き込みに向かっているのである。まだ人を差し向けていないエリアがあるかどうかを、理那は尋ねたのだった。

「向こうに行ってくれ。機捜の人がもう回ってるから、見つけて合流するんだ」

課長は死体を挟んだ反対側に顎をしゃくった。「わかりました」と応じ、死体を回り込むようにして移動する。もう一度死体を観察すると、かなり大柄な人であることがわかった。

おそらく、背後から不意を衝かれて刺されたのだろう。そうでなければ、落命することはなかったのではないか。ただの勘だが、死体からは馴染みの気配を感じた。警察官には柔道の達人が何人もいる。そうした者たちの体型に、死体の男性は似ているように思ったのだ。

聞き込みといっても、すでに深夜零時を回っている時刻である。大半の家は眠りに就いているので、それらを叩き起こしてまで聞き込みをするわけにはいかない。明かりが点いている部屋を見つけ、訪ねていくだけだ。理那はまず機動捜査隊の隊員と合流しなければならないので、明かりが点いている家を訪ねている人物を探した。

さほど歩き回らなくても、マンションのエントランスにいるそれらしい人物を見つけることができた。警察官は独特の雰囲気で、そうとわかる。声をかけると、やはり機動捜査隊員だった。互いに名を名乗ってから、情報を求めた。

「遅れてすみません。わかっていることはありますか」

「いや、まだホトケの身許《みもと》はわからない。財布も携帯も持ってなかったんだ」

「そうですか」

ならば、聞き込みは重要になる。死体は部屋着らしき服を着ていたから、この近辺に住んでいるはずだ。虱潰《しらみつぶ》しに聞き込みをすれば、必ず身許を特定できる。だがそれは、明日以降のことになってしまうかもしれなかった。深夜の殺人で身許が不明だと、どうしても初動捜査が後手に回る。

不安は的中し、ともかくまだ起きている世帯を見つけることが難しかった。一軒家ならまだしも、集合住宅では効率が悪くて仕方ない。理那が窓の明かりを確認し、それを携帯電話を使って機捜隊員に伝えるというやり方にしたので幾分ましだが、オートロックのマンションの場合はさらに部屋番号を確認しなければならない。一度、違う部屋を呼び出してしまい、寝ていた相手に怒鳴られたらしく、機捜隊員は意気阻喪していた。時刻は一時を過ぎている。そろそろ切り上げどきではないかとどちらからともなく言い出し、死体発見現場に戻った。

聞き込みに回っていた他の者たちも引き揚げてきたので、死体搬送を見送ってから、署に帰ることにした。死体の身許を特定できる話を聞いてきた者は、ひとりもいなかった。指紋を照合して身許が判明すればいいのだが、前科がなければ指紋データは登録されていない。署に帰り着いてから一時間ほどで指紋の照合結果が出たものの、やはりデータベースには未登録だとのことだった。

そうなると、後は手持ち無沙汰だった。殺人事件が発生したのだから緊張感はあるものの、何もすることがなければ睡魔がやってくる。男たちは仮眠を取るために柔道場に行ったが、理那も一緒になって枕を並べて寝るわけにはいかない。やはり女は損だとの思いが、またここでも心に生じた。

結局、机に突っ伏してうとうとした。寝ている間に死体の身許が判明しないものかと期待していたが、残念ながら電話で起こされることはなかった。そのまま夜明けを迎えたので、トイレに行って顔を洗い、化粧を直す。窶《やつ》れたひどい顔になっていたが、どうせ誰もこんな顔を見ないと思えば投げやりな気持ちになるだけだった。

聞き込み開始は六時と課長が決めていたので、その少し前にパトカーに分乗して署を出発した。六時であれば、出勤前の人を摑まえられる。家族が帰ってきていなければ、今頃はもうおかしいと思っているところだろう。だが死体の人物がひとり暮らしであれば、少し面倒になる。死体の顔写真は各自に配られているので、それを見て知人だと証言してくれる人がいることを期待するしかなかった。

二度手間を省くために、未明の聞き込み範囲を同じパートナーと回ることになった。もう、窓明かりをいちいち確認する必要がないので効率がいい。機捜隊員がすでに訪問している家は飛ばし、次々に訪ねていった。だが効率がよくなっただけで、成果ははかばかしくなかった。応じてくれる家は多いものの、家族が帰ってきていない世帯はなく、写真を見せても男性を知っていると言う人はいなかった。

三時間に亘《わた》り、休憩も取らずに聞き込みを続けた。出勤前を狙うなら、時間が限られているからだ。しかし九時を過ぎ、もう早朝のメリットは失われた。後は出勤が遅い人か、専業主婦しか家に残っていないだろう。それでも、聞き込みを続ける意味はある。事件解決の成否は初動捜査に大きく左右されるので、手を抜くわけにはいかなかった。

そうしてさらに三十分が過ぎた頃だった。理那のスマートフォンが振動したので、取り出した。ディスプレイには課長の名前が表示されている。進展があったのかと思い、耳に当てた。

「ホトケの身許がわかったぞ」

課長は前置きもなく、そう言った。理那は歩く足を止め、機捜隊員を呼び止める。続く課長の言葉に、思わず目を見開いた。

「ホトケは身内だった」

## 8

変死体発見の報は聞いていたので、出番が来ることを予想していた。いつになるかと待っていたら、朝十時近くになってようやく所轄署から正式に出動要請があった。「野郎ども、行くぞ」と少しふざけた調子で係長の野田《のだ》が言う。「へいへい」と応じて、村越幸三郎《むらこしこうざぶろう》は腰を上げた。

「もう聞いてるだろうが、ホトケが見つかったのは野方《のがた》署管内だ。向こうで会おうぜ」

野田はそう言って、手を振る。野田を含めたお偉方は、公用車で所轄署まで移動できるのだ。村越たち兵隊は、パトカーすら使わせてもらえず、電車移動である。出世したいという欲はないものの、こうした待遇面の差は羨《うらや》ましいと思う。

「たまにはおれたちも車に乗せてってくださいよ。士気に関わるんだから」

ぼやいてはみたが、野田は取り合おうとしなかった。

「何言ってやがる。車で送ったって、士気なんか上がらないだろうが」

「確かに、確かに」

野田の反駁《はんばく》に、笑いながら同意する声が上がった。村越は「ちぇっ」と舌打ちしながら、頭を掻いた。さすがは上司、部下の性格をよく把握している。野田の言うとおり、士気が高かろうが低かろうが、村越の仕事ぶりは変わらないのだった。

「あ、そうだ。もうひとつ大事なこと」野田は立ち止まって、人差し指を立てた。「ホトケは身内らしいぜ。難儀なことだなぁ」

じゃあな、と言い残し、野田は刑事部屋を出ていった。村越は隣席の三井《みつい》に目をやり、肩を竦めた。最後のひと言は、いかにも野田らしかった。

「大事なことは、わざともったいをつけて言うんだからな」

身内とは、被害者が警察官だったという意味である。そんな重大なことを、野田がうっかり忘れるわけがない。あえて後回しにして部下たちを驚かせるのが、野田のスタイルだった。

「身内かぁ。なんでそういう面倒な事件のときに限って、表在庁がうちなんですかね。それこそ、ガイシャが身内となれば士気を上げる係は他にたくさんあるのに」

三井は大袈裟に眉を吊《つ》り上げた。お笑い芸人めいた、見ただけでなぜか笑いたくなるご面相の三井がそんな表情をすると、ほとんど福笑いだ。輪郭が下膨れで目尻が垂れているので、まさにお多福のような顔だった。いつもへらへらと笑っているのが、お笑い芸人風の雰囲気を助長している。

表在庁とは、警視庁捜査一課の十七の係のうち、直ちに出動できるよう庁舎に詰めている番のことを言う。九時から五時までの勤務で、何事もなく終われば残業をせずに帰れる。だが最近は、五時で帰れたためしなどほとんどない。東京では常に、何かしら事件が起きているのだった。

「警察官殺《サツカン》しなんて大事件は、やっぱり警視庁捜査一課の精鋭であるおれたちが担当すべきなんじゃないの。これは運命だよ」

あえて真面目《まじめ》な表情を作って、重々しく言う。三井はわざとらしく、「ぷっ」と噴き出す真似をした。

「おれたち、精鋭だったの。知らなかったなぁ」

「おれも聞いたことないわ」

顔を見合わせ、「わはは」と笑う。その横を、「阿呆《あほう》なこと言ってないで、行こうぜ」と声をかけながら部屋長が通っていった。部屋長の名は五味《ごみ》というが、子供の頃から名前のせいで辛酸を舐《な》めてきたらしく、〝部屋長〟と呼ばれることを好む。部屋長とは役職ではなく、最年長の部長刑事に与えられる通称だ。あと数年で定年を迎える部屋長は、曲者揃いと言われる九係の中でただひとりの常識的な人だった。

三井とくだらない掛け合いをしながら電車に揺られ、野方署に着いた。野方署はまだ捜査本部設置の準備が途中らしく、慌ただしい雰囲気だった。総務課の人間とおぼしき制服警官が、右へ左へ駆け回っている。捜査本部設置は、単に会議室を用意すればいいというだけではない。一日の終わりに柔道場で一杯やる本庁刑事のために、酒の買い出しまでしなければならないのだ。村越も昔は、そうした下働きをした。お偉方との待遇の格差を羨みはしたが、所轄署の人間に比べればずっといい身分なのだと、こうして捜査本部に乗り込むと思い出す。

講堂には長机やお茶、ファクスなどは用意されていたが、資料はまだ間に合っていないようだった。村越は三井とともに、前から二番目の列に坐る。本庁捜査一課刑事は前の方、所轄刑事は後ろの方と漠然と坐る位置が決まっているが、最前列は避けたかった。最前列では、お偉方が坐る雛壇《ひなだん》と向かい合う形になる。係長の野田はともかく、捜査一課長なんて雲の上の人と面を突き合わせたくはなかった。

村越たちに一歩遅れて、お偉方が登壇した。捜査一課長、理事官、管理官、野方署署長、野方署刑事課長といった面々である。最後に入ってきた野田は、席に着かずに「えー」と口を開いた。捜査会議の司会は、本庁捜査一課の係長が務めるのが慣例だった。

「本庁九係の野田だ。捜査本部設営、ご苦労様。眠いだろうとは思うんだが、まあなんとか踏ん張って聞いてくれ。外に出たら、うちの連中がその分がんばるから」

所轄の人員をただの下働きとしか思わない本庁の者が多い中、こうしてまずはねぎらいの言葉をかけるのが野田のやり方である。顎で使われれば面白くはないが、丁寧に接してもらえばやる気が出るのが人というものだ。結果的にその方がこき使えるのだから、計算高いとも言える。野田はそんな裏の意図はなさそうに飄々《ひょうひょう》とした物言いをするが、そこまで考えての発言であることは賭《か》けてもよかった。

「大変残念ながら、ガイシャはおれたちの身内だった。サツカン殺しは、警視庁への挑戦である。諸君もさぞや憤《いきどお》っているだろう。というわけで、気合いを入れてがんばってちょうだい」

聞いている側の気合いが抜けるような、野田の言葉だった。野方署の面々も、驚いているに違いない。こんな司会をする捜査一課の係長は、他にいないのだ。いつものことではあるが、生真面目な捜査一課長は顔全体で不愉快な気持ちを表現していた。

「ガイシャの身許を説明しておこう。名前は小川道明。四十六歳、独身。離婚歴もなし。巣《す》鴨《がも》署交通課所属の巡査部長だ」

野田の背後で、野方署の女性警官がホワイトボードに板書した。まだ資料作成が追いついていないので、講堂にいる全員が自分の手帳にメモを取る。さすがに村越も、手間を惜しまずに書き取った。勤勉な刑事とはとても言いかねるという自覚はあったが、被害者の身許も把握しないほど怠惰ではない。

「人が路上に倒れているという通報があったのは、昨日の午後十一時四十八分のことだ。機捜と所轄の人が駆けつけたところ、倒れていた人は背中を刃物で刺され、すでに絶命していた。所持品はなし。財布も携帯も身につけていなかった。よって、どこのどなたか今朝になるまでわからなかったわけだ。ちなみに、服装は部屋着だった。ちょっと近くのコンビニに、というつもりで家を出てきたなら、財布くらいは持ってないとおかしいわなぁ」

物取りの犯行か、それとも身許をわからなくさせるために犯人が意図的に持ち去ったのか。もし物取りの犯行だとしたら、小川はよほどの優男だったのだろう。そうでなければ、普通は壮年の男を狙わない。自動的にそこまでをつらつらと考えていたら、続く野田の言葉で可能性が狭められた。

「つけ加えておくと、小川巡査部長は柔道三段だった。資料ができ次第写真も配るが、けっこうガタイのいい男だよ。そんな奴の財布を狙って襲ったのだとしたら、犯人《ホシ》はよほど自分の格闘能力に自信があったのだろうな」

つまり野田は、物取りの犯行とは考えていないのだ。同感ですね、と村越は内心で頷く。だとしたら、動機は怨恨か。行きずりの犯行は捜査範囲が広くなって面倒だが、恨みによる殺人ならば犯人は被害者の身近にいる。捜査は簡単な方がよかった。

「身許が判明したのは、出勤時間になっても小川巡査部長が署に来なかったからだ。どうしたのかと署の人間が電話をしても、出ない。で、何かあったのではと念のために発生中の事件を調べてみたら、小川の家のそばで死体が見つかったというじゃないか。問い合わせてみたら、まさにビンゴだったわけだな」

独身男が道で野垂れ死ぬと、身許もなかなか判明しなくなるという典型例だ。村越自身も離婚して今は独り身なので、とても他人事《ひとごと》ではなかった。怖い怖い、と密かに首を竦める。

「検視によれば、凶器は大振りのナイフで、柄の部分まで背中に刺さっていたらしい。心臓を後ろからぐっさりだったそうだ。それじゃあ、いくら柔道の有段者でも一発でお陀仏《だぶつ》だわな。今、解剖中で、詳しいことはこれからだ」

心臓をひと突き、と口では簡単に言えるが、実際はかなり難易度が高い殺し方だ。通常は殺す側も興奮するから、何度も刺すことになる。野田は冗談めかして、犯人は格闘能力に自信があったと言ったが、本当にそうなのかもしれない。

だが、ナイフが偶然急所に刺さり、一撃で殺せた可能性もある。司法解剖の結果も出ていない段階であれこれ考えるのは、まさに予断に過ぎなかった。自分の手帳には、大きくクエスチョンマークを書いておく。

「死体発見者は、帰宅途中の人だ。小川巡査部長とは面識がない。暗い夜道に倒れている人を見つけ、どうしたのかと声をかけたが反応がない。よく見たら、背中に刃物が刺さっているようだ。驚いて一一九番通報をし、どう見ても事件だから一一〇番にもかけた。機捜の人が駆けつけたときには、まだその場にとどまっていたそうだよ」

発見者によると、死体のそばに不審な人はいなかったという。悲鳴や争う音も聞かなかったらしいから、犯行直後に通りかかったわけではなさそうだ。発見者から聞き出せることは、ほとんどなかった。

「ホトケの身許が判明してすぐ、所轄の皆さんが小川巡査部長の住むアパートに行ってくれた。幸い、小川巡査部長のスウェットのポケットには鍵が残っていた。鑑識にも入ってもらって部屋を調べたが、やっぱり財布と携帯はない。どこかで落としたのでなければ、ホシに持ち去られたと考えるのが妥当でしょうな」

携帯電話には、持ち主の人間関係が凝縮されて詰まっている。それが持ち去られたということは、やはり犯人は被害者の知人なのだ。今回は捜査方針がはっきりしていて、やりやすそうだと楽観する。

「現時点で判明していることは、以上だ。何せ身許が判明したのが今朝だから、まだこれからだな。何か質問はあるか」

野田が講堂内を見回したが、わかっていることが少ないのなら質問をしても意味はない。果たして、手を挙げる者はいなかった。

「ではこれから、担当と組み合わせを発表する。読み上げるから、一応立ち上がってみんなに顔が見えるようにしてくれ。じゃあ、読み上げるぞ」

手許の紙を見ながら、野田はまず地取り担当の者の名を挙げた。犯行現場周辺の聞き込み係である。村越は呼ばれなかった。

「次、鑑」

鑑とは、被害者本人についての洗い出しのことだった。人間関係を調べ、周辺に殺意を抱く者がいないか探る。今回の場合、犯人に直結する捜査はこちらだろう。特に出世に興味がない村越は、どちらでもかまわなかったのだが。

「村越」

ふたり目に名前を呼ばれたので、「へーい」と応じながら立ち上がる。続けて呼ばれて立ち上がった所轄の刑事は、女だった。あれ、珍しい、と思わず眉を吊り上げた。

「高城」

「はい」

高城という名の女刑事は、お世辞にも見目麗《うるわ》しいとは言えなかった。むしろ、よくいる頑固刑事みたいなご面相をしている。きっと父親似なのだろう。だが、女は顔ではない。性格がかわいいといいなと、少し期待した。

高城は村越と目を合わせると、硬い声で「よろしくお願いします」と言い、頭を下げた。「こちらこそよろしくね」と気さくに応じたつもりだったが、高城はにこりともしなかった。緊張しているのかな、と解釈しておいた。

## 9

店の中に、先客の姿はなかった。一番奥にあるレジの前には、何十年も前からそこに坐っている風情の老人がいて、こちらにちらりと目を向ける。相手が顔馴染みの客だと気づいたはずなのに「いらっしゃい」のひとつも言わないのは、いつものことだ。西條も気にせず、棚を見始めた。

この古本屋は通路が二本だけの小さい店舗だが、棚の回転がいい。二週間に一度くらいのペースで顔を出すと、前にはなかった本が必ず並んでいる。そのくせ、店主はいつもレジ前に坐っているから、いつ入れ替えているのか不思議だ。不思議といえば、こうした小規模の古本屋が今でも潰れずにいること自体が不思議だった。棚の回転のよさを考えても、きちんと固定客を摑んでいるのかもしれない。

今日もまた、前回にはなかった本が見つかった。新しい本は一ヵ所に固まっているわけではなく、棚のあちこちにあるから、宝探しのようにまんべんなく見なければならない。だがそれも、この店に来る楽しみのひとつだった。店主はそれを見越して、新入荷の本を散らばらせているのだろう。

見つけた新しい本を、何冊か手に取ってみた。だが、どれもあまり食指が動かなかった。棚から抜いては戻しを繰り返していたら、「あんた」と呼びかけられる。実はそれを待っていたのだった。

「今日はどんな気分だい？」

店主は眼鏡《めがね》をずり下げ、フレームの上からこちらを見ていた。七十代だろうか。髪の量は多いが、七割方白い。頬が痩《こ》け、首にも皺が寄っている。だが口調ははっきりしているし、眼光も鋭い。人によっては怖いと感じるかもしれないほど、目には力があった。

「人間の話がいいかな」

西條は答えた。この店に来始めて、三ヵ月ほどになる。最初は言葉を交わさず、ただ自分が選んだ本を差し出して買っていたが、あるとき読みたい本が見つからずにしばらく棚を眺め続けた。そうしたら店主が、今のように話しかけてきたのだった。

質問の意図がわからなかったが、本と無関係の問いかけであるはずがないと考え、「美しい文章が読みたい」と答えた。すると店主は、あらかじめその答えを見越していたかのように、カウンターの下から一冊の本を取り出した。『ありきたりの狂気の物語』というタイトルの本だった。

これがいい、と店主はきっぱりと言った。その迷いのなさに釣られ、本を買った。読んでみたら、とても美しいとは言いかねる話だった。卑語が多く、世界観は汚く、人の醜さをこれでもかと描いている。だが読み終えてみれば、店主がきちんとこちらのリクエストに応えていた気もした。以来、店主が本を薦めてくれるのを待つようになった。単に手許にあった本を押しつけているだけではないかと疑わないでもなかったが、店主の推薦本がいずれも面白いことは間違いなかった。

　店主はこちらを睨むと、またすぐにカウンターの下から本を出した。珍しく、文庫ではなくハードカバーだった。懐具合に余裕があるとは言えない。だから古本屋に通い、しかも文庫本を買っているのだ。ハードカバーには手が出ないかもしれないと、反射的に思った。

「有名な作品だから、もう読んでるかな」

　店主はそう言う。西條は表紙のタイトルを見て、首を振った。

「いや、読んでないです。タイトルはもちろん知ってますが」

「ふん、あんたは読書家なのかと思っていたが、そうでもないのか」

　客に対して失礼な物言いだが、読書家でないのは事実なので腹は立たない。正直に、自分の状況を話した。

「読書は好きですが、これまであまり暇がなかったんです。いつか読んでみたいと思っていた本ですけど――」

　店主が出した本は、ガルシア・マルケスの『百年の孤独』だった。確か、まだ文庫本にはなっていない。新刊で買えば、三千円くらいするはずである。昔ならともかく、今はとても買える値段ではなかった。

「これは今日入荷したばかりだ。傷んでいるので、高い値段はつけられない。五百円でどうだ」

店主は、こちらの逡巡《しゅんじゅん》の理由を見抜いているかのようなことを言った。『百年の孤独』が五百円とは、確かにお買い得だ。手に取って傷み具合を見てみたが、表紙やページが破れているわけではない。一度濡《ぬ》れてから乾いたのか、皺が寄っているだけだ。少し読みにくいかもしれないが、我慢できないほどではなさそうだった。

「わかりました。では、これをいただきます」

贅沢が言えない今は、図書館で借りるという手もある。だが、好きな本は可能なら手許に置いておきたかった。以前から気になっていた『百年の孤独』を所有できるのは、思いがけない喜びだった。

五百円玉を、代金を置くための皿に載せる。店主は頷いたが、ただそれだけだった。袋には入れなくていいと、西條がいつも断るからだ。また来ます、と挨拶をしかけたときだった。

反対側の通路から、人が現れた。西條を見て、少し驚いたように顔を上げる。ちょうど西條が通路を隔てる棚の陰になっていたのか、先客がいることに気づいていなかったようだ。三十前後と見受けられる女性は、小さい声で「いらっしゃいませ」と言った。

店主はその女性のことを、じろりと睨んだ。

「裏に回れと言っただろう」

「ごめんなさい。考え事をしてたので、無意識に……」

女性は最後を曖昧《あいまい》に濁すと、西條に一礼してから、店主の横を通って店の奥に消えていった。奥は居住空間のようだ。

「今のは？」

奥に入っていったところからすると、家族なのだろう。だが、妻らしき人以外はいないと思っていた。特に興味を覚えたわけではないが、触れずに帰るのも愛想がないと思い、訊《き》いてみたのである。

「娘だ」

店主はぶっきらぼうに言う。店主の娘としては少し若い気がするが、遅く生まれた子供なのだろう。店主にはあまり似ず、横顔は整っているように見えた。

「里帰りですか」

「まあ、そんなようなものだ」

店主はあまり尋ねて欲しくなさそうだった。こちらも詮索する気はない。今度こそ「また来ます」と言葉を残して、店を出た。帰宅して本を開くのが楽しみだった。

# 10

コンビを組むことになったのは、村越という名の男だった。年齢は五十過ぎか。見るからにくたびれた感があり、〝足で捜査する刑事〟という一般的イメージそのままと言っていい。だがそれは外見だけで、口調が妙に軽くて驚いた。捜査一課九係の係長も、捜査会議の司会を変に砕けた調子で務めていたが、そういう人材が集まっているのだろうか。それともたまたま、係長の野田と村越だけが変わり種なのか。理那にはなんとも判断がつかなかった。

捜査会議が終わってから、改めて挨拶をした。すると村越は何を思ったか、「下の名前は？」と尋ねる。フルネームを知ることになんの意味があるのかと訝《いぶか》しんだが、本庁捜査一課の刑事に質問されて答えないわけにはいかない。「理那です」と告げると、村越はとんでもないことを言った。

「理那ちゃんって呼んでもいい？」

「は？」

なんだ、この人は。理那は感情を抑えられず、露骨に眉を顰めてしまった。女だからちゃんづけで呼ぶというのは、あまりに旧態依然とした発想だ。セクハラと紙一重と言ってもいい。そういう人なのかと、一瞬で村越の本質が見えたように感じた。

「できますれば、そういう呼び方は控えていただければと思います」

木で鼻を括《くく》った物言いを、あえてした。それでも村越は応えた様子がなく、「硬いなぁ」などと言う。

「せっかくコンビを組むんだから、もっと仲良くやろうよ。その方が楽しいだろ」

「楽しさを求めて仕事をしているわけではありません」

女だからと見くびられたり、蚊帳《かや》の外に置かれたことは多々あったが、セクハラ紛いに親密にしてこようとする男は初めてだった。ある意味新鮮だが、だからといって受け入れられるものではない。こんな男よりはむしろ、こちらを侮《あなど》ってくれた方がまだましだと思う。侮る相手は、実力で見返せばいいからだ。面倒な相手と組まされてしまった、と内心で侮蔑《ぶべつ》の念を抱いた。

所轄刑事にすげない対応をされたというのに、村越は腹を立てるでもなく、なおも「硬いなぁ」と繰り返している。上下関係にものを言わせてこちらに服従を強いるような男でない点は、評価してもよかった。とはいえ、警視庁の精鋭である捜査一課の刑事がこんなレベルなのかと、大いに失望した。それならば、いずれ自分も一課に引き上げてもらうのは決して夢ではないだろう。

挨拶はそれくらいにして、仕事の割り当てを聞いた。理那たちは鑑担当なので、被害者の知人に話を聞くのが任務である。友人や親族のところに行くことになるかと予想していたが、職場に行けと指示された。職場とはむろん、巣鴨署のことだ。女の理那が行っても見くびられて非効率的だろうに、あえて割り振られたということは、村越が一目置かれているからか、単に顔が利くのか。いい年をして軽薄なこの男が一目置かれているとはとても思えないから、単に顔が広いのだろう。どうせ巣鴨署の人間も捜査一課刑事しか相手にしないから、気は楽だった。

電車で巣鴨駅を目指した。その間、村越はあれこれとくだらないことを話しかけてきたが、適当に相手をした。どういう意図なのか、村越は理那のプライベートを知りたがった。そんなことを知ってどうするのか。こちらのプライベートになど興味を示した同僚はかつていなかったので、苛立つというよりも不思議でならなかった。

高田馬場《たかだのばば》で乗り換え、巣鴨駅に着いた。巣鴨署は駅から近いので、三分ほどで到着する。先方にはすでに訪問の予定を伝えてあったから、受付からすぐに応接室に通された。

出てきたのは交通課の課長だった。中年太りが進行していて顔に肉がついているため、福相に見える。意地悪そうではないが、だとしたところで所轄の女刑事など相手にする気はないだろう。案の定、理那がそこに存在していないかのように、村越だけに向かって話しかけた。

「小川のことでは、本当に驚きました」

理那も所属と階級を名乗ったのだが、課長は一瞥をくれただけだった。それも無理はない。本庁捜査一課の刑事様がやってくれば、付き添いの者に気を配る余裕はなくなる。理那の内心など知らず、課長は信じられないとばかりに小刻みに首を振った。

「あいつが殺されるなんて、未だに何かの間違いではないかと思いますよ。柔道の腕も相当なものだったので、まさかこんな死に方をするとは」

「なるほどねぇ」

村越はもっともらしく相槌《あいづち》を打ったが、どうしたことかそれ以上言葉を続けようとしなかった。なぜ質問をしないのかと、課長は訝っているように見える。理那も同感だった。質問しろという言外の意味を込めて横顔を見つめると、それに気づいて村越はこちらに顔を向けた。

「何か、課長さんに訊きたいことある？　訊いてよ」

「えっ、私がですか」

捜査本部が立った場合、所轄刑事はあくまで本庁捜査一課刑事の補佐役だ。所轄内の地理に詳しくない一課刑事を、目的の場所まで案内するのが仕事と言い切ってもいい。つまり、所轄の外にいる今は口を噤んでいることこそが望ましく、代わって他の所轄の課長に質問をするなど論外だ。村越は何を言っているのか。

「女刑事ってのは、たいてい優秀なんだよな。男の一・五倍は努力してるだろ。だからあんたも、絶対おれより優秀なはずなんだよ。おれなんかが質問するより、あんたの方がよっぽど有益なことが聞き出せるはずだ。だから、課長さんへの質問は任せた」

村越は言うと、さあとばかりに顎をしゃくった。本気で言っているのかと、村越の言葉の裏を読みたくなる。もしここで真に受けて代わりに質問などしたら、何かペナルティーがつかないか。一課刑事を蔑《ないがし》ろにしたと、上司に報告されるのではないかと警戒した。

「なんだよ、訊くことはないのか。じゃあ、帰るぞ」

村越は今にも腰を上げそうな勢いである。これは逆に、こちらの能力をテストしているのではないかと考え直した。ここで適切な質問ができなければ、無能と見做されるのだ。慌てて頭を回転させ、訊くべきことを整理した。

「では伺います」課長の方へ、少し身を乗り出す。「捜査本部《チョウバ》では、物取りと怨恨の両方の線を洗うことにしています。私たちは鑑取りなので、小川巡査部長の人間関係について知りたいのです。署内で、とは言いませんが、何かプライベートで小川巡査部長がトラブルを抱えていたといった話は聞いていないでしょうか」

言葉は慎重に選んだ。下手《へた》なことを言って、臍《へそ》を曲げられては困る。課長は戸惑い気味に村越に視線を向けてから、改めて理那に答えた。

「小川が殺されたと聞いてから、ずっとそれを考えているんだが、特に思いつかないんだよ。うちの連中にも訊いておくけど」

「ぜひお願いします」

これでいいかと村越の顔を見たが、その表情はまるでぼんやりしているかのようだった。本当にぼんやりしているわけがないから、これは韜晦《とうかい》か。しかしなぜ、所轄の人間に対して韜晦しなければならないのだろう。村越の意図はまるでわからなかった。

ひとまず、村越の真意を考えるのは措《お》いておくことにした。眼前の課長に対する質問に、思考を集中させる。小川巡査部長の同僚に話を聞いてもらうくらいなら、いっそ交通課の全員と会いたかったが、今は出払っているのだろう。まして、直接話を聞きたいなどと言えば、課長の言葉が信用できないかのようにも取られかねない。今はいったん引き下がっておいた方が得策だった。

「事故処理などで、小川巡査部長が当事者と揉めたということはなかったですか」

そんなことがあれば真っ先に話してくれているだろうとは思うが、一応その点も確認した。怨恨による殺人の場合、それが私生活に原因があるのか、あるいは仕事上の問題か、ふたつの可能性が考えられる。警察官であるからには、逆恨みを買うことは避けられない。どちらかといえば、その線が強いのではないかと理那は考えていた。

「私は報告を受けていないが、それも調べておこう。でも、うちの署に来る前の話かもしれないよな」

課長の指摘は、理那も考慮していたことだった。前後してしまったが、改めて確認する。

「小川巡査部長は、こちらに来てどれくらいになりますか」

「三年弱だ。以前は代々木《よよぎ》署にいたよ」

「代々木署ですね」

そちらにも回った方がいいかもしれない。それと、話を聞くべきは警察学校の同期か。物取りの線が消えないうちは、どこまで手を広げるか迷うところだ。村越任せにできないとわかると、次々に考えが浮かぶ。

「念のために伺いますが、昨日の小川巡査部長の素振りに何か変わった点はなかったでしょうか。そわそわしていたとか、落ち込んでいたとか」

まるで一般人を相手にしているような質問なので、気を悪くされないかと心配だったが、課長は素直に答えてくれた。

「いや、変わった素振りなんてなかったと思うぞ。いつもどおりの、ごく普通の態度だった」

「そうですか」

にべもなく突っぱねられたわけではないが、何を訊いてもはかばかしい返事が得られず、若干空《むな》しかった。やはり警察官相手の聞き込みは難しい。他に何か訊いておくべきことはあるだろうかと、頭の中で疑問点を整理した。

「しかし、人の一生なんて儚《はかな》いもんですよねぇ」

少し沈黙が続いたからか、課長はそんな慨嘆を口にした。被害者の小川は四十六歳だった。独身であっても、親兄弟や友人など、悲しむ人は当然いる。早すぎる死は、警察官であるからには他人事ではなかった。

「なんとしてもホシを挙げたいと思っています」

こんなときだけ村越が真顔で応じると、「それがですねぇ」と課長は言葉を継いだ。

「うちの署の話じゃないんですが、別の署の白バイ警官がつい最近、事故死したんですよ。そいつなんか、小川よりさらに何歳か若かったですからねぇ。なんというか、こういうことが続くと五十過ぎまで生きてるのは単なる幸運じゃないかと思えてきますよ」

事故死か。なんとなく、気になった。小川よりさらに何歳か若かった、という言い方をするからには、十歳と違わないのだろう。年が近く、同じ交通課の警官。共通点があることが、少し引っかかったのだった。

「それはどちらの署の人ですか」

　つい、また口を開く。課長は素直に答えてくれた。

「戸塚《とつか》署だよ。勤務明けにバイクで帰宅する途中で、何があったのか対向車線にはみ出して、やってきた車と正面衝突したらしい。白バイ勤務だから運転技術は確かなはずなのに、疲れてたのかねぇ」

「そうですか」

　小川巡査部長殺害とは直接関係がないので、戸塚署、白バイ勤務とだけ留意しておいた。その後は特に質問も思いつかなかったため、終わりにしていいかと確認するつもりで村越の顔を見た。村越は納得したらしく、気安い調子でこちらに頷きかける。またお邪魔します、と課長に対して調子のいいことを言って腰を上げた。課長は最後まで、戸惑いが拭《ぬぐ》えずにいるようだった。

「あんな調子でよかったでしょうか」

　署を出て、村越に語りかけた。村越は大袈裟に、「おーおー」と何度も首を縦に振る。

「上出来、上出来。安心して聞いていられたよ。次も任せるから、よろしくね」

「はあ」

まだテストは続くのか。なかなか気が抜けないな、と密かに嘆息した。助平親父のような振りをしていて、その実けっこう厳しい人のようだ。

ならばと、もう少しやる気を見せることにした。もしかしたら村越も、理那がそれを指摘するのを待っているのかもしれないとも考えた。

「さっきの話、ちょっと気になりませんか？」

「うん？　さっきの話って？」

とぼけているのか、村越はわからない振りをする。理那は焦《じ》れずに答えた。

「別の署の事故死のことですよ」

「えっ、事故死が？　それのどこが気になるんだ？」

「時期が近いですし、同じ交通課の人でもあるので……」

問い返され、口にしたことを後悔した。もう少し煮詰めてからでないと、持ち出すべきではなかったか。村越は「うーん」と唸《うな》って、首を傾げる。

「まさか、それが事故死じゃなくって殺人だったとでも言うのかい、お嬢ちゃん。いやいや、なかなか大胆なことを言うねぇ」

認められているのか、馬鹿にされているのかわからなかった。村越の本音が読めないので、「お嬢ちゃん」と呼びかけられたことにも腹を立てている余裕がない。一課刑事と行動をともにしたことは何度もあったが、これほど神経を使わされる相手は初めてだった。

「考えすぎでしょうか」

　この話題は早々に打ち切るべきだと判断した。考えすぎ、ということで片づけておきたい。

村越は肩を竦めて、「いやいや」と言う。

「なんでもありのご時世だから、連続サツカン殺しだってありうるだろうよ。でもそうなると忙しいから、おれとしてはやめて欲しいなぁ」

　どこまで本気かわからない、村越の言葉だった。事なかれ主義なのか、それともこれも韜晦か。村越の人となりが見えてくるまで、よけいなことは言わないようにしようと決めた。

「そうですね」

　無難な相槌を打ち、それで引き下がった。心の中だけで、「ふう」とため息をついた。

## 11

　渕上さん、と横から声をかけられ、誠也は書類をまとめる手を止めた。同じ部署で働いている事務の女の子が、少し上目遣いにこちらを見ている。すぐに用件に察しがついたが、「何？」と訊き返した。女の子は大きい目をきらきらさせながら、続けた。

「今日この後、女子みんなで飲みに行こうってことになったんですけど、男性の皆さんも参加しませんか」

男性の皆さんも、と言うが、この女の子が誠也に来て欲しがっていることはわかっていた。五つ年下の、派遣の子である。ここで働き始めた当初から誠也のことを気に入ったらしく、少なくとも女性陣の間ではその気持ちが知れ渡っていた。他の女性たちが、好奇心たっぷりにこのやり取りに注目していることにも気づいていた。

「ごめん、今日は約束があるんだ。でも、おれ以外の連中は喜んで参加するんじゃないかな」

男の後輩に顎をしゃくると、「喜んで参加しますよ！」と身を乗り出して割り込んできた。女の子は露骨に、「えーっ」と顔を顰《しか》める。「えーっ、とはなんだ、えーっ、とは！」と後輩がやり返すのは、いつものことだ。女の子は気さくで誰に対しても愛想よく接するので、職場の男たちに気に入られていた。

「渕上さんが来られないのは残念ですぅ。じゃあ今度はあらかじめ予定を決めておきますから、絶対参加してくださいね」

諦めきれないように、女の子は誠也に目を戻した。誠也は笑って、「わかった」と応じた。

「渕上さんはこれから美人とデートなんだよ。他を当たれ、他を」

後輩が茶々を入れると、女の子は目を見開いて「ええええっ」と大袈裟に驚きの表情を作った。

「本当なんですか。本当に美人とデートなんですか」

「違うよ。友達だ」

「ですよねぇ。ああ、よかった」

そう言いながら、女の子は後輩に対して「いーっ」と顔を歪めてみせる。もともと女の子も、後輩の言など本気にしていないのだ。周囲に女っ気がない誠也は、同性愛者ではないかという噂まで立てられている。それを真に受けているわけではないだろうが、誠也に特定の女性はいないと女の子は踏んでいるのだった。

異性と親しくならないのはむろん、レイがいるからだ。レイと再会する以前から女性と付き合う気にはなれなかったが、ふたたび巡り合った今はなおさら、職場の女性には興味が持てない。この女の子に限らず、周囲の人は全員、誠也の本当の顔を知らないのだ。本当の顔を見せられない相手と、親しくなるわけにはいかなかった。

過去に縛られている、と思う。過去は忘れて、これからのことだけを考えて生きていく人生もあり得た。だが過去は誠也を強固に縛り上げ、人並みに生きることを許さなかった。ならば、前向きでなくてもいい。過去のみを見て、復讐に人生を蕩尽《とうじん》するのも一興だった。明るいところだけを通って生きていくのが、人の一生とは限らない。一緒に歩いてくれる人がいるなら、暗い道をゆくのも苦ではなかった。

女性陣が大半いなくなった後で、誠也も職場を離れた。電車を乗り継ぎ、自宅に帰る。エントランスはオートロックだが、管理人は日中しかいないので、出入りを見られることはない。レイと外で会うことがないわけではないが、最近は慎重を期してここに呼ぶことにしている。

レイが何時に来るかわからないため、ぼんやりとテレビを見ながら、買ってきた缶ビールを啜《すす》っていた。レイも酒を飲むので、ふたりになったらワインに切り替えようと思っている。ビールはただ、無為の時間を潰すための手段に過ぎない。もともとアルコールに強い体質でもあり、酔いはまるで訪れなかった。

十時過ぎに、〈今から行ける〉とメールが来た。予想より早くて、嬉しい。落ち着かなくなり、すでに片づけてある部屋の中をまたあれこれといじった。

三十分ほどして、玄関チャイムが鳴った。一階のエントランスからの呼び出しではなく、部屋の玄関からだ。エントランスのオートロックは暗証番号を打ち込むタイプなので、レイにはもう教えてある。レイは勝手にそこを通り抜け、階段を使って誠也の部屋までやってきたのだった。

「お疲れ」

玄関ドアを開け、素早くレイを中に呼び込んだ。サージカルマスクをしていたレイは、ドアが閉まりきるのも待たずに誠也に抱きついてくる。慌てて誠也はドアに施錠し、それから改めてレイを抱き締めた。しばらくそのままでいてから、靴を脱いで上がるよう促した。

「ああ、疲れた」

マスクを取り、ソファに身を投げ出したレイは、そう声を上げた。こんな時間まで働いていたのだから、疲れもひとしおだろう。「ご苦労様」とねぎらいながら缶ビールを渡してやると、嬉しそうに「ありがとう」と言って受け取った。

「仕事の後のひと口は最高だねぇ」

プルトップを開けて、喉を鳴らしてビールを飲んでから、レイはそんなことを言った。誠也は思わず苦笑する。

「おっさんみたいだな」

「心がおっさん化してきてるかも」

あながち冗談でもなさそうな口振りだった。不意に心配になり、問いかけた。

「そんなに忙しいのか」

「忙しいのはありがたいことだからね。文句は言えないけど」

自分に言い聞かせるかのように、レイは言う。誠也はかけるべき言葉が見つけられず、しばしその顔を見つめた。

レイが今のような状況を望んでいたことは、誠也も承知している。仕事がまるでなかった頃を知っているだけに、徐々に忙しくなってきたことは大いに歓迎だった。とはいえそれも、レイが健康でいられてこそだ。多忙のあまり体調を崩すようなことは、絶対にあって欲しくない。

「体は大事にしろよ」

あれこれ考えた挙げ句、凡庸なことしか言えなかった。それでもレイは淡く笑い、頷く。

「うん、ありがとう。まだ大丈夫だよ。まだまだぜんぜんがんばれる」

「そのガッツがあるなら、乗り切れるよ。がんばれ」

レイが進もうとしている道を、誠也は伴走してやれない。ただ応援するだけでしかない。だが、それでもいいと思っている。たとえレイが遠くに行っても、ずっと応援し続ける。再会したときから、そう決めていた。

お腹《なか》が空《す》いたとレイが言うので、買ってあった缶詰やチーズなどを出し、ワインを開けた。グラスに注ぎ、改めて乾杯する。大して高いワインではないが、一緒に飲む人がいるとそれだけでおいしい。レイも「家飲みはいいね」と喜んでくれた。

その間、ボリュームを絞ってテレビは点けておいた。なんとなく賑《にぎ》やかに感じられるからだ。十一時になったときには、ニュース番組にチャンネルを合わせた。しばしふたりで、無言のまま画面に見入った。アナウンサーが淡々と、今日の出来事を語る。五分ほど聞いてから、レイは安堵の息をついた。

「何も言わないね。警察はまだ、ふたつの事件を結びつけてないんだ」

「そうだといいけどな」

無邪気なレイに対し、誠也はそう楽観的にはなれなかった。レイは言外の意味を察し、首を傾げる。

「どういうこと？」

「警察がふたつの事件の関連に気づいていても、馬鹿正直に発表するとは限らないってことさ」

「ああ」

レイはさほど意外そうな顔はしなかった。まったく考えていなかったわけではないようだ。眉を顰め、問い返してくる。

「もう警察は気づいてると思う？」

「いや、まるでわからない」

正直に答えた。警察の動きが読めないのは、不安材料のひとつだった。マスコミがもう少しがんばってあれこれ訊き出してくれればいいのだが、小川殺しについての報道さえ今はもうほとんどない。どこまで捜査が進展しているのか、外部からはわからなかった。

「杉本の方が他殺だとばれない限り、大丈夫なんじゃないの?」

おそらくレイは、あえて気楽なことを言っているのだろう。心配性の誠也に対する、一種の気遣いなのだと思う。それがわかるだけにあまり悲観的なことは言いたくないが、現実を無視するわけにもいかなかった。

「そう思いたいけど、警察を甘く見ない方がいいよ。きっと、頭が切れる人もいるはずだ」

「そうかな。誠也より頭がいい人なんて、いるわけないよ」

レイは大きい目で、じっとこちらを見て言う。これは楽観でも世辞でもなく、本気の言葉のようだ。その絶対的な信頼が、誠也は嬉しい。

「おれたちは逃げ切る。そのための準備は、万全だ。レイに迷惑はかけない」

「迷惑なんて、何言ってるの。誠也が立てた計画だもん。私たちが捕まるわけない」

レイの言葉は、いつでも誠也に力を与えてくれる。レイの信頼があれば、誠也はどんな困難にも立ち向かえる。レイを守るためなら、おれは悪魔にでも殺人鬼にでもなってやる。それは、遥か昔に己に誓ったことだった。

不安がないと言えば、嘘《うそ》になる。だが、いくら警察に頭が切れる人材がいようと、誠也が立てた計画すべてを見抜けるとは思えなかった。レイだけはなんとしても護《まも》る。改めて、心の中で繰り返した。

レイはこちらを真っ直ぐに見て、淡く微笑《ほほえ》んでいる。そんなレイに、誠也も笑い返した。

## 12

何回同じ話をすればいいのよ、と相手は露骨に顔を歪めた。どうやら誰かがすでに来ていたらしい。だが、この程度の嫌みで気が引けるほど刑事は繊細な神経を持っていない。「いやぁ」と言いながら頭を掻き、三井厚《あつし》は額に皺を寄せた。こんな表情をすると、お笑い芸人の誰やらにそっくりになるらしい。それだけでなんとなく相手も笑ってしまって口が軽くなるのだから、使わない手はなかった。

「もーしわけないです。それはたぶん、違う部署の人間だと思うんですよねぇ。私の方は、ほら、このとおり警視庁の捜査一課。こう見えてもですね、捜査畑のエリートなんですよ。見た目どおり、かっこいいでしょ」

「ええっ？」

四十代とおぼしき主婦は、どう反応していいのか困った顔で苦笑していた。こんなふうに軟化すれば、もうこちらのものである。相手は三井と話をする気になっているのだった。

「ちょっとお話伺わせていただけないですかねぇ。一課刑事と話をしたなんて、友達に自慢できますよ」

「ホントに捜査一課の刑事さんなんですかぁ。なんか、ぜんぜんイメージと違うんですけど」

主婦は疑う顔で、三井が示した警察バッジに顔を近づけてくる。だが本気で疑っているわけではなく、こちらに調子を合わせてふざけているのだ。女は瞬時に、男を受け入れるかどうかを本能的に判断する。主婦はもう、三井を受け入れている。そうでなければ、警察相手にこんな態度をとるわけがなかった。

ちょろいものだ。腹の中で嗤《わら》った。さっきは再度の聞き込みにうんざりしていたのだろうが、その程度の心の防波堤など簡単に突破できる。三井の話術にかかって、心を開かなかった女はひとりもいないのだ。平凡な主婦の口を開かせることくらい、寝ててもできるたやすいことだった。

「本物ですよぉ。ほらほら」主婦の前で、警察バッジを左右に振って見せた。「ねっ。だからちょっと、話を聞かせてください。二度手間で申し訳ないですけど」

「いや、まあ、いいですけど。お上がりになります？」

「いやぁ、ありがたい。じゃ、お言葉に甘えようか」

先ほどから何も言わずに傍《かたわ》らに立っている所轄の相棒刑事に声をかけ、靴を脱いだ。コンビを組んでから三井のこんな態度は何度も見ているのに、まだ慣れていないらしい。おそらく、これほど軽い一課刑事は見たことないのだろう。三井自身も、見たことがなかった。

リビングルームまで案内され、ソファに腰を下ろした。一軒家の４ＬＤＫ。建坪は八十前後か。リビングの広さは八畳。テレビサイズは五十インチ。主婦の年齢からすると、そここそ裕福な家だと言えるだろう。そんな情報を、三井は一瞬で見て取った。

「どうぞ」

主婦は茶を出してくれた。喉が渇いていたので、ありがたい。遠慮せず、手を伸ばした。

「あー、おいしいお茶だ。こんなお茶を飲ませてもらえるなら、これから毎日聞き込みに来ようかな」

「えーっ」

主婦は眉根を寄せるが、さほどいやそうではなかった。警察に対しての反感めいたものがあったとしても、今はもうすっかり霧散しているのだろう。協力者が増えるのは、いいことだった。

「で、お伺いしたいのは、この前そこの路上で起きた殺人事件についてなんですけど、ここだと何か音が聞こえたりしました？」

懐かれて関係ない世間話をされても困るので、この辺りで本題に入った。一度質問されているという主婦は、すぐに答える。

「人の呻《うめ》き声とかは聞こえなかったけど、バイクの音が聞こえました」

捜査会議の席上でも、そうした証言は報告されていた。だが三井は、人づてではなくその音について直接尋ねてみたかったのだ。

「ええと、それは何時頃のことでしたか？」

「十一時半過ぎで、たぶんまだ深夜零時にはなってない頃。その時間はもう静かだから、突然の音にびっくりしたんですよ」

時間を比較的正確に把握しているのは、記憶が新しいうちに一度確認されているからだろう。信憑性《しんぴょうせい》は高いと見て、問題なさそうだった。

「バイクの音といっても、いろいろありますよね。どんな感じの音でした？」

「ええと、最初はバオーンって感じのエンジンを吹かす音。それが突然鳴って、その後でキキーッていうブレーキの音もしたわ」

「エンジン音とブレーキ音、ですね。その他には？」

「いえ、他には何も」

解剖の結果、遺体には打ち身の痕《あと》も見られた。バイクにぶつかられたか、あるいはよけようとして転倒した際の打撲か。衝突の音が聞こえなかったのなら、被害者はいち早く逃げたのかもしれない。柔道の有段者だったそうだから、バイクのエンジン音がすればよけることも可能であったと思われる。

「エンジン音の後、ブレーキ音がするまでにどれくらいかかりましたか。すぐ続けてか、あるいはちょっと間があったか」

「どうだろう。ワンテンポ、ツーテンポくらいの間はあったかしら」

これは初動捜査では得ていない証言だ。やはり自分が直接来なければ、手に入らない情報がある。

三井は犯行の様子を想像した。犯人は被害者の背後から、バイクで襲おうとする。だが被害者はバイクの爆音に気づき、身を翻《ひるがえ》す。轢《ひ》き損ねた犯人は、急ブレーキをかける。そしてその後どうしたのか。ブレーキをかけた後にバイクを降りても、被害者は背を見せなかったのではないか。柔道の猛者だという警察官が、襲撃者の正体もわからないままに逃げ出すとは思えない。しかしそうなると、背後から刺されているという死体状況と矛盾する。これは留意すべき点だった。

「この界隈《かいわい》は、ふだんは静かなんですよね。そんな音がしたら、何事かと外を見たりはしなかったんですか？」

目撃証言は、今のところ得られていない。どこの家でも、わざわざ外を見はしなかったようだ。この主婦もまた、直接は見ていなかった。

「もうちょっと早い時間なら、窓を開ける気にもなったんだけど、布団に入ってましたからねぇ。わざわざ布団から出て、パジャマのまま外を覗く気にはなりませんでしたよ」

まあ、そういうことなのだろう。目撃者がいない事情は、どの家庭でも同じのはずだ。深夜の住宅街での犯行は、意外に目撃者が見つからない。それはこういう理由なのだった。

「わかりました。大変参考になりました。お茶もごちそうさまです。何か他に思い出すことがありましたら、私こういう者ですので、いつでもご連絡ください」

腰を上げつつ、名刺を渡した。主婦は受け取りながら、「あら、もう帰っちゃうんですか」などと言う。最初の無愛想な態度とは大違いだ。聞き込みはこのようにするものだと、相棒の所轄刑事も学んだことだろう。

「なんかもう、毎回魔法を見せられてるようですよ。すごいですね」

家を出るとすぐ、感嘆を隠さない声で相棒が話しかけてきた。相棒の名は、大野《おおの》という。三十前後の、まだ若い刑事だ。顔立ちは十人並みだが、三井より背が高いのが気に食わない。

素直そうなところは評価しているが。

「しかつめらしい顔で訪ねていっても、相手はビビるだけだからな。聞き込みの際は極力低姿勢で、揉み手をするくらいの気持ちで行くのがコツさ」

「揉み手、ですか」

警察官の口から出てくるとは思えない言葉だったのか、大野は絶句していた。お前もそのうちわかるよ、と内心で語りかける。揉み手くらいで喋ってくれるなら、安いものだってことがな。

一度、遺体発見現場に戻ってみた。バイクのブレーキ痕《こん》が、路上にうっすら残っているとのことだったからだ。なるほど、知らなければ見逃してしまいそうだが、確かにタイヤの痕が残っている。単に真っ直ぐ前を見たまま停まったのではなく、Uターンしようとしていた。三井の想像と矛盾しない。犯人はバイクをUターンさせ、そのままもう一度被害者を轢こうとしたのか。だから被害者は、犯人に背を向けて逃げたのか。

「あのさ、大野くん」

路上にしゃがみ込んだまま、大野を見上げた。大野はきょとんとした顔で、「はい？」と応じる。刑事らしい凄《すご》みも、頭の切れも感じさせない、凡庸な顔だ。所轄止まりの顔だなと、三井は断じた。

「物取りの犯行だと思うか？」

根本的な質問をした。唐突な問いかけに、大野はどう答えるべきか困惑した様子だった。

「えっと、財布がないんだからその可能性はありますよね」

「財布を盗《と》りたいなら、ごついおっさんを狙うかな。ガイシャは見るからに武道をやっていそうな体格だったんだぜ」

「暗くてよくわからなかった、とか？」

「それなら、背後からバイクごとぶつかろうとして失敗した時点で、諦めてむしろ逃走しようとするんじゃないか。こいつ、わざわざUターンしてもう一度狙い直してるぜ。しつこくないか」

「つまり、物取りではなくガイシャ個人を狙った犯行である、と？」

「そんな気がするねぇ、おれは」

なぜ被害者が背後から刺されているのか、その点の不思議さは口にしなかった。何もわざわざ、すべてのカードを見せてやることはない。大野も三井と同じものを見ているのだから、自力で気づけばいいのだ。

「せめて、タイヤ痕がもっと鮮明に残ってればな」

路上の痕を指でなぞりながら、ぼやいた。ターンをした際の痕なので、タイヤの溝は不鮮明にしか残っていない。車種を特定するのは難しいとのことだった。また、犯行に使われたバイクが犯人所有の物ではない可能性も高いので、盗難バイクの洗い出しも行われている。だが、バイクの盗難事件は件数が多いため、こちらの事件との繋がりがその中から見つかるとは思えなかった。

「大野くんはさぁ、刑事の勘って信じる？」

立ち上がりながら、もう一度問いかけた。唐突な質問内容に、またしても大野は「は？」と呆《ほう》けた顔をする。もう少し頭が切れるところを見せてくれよ。内心でうんざりしたが、むろんおくびにも出さなかった。

「ええと、私はまだ経験が浅いので勘なんて当てになりませんし、そもそも勘頼りの捜査はあまり望ましくないのではないかと……」

質問の意図がわからないからか、大野は言葉を選ぶように恐る恐る答える。三井は笑って、肩を竦めた。

「そうか、そりゃよかった。おれのこの勘は、無視してかまわないってことだな」

「えっ、勘と言いますと？」

「なんだかいやな予感がするんだよ。まあ、勘頼りの捜査はよくないな。忘れよう、忘れよう」

## 13

一夜明けて村越は、もう一度巣鴨署に行くことになった。被害者である小川と同僚だった、交通課の者たちに会うためである。むろん、高城理那も一緒だ。理那はきちんと、昨日とは違うスーツを着ていた。男の刑事たちのように、署の柔道場に泊まったりはしないのだから当然だった。女性警察官はこうじゃなくちゃと、ついニヤニヤしながら眺めてしまう。理那にいやな顔をされた。

「自宅、近いの？」

巣鴨署に向かう電車の中で、そう訊いてみた。吊革《つりかわ》に摑まっていた理那は、「えっ？」と応じてから頷く。

「ええ、まあ、すごく近いというわけではないですが、遠くもないです。どうしてですか」

「いや、昨日会議が終わったのは遅かったでしょ。で、今朝も早かったから、いったん家に帰って着替えてまた出てくるのは大変だったろうと思って」

村越の説明に、理那は一瞬考えてから答えた。

「そうですけど、それは村越さんも同じじゃないですか」

相変わらず理那は、木で鼻を括ったような物言いをする。係長の野田も、なかなか面倒な相手を押しつけてくれたものだ。あの人のことだから意図があってなのだろうが、それを読み解こうという気はない。本人に直接訊く方が早かった。

面倒であっても、女は女だ。むしろ、女は誰でも面倒なものである。付き合いやすい相手と思っていたら実は面倒臭かった、ということも多々あるから、それに比べたらわかりやすくつんつんしている理那はかわいいものだった。毎日の仕事に張りが出たので、我ながら現金だと思う。

相手の冷たい態度にめげず、以後もあれこれと話しかけて道中を過ごした。巣鴨署に着いた後は、昨日と同じように理那に質問を任せた。聞き込みを丸投げできる所轄刑事は多くない。その意味でも、やはり理那はいい相棒だった。

受付で案内を乞い、昨日とは別の大きめの会議室に通された。待っていた三人の男が、すかさず椅子から立ち上がる。三人のうちのひとりは、昨日会った交通課課長だ。残りふたりが、自己紹介をする。

「御子柴《みこしば》巡査部長です」

「木島《きじま》巡査部長です」

御子柴は五十代とおぼしき小太り、木島は四十前後ほどの細身の男だった。こちらもまず村越が名乗り、その後で理那も挨拶をする。御子柴と木島は理那に対し一度頭を下げたが、以後はずっと村越だけに顔を向けていた。おれなんかじゃなく、こっちのお嬢さんに対して話をして欲しいんだがな、と内心で思う。

「お忙しいところ、すみませんね。課長さんから、おふたりは亡くなられた小川巡査部長と親しかったと聞いて、話を伺いに来たんですよ。今日はよろしくお願いしますわ」

村越の挨拶に対し、御子柴と木島は「はい」と低い声で短く応じた。無愛想なのか、故人を思って沈鬱《ちんうつ》な気持ちでいるのか、どちらなのかわからない。

「では、以後はこっちの高城が質問をしますので。後はよろしく」

話を振って、椅子の背凭《せもた》れに寄りかかった。理那はもう驚きこそしなかったものの、不満そうにこちらに視線をくれた。だが何も言わず、自分の手帳を開く。どうやら質問事項をあらかじめ用意していたらしい。やっぱり優秀だねぇ、と感心する。

「ではさっそくですが、小川巡査部長がなんらかのトラブルに巻き込まれていたとか、誰かの恨みを買っていたという話は聞いたことがありますか」

理那は前置きもなく、質問した。いきなりそこから訊くのか。つい、いいねぇと言いたくなる。相手も警察官だというのに、愛想のかけらもない。肩肘張ってる女はこうでなくちゃね。

訊かれた側も面食らったらしく、顔を見合わせてから木島が口を開いた。

「いや、そんなことはまったくなかった」

「別に、故人を貶《おとし》めたいわけではありません。取り締まりをしていれば、逆恨みをされることもあるかと思います。些細《ささい》なことでもけっこうです。何か耳にしたことはありませんか」

考えようともせず即答した木島の態度から、仲間の庇《かば》い合いめいた気配を感じたのだろう、理那は言わずもがなのことをつけ加えた。相手は捜査畑の人間ではないから、一般人も同然と考えているのかもしれない。そんな態度が吉と出るか凶と出るか、村越はニヤニヤしたくなるのを抑えながら傍観した。

「小川は財布を盗まれていたと聞いた。物取りの犯行ではないのか」

今度は代わって御子柴が応じた。個人的な恨みで殺されたとは、どうしても考えたくないらしい。

「まだ断定できる段階ではないので、両面で捜査をしています。そのためにも、故人の人となりを伺わせていただきたいのです」

「では、その前にまず、今回の事件に対する私らの印象を話してもいいでしょうか」

御子柴は理那ではなく、村越に対してそんなことを言い出した。相手が一般人であれば、絶対に出てこない言葉だ。理那もさぞやりにくさを感じているだろうと思ったが、これもいい経験である。勝手にあれこれ喋ってくれるのは、楽でよかった。

「どうぞどうぞ」

「私らは、物取りの犯行と思っています」

いきなり断定調で、御子柴は言い切った。まあ、そんなことではないかと予想していた。彼らは交通課の人間であり、事件捜査に関しては素人《しろうと》である。それなのに堂々と捜査方針に介入するかのような物言いをするのは、仲間を庇っているのか、あるいはセクショナリズムの弊害か。どちらであっても、警察官からの聞き取りは難しいものである。がんばれよ、と理那を内心で励ました。

「それはどうしてでしょう？」

対して理那は、あくまで穏便な受け答えをする。内心でカチンと来ているだろうに、見事なポーカーフェイスだ。よしよし、と褒めたくなる。

「小川さんは、人に恨まれる人間ではなかったからだ」

今度は木島が、理那に向かって胸を張った。さんづけで呼ぶのだから、木島が後輩なのだろう。こうして同僚を代表して出てきたところを見ると、よほど故人を慕っていたに違いない。

「詳しく説明していただけますか」

冷静に理那は促した。木島は勢い込んで続ける。

「真面目な警察官だったということだ。職務に忠実で、自己犠牲を厭《いと》わず、警察官の鑑《かがみ》だったよ」

「しかし残念ながら私たち警察官は、職務に忠実であればあるほど、逆恨みを買いやすくなります。なぜ逆恨みによる犯行という可能性を排除し、物取りと限定できるのでしょうか」

相手が感情的だからか、理那は必要以上に論理的な物言いをした。気が強い女もかわいいねぇ、と村越は思う。ただ、相手はどう受け取るか。反感を持たれて口を閉ざされるような事態にならなきゃいいけど、と考えた。

「仮に職務上で逆恨みを買ったとしても、小川さんの名前や所属などを特定するのは不可能だろ」木島が反論する。「まして小川さんは、帰宅後に襲われた。もし犯人が小川さん個人を狙ったのだとしたら、どうやって自宅を特定したと捜査本部は考えているんだ」

なるほど。主観に偏った意見かと思っていたが、そう言われると一理ある。取り締まりの際に逆恨みを抱かれることなど、恐るるに足らずというわけか。ならば、逆恨みによる犯行と考えるのは無理がある。

「貴重なご意見を聞かせていただきました。捜査本部に持ち帰りたいと思います」

理那の口振りは殊勝だった。そのお蔭《かげ》か、木島と御子柴は厳しめだった顔つきを幾分緩めたように見える。なかなかやるもんだ、と密かにひとりごちた。

「では、逆恨みではないとしても、個人的恨みによる犯行という可能性も残りますよね。それは、小川さんのお人柄からして考えにくいとおっしゃるのでしょうか」

「そのとおりだ」理那の確認に対し、御子柴が重々しく頷いた。「ここで最初の質問に対する答えに戻るが、小川が誰かに恨まれていたとか、トラブルに巻き込まれていたといった話は知らない。私らが知らないだけでなく、小川はそういう人間ではなかったんだ。これは、誰に訊いても同じ意見だと思うぞ」

「ともかく、真面目な人だった。警官として、非の打ち所がなかったと断言できる」

結局、表面を撫《な》でただけのような人物評を聞かされることになってしまった。それでは具体的な人物像が浮かんでこないのでもっと突っ込んだ話が聞きたいのだが、どう切り込んでも紋切り型の壁は崩せないだろう。果たして理那には手立てがあるのかと見守っていると、不意に質問の相手を変えた。

「小川さんは独身だったんですよね」

理那が尋ねたのは、先ほどからひと言も発していない交通課課長だった。課長は「うん」と頷く。

「離婚歴もない。縁がなかったんだろうな」

「付き合っている人はいたのでしょうか」

今度は御子柴と木島に向けて問う。御子柴は首を傾げた。

「いや、聞いたことはないな。少なくとも、私は知らない」

だが、木島の返事は違った。

「私も知らないが、彼女がいるのかなと思ったことはある」

「そうですか。人と会うために早く帰るとか、そういったことがあったんですか」

「人と会うためかどうかはわからないが、予定があると言っていたことは何度かあった」

「でも、予定くらい誰でもありますよね。どうしてそれを彼女だと思ったんですか」

理那の畳みかけに、木島はしばし考え込んだ。そして、自分の記憶を改めるように、じっくりと答える。

「ちょっと嬉しげに見えたのかな。なんとなくだが、いつもの小川さんとは違うと感じたんだよ。小川さんは本当に堅物で、女っ気がぜんぜんなかった人なんだけどね。だからよけい、少しの違いが記憶に残ったのかもしれない」

あくまで印象でしかないが、そういう観察はけっこう当たっていたりする。身近な人の目は、馬鹿にしたものではない。小川の異性関係は、当然洗うべきだろう。とはいえ、わざわざ注意を促さずとも、理那もわかっているはずだった。

「ああ、それを言ったら」

　今度は御子柴が、何かを思い出したような声を発した。理那は目を向け、先を促す。御子柴はすぐに、ばつが悪そうな表情になった。思わず口に出してしまったものの、明らかに些細な情報だと気づいて言いづらくなったのかもしれない。だとしても、ここは語らせるのが得策だ。理那はよけいなことを言わず、じっと相手が話すのを待っている。

「大したことじゃないんだが、ちょっと思い出した。以前、小川とラーメン屋に入ったとき、店にあったテレビを見てニヤニヤしてたんだ。バラエティー番組でもやってたのかな、女性タレントが映ってたから、『ああいう子が好みなのか』と訊いたら、『ええ、まあ』とあいつは答えた。ただそれだけのことだがな。あいつが女を見てニヤニヤしているなんて珍しいから、憶えてた」

　女を見てニヤニヤすることなんて、村越なら一日のうちに数え切れないほどある。それが珍しいと言われてしまうとは、小川はふだんどんな生活を送っていたのか。ホモかよ、と内心で呟《つぶや》く。まあ、他人が男女のどちらを好きであろうと、村越にとってはどうでもいいことだが。

　以後も理那は、故人の私生活についてあれこれと質問をしたが、御子柴も木島も職場での付き合いしかなかったことがわかった。特筆すべき証言は得られず、礼を言って切り上げた。

他に質問はありますか、と村越に尋ねてきたが、そんなものはあるわけがなかった。

「ガイシャが真面目で堅物だったっていうのは、額面どおり受け取っていいんでしょうかね」

巣鴨署を出て開口一番、理那はそう話しかけてきた。村越は首を捻り、「どうだろうね」と答える。

「あのふたりにとっても、ホシは是が非でも挙げて欲しいだろうから、隠し事はしていないと考えたいけどなぁ。警察官はみんな正直、と思えるほどおれは純粋ではないよ」

自分としては至極当然のことを言ったつもりだったが、この返答に理那は愕然《がくぜん》としたようだった。目を見開き、しばしこちらを見つめる。「そんなに見とれるなよ」と茶化したら、またいやな顔をされた。

## 14

事件発生から、二週間が過ぎた。捜査員たちの意気込みもあり、当初は早期解決が当然と思われていただけに、意外な手こずり方だった。ともかく、未だに物取りとも怨恨とも断じかねるのだった。捜査方針が定まらないことには、捜査員を分散せざるを得ない。だがその結果として、地取り班も理那が割り振られている鑑取り班も、どちらもめぼしい収穫が得られずにいる。悪循環に陥っているのかもしれなかった。

　理那たち鑑取り班は依然として被害者の周辺を洗っているが、巣鴨署同僚たちの言葉と矛盾する事象は見つかっていない。故人は真面目な警察官だったという人物評は、仲間を庇ってのものでなかったことは裏づけられた。だがそうなると、動機がない。やはり物取りの犯行と考えるべきなのか。

　しかしその一方、物取りとしたら屈強な男性を狙うのは不自然だとの意見もあった。捜査一課の三井という刑事が言い出したことだ。三井はとぼけた顔つきの男で、捜査一課刑事の鋭さなど外見からはまるで窺えない。だが、見かけで侮ってはいけないことを、理那はよく承知している。実際、三井の推理は傾聴に値するものだった。

　現場の痕跡からは、誰でもよかったのではなく被害者個人を狙った様子が窺えると三井は主張した。Ｕターンのタイヤ痕は、確かに物取りの犯行としたら不自然である。ならばなぜ、小川は狙われたのか。動機が浮かび上がってこないのはどうしてか。

　見方を変える必要があるのかもしれない。何かが盲点に入っているから、行き詰まったのだ。些細なことを見逃してはいないか。おそらく理那も含めた捜査陣は、画一的なものの見方をしているのだろう。だからこそ気づけずにいる、何か。それはなんなのか。

ふと、完全に忘れていた人物の名が浮かんだ。その人はこんなとき、他の人とは違う視点から事件を眺めたのだろうか。名探偵と呼ばれた西條であれば、この事件をどう見るのか。西條の立場になって想像してみようとしたが、そもそも人となりを知らないからうまく思い描けない。そこまで考えて、西條が捜査一課に在籍していたときには九係所属だったことを思い出した。今まさにコンビを組んでいる、村越の所属する係ではないか。

「村越さん、《指蒐集家》事件のときにうちを辞めた西條という人と、もしかして一緒に働いてました？」

聞き込みの途中で、尋ねてみた。すると村越は、特にいやな顔もせずに認める。

「ああ、そうだよ。なんだ、いい男だって評判を聞いて興味を持ったのか」

村越は隙さえあればこちらをからかおうとする。いちいち腹を立てていては相手の思う壺《つぼ》とわかっていつつも、苛立ってしまう。

「そうではありません。非常に頭の切れた方だと伺ったものですから」

「そうそう。頭は切れたよ。おまけにいい男だし」

村越はしつこくつけ加える。そういうこともセクハラなのだと言ったところで、きっと聞く耳を持たないのだろう。話を続けるのがいやになってくるが、しかし西條についてはもっと知りたい。

「現状、捜査は行き詰まっていると言っていい状況ですが、西條さんがいれば違っていたと思いますか」

ずばり、質問を突きつけてみた。こんなことを訊かれれば不愉快に感じそうなものだが、村越は特に腹も立てずにへらへらしている。

「そうだろうねぇ。もうとっくに解決してる頃だな」

いくらなんでも、たったひとりの刑事の存在で事件があっさり解決するほど、現実は単純ではない。村越は真面目に答える気がないのか。苛立ちが腹の底にどんどん溜《た》まっていく。こんな人とコンビを組んだときに限って、事件は長期化してしまうのだからうんざりさせられる。

「西條さんは、どんなふうに仕事をしていたのでしょうか。本当にそんなに優秀な人だったのなら、見習いたいと思います」

「偉いねぇ。やる気満々だね」

あくまで村越は茶化したようなことを言う。だが今度は答える気がないわけではなかったようで、すぐに続けた。

「ひと言で言うと、社会性皆無の男だったな」

「社会性皆無？」

「うん、そう。普通、人って周りの目を気にするだろ。自分がどう見られてるかとか、組織の中で役に立ってるかどうかとか、嫌われてないかとか、誰だって気になるじゃん。でも西條の旦那は、そういうことはどうでもよかったみたいだよ」

「そんな人、いるんですか」

理那は自分が他人からどう見えているか、常に気になって仕方がない。己の外見が他人に与える印象は承知しているから、せめて軽んじられないような存在感を示したいと思っている。ただ、それは人として当たり前のことと考えていた。誰だって、自分の存在価値を周りに認めてもらいたいものだ。そうでない人が世の中にいるとは、想像したこともなかった。

「いるんだよなぁ。考えられないだろ？　だからあの旦那は、ぜんぜん理解されない人だったよ。理解されてないことも気にしないんだから、理解してもらうための努力もしないしな」

「すかしてる、ってことですか」

そんな評判は、何度も耳にした。西條のことが嫌いでたまらない人も、庁内にはいるらしい。俗に、男の嫉妬《しっと》は女のそれより根深いという。西條が同性に嫉妬される人物だったことは、村越に尋ねる前から知っていた。

「いや、そうじゃない。西條の旦那をすかした奴だと言う人は確かにいるけど、おれは違うと思うね。すかしてるんじゃなく、興味がないんだ。あの旦那は事件解決以外、なんにも興味がないんだよ。西條ほど刑事馬鹿って言い方がぴったりな人はいないと、おれは思うなぁ」

「刑事馬鹿ですか」

思い描いていた人物像とは、少し違った。理那は西條のことを、万能の人だと思っていた。容姿に優れ、頭が切れる、なんでもできる人。だから同性の嫉妬を買い、孤立していたのだと想像していた。しかし刑事馬鹿という形容は、刑事以外はできない人に向けるものではないのか。ファッションモデルにでもなればよかったという評判とのずれに、違和感を覚えた。

「そうそう、刑事馬鹿。それなのに警察を辞めちゃって、今はどうしてるんだろうなぁ。あの旦那が他の仕事をできるとは思えないんだが」

噂では、一時期ホームレスになっていたとも聞く。だが実家が裕福との話もあるから、どちらが本当なのかよくわからなかった。警察を辞めてホームレスになるとはいかにも極端なので、おそらく面白おかしく尾鰭《おひれ》がついた話なのだろう。実家が裕福なら、今頃は苦労せずに再就職しているのではないか。

「他の人が気にも留めなかった点に着目して、推理で事件を解決したことが何度もあると聞きました。それは本当ですか」

「本当だよ」村越はあっさり認めた。「西條の推理力は本物だね。名探偵って渾名《あだな》は伊達《だて》じゃないよ。ああいう人が課長になってくれりゃ、おれたちは指示されたとおりに動いているだけでいいから楽なんだけどな」

本気なのか冗談なのかわからないことを、村越は口にする。村越ならば、冗談ではなく本気なのかもしれないと思えた。

「西條さんの推理力は、どこで培《つちか》われたんでしょうか。経験ですか、それとも生来の頭のよさですか」

一番尋ねたかった点を問うた。村越は即答する。

「もともとでしょ。なんというか、勘もいいんだよな。形にならない推理なのかもしれないけど、ぼんやり目星をつけるとそれがまず間違いなく正解なんだよ。おれが勘で目星をつけたら、きっと冤罪《えんざい》を量産しちゃうね」

村越は物騒なことを言った。理那にとってはどうでもいいので、聞き流す。重要なのは、前段だった。なんだ、と理那は心の中で呟いた。

やはり持って生まれた才能に頼っていただけなのか。生まれつき容姿に優れ、生まれつき警察官としての才能にも恵まれていたとは、反感しか覚えない。失望し、西條に対する興味が少し薄れた。

「村越さんは、西條さんのことが好きだったんですか」

先ほどから好意的な表現をしているから、村越は西條に対して悪感情を持っていなかったようだと感じた。だが村越は、「どうだろうね」と首を傾げる。

「あの旦那は人に好かれたいと思ってなかったんだから、おれの方も好きも嫌いもなかったよ」

「そうですか」

理那は、かつては人に好かれたいという気持ちがあった。だが今は、警察内で嫌われようとも存在感を周囲に認めさせなければならないと考えている。そうでなければ、自分には他に何もないのだ。すべてを持ち合わせていた西條もまた、人に好かれたいと思っていなかったとは、理那には奇異に思えた。

さほど参考にならなかった西條についての話であるが、一点、なんとなく気になった部分はあった。西條は勘がよかった、という村越の言葉だ。理那自身は、刑事の勘などというものをあまり信じない。ただの見込み捜査が冤罪を産んできたという、怒りと羞恥がない交ぜになった思いがある。勘に頼った捜査は危険だ。そう、自分も周りも戒めなければならないと考えていた。

だが、どうやら西條の勘は正しかったようだ。勘というよりはおそらく、村越が言うように形にならない推理なのだろう。目のつけ所がいいから、結果的にそれがいつも当たっている。そういうことだったのではないか。

　ならば理那も、自分が引っかかったことを見過ごしにするべきではない。そんなふうに、己を鼓舞することができた。理那にはずっと、気にかかっていることがあった。白バイ警官の事故死。小川の死との共通点は少ないが、それは何も調べていないせいではないのか。調べてみれば、両者の共通点はもっと見つかるかもしれない。

「村越さん、差し出がましいことを申してもいいでしょうか」

　いくら相手がセクハラ親父でも、捜査一課刑事には敬意を示さなければならない。警察内での上下関係は絶対であり、原則論が好きな理那はそれに逆らうことができない。村越を軽蔑する気持ちとは別に、ごく自然にへりくだった物言いが口から出ていた。

「ああ、いいよ。どんどん差し出がましいこと言って」

　村越は気軽に応じる。所轄刑事の差し出口に腹を立ててしまう者もいる中、村越の柔軟さは評価せざるを得ない。美点もあるからには、最悪の相棒というわけでないのは確かだった。

「私はどうしても、事故死したという戸塚署の白バイ警官が気になります。少し調べてみませんか」

「えーっ、そんなこととして、実は他殺だったとわかったらどうするの？」

村越は耳を疑うようなことを言った。見逃されていた殺人が明らかになるなら、その方が望ましいではないか。警察官にはあるまじき発言だと、腹を立てかけた。

だがすぐに村越は、笑って「冗談冗談」と言った。

「そんな目くじら立てるなよ。一応おれだって刑事なんだから、殺人が起きてるのに見て見ぬ振りはしないさ。白バイ警官が気になるってのが、あんたの勘ってわけか。じゃあ、それに従ってみようじゃないの」

「えっ、よろしいんですか」

あっさり認められ、村越のからかいに乗りかけた自分が恥ずかしくなった。なんともひと筋縄ではいかない人だ。村越の言動をすぐさま真に受けるのは、相手を喜ばせるだけのようだ。次からは一拍おいて、真意を見極めなければならないと肝に銘じる。

「いいよ。どうせ何を洗っても、面白いことは出てこないんだ。目先を変えようじゃないか。西條の旦那のやり方を真似してみようってことだろ」

「はい」

自分の意見を受け入れてもらえたのは、率直に嬉しかった。感謝の気持ちを伝えたいが、そんなことをしようものなら村越が図に乗るのは目に見えている。だから表面上は、無表情を貫いた。村越にはきっと、かわいげがない奴と思われていることだろう。

「まず、どこから手をつける？」

問われて、あらかじめ考えてあったことを告げた。

「亡くなった白バイ警官の経歴を調べます。もしかしたらどこかで、小川巡査部長と接点があったかもしれません」

さほど期待をせずに口にしたことだった。理那はそこまで、自分の勘を信じていなかった。だが村越が警視庁の人事課に照会し、その返答が出てくると、驚きの声を上げざるを得なかった。事故死した白バイ警官と小川は、かつて同じ署に所属していたのだった。

## 15

「仕事、切り上げられそうですか」

後輩の近藤《こんどう》が、ディスプレイを覗き込んで尋ねてきた。誠也はちらりと横目で近藤の顔を見て、答える。

「ああ、大丈夫そうだ。帰る準備をしててくれ」

「わかりました。待ってます」

近藤は自分の席に戻り、荷物をまとめ始める。同じ職場の女性たちは、「お先にー」と言い置いて集団で部屋を出ていった。「待ってますからねー」という声は、誠也のことをいつも気にかけている未央《みお》だ。他の男性もまだ残っているのに、誠也だけを見て手を振る。最近ではもう、誠也に対する好意を隠そうともしていない。周知の事実にして、外堀を埋めようという戦略なのかもしれない。これで未央を振ろうものなら、誠也はすっかり悪い男になってしまう。

困ったことになったなと思いつつ、未央がいつも無邪気なのでつい苦笑してしまうのだ。誠也のこんな対応が未央に脈ありと思わせているのならば、罪なことをしている。しかし、未央のことを憎からず思っているのは事実だった。素直に好意を寄せてくれる相手は、やはりかわいい。ただ、そこから先には進めない。未央は誠也にとって、親戚の子供のようなものだった。

企画書をなんとか書き上げ、セーブしてパソコンを休止状態にした。推敲《すいこう》するのはもう明日でいい。近藤は自席で、することがない顔でぼんやりしている。あまり待たせるのは悪いので、誠也も手早く身支度を済ませた。

「お待たせしました。行きましょう」

一同に声をかけ、出口の方に顎をしゃくった。課長は後から来ると言うが、他の男たちはもう準備ができている様子だった。誠也の言葉を合図に、皆がいっせいに立ち上がる。課長に「では、お先に」と声をかけ、順に部屋を出ていった。待たせた誠也は、最後まで残ってから一行の後を追った。

エレベーターを待っているときに、スマートフォンを手にした。特に急ぎのメールは来ていない。それを確認してから、いつもの習慣でニュースをチェックした。ニュースは専用アプリで、常に最新情報が届くようにしてある。

アプリを開いて、目を瞠《みは》った。頭から血がさあっと下りていく感覚がある。ちょうどそこにエレベーターがやってきたので、一同はぞろぞろとケージに入っていった。誠也も慌てて、中に入った。

迷っている場合ではなかった。一階に到着するまでに、肚《はら》を決めた。このまま呑気《のんき》に飲み会に参加することなどできない。すぐに手は打てなくても、せめてレイと顔を合わせて状況を確認すべきだった。

「近藤、すまない」

一階でケージから降り、横にどいて他の同僚たちを先に行かせてから、近藤の背中に声をかけた。近藤は振り返り、「はい？」と訊き返してくる。誠也は自分のスマートフォンを指差して、眉根を寄せた。

「まずいことに、急用が入った。行かなくちゃいけない」

「ええっ、飲み会はどうするんですか」

「残念だが、欠席だ」

「欠席？　用事を済ませて、後から来ることもできないんですか」

「ちょっと無理だな。すまないが、みんなによろしく言っておいてくれ」

「あらら―、小柳《こやなぎ》くんが悲しみますよ―」

小柳とは、未央のことだ。近藤は未央から相談でも受けているのか、最近やたらと仲を取り持つかのような発言をする。交換条件で、近藤は別の女性社員に接近できるよう取りはからってもらっているのではないかと、誠也は睨んでいた。

「お前からうまく言っといてくれよ」

「渕上さんは美人に呼び出されてデートに行った、って言っていいですか？」

「好きに説明してくれ」

こんなふうに女の影を探るのも、おそらく未央から確かめるように頼まれているからだろう。未央ではない人と会うために飲み会を欠席するのだから、当たらずといえども遠からずだが。

「あれっ？　ぼくは冗談で言ったんですけど、冗談になってないですか？　本当に付き合っている人がいるなら、隠さずにそう言ってあげた方が親切だと思いますよ」

近藤は不意に心配そうな顔になり、忠告めいたことを口にした。本当のことなんか言えるかよ。よけいな気遣いをする後輩に、誠也は内心で毒づく。

「おれが女と会うと言った方が小柳くんのためだと思うなら、そう言っておいてくれ」

「渕上さんはいつもそういう微妙な言い方をするんだよなぁ。本当はどうなのか、さっぱりわからない」

「頼んだからな。じゃあ」

駅が見えてきたので、近藤とのやり取りはそこで打ち切った。前を歩く同僚たちにも声をかけ、飲み会に行けなくなった旨《むね》を告げる。それに対して同僚たちが言ったことは、近藤の反応と大同小異だった。誠也が思っていたより、外堀は埋められていたのかもしれない。

「すまないです」と頭を下げ、同僚たちを追い越して先に改札口を通った。

ホームに上がり、再度スマートフォンを取り出した。〈ニュースを見たか。ついに気づかれた。善後策を相談しよう〉。それだけの文面のメールを書き、レイに送る。レイが今どこにいて、何をしているのか、誠也は把握していない。すぐには抜けられない状況にいる可能性の方が高い。それでも、レイが来るまで自分のマンションの部屋で待つしかなかった。この不安な気持ちを吐露できる相手はただひとり、レイしかいない。

レイからの返事は、マンションに帰り着いても来なかった。忙しいのだろう。時刻は午後八時を回っている。返事ができるようになるのは、十時過ぎか。それから誠也の部屋にやってくるとすると、十一時くらいになるかもしれない。

ひとりで焦りを抱えていても仕方ないので、インターネットで情報を収集することにした。パソコンを起動し、ニュースサイトを見て回る。どこのサイトでも、同じことを報じていた。先月事故死した警察官は、殺害された小川道明巡査部長と同時期に同じ警察署に所属していた。今のところ、事故死と殺人事件との関連性は明らかになっていない。内容は大同小異で、これ以上の情報はどこにも出ていなかった。おそらく、警察が発表したことがこれだけなのだろう。

まだ、杉本宏治の事故死に第三者の意志が関与していたとは断定していない。物証が何もないのだから、断定できるわけもなかった。だが、こうして発表するからには、ただの偶然とは考えていないだろう。一連の事件と確信しているからこそ、わざわざ外部に向けて言うのだ。警察はもう、連続殺人事件と認識していると見做さざるを得なかった。

現状を把握すると、肚が据わった。いまさら慌てたところで、どうにもならないのだ。こうなることは想定済みで、この先まで計画を立てている。それを実行に移すときがついに来たというだけだった。

覚悟が固まると、ようやく食欲が出てきた。今日は飲み会に参加するつもりだったから、買い置きはほとんどない。まだレイも来ないだろうと予想し、近くのコンビニエンスストアまで弁当を買いに行った。温めてもらい、マンションに持ち帰ってそれを食べた。

レイからのメールが来るまでに、風呂にも入れた。スマートフォンは防水タイプなので浴室にも持ち込んでいたが、結局着信音は鳴らなかった。浴槽で湯に浸《つ》かっているときも、ニュースサイトをチェックする手を止められなかった。だがそれは、今日に始まったことではない。杉本宏治を殺した日からずっと、強迫観念に駆られるようにニュースサイトを見ているのだった。

おそらく他人の命を手にかけたときから、平穏な日々を失ったのだ。誠也はそう認識している。人並みな人生を送ろうという気は、もともとなかった。人を殺せば、その業は生涯ついて回る。悪夢に魘《うな》されることこそないものの、人を殺したという事実が頭から消えることは一瞬としてなかった。それでいいと、誠也は思っている。自分が人殺しであることを忘れて生きていくつもりはない。

今後はさらに、罪業を重ねることになる。果たして警察の手を逃れ、今の生活を続けることができるのか。どんなに楽観的に考えても、それは不可能ではないかと思える。日本の警察は、決して無能ではない。警察官連続殺人という派手な事件の犯人を、警察はいつまでも追い続けるだろう。誠也が日本に住んでいる限り、警察の追及の手はいつか追いついてくると考えなければならない。

自分はいい、と誠也は思う。自分だけが捕まるなら、それでいいのだ。最悪なのは、レイまでがもろともに逮捕されることだった。たとえ警察の手が誠也に追いついても、レイだけは巻き込んではならない。レイには今の生活を是が非でも続けてもらいたいのだ。レイを護るためなら、どんなことでもする。警察官を全員殺さなければレイを護れないなら、誠也はためらわずにその道を選択するだろう。荒唐無稽で愚かしい決心ではあるが、誠也は本気でそう考えていた。

スマートフォンが鳴ったのは、予想どおり十時過ぎのことだった。メールではなく電話であった。飛びつくようにスマートフォンを摑み、耳に当てると、「ごめん」というレイの声が届く。

「遅くなっちゃった。今からそっちに行くね」

「わかった。待ってる」

周りに人の耳がないところで電話をかけているのだろうとは思うが、長々とやり取りを続ける危険を冒す気はない。すぐに電話を切り、表示された時刻を確認した。どこから電話をしてきたかによるものの、都内であれば一時間もかからずにやってくるだろう。ちゃんと食事をする暇はあったのか、とレイの身を案じた。

その五十分後に、レイはやってきた。いつものようにするりと玄関ドアをくぐるが、誠也には抱きつかずに真っ直ぐ中に向かう。そんな態度にふだんとの違いを見たものの、表情は特に強張っていなかった。

「いやぁ、思ったより早かったと言うべきか、意外と遅かったと言うべきか。まあ、想定どおりだよね」

ソファに腰を下ろすと、レイは呑気な口調で言った。レイの心の強さには、いつも感服する。まるで動揺していないようだ。そんなレイの態度を見て、誠也もすっと落ち着いた。

「そうだな。いずれ知られることは織り込み済みだったんだから、慌ててる場合じゃないな。ニュースは見たんだな」

「見たよ。大したことは言ってなかったね」

「何か、飲むか」

「うん、じゃあ、ウーロン茶」

物言いこそ泰然としているものの、ビールなど飲んでいられないと考えているのだろう。それでこそレイだと思いつつ、冷蔵庫からウーロン茶を出してコップに注いでやる。喉が渇いていたのか、レイは一気に半分を飲み干した。ひと息ついた様子を見て、誠也は話を続ける。

「まだ、杉本の事故死が殺人だったとは言ってない。物証がないんだろう」

「一度事故死と判断したものを、やっぱり違いましたとは警察も言いにくいんじゃないの。自分たちの失敗を認めるようなもんだから」

レイは膝を抱え、そこに顎を載せる。的確な読みだった。

「偶然の可能性も、まだ残ってるしな。でも、偶然だと考えているなら、わざわざこんな発表はしないだろう。間違いなく警察は、杉本も殺されたと考えてるよ」

「そうだろうね」

誠也の言葉に、レイは同意した。膝を抱えたまま、体を前後に揺すっている。

「計画を次の段階に進める」

誠也が硬い声で宣言すると、レイは小さく「うん」と頷いた。その横顔からは、どんな思いが胸の裡《うち》にあるのか見て取ることはできない。誠也と同じく、この先への不安か。レイを巻き込まず、ひとりでやるべきだったという悔いがまたぶり返してくる。だが、レイと再会しなければ誠也の心は死んだままだったのだ。レイとふたたび出会ったことで、すべてが動き出した。復讐などしなければよかったとは、意地でも言いたくなかった。

「さらにもうひとり警察官が殺されれば、大変な騒ぎになる。警察も目の色を変えるだろう。だからもう、しばらく会うのはやめよう」

「えっ」

愕然とした表情で、レイはこちらを見た。目を大きく見開き、瞬《まばた》きもしない。誠也がこんなことを言い出すとは、予想もしていなかったようだ。

「殺人犯として捕まるのは、おれひとりでいい。レイまで人生を破滅させることはない」

言葉を重ねた。何度も何度も、心の中で繰り返したことだった。

「何言ってんの！　誠也は捕まったりしないよ。そのための計画でしょ。誠也は捕まることを前提に、計画を練ってたの？　私は捕まる気なんかないし、人生が破滅するとも思ってない。そんなこと思ってたら、始められなかったよ」

レイはあくまで強気だった。レイらしいと思う。その勝ち気さに、誠也は救われたのだ。実を言えば、手を引くようにレイを説得できるとは、誠也も考えていなかった。

「地獄まで、おれに付き合うのか」

「当たり前だよ。地獄だろうが天国だろうが、へばりついて離れないよ」

へばりついて、という表現が今の緊張感にそぐわず、誠也は思わず微笑んだ。そうだな、レイ。もう二度と離れないと、決めたんだったな。おれは破滅に繋がるこの道を歩き続けながらも、レイだけは護らなければならないのか。とてつもない無理難題じゃないか。

「わかったよ。一緒に地獄に行こう」

「だから、一緒に行くのは天国だって」

レイは怒ったように、左の拳を誠也の右肩に軽く当てた。痛くもなんともなかったが、レイが触れた部分から心地よい痺《しび》れが全身に行き渡るかのようだった。

ごめんと謝ると、レイは笑った。見慣れている誠也でさえ目を奪われる、華やかな笑みだった。

## 16

杉本宏治と小川道明の繋がりが発表されると、講堂内にどよめきが起きた。これまでは誰もが、小川道明殺しは単発の事件だと考えていた。そこに別の警官の死が浮上すれば、局面はがらりと変わる。前代未聞の、警察官連続殺人ということになるかもしれないのだ。驚かずにいるのは難しい。三井も思わず、口を窄《すぼ》めて口笛を吹く真似をした。むろん、実際に吹くような不謹慎なことはしなかったが。

誰が拾ってきたネタかね、と講堂に集う一同の顔を見回したが、少なくとも捜査一課の中には手柄を誇る者はいなかった。九係の連中は謙虚さのかけらもないから、誰も鼻の穴を膨らませていないのなら、このネタを拾ったのは所轄の人ということになる。大したもんだね、と心の中で褒めた。

「小川巡査部長と杉本巡査部長は、かつて同じ署の交通課で働いていて、年が近く、前後して死亡していることになる。これで何も臭わないなら、そいつは耳鼻科で診《み》てもらった方がいいな」

重大なことを発表しながら、最後に冗談をつけ加えずにいられないのは、いかにも野田だ。野田に言われるまでもなく、ふたつの死の連続が単なる偶然だと考える者はここにはいない。むしろ、もっと早く気づいているべきことであり、その意味では捜査陣の失態でもあった。どこか頭の片隅に、警察官連続殺人など起こるわけがないという思い込みがあったのだろう。それは三井も例外ではなかった。

「そういうわけで、方針転換だ。杉本巡査部長の事故を洗い直す。所轄の顔を潰すことになるかもしれないが、やむを得ない。地取りの連中の半分は、事故の洗い直しに回すぞ。なので、新しい班編成を今から発表する」

宣言して、野田は手許の紙を読み上げようとした。三井は迷わず手を挙げた。こうなったら、つまらない地取り捜査などお断りである。堂々と、事故死の洗い直しを志願した。

「そう言うだろうと思ってたよ」

野田係長は、あっさりと三井の要求を呑《の》んだ。三井に地味な仕事をあてがっておいても、役不足と判断してくれたようだ。話が早い上司はありがたい。どんな上司の下でもうまくやっていく自信はあるが、できれば野田には少しでも長く九係の係長職にとどまっていて欲しかった。

改めて正式に担当替えが発表され、明日から動くことになった。翌日、三井は大野とともに勇んで野方署を出発した。杉本宏治の事故を処理したのは、小金井署である。JR中央線で、真っ直ぐに武蔵小金井《むさしこがねい》駅を目指した。

事前に連絡を入れてあったので、事故を処理した担当者とすぐに会うことができた。四十代半ばほどの、実直そうな男である。杉本の死が事故ではなく殺人だったならば、この担当者を含む事故処理係の判断ミスということになる。自分の重大なミスを指摘されるものと覚悟しているのか、担当者の表情は硬かった。

「まず先に言っておきますが、杉本巡査部長の死がただの事故ではなかったという証拠は何もありません。早い話が、単なる思いつきです。言いがかりをつけに来たわけではないので、どうぞ気になさらず」

相手の顔をひと目見ただけでその心理が見抜けたので、最初に断った。いきなり喧嘩腰になられては、得られる情報も得られない。相手の胸襟《きょうきん》を開くのは、三井の得意とするところだった。

「ああ、そうでしたか」

担当者は露骨に安堵の表情を浮かべた。殺人を見逃していただけでも大変な失態だが、ましてその被害者が身内であれば左遷ものである。引きつった顔が緩むのも、当然のことだった。

「まあ、殺人《コロシ》かもしれませんけどね。それを判断するために、詳しい話を聞かせてもらいたいわけですよ」

意地悪をするわけではないが、まだ安心してもらうには早かった。三井としては、杉本の死はただの事故ではないと思っている。最終的にはやはり、この担当者はどこかに飛ばされるのだろうなぁと内心で考えていた。

「わかりました。当時の書類をお持ちしましたが、目を通されますか。それとも、私が口頭で説明をしましょうか」

担当者は少し肩を落として、テーブルの上に置いた資料を手に取ろうとした。「ああ、いいえ」と三井はそれを押しとどめる。

「すでにそれは取り寄せて読んでます。今日は実際に事故現場を見た人の印象を聞かせてもらいたくて、足を運んだのです。事故状況をひと目見て、どう感じましたか」

「印象、ですか」

　担当者は考えるように目を伏せた。自分にとってすでに好ましい状況ではないのに、さらに失言するわけにはいかないと慎重になっているのだろう。事故として押し切りたいなら、まずいことを隠すはずだ。三井は担当者の嘘を見抜かなければならないが、あまり自信がなかった。興味がないからか、どうも男の嘘はうまく見破れない。

「最初に事故状況を知ったときは、居眠り運転なのかなと思いました。とはいえ、バイクでの居眠り運転は珍しいので、そうじゃないなら病気かな、と。その後、亡くなったのが白バイ警官だと知り、正直違和感を覚えました。白バイ警官が、たとえ白バイに乗っていないときであっても居眠り運転などするわけがないからです。だとしたら病気かと考えましたけど、特に病気持ちではなかったんですよね」

　案に相違して、担当者は率直な物言いをした。保身に走るつもりはないらしい。疑って悪かったよと思いつつ、相手の言葉に頷く。

「はい。既往症は特になかったようです。もっとも、離婚してひとり暮らしだったので、本人も気づいていない病気だった可能性もありますけど」

　睡眠時無呼吸症候群などは、当人はなかなか気づきにくいという。一緒に寝ている人に指摘されて、初めて症状を自覚するのだ。病気で極端に寝不足になっていたなら、突然眠りに落ちてしまうこともあり得る。あくまで可能性の話でしかないが。

「とはいえ、反対車線に体が傾いてしまうのは、何も居眠りだけが原因とは限りません」担当者は続けた。「小石を踏んだとか、そういった理由で転んでしまうこともあります。現場にそれらしき物は落ちていなかったのですけど、居眠りでないなら異物かなとは思いました」

「しかし、それも白バイ警官ならちょっとあり得ないですよね。日常的にバイクに乗っている人が、小石を踏んで転倒するなんて」

「そうですね」

担当者は三井の言葉を肯定しただけで、口を噤む。少し待っても続けようとしないので、先を促した。

「つまり、単なる事故と見做すには奇妙な状況だったわけですね。でしたらなぜ、事故として処理したのでしょうか」

ずばり核心を衝いた。担当者はびくりとして顔を上げ、やがて力なく答えた。

「事故としては奇妙ですが、第三者が起こしたと考えるのも無理があったからです。例えば、バイクで走っている人を転ばせようとしたら、道にロープを張るのが一番確実です。しかしその場合、低い位置にロープが張ってあれば搭乗者は前方に弾き飛ばされ、高い位置にロープがあれば逆に後方に飛ばされます。ですが杉本巡査部長の場合は、横に倒れていました。

どんなふうにすれば走っているバイクを横に倒せるのか、私は見当がつきませんでした」

「併走して、蹴るとか」

「倒れてきた杉本巡査部長を轢いてしまった対向車線の車の運転手は、併走していた車やバイクはなかったと言ってます」

「そうですよね。知ってます」

取りあえず言ってみただけのことだった。指摘されて、なるほどと思う。確かに走っているバイクを横に倒す方法は、すぐには思いつかない。しかし、不可能というわけではないはずだ。

「杉本巡査部長を轢いた運転手は、そのときの状況をどう説明しているんですか」

調書に書いてあったことだが、実際に事情聴取をした人の口から聞きたい。担当者は一度頷き、答えた。

「一瞬のことだったのでよくわからないが、バイクに乗っていた人が突然よろけた、と言ってました」

「突然、ね。なんのきっかけもなく？」

「はい。もちろん、誰かに押されたり蹴られたりといったこともなかったようです」

「ふうん」

三井は鼻から息を漏らして、ソファの背凭れに体を預けた。どうも面白くない。事故では不自然なのに、他殺と断定するのも無理があるとはどういうことか。少なくとも、洗い直す価値はありそうだと思えた。

「私は交通課にいたことはないので素人なのですが、たくさんの事故現場を見てきた人の意見として、杉本巡査部長のような事故を故意に起こすことは可能だと思います？」

今度は身を乗り出し、打ち明け話をするように持ちかけた。担当者は首を捻り、訥々《とつとつ》と言葉を吐き出す。

「例えば、目にレーザー光線を当てるとか、突然閃光を浴びせるとか、搭乗者の目を眩《くら》ませることはできます。ただ巡査部長を轢いた運転手は、そんな不自然な光を見たとは証言していません」

「目眩ましねぇ。なるほど。でもそれは違うんだよなぁ」

「すみません。他には思いつかないです」

恐縮したように、担当者は頭を下げる。納得できるアイディアを出さないのは、何も保身のためというわけではなさそうだった。

話を切り上げ、事故現場に案内してもらうことにした。小金井署自体が連雀通りに面しているので、車を使わず徒歩で向かう。五分ほど歩いたところで、担当者が「ここです」と言った。

「あの辺りで杉本巡査部長は車と接触し、ここまで飛ばされました」

片側一車線の車道の中央線をまず指差してから、歩道寄りの地点を指し示す。それなりに幅のある車道だから、かなり弾き飛ばされたことになる。即死したのも無理はなかった。

「警察署に近い道だからか、さすがに路上駐車している車はありませんね。夜間はどうなんですか」

道の前後を見渡し、三井は尋ねた。担当者は「ああ」と諦め気味に声を上げる。

「夜間は路上駐車の車も見かけますね。それはここに限らず、どこでもそうでしょう」

「事故が起きたとき、近くに路駐している車はなかったんですかね」

「どうだろう。少なくとも、轢いた運転手は憶えていないようです」

「そうですか」

路上を見ても、もう血痕《けっこん》らしきものは見当たらなかった。すでに綺麗に洗い流されたらしい。ここで人ひとりが死んだとは、言われなければわからない風景だった。

「大野くん」

先ほどからひと言も声を発していない相棒に、三井は呼びかけた。語尾を上げる間抜けなイントネーションで、大野は「はい？」と返事をする。三井は車道の彼方《かなた》を見やりながら、ひとり言を呟くように語った。

「おれはますますいやな予感がするんだけど、やっぱりこんな刑事の勘は無視すべきかね」

すると大野は、思いの外《ほか》にきっぱりとした口調で応じた。

「いえ、私もいやな予感がすることでは同じです。なんだか、すごくいやな感じです」

## 17

「お嬢ちゃんのことは今度から、女西條と呼ぼうかね」

野方署を出てすぐそんな戯《ざ》れ言《ごと》を口にする村越に、理那は冷ややかな一瞥をくれた。自分の着想で捜査状況が大きく動いたというのに、こんなふうに茶化されては素直に喜べない。警察内部に巣くう男尊女卑的発想にはこれまでさんざん苦しめられてきたが、こうまで堂々とからかわれると底なしの闘志が改めて体の芯《しん》から湧き起こってきた。

「お嬢ちゃんという呼び方はやめていただきたいですし、女西條という呼称も不愉快です」

この手の手合いには、ぴしゃりと言ってやらないと通じない。相手が目上であることも意に介さず撥ねつけると、村越は気を悪くするどころかむしろニヤニヤした。

「女西條、いいと思うけどなぁ。九係の人間にとっては、最上級の誉《ほ》め言葉なんだぜ。女西条だから最上級。なんちゃって」

　いかにも型どおりの親父ギャグまで飛ばしてくれる。脱力しかけたが、それでは村越の思う壺だと己を叱咤した。

「西條さんは職場で浮いてたんじゃないんですか。誉め言葉とは思えませんが。それに、ファッションモデルにでもなればいいほどの美形だったんでしょ。私とはぜんぜん違います」

　腹立ちついでに、いつもの自虐が紛れてしまった。容姿の話になると、つい自己卑下してしまうのが習い性になっている。

「いやいや、そんな謙遜しなくても。女はみんなそれぞれ、最低ひとつはいいところがあるもんだよ。理那ちゃんはひとつどころか、いいところがたくさんあるじゃないか」

「えっ」

　思いがけないことを言われ、「理那ちゃん」と呼ばれたことを咎め損ねた。いいところがたくさんとは、具体的にどこを見て言っているのか。これもまた、からかいなのか。

「残念ながら、私は自分のいいところなど思いつきません。村越さんはずいぶんと、私のことを理解してくださったんですね」

「まあね」

　嫌みのつもりで言ったのだが、村越は簡単に流すだけだった。しまった、と内心で思う。

もっと素直に、私の美点はどこでしょうかと尋ねればよかった。こんなふうに躱《かわ》されては、いまさら訊けない。結局弄《もてあそ》ばれたかのようで、面白くなかった。

つい噛みついてしまったが、村越には実は感謝をしていた。小川と杉本との繋がりを発見したことを、村越は自分の手柄とせず、理那の思いつきであると野田係長に報告してくれたのだ。手柄の横取りは、まったくないことではない。理那も警戒していたのだが、村越は最初からそんなことはまったく考えていないようだった。お蔭で理那は、本庁捜査一課の係長から直々に褒めてもらえることになった。たとえセクハラ親父であっても、村越が公正な人であるのは確かなようである。やはり感謝せずにはいられない。もっとも、それも素直に言える状況ではなくなってしまったのだが。

今日はこれから、小川と杉本と同時期に東府中《ひがしふちゅう》署に在籍していた人物と会うことになっていた。現在は深川《ふかがわ》署に勤務している、梅田《うめだ》という男である。深川署の最寄り駅は東京メトロ東西《とうざい》線の木場《きば》駅だから、中野から一本で行ける。五十分ほどで、理那たちは深川署に到着した。

受付で名を告げ、応接室に通された。すぐに、四十代半ばと見受けられる男が入ってくる。入り口で直立し、きちんと自分の所属から名前を名乗る様は、いかにも生真面目そうだ。本庁捜査一課の刑事を前にして、緊張しているのだろう。しかし梅田はすぐに、村越の態度に戸惑うことになる。毎回同じことの繰り返しなので、理那も少し楽しみになってきていた。

例によって、村越は顎をしゃくってこちらに質問を任せる。理那は手帳を開いて、身を乗り出した。

「村越警部補に代わって、私が質問をさせていただきます。まず、梅田さんは亡くなったおふたりとは親しかったのでしょうか」

所轄刑事に過ぎない理那が質問をしてきたことに、梅田は怪訝《けげん》そうな顔をした。これも毎度同じことだ。幾分眉を顰め気味にして、顔を向ける。

「その質問に答える前にひとつ訊きたいんだが、捜査本部では本当に、杉本の事故が殺人だったと考えているのか」

どうやら、理那たちがやってきたら真っ先に尋ねようと考えていたようだ。かつての同僚としては、無理もない質問だった。理那は小さく首を振る。

「まだ何もわかっていません。杉本さんと小川さんの死が近接しているのは、単なる偶然である可能性も高いです」

理那の説明に、梅田は我が意を得たりとばかりに深く頷いた。理那にではなく、村越に向かって訴える。

「私もそう思っていました。不幸は続くものだな、と。正直、今でも杉本は事故死したのだと考えています」

「それは、何か根拠があるのですか」

すかさず、相手の言葉に食いついた。単なる印象だとしても、故人をふたりとも知っている人の言葉は重視すべきだ。梅田は「いや」と答える。

「捜査本部で発表してもらえるような根拠はない。単に、警察官を狙った連続殺人など考えられない、という常識に基づいているだけだ」

それもまた、部外者にとっては当然の反応であろう。しかし捜査畑の人間にしてみれば、これが単なる偶然とはとうてい思えない。交通課と捜査課の、嗅覚《きゅうかく》の違いを実感した。

「では、常識では考えられない事態が起きていると仮定してみたらどうでしょう。杉本さんと小川さん、両方に恨みを抱いている人物はいると思いますか」

予断交じりの質問ではあるが、これまでと同じことを訊いているのでは何も進展しない。

梅田は考える様子も見せず、即座に否定した。

「いや、いないと思う」

巣鴨署の交通課警官とまったく同じ反応だった。恨まれることなどあるはずがないと、勝手に決めつけている。やはり警察官相手の事情聴取は厄介だ。

「仮定の話で難しいとは思いますが、当時のことを思い出してみていただけませんか」

辛抱強く、質問を重ねる。それに対して梅田は、理解が鈍い相手に説明するかのように補足した。

「杉本と小川が同じ理由で恨まれているなら、ふたりが同じことをしていなければおかしいだろ。だが、杉本と小川は私生活でも親しくしていたわけではなかったぞ。別に反《そ》りが合わないというわけではないが、個人的に付き合いがあるほどでもなかったんだ。ついでに最初の質問にも答えると、おれもそうだ。小川とも杉本とも、仕事帰りに飲みに行ったことはあるが、特に個人的付き合いはなかった」

「そうなんですか」

思いがけない証言が飛び出した。年も近いことだし、てっきりふたりは親しくしていたのだと考えていた。そうでないなら、確かに前提が変わってくる。

「ああ。あんたも所轄勤めならわかるだろう。男同士だって、そんなもんだよ。ふたりは同期だったわけでもないし、あくまで所属が一緒になった先輩後輩でしかなかったと、おれには見えた」

この話が本当かどうかは、まだわからない。梅田は自分で、杉本や小川とは個人的付き合いがなかったと認めている。ならば、ふたりが密かに何かを共有していても、気づかなかった可能性もあった。

　とはいえ、都合よく解釈するのは禁物だった。傍目《はため》にはそのように見えていた、という事実だけでも重要だ。杉本と小川が特に親しくなかったとしたら、共通の殺害動機を持たれるのは仕事上のこととなる。何か、ふたりが恨まれるような事件はなかったのだろうか。

「私生活の恨みではなく、仕事で恨まれた可能性はないですか。逆恨みされることは、大いにありうると思いますが」

「そりゃあ、スピード違反で切符を切れば逆恨みもされるよ。ただ、そんなことでいちいち殺されてたら交通課の警官は全滅するよ。殺されるほど逆恨みされるとしたら、むしろ刑事や生活安全《セイアン》の人間じゃないのかね。白バイ乗りが逆恨みで殺されたなんて話は、これまで聞いたことないぞ」

　もっともな言い分だった。交通課の警官が逆恨みされたとしても、殺人に直結するほどではないと理那もうすうす考えていた。しかし、そうであるなら動機がまるで見つからない。私生活でも仕事上でも恨みを買っていなかったのであれば、殺される理由がなくなる。杉本の事故と小川殺しに関連があると考えるのは、やはり間違いなのだろうか。

「じゃあさ、あんたが杉本と小川と一緒に働いているときに、一番印象に残った事故案件はなんだったたですかね」

　不意に横から、村越が口を出した。村越が自ら質問をしたのは初めてだ。意表を衝かれ、つい見つめてしまう。村越はこちらと視線を合わせると、ニッと笑った。理那は慌てて目を逸らす。

梅田も、これまで黙っていた捜査一課刑事が初めて質問をしてきたことで、少し態度を変えた。背筋を伸ばし、真剣に考える顔つきをする。

「……そうですね。そういえば、スピード違反のバイク乗りが、逃げようとして自損で死んだことがありました」

「ほう」

村越は手応えを感じたかのような声を発する。理那も同感だった。なぜそんなことがあったのに、最初から話してくれないのか。やはりこちらが女だからと、見くびっていたのではないか。梅田に対して、密かに腹を立てた。

「それ、詳しく話してよ」

村越が促す。梅田は素直に「はい」と応じた。

「法定速度を超過していたバイクを、杉本が見つけました。追いかけて止めようとしたらしいのですが、バイクは杉本を振り切ろうとさらにスピードを上げました。結果、大型ダンプの横っ腹に突っ込んで、乗り手は死亡しました」

「なるほど。もしかして、その事故処理をしたのがあんたと小川だった、なんてことはない？」

「はい、そのとおりです」

梅田は認めた。驚愕のあまり、理那は腰を浮かしかけた。それは重大な情報ではないか。目を瞠る理那とは対照的に、あくまで村越は飄々と返す。

「なあんだ、それ、立派に逆恨みされてもおかしくない事故じゃん」

「はあ」

ばつが悪そうに、梅田は頭を下げる。隠していたわけではないのだろうが、重要視していなかったに違いない。逆恨みの可能性を指摘され、内心で冷や汗をかいているのではないか。ここにも、交通課と捜査課の意識の違いが表れていると理那は思った。

「その事故死した人の名前、憶えてる？」

まるで昨日の夕食の献立を訊くかのような軽い口振りで、村越は問うた。

## 18

ふだんはまず棚を見てからレジ前に行くのだが、今日はいきなり店主に声をかけた。先日薦めてもらった本が、礼を言いたくなるほど面白かったからだ。きっかけがなければ、気にはなっていても読むことはなかっただろう。その意味ではやはり、機会を作ってくれた店主に感謝すべきだった。警察を辞めたことの数少ない利点は、読書をする時間ができたことだと西條は考えていた。

こんにちは、と話しかけると、店主はいつもどおり眼鏡のフレームの上からこちらを上目遣いに見た。いらっしゃいとも言わないのも、いつもと同じだ。店主は西條の顔を見るなり、「面白かったろ」と言う。まるで、読心術でこちらの言いたいことをあらかじめ察しているかのようだ。西條は苦笑して頷いた。

「はい、本当に面白かったです。あんな本を安く譲っていただいて、感謝していますよ」

「本は、読みたい人の許《もと》に行くべきなんだ」

店主はぼそりと呟いた。店主と言葉を交わした回数もかなり増えてきたが、商売上の哲学めいたことを聞くのは初めてだった。なるほど、そういう考えの基《もと》に古本屋をやっているのか。ならばやはり、この店に通うようになったのは幸運なことだった。今のビルで警備の仕事に就いていなければ、この店が面する道を通ることもなかったからだ。

「世の中にこれだけたくさんの本がある中、あの作品に出会えたのは幸せでした」

「そうだな。いくら長生きしても、読める本の数には限りがある。駄目な本を読むのが悪い経験とは思わないが、できるならいい本をたくさん読みたいものだ」

「では、次に読むべき本をアドバイスしてください」

　西條も、自分で本を選ぶ楽しさは知っている。自力で面白い本を嗅《か》ぎ当てた際の喜びは、格別なものだ。しかし今は、読書に割く時間はあるものの、元手の方が有限だ。駄目な本を読むことにも意義があるという店主の言葉には同意するが、限られている金は有効に使いたかった。

「どんな本が読みたいんだ」

　店主は訊いてくる。その質問への答えは、すでに考えてあった。

「こんな小説を読んだのは初めてでした。他に、『百年の孤独』みたいなタイプの話はありますか」

　型式が似ていればそれでいいというわけではない。共通していて欲しいのは、あくまで読み味だ。『百年の孤独』を読んでいたときの知的興奮や感動を、もう一度味わいたいのである。こちらの意図は、店主ならば察するはずだと思った。

「だったら、これはどうだ」

　これまたいつもどおり、カウンターの下からすぐに本を出した。今回は間違いなく、西條のリクエストに応えるために用意してあったのだろう。だが西條は、その本の表紙を見て少し戸惑った。

「『百年の孤独』みたいなものがまた読みたいなら、これがいい。上下巻だから、読み応えもある」

店主がカウンターの上に置いた本のタイトルは、『警察署長』だった。作者名はスチュアート・ウッズ。知らない書き手だった。

「どうした」

西條が本を手に取ろうとしないので、店主が不審そうに尋ねた。西條は念のために、当たり前すぎる質問をした。

「これは、警察の話ですか」

「まあ、そうだ。アメリカの田舎町での、三代に亘る警察署長の話なんだ。普通、三代記は血縁者の話になるが、それを血が繋がらない歴代の警察署長の話としたところが新しい」

店主は丁寧に説明をしてくれたが、西條は小さく首を振らざるを得なかった。

「すみません。警察の話はあまり読みたくないです。他にないでしょうか」

「そうか」

西條が店主の薦めを断ったことは、これまでなかった。店主は「おや」という表情でこちらを見たが、特に気を悪くした様子もなく、文庫本を引っ込める。代わりの本は出てこなかった。

「ならば、人間の話ではなく犬の話はどうだ。古川日出男《ふるかわひでお》の『ベルカ、吠えないのか？』という作品を読むといい」

「犬の話。面白そうですね」

「あいにくうちには置いてないが、新刊書店で手に入るはずだ」

どうやら店主は、商売抜きで薦めてくれたらしい。ありがたいと思うが、だからこそよい、他の店で買う気にはなれない。

「いや、こちらに入荷するのを待ちますよ。入ったら、取り置きしておいてくれますか」

「わかった」

店主は特に喜ぶでもなく、無愛想に応じる。それもまた店主らしいので、西條は見られてもわからない程度に淡く微笑んだ。手ぶらで帰りたくなかったから、ひと言断って棚を見始める。

すると、店主の後方で電話のベルが鳴った。店の電話ではなく、自宅の電話のようだ。店主は腰を上げる気配がない。奥に誰かいるのかと思ったが、誰も受話器を取らないのか、ベルは鳴り続けた。かなり耳障りなのに店主が対応しようとしないので、つい差し出口を利いた。

「電話、いいんですか」

「いいんだ。うるさくて悪いが」

どうやら何か事情があるようだ。詮索する気はないので、それ以上は言葉を重ねずにいた。やがて、留守番電話に繋がったようで、応答アナウンスが聞こえた。

電話をかけてきた相手は、メッセージを吹き込まなかった。そのままぶつりと切れる。ツーツーという不通音がしつこく響いた。

これまで、店主がこんなふうに電話を無視したことは一度もなかった。結びつける根拠はないのに、西條は先日見かけた店主の娘を連想した。里帰りのようなもの、と言っていたが、まだ滞在しているのだろうか。

棚の物色に戻り、すぐ読み切れそうな歴史小説の短編集を買うことにした。店主はタイトルを見ただけで、「これは面白い本だ」とひと言つけ加える。まさか、店に置いてある本をすべて読んでいるのではあるまいな。どの本を買っても内容を知っているようなので、ふとそんなことを考えてしまった。

## 19

深川署を後にしても、理那は口を開く気になれなかった。梅田から重大情報を引き出せなかったのは、理那の訊き方が稚拙だったからである。しかし梅田も、こちらが目下であり、かつ女であると舐めていたのだ。最初から協力する気がない相手に語らせるのは、どんなベテラン刑事であっても難しいのではないか。どこまでが自分の未熟さに起因するのか、なかなか判定しがたい。だとしても、なんの役にも立たなかったのは厳然たる事実である。あまりに悔しくて、言うべきことをなかなか口に出せなかった。

「ま、気にするなよ」

逆に村越の方から、話しかけられてしまった。このひと言はどう聞いても、理那の内心を見抜いているとしか思えない。ぎくりとして、つい立ち止まった。

「一課刑事って看板は、こういうときは役に立つもんだな。サツカン相手の尋問なんてしたことなかったから、おれも初めて知ったよ」

村越も足を止め、こちらを振り返る。慰めてくれているのか。確かに、村越の言葉どおりである。梅田は一課刑事という肩書に敬意を表したのだ。その露骨さは、理那自身が階級社会で生きているからこそ、なんら奇異ではなかった。

だがそうは言っても、村越の訊き方が巧みであったのは確かだ。尋問はこういうふうにするのか、と理那は学んだ思いだった。このセクハラ親父をいささか見くびっていた。そう認めざるを得なかった。

「勉強になりました。私もあのような質問の仕方を覚えたいと思います」

負け惜しみではなく、本心からそう言った。同時に、自分も捜査一課刑事という肩書が欲しいと、強く望んだ。

「おー、素直でいいねぇ。またひとつ、理那ちゃんのいいところを見つけちゃったよ」

村越は口を三日月形にして笑う。その笑みを、理那はもうスケベっぽいとは感じなかった。

梅田は結局、事故死した人の名前を思い出さなかった。梅田にとってその事故は、死者の名前も憶えていない程度のことだったのである。果たしてそれは、遺族にとっては腹立たしいことだったかどうか。詳しく調べてみないことには、判断がつかなかった。

事故処理の記録を見るため、理那たちは東府中署に向かおうとしていた。東京を東から西に横断する形になるから、移動に時間がかかる。しかし、そうするだけの価値があることと思えた。移動の間、村越の無駄話に付き合わされるのには閉口するが。

東京メトロ東西線の木場駅から京王《けいおう》線の東府中駅までは、何度も乗り換えなければならなかった。だが一時間余りで着いたので、それほどの距離を移動したという感覚はない。覚悟していたとおり、村越にあれこれと話しかけられたが、すでにもう適当にあしらうすべは覚えた。先ほどの尋問のように、何か理那にとって有益な話でもしてくれればいいのに、まったくの無駄話に徹していたのは村越らしかった。

東府中署の交通課には、訪問することをあらかじめ伝えてある。受付で名乗ると、すぐに記録を出してくれた。それによると、死亡した人物の名は大柴康輔《おおしばこうすけ》といい、事故当時の年齢は三十九歳だった。バイクで暴走して死亡というから、もう少し若い人を想像していたが、意外と年がいっている。これならば妻帯して子供もいたかもしれない。事故は十五年前のことだった。

事故当時に大柴が住んでいた場所の住所を書き写し、署を後にした。住所はさほど遠くなかった。スマートフォンの地図アプリで調べると、最寄り駅は京王線の飛田給《とびたきゅう》のようだ。また電車に乗り、その住所を目指す。

「十五年前だと、もう遺族もそこに住んでないかもしれないなぁ」

電車の中で、珍しく村越が捜査に関わることを言った。理那もこれには同意する。

「そうですね。十五年前なら住民票の除票も残ってませんから、引っ越し先を探すのが手間ですね。戸籍も府中市にあればいいのですが」

「まあ、戸籍が府中市になくても、これが有望そうだってことになったら、人海戦術で調べてくれるでしょ」

他人事のように、村越は予想する。自分で調べて手柄にしようという気はないのか。無欲なのか、やる気がないのか、理那にはよくわからなかった。

飛田給駅で下車して住所の地点に行くと、そこは築年数が新しそうなマンションになっていた。とても築十五年以上経っているとは見えない。もうすでに、ここには大柴康輔の遺族は住んでいないものと考えた方がよさそうだった。

念のため、エントランスに並ぶ郵便受けの表札を見た。〝大柴〟という姓は見つからない。事故当時の住所には部屋番号があり、それは二〇三だった。このマンションの二〇三号室ではなく、ここが建つ前に存在したアパートの類なのではないだろうか。ならば、このマンションで聞き込みをしても意味はない。少し周辺を当たってみることにした。

まず隣の一軒家を訪ねると、予想どおり、隣地には以前アパートがあったことが判明した。それを壊し、低層マンションに建て替えたのだという。

「アパートに住んでた人は、みんなどこかに引っ越していったわよ。家賃がぜんぜん違うから、そのままそこのマンションには住めなかったんでしょうね」

六十過ぎに見える女性が、玄関先でマンションの方に顎をしゃくった。村越は興味がなさそうに一歩後ろにいるので、やむを得ず理那が質問をする。

「アパートがあった当時も、こちらにお住まいだったのですね。では、その頃にアパートに住んでいた大柴という方はご存じですか」

「大柴さん？　さあ、憶えがないわねぇ。あんまりアパートの人たちとはお付き合いがなかったから」

六十絡みの女性は首を傾げる。ならばと、続けて尋ねた。

「では、アパートの大家さんをご存じですか。このマンションのオーナーさんでもあるんでしょうかね」

「違うわよ。アパートを取り壊して、土地を売ったみたい。当時の大家さんはもう亡くなっちゃった」

「そうですか」

これ以上は情報を引き出せそうにないので、切り上げて辞去した。続けて、隣の民家も訪ねる。しかし得られた情報は、先ほどと大差なかった。

諦めず、マンションを中心として周辺を訪ね歩いた。途中、村越が音を上げ、「疲れたからお茶にしようよ」と言い出したが、取り合わなかった。ここは住宅街だから喫茶店などないので、休憩するなら駅前まで戻らなければならない。しかし、そんな悠長なことをしている暇はないと理那は考えていた。事件解決に結びつく糸口を、理那と村越のコンビだけが摑んだのだ。のんびり休憩などしていられなかった。

「よろしければ、村越さんだけどうぞ休んでください」

半ば呆れて、そう撥ねつけた。たまにハッとさせられるが、基本的には苛立たしい。なぜこんな無気力な男が捜査一課にいられるのか、不思議でならなかった。

「えーっ、理那ちゃんと一緒じゃなきゃつまんないよ。もしかして、おれのことを年寄り扱いしてる？」

「はい」

曖昧なところなどかけらもないほどきっぱり認めると、さすがに村越は傷ついたようだった。しゅんとしてしまい、以後はあまり無駄口を叩かなくなった。どう見てもくたびれた中年親父なのに、若い女から年寄り扱いされると傷つくのか。明らかに落ち込んでいるようなので、理那は密かに笑いを嚙み殺した。

結局、大柴のことを知る人は見つからなかったため、諦めて府中市役所に向かった。戸籍の閲覧を求めると、ありがたいことに大柴の戸籍は府中市に存在した。戸籍が残っているということは、家族がまだ存命であることを意味する。出てきた戸籍を見てみると、案の定、そこには妻と子供ふたりの名前があった。子供は男の子ひとりと女の子ひとりである。生年から計算すると、男の子は現在二十五歳になっているはずだった。

「へぇ」

村越が声を発した。理那も同じく、へぇと言いたい気持ちだった。この大柴の忘れ形見である息子は、今現在どんな人物になっているのか。調べる必要がありそうだった。

# 20

エレベーターを降りるところまで、女は送ってくれた。ビルを出て、軽く手を挙げながら「じゃあ、後で」と言うと、女は「うん、楽しみ」と応じる。肩が剝き出しの赤いドレスは寒そうだが、女は淡く笑っていた。丸顔で、どちらかといえば童顔。だが胸元は豊かに盛り上がっており、錦糸町《きんしちょう》のキャバクラで働くにはもったいない、いい女だった。なぜ銀座《ぎんざ》や六本木《ろっぽんぎ》に行かないのかと思うが、そんなところで働いていたら一生知り合うことはなかった。これは運命なのかもしれないと、四十を過ぎた年で青臭いことを梅田武雄《たけお》は考える。

キャバクラに行くようになったのは、去年からのことだった。むろん、仕事でのストレスを解消するためだ。同僚にも、キャバクラに嵌《はま》っている者は多い。自分の身分を明かして女の子の興味を惹こうとする者もいれば、仕事についてはいっさい語らず一私人として遊ぶ人もいる。梅田は、基本的には仕事を内緒にしておく方だった。警察官であることを明かしても、ろくなことはないと思っている。

警察官がよく行く店、というものも存在する。そうした場所はこちらの事情をわかっていてくれるので、気楽に行ける。身分を隠す必要はないし、同僚同士で仕事の話もできる。女の子たちの口は堅く、浮気心も擬似的に満たしてくれる。面倒を避けるなら、その種の店に行く方が無難だった。

だが梅田は、女の子がいる店に同僚と行くのは好きではなかった。それでは仕事の延長気分が抜けず、ストレス解消にならない。女の子と接していても、スリルを味わえない。若い女と接するならば、実際には行動に移さなくても、あわよくばという可能性が少しでもないことには楽しくない。警察官御用達《ごようたし》の店では、女の子と深い関係になるのはなかなか難しかった。そんなことをすれば、同僚や上司に筒抜けだからだ。

そのため、勤務先から離れていて、なおかつリーズナブルな価格帯の錦糸町に行くことにしたのである。むろん、女の子の質は銀座や六本木に比べて落ちる。しかしこちらも、本気で女を口説きたいわけではない。仕事と家庭生活だけの毎日に倦《う》み、三つ目の、自分だけの秘密を作りたかったのだ。気が合う女が見つかればそれに越したことはないが、あくまで話し相手だった。口説いてどうにかしようという助平心は、少なくともキャバクラに行こうと考えたときには持ち合わせていなかった。その辺にごろごろいるくたびれた中年男の外見と、巡査部長の薄給では、愛人を囲うことなど望むべくもない。

それなのに、夏実《なつみ》と出会ってしまった。初めて店に行ったとき、自分についてくれたのが夏実で仰天した。高級クラブでもないのに、このレベルの高さはいったいなんだ。ここはそういう店だったのかと慌てて周りを見回したが、他の女はどうもぱっとしなかった。夏実だけが抜きん出て容姿に恵まれている。掃き溜めに鶴、という言葉が脳裏に浮かんだ。

後で聞いたところによると、やはり夏実は常に指名が入り、ふりの客につくことは珍しかったのだという。たまたまあのときだけ、エアポケットのように暇で、梅田につくことになったのだ。そうでなければ、夏実とゆっくり言葉を交わす機会はなかっただろう。だからこそ、運命なのだと青臭いことを考えてしまうのだった。

最初は容姿の愛らしさに度肝を抜かれたが、声を聞いてまた軽く驚いた。見た目にそぐわず、かなり低い声質だったのだ。その声を聞いて、見た目より大人なのではないかと直感した。実際、幼く見えるが夏実は二十五歳だった。精神年齢はもっと成熟していると、梅田は思っている。

まずは当たり障りのない話題から入った。飲み屋でのエチケットなのか、夏実はこちらの職業を訊いてこなかった。趣味の話をしていたところ、互いに映画が好きだということがわかった。とはいえ、梅田とは年が違う。映画の好みはどうせ重ならないだろうと思った。

しかし夏実は、古い映画をよく知っていた。梅田が若い頃に公開されたような名画も、しっかりと観《み》ているのである。適当に話を合わせているのではなく、きちんとした感想を言っているとわかると、俄然《がぜん》会話が面白くなった。あれは知ってるか、これは観たか、と双方の鑑賞歴を確認し合い、梅田も観ていない古い映画を夏実が観ていたと判明したときには感嘆した。これは筋金入りの映画ファンだ、と認めざるを得なかった。

梅田はといえば、実は最近はあまり映画を観ていなかった。就職し、子供ができてしまえば、自由に映画を観る時間などなくなる。だから若い頃に観た映画についての知識はあるが、昨今の評判作はまるでわからなかった。今でも名画は作られ続けているのだということを、夏実に教えてもらった。

若い女と酒を飲む、という助平心抜きで、やり取りが楽しかった。夏実が他の席に呼ばれ、別の女と交替したときは、心底残念でならなかった。だが嬉しかったのは、夏実が名刺をくれたことだ。名刺の裏には、メールアドレスも書いてくれた。また来てください、という言葉は単なる営業トークとは思えなかった。絶対に来る、と約束した。

以来、キャバクラ通いが仕事後の楽しみとなった。人気がある夏実とは、せいぜい三十分ほどしか話せない。しかしその三十分が、梅田には濃密な時間に感じられた。やがて映画の話ばかりでなく、互いの生活や仕事についても語るようになった。夏実は昼間は小さい会社で事務の仕事をやっているのだという。キャバクラで働いているのは、自分で映画を作るという夢のためだった。夏実は映画監督になる夢を持っていたのである。

『監督？　女優じゃなく？』

思わずそう訊き返した。夏実のような容姿の女が映画作りに関わるとすれば、女優以外はあり得ないと思っていたのだ。だが落ち着いて考えてみれば、夏実がこれまで語った映画の知識や鑑賞にかける情熱は、出演するのではなく制作する側のそれだった。夢を打ち明けられてようやく、すべてが腑《ふ》に落ちた。

『監督になりたいの。大それた夢だと思ってるけど、まだ諦めてない』

低い声で言う夏実の目には、本気の者だけが持てる情念の暗さが仄見《ほのみ》えるようだった。振り返れば梅田は、あの目の暗さに引き込まれたのかもしれない。水商売の女に入れ込む愚は犯すまいと思っていたのに、もう引き返せなくなっていた。

嬉しいことに、夏実もまた梅田との会話を楽しんでくれているようだった。梅田が店に行くと、心底嬉しそうに微笑んでくれた。誰に対しても笑うのが夏実の仕事だ、と思ったし、夏実がおれのような中年男に惚れるなんて自惚《うぬぼ》れもいいところだ、とも自嘲した。しかしそうやって己を戒めても、夏実が梅田に対して心を開いてくれていると感じることが多々あった。そのうち、理由が判明した。

『あたしの父も警察官だったの』

あるとき、夏実がそう告白したのだった。梅田はすでに、自分の職業を明かしていた。夏実なら信頼できると考えたからだ。夏実は目を丸くして驚き、何かを言いかけてためらった。

それからしばらくしての告白だった。

『父は頑固で、映画監督になりたいというあたしの夢をまるで認めてくれなかった。普通にOLになって、サラリーマンと結婚しろと言うだけだった。あたしは父のことが嫌いだった』

夏実はキャピキャピしたところがまるでなく、ふだんから落ち着いた口調で話すが、このときは特に内省的で訥々とした口振りだった。その語りに、梅田は魅入られたように聞き入った。

『でも、あるとき父は突然死んだの。殉職だった。空き巣を追いかけて、刃物で反撃されちゃったのよ。お腹を刺されて、さんざん苦しんだ末に死んだわ。あたしは自分でもびっくりするくらい泣いた。嫌いだったのに、いつまでも涙が止まらなかった』

夏実は視線をテーブルの上に落としたり、遠くを見たり、あるいは梅田の目を直視したりした。目が合うたび、梅田は心を鷲摑《わしづか》みにされるように感じた。もうおれはこの女から逃れられない、とごく自然に覚悟が固まった。

『殉職なんて立派だな、と思った。父親としてはいやな人だったのに、警察官としては立派だったんだとわかった。それ以来、警察官という職業を尊敬していたのね、きっと。梅田さんと会って、初めてそれを自覚した』

これが作り話だなどとは思えなかった。会う客ごとに器用に自分の過去を作り上げているわけがない。やはり梅田は、夏実にとって特別な客だったのだ。この瞬間に、そう確信した。

店で会うだけでは満足できなくなった。妻には仕事が長引いていると嘘をつき、アフターで食事をするようになった。店の外での夏実はジーンズを穿《は》くようなタイプで、ドレス姿とのギャップに驚かされた。だが語り口調は変わらず、愛想は口にしない代わりに、梅田といる時間は楽しいとぼそりと言ってくれた。じきに梅田は、自分の感情を抑えられなくなった。

妻と別れるから付き合って欲しい、と勇気を出して切り出した。本気だった。妻は結婚してから変わってしまった。まめだと思っていたのに実はずぼらで、金銭感覚が緩い。細かい無駄遣いがやめられず、そのせいでなかなか貯金が増えなかった。にもかかわらず、金が貯《た》まらないのは梅田の給料が少ないからだと最近になって言い出した。お前の浪費癖のせいだろうと、怒鳴り合いの喧嘩をした。気持ちはすっかり離れてしまった。

夏実とやり直す人生は、想像の中で輝いていた。それ以外の将来はないと思えた。夏実もまた、梅田の人生に寄り添ってくれるはずと確信していた。

だが夏実は、梅田の申し出を聞いて寂しげな笑みを浮かべた。小さく首を振り、『そんなことしなくていいよ』と言う。

『お子さん、まだ小さいんでしょ。離婚なんてかわいそうだよ。あたし、梅田さんの愛人でいい。梅田さんと付き合えるなら、それでいいよ』

この言葉を、梅田はどう受け止めていいのかわからなかった。本気のプロポーズを断られたのか。それとも受け入れられたのか。あるいははぐらかされているのか。混乱した梅田は、思わず現実的なことを言ってしまった。

『あ、愛人って、おれはお手当なんて払えないぞ』

『そんなの、別にいらない』

眉を寄せて、夏実はこちらを軽く睨む。しかし腹を立てた様子はなく、淡い微笑のまま続けた。

『そうだな。たまにご飯を奢ってくれて、帰りのタクシー代を出してくれたら、嬉しいかも。それも駄目？』

『いや、それくらいならいいけど』

『それから、お店にはこれまでどおり来て欲しい。あたし、あの店を辞めるつもりはないから。映画作りの資金は、まだ目標額に達してないから』

『わかった。行くよ。でも、本当にそれでいいのか』

『いいよ。夢のためにも、結婚なんてまだ考えられないもん』

『そうか』

そう言われてしまえば、納得せざるを得ない。夏実との結婚生活まで思い描いていた梅田としてはいささか拍子抜けだったが、離婚の面倒さを回避できた上に夏実とも深い仲になれるなら一番望ましいかもしれなかった。ならばと、せめて最初の夜はきちんとしたシティホテルで迎えようと提案した。その辺のラブホテルに連れ込むのは、あまりに申し訳ない気がした。

それが、この前のことだった。約束どおり、今夜は新宿のシティホテルの一室を予約してある。梅田が先に部屋に入り、仕事を終えた夏実が後から来る約束だった。今日は本庁捜査一課の刑事が訪ねてきて、かつての同僚たちについて質問された。ふたりとも、不慮の死を迎えている。人間、いつ何が起きるかわからないのだ。ならば、生きているうちに人生の最もいい部分を味わわなければならない。同僚たちの死に触れ、気持ちはかえって大胆になった。緊張と、それから抑えきれない喜びで胸が高鳴っている。別れたばかりの夏実の胸の谷間が、目の前をちらつく。ホテルまでの道のりを急いだところで夏実が来る時刻は変わらないのだが、それでも自然に早足になってしまった。

ごちゃごちゃした飲み屋街を抜け、大通りに出ようとしたときだった。不意に、後ろから誰かにぶつかられた。あまりに強くぶつかられたので、前につんのめりそうになる。かろうじて踏ん張り、「気をつけろよ」と声を荒らげた。相手は謝りもせず、さっさと歩いていってしまった。

「ちっ、なんだあいつ」

楽しい気分に水を差されたように感じ、不快だった。気を取り直して、駅に向かおうとする。だがなぜか、一歩踏み出したら脚から力が抜けた。膝が折れ、地面に手をついてしまう。何やってるんだおれ、と不思議に思いながら、立ち上がろうとした。

身を起こせなかった。どういうわけか、腰の辺りが濡れていた。さっきの奴に液体をかけられたか、と思った。苛立ち、手を伸ばして液体を触ると、粘液質だった。妙に温かい。街灯の明かりに照らすと、手が赤黒くなっていた。

血じゃないのか、これ、と思った。交通事故の現場で、大量の血はよく見かける。さっきの奴、怪我《けが》をしていたのか。大丈夫なのかよ、と考えた。

「大丈夫ですか」

誰かが声をかけてきた。は？　何を言ってるんだ。おれは大丈夫に決まってるだろう。怪我をしているのは、さっきの奴だよ。駅の方にさっさと歩いていった。おれは大丈夫。ちょっとよろけただけだから。立ち上がって、新宿まで行くんだ。今夜はとびきりのいい女とゆっくり過ごす予定なんでな。

「ちょっと、誰か！　救急車！」

耳障りな叫びが聞こえた。梅田はなぜか、地面に頬をつけていた。あれ？　おれは寝てるのか。路上に寝てるのかよ。なんで？　道端に寝たら寒いだろ。ああ、本当に寒い。体温がどこかから抜け出ていくようだ。寒いよ、寒い。意識が遠くなるほど寒い……。

視界がぼやけていた。最後に見えたのは、自分を囲む人たちの心配そうな顔だった。

## 21

捜査会議に出るのが楽しみだった。これまでは特に、胸を張って報告できるようなことには行き当たらなかった。だが今日は、捜査を大きく前進させるかもしれない重大な事実を摑んできた。こんな収穫を得て、誇らしく思わない警察官はいない。一同の前で発表する栄誉は本庁捜査一課の村越に譲らなければならないが、それでも理那は鼻が高かった。発表した際の、一同が発するどよめきを想像すると、自尊心がくすぐられた。

講堂内の後方の席に着き、会議が始まるのを今か今かと待っていた。どうしても、相棒の村越の様子を見てしまう。物足りないことに、村越は特に気負ってはいないようだ。事件解決に直結するかもしれない事実を摑んでもいつもと変わらない態度なのは、一課刑事として手柄を挙げることに慣れているのか、それとも芯からやる気がないのか。両極端の解釈ではあるが、どちらであってもおかしくないのが村越の不思議なところだ。コンビを組んでそこそこ長くなってきたのに、未だに村越の本質を把握できていない気がする。むしろ最近の方が、本当の村越がわからなくなってきたほどだった。

村越は隣に坐る同じ九係の者と、なにやら楽しげにお喋りをしていた。緊張感がないこと、甚《はなは》だしい。村越だけでなく、相手も同じような態度であるところからすると、やはりそれは一課刑事の余裕なのだろう。自分もそうなりたいものだと、密かに思う。そして、これはもしかして憧れなのかと気づき、村越に憧れを抱く己に愕然とした。これでは、相手の階級に応じて態度を変えた、深川署の梅田と同じだ。階級だけで相手を評価するような真似は、厳に慎まなければならない。とはいえ、村越は階級だけの男ではないとも、今は思っている。結局、村越のことはよくわからないという出発点に戻ってくるだけだった。

定時より少し遅れて、お偉方がやってきた。今日は九係係長の野田と管理官、野方署署長だけだ。野田からのねぎらいの言葉があってから、会議が始まる。挙手でもして真っ先に収穫を報告すればいいものを、村越は鼻毛を抜いているだけだった。その態度には、激しく幻滅した。

坐っている順番に、一課の刑事たちが報告を始めた。このままでは、村越は四番目だ。まあ、いい。遅かれ早かれ、村越の報告によってこの会議の雰囲気が一変するのである。村越に苛々《いらいら》したりせず、悠然と構えていようという気になった。

だが、村越の順番は回ってこなかった。三人目の刑事が報告をしているときに、野方署の女性警官が講堂に入ってきたのである。血相を変えているように見える女性警官は、野田に近寄るとぼそぼそと何かを報告していた。遠目にも、雛壇上の三人の顔色が変わったのがわかった。突発事が起きたのだ。少し浮かれ気味だった理那の気持ちが、とたんに引き締まった。手柄だのなんだのといった色気は吹き飛び、野田の反応にだけ意識が向かう。女性警官の報告を聞き終えた野田は、厳しい顔になって立ち上がった。

「よくない知らせが入った。また、サツカンが殺された。しかも、東府中署に所属していたことのある奴だ。時期まではわからないが、おそらく杉本や小川と在籍期間は重なっているんだろう」

いつもはどこかふざけた気配のある野田が、今は歯軋《はぎし》りしかねないほど険しい顔つきをしている。三人目の被害者を出してしまったのは、捜査本部の失態だ。ましてそれが我々と同じ警察官となれば、怒りと屈辱のあまり顔も歪もうというものだった。

理那も大きな衝撃を受けていた。いったい自分は何をしていたのかと、すべてが空しくなる徒労感に襲われる。この捜査会議は無能者の集団だったのか、などという自虐的な思いが頭をよぎった。

「間違いなく一連の殺しの続きと思われるが、まだ断定はできない。初動捜査に当たった機捜の人がこちらに来るから、その報告を待つ」

野田はもう、杉本の事故も殺人であったと決めつけていた。むろん、異論を唱える者はいない。犯人は三人目を殺害することで、わざわざ事故に見せかけていた杉本殺しを白状してしまったようなものだった。

野田は言い終えると、大きな音を立てて椅子に坐った。あまりのことにざわめきも起きず、講堂内は静まり返っている。皆、何を言っていいかわからないのだろう。そんなときに、「あのう」と緊張感のない声を発した者がいた。村越だった。

「ちょっと聞いて欲しいことがあるんですよね」

「なんだ、言ってみろ」

不機嫌そうに、野田は顎をしゃくる。野田がそんな態度をとるところを、初めて見た。村越は気にした様子もなく、のっそりと立ち上がる。

「その前に、殺されたサツカンの名前はなんていうんですか」

「深川署の梅田巡査部長だ」

「あちゃー。その人なら、今日会ってきましたよ」

「なんだと」

野田は村越を睨むかのように、目を細める。理那はといえば、野田の言葉に驚愕していた。日中に会ったばかりの梅田が、殺されたというのか。つい数時間前まで生きていた人がもうこの世にいないという事実にショックを受けるが、それだけでなく、自分たちが聞き出した話の重要性がますます増したことに緊張を覚えた。大柴の線は、もはや事件解決に直結しているとしか考えられなかった。

「杉本と小川が東府中署に在籍していたときの同僚を捜して、会いに行ったんですよ。まさかあの人が死ぬとはねぇ。人間、一寸先は闇ですなぁ」

あくまで村越の口調は変わらない。野田はそんな村越を睨む。

「呑気なこと言ってんじゃねえぞ。梅田から面白い話を聞いてなかったんなら、離島の駐在に飛ばしてやる」

「あー、それもいいかもしれませんねぇ。しばらくのんびり暮らそうかな。って、冗談ですよ。面白い話、ありますから」

野田が本気で怒り出しそうな気配を察したのか、村越は途中からふざけた口振りをやめた。とはいえ、特に手柄を誇るわけでもない。なかなか真似ができない芸当だった。

「スピード違反のバイクを杉本が追っかけてたら、そいつが自損で死んじまったそうです。

事故処理をしたのは、小川と梅田でした」

「ほう。耳寄りじゃないか」

野田は身を乗り出す。村越は「でしょ？」などと応じた。理那からは顔が見えないが、どうせとぼけた表情をしているのだろう。

「死んだ奴の名は大柴康輔。死亡当時は三十九歳でした。戸籍によると、妻と子供がふたりいます。息子と娘。今日のところは、遺族の現住所までは追えませんでした」

「ぷんぷん臭うな、それは。特に息子だ。今、何歳なんだよ」

「二十五歳ですね」

「ようやく最有力容疑者のお出ましかい」

野田はにやりと笑った。金縛りが解けたかのように、捜査員たちのひとり言や囁き声がそこここで発せられる。村越は「ということなんで」と言って腰を下ろした。野田が弾んだ声で命じる。

「よし、村さん。あんたは明日、朝一でその大柴の息子を捜せ。息子の名前はなんていうんだ？」

「ええと、大柴悟《さとる》ですね」

野田はどんな字を書くかを確認してから、講堂の隅に控えていた女性警官を呼んだ。指示を受けた女性警官は出ていく。そして野田は、改めて一同に向けて声を発した。

「殺しの現場は錦糸町だった。おれが決めることじゃないが、おそらく両国署《りょうごく》と合同捜査ということになると思う。だが、村越の報告次第で捜査方針を絞り込むかもしれない。そのつもりで、各自携帯に入る連絡を見逃さないで欲しい」

そこに、手を挙げる者がいた。捜査一課の三井だった。三井は許可を得てから立ち上がり、村越と同じように太平楽な口調で話し始めた。会議が始まる前に村越と談笑していたのも、この三井だった。

「ええと、ホントにその大柴悟が最有力容疑者ってことでいいんですか」

「どういう意味だよ。何か不都合があるか」

野田は問い返す。それは理那が覚えた疑問と同じだった。三井はいったい、何を言い出したのか。

「動機は？」

「動機だと？　何をいまさら。杉本と小川、梅田の三人には、父親の死に責任があると考えてるんじゃないのか」

そんなことは、わざわざ説明するまでもなく三井もわかっているはずだ。それなのになぜことさらに動機を問うのか、その意味がわからない。何か不自然なところがあるだろうか。

「杉本はいいですよ。白バイで追いかけ回したわけでしょ。でも、小川と梅田は？　現場検証しただけで、なんで殺されるほど恨まれなきゃならないんですか」

「ううむ」

三井の指摘に、野田は唸った。理那も同じく、虚を衝かれた思いだった。言われてみれば、確かにそうだ。杉本と小川が関わった死亡事故を見つけたことで喜んでしまい、その先まで思考が届かなかった。己の浅慮を恥じた。

「いやまあ、洗う価値がないとは言いませんよ。殺さずにはいられないほどの恨みが、どこかで発生していた可能性はありますからね。ちょっと言ってみただけです」

三井は自ら、指摘を取り下げるようなことを言った。それもまた、そのとおりである。調べてみなければ、まだ何もわからない。

「水を差すなよ、三井」野田は情けなさそうに眉根を寄せた。「まあ、最有力容疑者と言ってしまったのはおれの勇み足だったよ。村越の明日の調べに期待しようじゃないか。頼むよ、村さん」

「へえ」

これまた気の抜けた返事を、村越はする。さすがにそれには、笑いが起きた。

先ほど出ていった女性警官が、紙片を手に戻ってきた。それを野田の前に差し出す。一瞥した野田は、「おお」と嬉しげな声を発した。

「幸先いいぞ。大柴悟には前科《マエ》があった。窃盗で執行猶予二年、その後で婦女暴行未遂で実刑二年を食らっている。ろくでもない奴だな。やっぱり臭うじゃないか」

そうなのか。一度は落ち込みかけた理那の気持ちが、また上向いた。前科者に対する偏見と言われれば返す言葉がないが、この場合はやはり大柴悟は有力容疑者と見做さざるを得ない。ようやくにして浮かび上がった、犯行動機を持つ者なのである。この線で決着をつけたかった。

「すでに刑期を終えて出てきてるから、現住所もわかってる。村さん、手間が省けてよかったな」

そう言って、野田は手にしていた紙片を村越に回した。村越も、「ああ、そりゃいい」と言いながら受け取る。明日は戸籍を手がかりに大柴悟を捜そうと考えていたので、一直線に辿り着けるならありがたかった。野田の言うとおり、朝一で向かえるだろう。

そうこうするうちに、錦糸町の殺害現場を検証した機動捜査隊員が到着した。背後からの鋭利な刃物による刺殺であること、飲み屋街の中での大胆な犯行であったにもかかわらず目撃者が見つかっていないこと、死亡推定時刻はほぼ特定できていて午後十時十二分頃であること、凶器は持ち去られていて現場にはなかったこと、被害者がなぜ錦糸町にいたのかは不明であること、などを報告した。理那は逐一メモに書き取ったが、さほど目を引く情報はないと考えた。背後からの刃物による刺殺、という点が小川殺しと共通していることくらいか。飲み屋街での殺しは、確かに大胆である。それは、犯人が殺人に習熟した結果ではないかとも思え、少し恐ろしくなった。

多少の質疑はあったが、それ以上のめぼしい情報は出てこなかったので、明日に備えて解散となった。理那は真っ直ぐ帰宅し、風呂に入って寝た。興奮して寝つかれないのではないかと危ぶんだが、そんなことはなくあっという間に眠りに落ちた。

そして翌朝、村越と合流して大柴悟に会いに行った。警視庁が把握しているところでは、大柴は大田区《おおたく》糀谷《こうじや》に住んでいた。京急《けいきゅう》本線から空港線に乗り継いで、糀谷駅で降りる。目指すアパートは、歩いて十数分の場所にあった。

呼び鈴を鳴らす役目を押しつけられるのではないかと思ったが、案に相違して村越は理那を後ろに控えさせた。大柴が過剰な行動に出る可能性も考えて身構えるつもりだったのに、少し拍子抜けした。まさか、理那が女だからと村越は自分が前に立ったのだろうか。だとしたら見くびらないで欲しいが、同時に村越のそんな配慮には感心もした。見くびるなと考える理那がかわいげがないだけで、村越の配慮をありがたがる女性警官は少なくないだろう。もっとも、村越のことだから何も考えていないだけかもしれないが。

出勤する前に摑まえようと早めにやってきたのだが、大柴が在宅しているとは限らなかった。呼び鈴を鳴らし、しばし反応を待つ。返事はなかった。

「すみませーん、大柴さーん。いますかー。警察なんですけどー」

村越は遠慮なくドアを叩き、呼ばわった。警察の訪問であることを周辺住民に知られないよう、通常はこんなふうに呼びかけたりはしない。ただこれは、村越が無神経というわけではなく、居留守を使っているなら引きずり出すためのテクニックだろう。果たして、内部で人の動く気配がした。大柴は室内にいたようだ。

しばらくしてから、ドアが細めに開いた。チェーンロックがかかっているドアの隙間から、不機嫌そうな顔つきの男がこちらを睨む。村越は「ああ、どうも」などと軽い挨拶をしてから、確かめた。

「あなたは大柴悟さんですか」

「……そうだけど」

ぼそぼそと相手は答える。目が腫れぼったく、髪が乱れているところからすると、居留守を使おうとしたのではなく、単に寝ていたようだ。男の無愛想な態度は、寝起きの不機嫌さだった。

「私はこういう者なんです。ちょっとお話を聞かせていただけませんか」

村越は懐から警察バッジを取り出して、相手に示した。考えてみれば、村越が警察バッジを取り出すところを初めて見た。ちゃんと聞き込みできるんじゃないか、と当たり前のことを理那は思った。

「何？」

大柴はこれ以上ドアを開ける気がないようだ。村越はチェーンロックをつつくように指差す。

「これ、話がしづらいんですけどねぇ」

大柴は数秒無反応を貫いてから、ドアを閉めてまた開けた。ロックを外している。ようやく見えた全身は、黒のスウェットの上下だった。よれよれで、明らかに着古していた。

「なんすか、朝っぱらから」

とても協力的とは言えない口調で、大柴は問い返す。それでも村越は愛想よく、質問を始めた。

「ちょっと伺いたいんですけども、昨日の夜は何をしてらっしゃいました？　具体的には、夜十時頃」

「えっ、十時頃？　テレビ観てましたよ」

大柴は自分の背後に向かって顎をしゃくった。玄関先から見える部屋には、テレビが設置してある。その手前には、布団が敷いてあった。

「それを証明できる人はいますか」

「そんなもん、いるわけない。ひとり暮らしだから」

「誰かから電話がかかってきたりもしてないですか」

「ないですよ。今どき、電話なんてかけないでしょ」

「そうなんですか？　私は古い世代なんで、今どきがどうなのかわからないんですよねぇ」

電話を使わなくても、今は連絡をとる手段が他にたくさんあるという意味だろう。確かに、恋人でもない相手とはメールなどでやり取りした方が気楽だ。理那も最後に私用電話をかけたのがいつか、思い出せなかった。

「じゃあ、二週間前の水曜日の夜はどうですか。どこにいました？」

村越は手帳のカレンダーを示して、大柴に問うた。小川殺しが起きた日である。大柴はカレンダーをちらりと見ただけで、面倒そうに首を振った。

「そんなの、憶えてない」

「スマホに予定を書き込んだりしてないですか。確認してみてくださいよ」

「予定なんかないんだから、書き込んでないですよ」

「ああ、そうですか。ちなみに、お仕事は何をしてるんですか」

「……求職中だけど」

つまり無職か。前科持ちだと職を探すのは難しいのだろう。そうした状況が更生を妨げていると言えるが、あまり同情はできなかった。罪状が婦女暴行未遂と聞けば、いい印象は持ちようがない。

「ところで、お父さんは事故で亡くなってるんですよね。亡くなったとき、悲しかったですか」

不意に村越は質問を変えた。大柴は戸惑うように眉根を寄せる。

「普通、親が死んだら悲しいでしょ。それがどうかしたんですか」

「白バイから逃げようとして、お父さんは亡くなったんですよね。警察を恨んでます？」

ずいぶん直球を投げるものだ。ひやひやしながら後ろから見ていたら、大柴は少し間をおいてから首を傾げた。短い間に、どんな反応が自然かを考えたように見えた。

「別に、恨んでませんよ。死んだのは、親父の自業自得でしょ」

「やあ、恨まれてないならよかった。大柴さんはずいぶん物わかりがいいですね。安心しました」

嫌みにも聞こえかねないことを、村越はしゃあしゃあと言う。大柴はその言葉を無視した。

「突然、失礼しました。もしかしたらまたお時間をちょうだいするかもしれませんが、その節はどうぞよろしく」

村越は首を前に突き出すようにして、お辞儀をした。大柴はわずかに頷いたような動きを見せ、ドアを閉める。内側から施錠する音が、大きく響いた。

「理那ちゃん、気づいた？」

アパートの敷地を出ると、村越はそんなふうに話しかけてきた。何をだろうか？　突然の質問に焦ったが、適当な答えをでっち上げるわけにはいかない。悔しさと焦りを押し殺して、首を振った。

「いいえ、なんのことですか」

「あの御仁、おれたちがなんの用で来たのか、訊こうとしなかったよ。まるで警察が来ることを覚悟していたかのようじゃないか」

「――あ」

まるで気づかなかった。これが経験の差なのか。なぜ今回に限って村越が自分で質問をしたのか、その理由がようやく理解できた気がした。

「何か疚《やま》しいことでもあるのかねぇ、あの御仁は」

村越は自分が理那に与えた衝撃にも無頓着な様子で、のんびりと歩き続ける。理那はしばし立ち止まって、その背中をじっと見つめた。

# 22

瞼《まぶた》の裏、眼球の上方部分に加重されているかのようだった。明らかな眼精疲労だ。防犯カメラは長時間録画のために、画質を落としている。だからきちんと確認するためには目を凝らさなければならず、よけいに疲れてしまうのだ。それがわかっているから三井は防犯カメラの映像を見るのが嫌いなのだが、この役を他の人に譲る気にはなれなかった。梅田巡査部長を殺した犯人は、どこかでカメラにその姿を捉えられている。できるなら、そいつを自分が真っ先に見つけたかった。

三井がいるのは、錦糸町駅前商店街の事務所だった。ここで、防犯カメラが昨夜捉えた映像を見せてもらっている。他にも捜査本部の連中が、駅や周辺の商業施設の防犯カメラ映像を見ているはずだ。犯行現場である商店街を三井が担当しているのは、要領がいいからである。こういうとき、事件解決に繋がる可能性が一番高そうな場所を必ず押さえるのは三井だった。

防犯カメラは商店街に何ヵ所も設置されている。それらの映像を、順番に見ているのだ。犯行現場に一番近いカメラの映像は、残念ながら現場から逃走する者を捉えていなかった。

そうなれば、虱潰しに見ていくだけである。見始めてまだ三十分しか経っていないが、もう目がしょぼしょぼし始めた。持参してきた目薬を注《さ》し、首を左右に倒す。

「どんなものでもハイビジョンが当たり前のご時世に、なんで防犯カメラだけはこんなにひどい画像なのかねぇ」

つい、隣で同じように映像をチェックしている大野に愚痴を垂れた。大野は画面から目を逸らさず、答える。

「そのうち切り替わりますよ。現に、鮮明な映像が売りの防犯カメラは発売されてますし」

「でも、こういうのって一度導入したら、壊れない限り取り替えないじゃん。東京都内の防犯カメラが全部ハイビジョンに切り替わるのは、いったいいつのことかね。おれが定年するまで、そんな日は来ないんじゃないかと思うよ」

「そうでしょうね」

否定して欲しかったのに、大野はあっさり同意する。まあ、誰が考えても防犯カメラの総ハイビジョン化は遠い未来だよな。つまり三井は、今後もずっとこうして眼精疲労に耐えながら粗い映像を見なければならないわけだ。明るい未来に、快哉《かいさい》を叫びたくなる。

「見てるとさ、ドレス着たお姉ちゃんがちょろちょろ映るじゃん。そうするとどうしても、そっちに目を奪われちゃうんだよね。大野くんはそんなことない？」

軽口を叩くと、大野は苦笑して頷いた。

「まあ、そうですね」

あら、真面目で面白みのない顔をしていても、やっぱり綺麗なお姉さんは気になるのか。ニヤニヤしながら横顔を見ていたら、さすがに画面からこちらに視線を移して大野は情けなさそうに眉根を寄せた。若い奴をからかうのは面白い。そんなことでもしていないと、この単調な作業は苦痛でならなかった。

一時停止していた映像を、また再生した。人の流れには波があり、頻繁に行き来がある時間があるかと思うと、誰ひとり通らないときもある。人が映っていない時間帯は、早送りをしてかまわない。そうして少し飛ばしていたときのことだった。

画面の上方に、道路の奥からこちらに向かって歩いてくる人が現れた。少し猫背気味で、なにやら周囲に忙《せわ》しなく視線を配っている。その顔に、見憶えがある気がした。一時停止し、確認する。

どうにも不鮮明で、確定的なことが言えなかった。画像を拡大してみても、粗くなるだけでますますわからない。大野にも意見を求めることにした。

「なあなあ、大野くん。これ、大柴悟じゃないか」

画面に映っている人物の顔は、配られた大柴悟の顔写真と似ているように見えた。大野は

「えっ」と言いながら席を立ち、こちらの画面を覗き込む。そして、自信なさそうに首を傾げた。

「確かに、そう見えますね。でも、ちょっとこれだけでは断定できないかも」

「だな。よし、こういうときは便利な奴がいる」

スマートフォンを取り出し、登録してある電話番号を呼び出した。繋がった相手に、「三井だ」と名乗る。

「ちょっと確認して欲しい男が見つかったんだ。こっちに来てくれないか。商店街の事務所」

「わかりました。すぐ行きます」

相手はあれこれ尋ねず、即答した。九係の同僚は、それぞれの役割をわきまえているから話が早い。言葉どおり、五分ほどで事務所にやってきた。

「ご苦労さん。これなんだけど、どうかな」

三井は画面を指差して、問いかけた。黒縁眼鏡をかけた金森《かなもり》は、画面を一瞥するなり断定した。

「これ、大柴悟ですね」

「やっぱり、そうか」

金森が言うなら、間違いなかった。金森は秋葉原《あきはばら》に行けば似たような雰囲気の者がごろごろいそうな、オタクふうの小太りな男だが、誰にも真似できない特殊な能力を持っている。一度見た顔は、二度と忘れないのだ。顔写真の照合はコンピューターでもできるが、金森に訊いた方がずっと早い。九係の歩くデータベースだった。

その記憶力がどれだけ尋常ではないかを物語る逸話がある。今と同じように防犯カメラの映像をチェックしていたとき、キャップを目深に被った男を逃走中の容疑者だと見破ったことがあるのだ。ろくに顔が映っていないのになぜわかるのかと一同が疑うと、金森は表情も変えずに言った。

『耳の形が同じです』

一同は啞然《あぜん》とし、金森の記憶力を過小評価していたことを認めた。三井は内心で、耳の形まで憶えているなんてどんな変態だよ、という感想を抱いたのだが。

「こりゃあ、決まりかね」

防犯カメラの映像だけで、大柴が犯人と決めつけることはできない。だが少なくとも、なぜこの時間に錦糸町にいたのか、事情を話してもらう必要はある。任意で引っ張るには、充分な材料だった。

映像を借り、捜査本部に持ち帰った。他の刑事たちも引き揚げてくる。野田に報告をして、映像を見せた。野田は不鮮明な映像に眉を寄せたが、金森が大柴だと言うなら間違いないだろうと頷いた。

「よし、任意で引っ張るぞ。村さん、すまんがもう一度行ってくれ」

今朝、大柴に会いに行った村越に、野田はそう命じる。村越は大儀そうに立ち上がって、「わかりました」と応じた。村越とコンビを組む所轄の女刑事が、早く行きましょうとばかりに怖い顔で村越を見ている。村さん、ずいぶん大変そうな相手と組まされてるな、と密かに同情した。いや、あの人のことだから、女だというだけで喜んでいるか。

一時間ほどして、車を使って村越が戻ってきた。大柴はそのまま、取調室に押し込まれる。本来なら連れてきた村越が尋問すべきところだが、こうした際にはあまり役に立たない。幸い九係には、尋問の名手がふたりもいる。強面《こわもて》で迫るなら筋骨隆々の体育会系、佐川《さがわ》。人情で落とすなら、見るからに人がよさそうな部屋長だ。今回は強圧的に尋問した方が効率がいいと野田が判断したらしく、佐川の出番だった。

捜査一課刑事の特権で、三井は取調室に隣接する部屋から尋問の様子を眺めることにした。マジックミラー越しに、机を挟んで向かい合う佐川と大柴が見える。佐川の見た目は人間よりもゴリラに近い。こんな恐ろしげな大男と狭い部屋で向かい合ったら、おれもなんでも喋っちゃうなと三井は思う。

「昨日の夜は自宅にいたと、今朝訪ねていった刑事に話したな。それは本当か」

スピーカーから、佐川の野太い声が聞こえた。大柴の表情はふて腐れているように見えるが、本心では肝を縮み上がらせているに違いなかった。

「そうですよ。それが何か」

「嘘をついたら、ただじゃ置かないぞ」

佐川は静かな声で言う。しかし、「ただじゃ置かない」という台詞《せりふ》がこれほど似合う男はいなかった。佐川にそんなことを言われて、抗しきれる人間など存在するわけがない。大柴も例外ではなく、顔を引きつらせていた。

「なんとか言ったらどうなんだ。こちらがなんの証拠もなく、任意同行を求めると思うか」

佐川は軽々しく声を荒らげたりはしない。だがだからこそ、より恐ろしいとも言えた。果たして何分くらい保《も》つかね。三井がそんなことを考えながら見ていたら、一分と経たずに大柴は降参した。

「すみません。自宅にいたというのは嘘です」

大柴は左右に目を泳がせていて、佐川の顔を直視できずにいた。佐川に尋問される者は、ほぼ全員同じような反応を示す。怖いんだろうなぁ、と三井は同情した。佐川を警視庁のポスターに使えば、かなりの犯罪抑止力になるのにと思う。

「じゃあ、どこにいた？」

　当然佐川は尋ねるが、大柴はすぐには答えなかった。おっ、抵抗するのか。なかなか根性があるじゃないかと、感心した。

「お前の姿は、防犯カメラに捉えられていた。お前、昨夜は錦糸町にいただろうが」

　佐川はフランクフルトソーセージみたいな太い指を大柴に突きつけた。その指先からレーザービームでも出ているかのように、大柴は仰《の》け反《ぞ》った。

「お、おれじゃないです。おれはやってないです」

　顔をぷるぷると震わせながら、大柴は唐突に言い出した。佐川は目を細める。そんな表情をされると、ますます怖い。

「やってないって、何をだ？」

「け、警官がまた殺されたんでしょ。でも、おれじゃないですから。おれはやってないですから」

　大柴はついに、自ら警官殺しに言及した。佐川は立ち上がって、机を回り込む。そして大柴の肩に手を置いた。

「お前はさっき、嘘をついたな。お前は嘘をつく人間なんだ。もう誰も、お前の言うことなんて信じないよ」

佐川は顔を近づけ、大柴の耳許《みみもと》で囁くように言った。ああ、これは今日一番怖い台詞だよ。仮に何かの間違いで犯罪を犯してしまっても、佐川にだけは尋問されたくないと三井は強く思った。

## 23

村越が講堂に戻ってきたので、理那はすぐに駆け寄った。何を思ったか、村越はぱっと顔を明るくする。こんな刺々《とげとげ》しくて不細工な女でも、近づかれると村越は嬉しいらしい。村越のセクハラには怒りを覚えていたはずなのに、こうもはっきりと嬉しそうな顔をされると憎めなくなる。これがほだされるという現象なのだろうかと、己の心の動きを不可解に思った。

「どうですか」

短く尋ねた。村越はにこにこしながら答える。

「なんかね、妙なこと言ってるよ」

「妙なこと」

どうやら大柴は、自白したわけではないらしい。ならば村越のこのにこにこ顔は、事件が解決したためではなかったようだ。不思議な人だなぁと、いまさらながらの感想を抱く。

「この後、係長がちゃんと説明するけど、自分は脅迫されて錦糸町に行ったと言ってるんだよね」

「脅迫されて？　誰に？」

「さあ。大柴もわからないらしいよ。ホントかどうか知らないけど」

なにやら曖昧な話である。罪を逃れるために、言い訳にもならないことを主張しているだけと思えた。

「つまり、梅田巡査部長殺しは自分の犯行ではない、と言っているわけですか」

「そうそう。もちろん、小川殺しも杉本の事故も知らないって。そもそも、その三人の名前も知らなかったと言ってるぞ」

通常、交通事故の処理をした警察官の名前など一般人は知るすべがない。だが、どうにかして調べ出すことができるのではないか。そうでなければ、ひとつの事故に関わった三人の警察官が連続して死ぬなどということは起きなかったはずだ。大柴が何を言おうと、説得力がなかった。

大柴を尋問しているのは、体がひときわ大きくて目立つ一課刑事だった。あんな人に尋問されたら洗いざらい白状してしまいそうなものだが、大柴はなかなかしぶといらしい。現役の警察官が三人も殺されるという大事件である。簡単には解決させてもらえないようだった。

しばらくして、野田が講堂に入ってきた。席には着かず、「まだ白状しない」と不機嫌そうに言う。

「犯行時刻に錦糸町にいた理由も、何者かに呼び出されたからだと主張している。その何者かは、今どき古風なことに手紙で指示をしてきたそうだ。その手紙は捨てろと書いてあったから、大柴は素直に従ったんだと」

なんだ、それは。では、指示に従っただけだという証拠はまるでないことになるではないか。電話であれば、通話記録が残る。そのことを知っているから、手紙が来たと言っているのだろう。しかし、だとしたら大柴は意外に頭が切れるのだなと思った。なんとなく、理那が直接見た大柴本人のイメージとは合わなかった。

「手紙の消印はどこのものだったか、憶えていないのでしょうか」

質問が上がった。野田は質問者に向けて首を振る。

「郵便で送られてきたものではなかったらしい。切手は貼ってなかったそうだ。ちなみに、文章自体は印刷したものなので、筆跡はわからない。それが、大柴の主張だ」

ますます摑み所がない話だ。だが、証拠がないということは大柴の話を嘘だと断ずる材料もないことになる。もしかしたら厄介な展開かもしれないと、理那は危ぶんだ。

「どこのどなたさんかもわからない手紙に、どうして大柴は素直に従ったのか。それは、自分を脅迫する内容だったからだそうだ。大柴はかなり言い渋っていたんだが、振り込め詐欺の片棒を担いでいたらしい。現金を老人から受け取るところを撮った写真が同封してあったから、それでやむを得ず言われたとおりにしたんだと。もちろん、その写真も処分したそうだ」

話が妙に具体的になってきた。とっさにでっち上げた言い訳にしては、現実感がある。おそらく、振り込め詐欺を働いていたという点は本当なのだろう。軽い罪を持ち出し、殺人という重罪から逃れる作戦か。

「振り込め詐欺云々《うんぬん》の件は、正直どうでもいい。そっちの捜査は二課に押しつけようと思う。問題は、サツカン殺しを白状しないことだ。仕方ないから、外堀を埋めるしかない。家宅捜索《ガサ入れ》と、それから小川殺しがあった夜の防犯カメラもチェックしてくれ。きっと何か見つかるだろう」

野田は指示をすると、ようやく腰を下ろした。代わりに一課の部屋長と呼ばれている年配の男が立ち上がり、分担割り振りを仕切る。村越と理那は、家宅捜索担当になった。大柴の家には二度も行っているから、割り振りに不満はない。必ずなんらかの証拠を見つけてやると意気込んだ。

家宅捜索担当は、他にひと組だけで計四人だった。加えて、数人の鑑識係が同行する。刑事四人で一緒に出発し、まずは裁判所で捜査令状をもらってから、大柴のアパートに向かった。道中、村越は他のふたりなどいないかのように、理那にばかり話しかけてきた。理那はそれを迷惑に感じるというより、恥ずかしく思った。仲がいいコンビに見えるのではないかと心配だった。

手分けして聞き込みをし、アパートの大家を見つけた。捜査令状を示して、部屋を開けてもらう。先にアパートに来ていた鑑識係と合流し、手袋をしてから中に乗り込んだ。

家宅捜索の経験は少ないので、どこから手を着けていいかわからない。村越に教えを乞うことにはもうあまり抵抗を覚えないが、他のふたりの目があるから訊けなかった。やむを得ず、手近なクローゼットを開けた。服については女に任せておけ、と思われたか、他の者たちはさっさと別の場所を漁《あさ》り始めた。

大柴の服はさほど多くなかった。季節ごとに分ける必要もないらしく、ジャンパーと薄手のシャツが同じように吊《つる》されている。それらを一着ずつ手に取り、血痕がついていないかを改めた。いくらなんでも血がついたら捨てるだろうとは思ったが、万が一ということもある。むろん、ポケットの中身もいちいち探った。

特に収穫がないまま、次は引き出しを開けた。Tシャツやスウェット、ジーンズ、下着などが入っている。洗濯済みのようなので、やはり何も見つからない。最後に、籠に乱雑に入っている衣類を手に取った。

これらはふだん着ている部屋着のようだ。黒いスウェットを着ていたのは、理那自身が見ている。広げるとわずかに体臭がして不愉快だったが、息を止めてこらえた。よく見ると、染みのようなものがある。食べ物染みだろうが、念のために鑑識に回すことにした。

黒いスウェットは、二セットあった。下になっていた方が、厚手だ。その日の気温によって、どちらかを着ていたのだろう。厚手の方にも染みがあったから、これも持ち帰ることにする。

衣類をチェックし終えてからは、台所を捜した。特に刃物は、刃こぼれがないかを念入りに調べた。だが、犯行に使ったものを台所の包丁立てに戻しておくわけがない。刃物に異状はなかった。

風呂トイレ一体型のバスルームからも何も見つからず、そこで家宅捜索は終了した。どうやら村越たちも、これといったものを見つけられなかったようだ。毛髪などを採取していた鑑識に期待するしかなさそうだった。

捜査本部に戻ると、朗報が待っていた。小川殺しがあった夜、最寄り駅の改札を通り抜ける大柴の姿が、防犯カメラの映像に残っていたのだ。これはもう、言い訳不可能なのではないか。そのことも追及したところ、同じく匿名の手紙の指示に従っただけだと大柴は言い張ったらしいが、もはや耳を傾ける必要はないと思われた。

理那にとっても嬉しいことがあった。理那が持ち帰った黒いスウェットから、血液が検出されたのだ。その血液のDNAは、梅田のものと一致した。まさに決定打だった。

血液がついた服を手許に置いておくような真似はしないだろうとは思ったが、念のために持ち帰ってよかった。検出された血痕は微量だったそうだから、大柴も血がついたことに気づかなかったのだろう。定職を持たない大柴にとって、衣類代は馬鹿にならなかったのかもしれない。ケチケチして犯行時に着ていた衣類を処分しなかったことが、命取りとなった。

証拠は揃った。もう自白も必要ない。裁判所から逮捕状が発行され、大柴悟は梅田巡査部長殺しの容疑で逮捕された。追って、小川殺しと杉本の事故についても、調べが進むだろう。それが終わるまで捜査本部は解散されないが、ひと区切りついたのは確かだった。

「あのう、村越さん」

迷ったが、声をかけた。言わずにいるのはフェアではないと、生真面目な自分が急き立てる。村越は振り返り、「ん？」と小さく反応した。理那は村越の目を見て、言った。

「このたびはお世話になりました。いろいろ勉強になりました。ありがとうございました」

コンビを組まされた当初は、まさか最後に礼を言うことになるとは予想もしなかった。しかし、勉強になったのは事実だ。本庁捜査一課の刑事になりたいと望む理那にとって、得るものは多かった。村越のすべてを認めることはとうていできないが、やはり一課刑事になるだけのことはあると今は評価している。

「なんだ、改まって。こちらこそ、理那ちゃんと組めて楽しかったよ。ありがとうね。また一緒に仕事しよう」

楽しかった、という言葉を、素直に受け止めることができた。村越は本当にそう思っているのだろう。意外なことに、言われて理那はかなり嬉しかった。

「はい、ぜひ。でも、理那ちゃんはやめてください」

図に乗られると困るので、釘《くぎ》は刺しておいた。村越は笑って、「わかったわかった」と言う。だが、本当にわかったのか怪しいものだと理那は思った。

## 24

休憩中に、スマートフォンでそのニュースを知った。収入が乏しい身ではあるが、世間の動向から切り離された自分は耐えがたく、スマートフォンだけは無理して保有している。未練とは思うものの、完全に世捨て人にはなりきれなかった。ホームレス生活から抜け出して欲しいと望んだ人のことが記憶に残っている限り、社会で起こる事件に無関心ではいられない。未練な己を自嘲するような真似だけはするまいと、西條は決めていた。

ニュースサイトは、昨夜起きた警察官殺しの続報を伝えていた。容疑者が逮捕されたという。容疑は昨夜の殺人事件だけだが、二週間前の殺しと、さらにそれ以前の事故についての関連も調べているとニュースは報じていた。警察官連続殺人などという派手な事件も、急転直下の展開で解決に至ったようだ。かつて警視庁に籍を置いていた者としては、同慶の至りだった。

「西條さんって、いっつも熱心にニュースをチェックしてましたよね」

不意に、同僚が話しかけてきた。二十代半ばほどの、まだ顔にニキビが出る若い男である。武道をやっていたらしく肩幅があるが、顔つきは幼く、口調もそれに伴っていた。一緒に警備員室に詰めることは多かったものの、年がひと回りも違うと話題もなく、西條も沈黙を恐れないたちだったので、あまり言葉を交わした記憶はない。そんな同僚が向こうから話しかけてきたことに、軽く驚いた。

「――ああ。ニュースでもチェックしないことには、社会との接点がないんでな」

正直に答えると、同僚は感じ入ったように大きく頷く。

「やっぱ、さすがは元警察官ッスねぇ。おれはあんま頭よくないんで、社会の動きとか正直ぜんぜん興味ないんスよ。西條さんは違うなぁと思ってました」

　この同僚があまり頭が切れるタイプでないことは、西條もわかっていた。しかしその分、言葉の裏に別の意味を込めたりしないので接しやすくはあった。今のこの言も、額面どおり受け取っていいのだろう。そんなふうに見られていたのかと、不思議な気分になる。頭がいいと思われるようなことは、何もしていないのだが。

　それより、〝元警察官〟という箇所が気になった。やはり知っていたのか。これまで西條の過去に触れようとしなかったのは、どうやら気遣いだったらしい。ならば、感謝すべきところである。ここでの仕事が最後の日に同僚の気遣いに気づくとは、いかにも遅い。他人の気持ちに鈍感な欠点は、なかなか直るものではない。

「おれのこと、知ってたんだな」

「あ、すいません。別にとぼけてたわけじゃなくって、昔のこととかあれこれほじられるのはいやじゃないッスか。おれだって、学生の頃の話とか蒸し返されたくないし」

「君は、頭悪くなんかないと思うぞ。気遣いができる人間が、社会では一番立派なんだ」

「そうスかね。へへへ」

　同僚は照れたように額を人差し指で掻く。短い付き合いではあったが、最後に小さい交流ができたことが西條は嬉しかった。

　休憩を経て、午前十時に仕事を上がった。この警備員室に来るのも、今日で最後になる。

社会に居場所を見つけられなかった西條にとって、ここでの仕事はただありがたかった。感謝の気持ちを込めて、最後は警備員室を掃除した。

「西條さんはこんなところで燻《くすぶ》ってる人じゃないと思ってましたよ。新しい職場でがんばってください」

同僚はそんな言葉をかけてくれた。少し生意気な物言いだが、今はそれもかわいく思える。

「君もがんばってくれ」などとあまり気の利かない言葉だけを残して、警備員室を後にした。

制服は自分で洗濯をして返却しなければならないので、警備会社との縁が今日で切れるわけではないが、やはり最終日なので挨拶をしたかった。働いていたビルを出たその足で、会社を目指す。西條を拾ってくれた社長は、もう出社しているはずだった。挨拶に行くことは、すでに告げてある。

電車を乗り継ぎ、警備会社に着いた。会社の規模は業界内では中堅レベルだが、堅実な仕事で信頼を集めている。その社風は社長の薫陶によるところが大きいと、西條は観察していた。西條のような厄介者を拾ってくれるところにも、度量の広さが見て取れる。

顔見知りに会釈をしながらオフィスを横切り、社長室のドアをノックした。中から「おお」という声が聞こえ、足音が近づいてくる。自らドアを開けた社長は、「お疲れ様」とねぎらってくれた。

「ささ、どうぞ入って、入って」

社長は体格がいいが腹が出ている、相撲《すもう》取り崩れのような見かけの人だった。若い頃は格闘技ではなく、ラグビーをやっていたらしい。体を鍛えていた人がスポーツをやめると、往々にしてこの社長のような体型になる。腹が出たお蔭で貫禄がついた、と社長はうそぶいていた。

「いやあ、お疲れ様でした。本当ならいずれ西條さんにはもっといい仕事をやってもらいたかったんですけど、一流企業に再就職されるならその方がずっといい。なんと言いますか、ホッとしましたよ」

応接セットのソファに西條を坐らせ、社長はその向かいに腰を下ろした。雇用主と被雇用者という関係だったのに、社長は丁寧な言葉遣いを変えなかった。西條が刑事時代に関わり、便宜を図ってやった恩義を忘れていないためだった。その義理堅さが、西條をどん底の生活から掬《すく》い上げてくれた。西條の方こそ、社長から受けた恩義は一生忘れられなかった。

「せっかく拾っていただいたのに、申し訳ありません。働かせてもらったことには、本当に感謝しています」

西條は丁寧に頭を下げた。身内の話はしていないから、形の上ではもっといい会社に転職するようにしか見えない。恩義に非礼で応えているようで心苦しいが、社長はまるで気にした様子もなかった。

「なに、西條さんはうちにはもったいないような人でしたから。短期間でもいてもらえて、ありがたかったですよ」

「そう言っていただけると、安心します」

「警察官ってのは、復職のチャンスはないんでしょうか」

不意に社長は、そんなことを言った。西條はわずかに口許に苦笑を刻み、首を振る。

「ないです。仮にあったとしても、私のような辞め方をした者がふたたび迎えられることはあり得ないですよ」

「もったいないですなぁ。西條さんほどの人を、みすみす放り出すとは」

「警視庁では、そんなふうには思ってないでしょうけどね」

むしろ、石を投げつけてでも追い出したかったのではないか。それだけのことをしたのだから、古巣を恨む気はないが。

「これは警察のことを何も知らない素人の戯れ言と、聞き流してください。私は、西條さんは総会屋の見張り役なんかより、事件捜査をしている方がよっぽど似合うと思うんですよ。西條さんみたいな人が野にいるのは、本当にもったいないことです」

「買い被りすぎです」

謙遜のつもりではなくそう応じたが、社長の言葉は心に苦みを残した。なぜ苦く感じるのか、西條はその理由を分析したくなかった。

## 25

気づかぬうちに、貧乏揺すりをしていた。最初は小刻みだった揺れが、次第に大きくなって膝がテーブルの裏に当たる。食卓の上に置いてある皿が、かちかちと鳴った。妻が「ねえ」と声をかけてきた。

「またやってる。貧乏揺すり。やめてよ」

言われて、気づいた。視線はテレビに向けていて、バラエティー番組を楽しんでいるつもりだったのに、実は何も見聞きしていなかった。なるべく意識を逸らそうとしているが、不安で心が押し潰されそうになっている。それをごまかすために、千葉義孝《よしたか》は大声を上げた。

「うるせえ。こっちはストレス抱えて仕事してんだ。少しは夫の気持ちを理解しろ」

怒鳴ったものの、理解できるわけがないと千葉自身もわかっていた。ストレスの原因は、たとえ妻であっても話すわけにはいかない。何も知らない妻に、理解しろと言うのは無理難題でしかなかった。

「いっつも勝手なことばっか言って」

妻も理不尽と感じたか、口を尖らせて不機嫌な顔をした。勝手なこと、とは確かにそのとおりだ。だが妻も、千葉が何に怯《おび》えているか知れば、口を尖らせている場合ではないとわかるだろう。こちらは生きるか死ぬかの不安に苛《さいな》まれているのだ。

ふたりの息子も、苛立ちを隠さない父の前で竦んでいるようだ。小学校高学年の兄と、低学年の弟。ふたりともまだ無邪気に、将来はお巡《まわ》りさんになると言っている。やめておけと内心で思うが、散文的な現実を小学生相手に語るわけにはいかない。息子たちは父のことを、正義の味方だと思っているのだ。

交通課勤務だから夜に家にいないこともあるが、捜査畑の人間に比べれば規則正しい仕事をしている。家で夕食を食べられる日は決まっていて、そんなときは必ず家族全員で食卓を囲んだ。無条件に父をすごい人だと思っている息子たちは、千葉がいる日を単純に喜んだ。千葉もまた、息子たちとともに食事をするのは楽しみだった。

ところがここ最近、千葉が眉宇《びう》に帯電しているかのような気配を漂わせているせいか、食卓の雰囲気は重苦しかった。以前は学校であったことをあれこれ話していた息子たちも、今はただ黙々と箸を動かしている。時折ちらりとこちらの顔を見るのは、機嫌を伺っているのだろう。大人をそんな上目遣いで見る態度は気に食わないが、自分がそうさせているのだから叱りつけるわけにもいかない。歯車がひとつ狂っただけで、何もかもがうまくいかなくなってしまったかのようだった。

　杉本が事故死したのを知ったときは、気の毒には思ったが動揺などしなかった。白バイ警官のくせに交通事故死か、と若干侮る気持ちさえあった。むろん、かつての同僚として通夜には参列した。泣いている家族の表情を見たら、侮った気持ちも消え失せ、杉本のいいところばかりが思い出された。

　不安が芽生えたのは、小川が死んでしばらくしてからだった。小川は何者かに殺された。そう聞いても千葉は、特に何も思い浮かべなかった。あの瞬間の自分は鈍感だったと、振り返って思う。小川の死と杉本の死を、結びつけて考えようという発想がなかったのだ。

　それはおそらく、小川が個人的な理由で殺されたと思い込んでいたからだった。殺されてもおかしくない奴、と見做していたわけではない。単純に、昔の知人が殺されたからといって自分にまで波及してくるとは思わなかっただけだ。小川には小川の生活があり、そのどこで恨みを買ったかなどわかるわけがない。小川とは杉本の通夜で会ったばかりだったが、それまでは付き合いも途絶えていた。

　小川の葬式に出る準備をしていて初めて、ある可能性に思い至った。すると、不安が胸の底に生まれた。まさか、と笑い飛ばそうとしたが、できなかった。

まさか、杉本も殺されたのではないだろうな。一度疑惑を覚えると、それは焼き印のように意識にくっきりと残り、離れなくなった。杉本は事故死したと聞いている。その判断が間違いで、実は殺人だったということがあるだろうか。日本の警察は優秀だから、殺人を見逃すことなどあり得ない。もし千葉が一般人であれば、そう考えて自分の妄想を笑い飛ばしていただろう。だが残念なことに、千葉もまた警察官だった。警察がいくつもの不自然な死を手つかずのまま放置していることは、なんとなく察していた。まんまと完全犯罪をやり遂げている者が、実は思いの外に多いのではないかとうすうす感じている。杉本の死が殺人であっても、少なくとも千葉にとっては大して驚きではなかった。

だとしたら、どういうことになるのか。改めて考えるまでもなかった。杉本と小川が絡んでいたといえば、思い出すことはひとつだ。もう十年以上が過ぎ去り、すっかり忘れていたあの事故。過去の亡霊が、今になって甦《よみがえ》ったというのだろうか。信じたくはないが、一度思い出してしまえばもう二度と意識の外に押しやることはできなかった。

誰が杉本と小川を殺したがる？　自問して、すぐに答えが見つかった。確かあの夫婦の間には、ガキがふたりいなかったか。特に年長のガキの方が、悪人を見るような目でこちらを睨んでいたことを不意に思い出す。なんだその目は、と頬を抓り上げてやりたかった。おれたちは警察官なんだ。正義の味方であって、お前如《ごと》きガキにそんな目で見られる筋合いはない。おれたちが黒と言えば、どんなことでも黒なんだよ。当時は大人《おとな》げないから口に出さなかった思いが、今になって心の底から湧き上がる。あのガキどもが成長したとしたら、おれたちに復讐できるような年格好《かっこう》になっているのではないか。杉本と小川は、あのふたりに殺されたのだ。

復讐ならば、杉本と小川のふたりを殺しただけで終わるわけがない。次は、おれだ。そんな結論に至るまでに、さほど時間は必要としなかった。顔から血の気がさーっと引いていき、立ち眩みを起こしそうになる。杉本はあくまで事故死だったと、警察が改めて断定してくれないものか。そう、心底望んだ。

だが期待に反して、捜査本部は小川殺しと杉本の事故死の関連性を示唆《しさ》し始めた。やはりそうなのか。杉本も殺されたのか。ならばあのガキどもは、次におれを狙ってくる。杉本と小川を殺しておいて、おれを見逃す理由はないはずだった。

死にたくない、と素朴に思った。おれはまだ、小学生の息子をふたりも抱えているのだ。ふたりとも、カブトムシやクワガタを買ってきてやればたわいなく喜ぶ年である。こいつらが中学高校大学と進学し、社会人になってかわいい嫁を連れてくるまで、死ぬわけにはいかない。なんだってこんな小さい子供たちを残して、死ななければならないのだ。そんな理不尽なことがあるだろうか。

もどかしいのは、誰にも助けを求められないことだった。動機がわかれば、犯人も簡単に特定できる。あのガキどもが逮捕されれば、おれは死に怯えなくてもよくなるのだ。しかし、助けを求めるわけにはいかなかった。捜査本部に訴えたら、千葉たちが過去に何をやったかが明るみに出る。決して自己の利益のためではなく、あくまで警察のためにしたことであっても、もう揉み消したりはできないだろう。そんな事態は、警視庁の上層部も望まないはずだ。ならば、助けを求めて過去を甦らせるわけにはいかなかった。

「なあ、父ちゃんが死んだら、悲しいか？」

考えるより先に、言葉が口から飛び出していた。息子たちはきょとんとした顔をしたが、すぐにがくがくと頷いた。

「悲しいよ。なんで？　父ちゃん死ぬの？」

「死なないで。父ちゃん死なないで」

息子たちは湿った声で訴えた。特に下の子は、ただそれだけのやり取りで目を潤ませていた。かわいい奴らだ。まだ反抗期前の息子たちは、純粋に庇護《ひご》欲を掻き立てる。こいつらのためにも、絶対に死んでたまるかとの思いを強くした。

「死なねえよ。誰が死ぬかよ」

そう言って、息子たちの頭を乱暴に撫でてやった。下の子はすぐに笑顔になり、「うん」

と頷く。上の子はそこまで単純ではなく、まだ幾分不安そうだったが、それでもぎこちなく笑った。妻だけが、何か言いたげにこちらに視線を向けていた。千葉は妻の様子には気づかない振りをした。

向こうがやってくるのを待っているから、怯えなければならないのだ。息子たちの顔を見て、千葉は開き直った。ならば、こちらから捜してやる。捜し出して、おれには手を出すなと警告してやればいい。自分たちの犯行を見抜かれたなら、向こうも観念するだろう。見逃してもらえるとわかれば、千葉との取引にも応じるのではないか。それこそが、ベストな解決策と思えた。

しかしそうは言っても、交番勤務を卒業してからこちら、ずっと交通課で生きてきた。捜査の経験などないから、どうやって捜せばいいのかまるでわからない。思い余って、翌日に署で刑事課の人間を摑まえた。年が近いので、馬が合う男だった。廊下で顔を見たときに思いつき、「ちょっといいか」と声をかけた。

「すまないが、教えて欲しいことがあるんだ。行方《ゆくえ》知れずの人間を捜すとしたら、まず何から始めたらいい？」

廊下の隅に相手を引っ張っていき、尋ねた。唐突な問いかけに、同僚刑事は「は？」と訊き返す。

「なんだよ、それ？　お前の仕事に関係あるのか」

「いや、そういうわけじゃないんだが、知り合いに訊かれたんだよ。でも、答えられなくてな。一応これでも警察官の端くれだから、後学のために知っておこうかと思って」

とっさのことだったが、うまくごまかせたと思った。だが、ごまかすことにかけては相手も得手だった。

「まあ、いろいろさ。戸籍から手繰《たぐ》ることもあるし、足を使って聞き込みをすることもある。今度訊かれたら、そう答えておけよ」

「戸籍で現住所がわかるのか？」

「もちろん戸籍だけじゃわからないけど、やり方はあるんだよ。蛇《じゃ》の道は蛇《へび》さ。それより、そんなことを訊く奴はまともな人間なのか？　なんかヤバいことをしようとしてるんじゃないだろうな」

さすがに捜査畑の人間は勘が鋭かった。藪蛇《やぶへび》になりかけて、ここらが引きどきと悟る。

「大丈夫だよ」と、意識して軽い口調で応じた。

「まともな奴だ。人を疑うことが癖《くせ》になってるのは、悲しいねぇ」

「ほっとけ」

面白くもなさそうに吐き捨てると、それを最後に同僚刑事は立ち去った。幾分、気分を害したのかもしれなかった。

自力で捜すのは難しいな。そう悟り、諦めた。ならば、探偵でも雇うか。しかし、信用できるかどうかもわからない探偵に弱みを握られるのは得策ではない。信頼に足る探偵を探そうにも、それを誰かに相談することもできないのだった。

八方塞がりのまま、ただ膨れ上がる不安となんとか折り合いをつける日々が続いた。その末に、また新たな警官殺しが起きた。名前も知らない警官だったので、杉本や小川の死とは結びつけなかった。

すぐに、容疑者が逮捕された。報道によると、杉本や小川殺しにも関連していると捜査本部は考えているらしい。ということは、千葉が恐れていたことと小川たちの死は無関係だったのか。容疑者は、会ったこともない男だった。連続殺人は、千葉とは関わりのないところで起きていたのだ。

はははは、と乾いた笑いが漏れた。これではまるで、枯れススキに怯える子供も同然ではないか。ありもしない動機を作り上げ、もはや顔も憶えていないガキどもを犯人に仕立てていた。早合点もいいところだ。もうこれからは、苛々と貧乏揺すりをする必要もなくなるのだった。

ここ最近のことを、妻に詫びなければならないな。久しぶりに明るい気分で、千葉はそう考えた。

## 26

駅からスタジアムへ続く道には、大勢の人が列をなしていた。現在Jリーグで首位を争っている二チームが激突するのだから、客が集まるのも当然だった。単に試合結果を知るだけならテレビ観戦で充分だが、わざわざスタジアムに足を運ぶ醍醐《だいご》味《み》はこの雰囲気を味わうことにあるのだろう。さほどサッカーに興味のない誠也でも、なにやら雰囲気に呑まれて昂揚してきた気がする。

「おー、なんだかすごいですねぇ。活気があるというか、暑苦しいというか」

後輩の近藤が、目の上に手で庇《ひさし》を作って周囲を見渡した。そこここに、それぞれのチームのレプリカユニフォームを着た人たちがいる。遠くから聞こえるリズミカルな声は、早くも応援を始めた一団がいることを物語っていた。道の左右には露店も出ていて、ちょっとしたお祭りのようだった。

「ねー、いいでしょ。面白いでしょ。どうですか、渕上さん」

近藤の言葉に応じたはずなのに、結局誠也に質問を向けてくるのは、未央だ。今回は未央が言い出して実現した企画なのだった。

　スタジアム観戦などしたことがない誠也が誘いに応じたのは、未央が押さえたチケットが非常に稀少《きしょう》なものだと聞いたからだった。そんなふうに言われると、無下に断るわけにはいかなくなる。未央の父親がチームのスポンサー会社に勤めているらしく、四枚のチケットが回ってきたのだという。未央はこれ幸いと誠也を誘い、そこに近藤ともうひとりの女子が乗っかったのだった。

「うん、独特な雰囲気だな。気持ちが盛り上がってくるね」

「でしょ！　そうでしょ！　特に今日は熱いですよ。勝った方が首位ですからね」

　未央は父親に連れられて幼い頃からスタジアム通いをしていたらしく、サッカー通だった。ばっちり解説してあげますから任せてください、と誠也を誘う際には豪語していた。その言葉に違《たが》わず、誠也を含めた三人が普段着なのに対し、未央だけはレプリカユニフォームを着ている。もし誠也がいなければ、フェイスペインティングもしているところなのかもしれなかった。

　二時キックオフのデーゲームなので、子連れ客も多い。だから熱気はあるが、殺気立ってはいない。ある意味、のどかで平和な休日の午後だった。

　スタジアムに着くと、近藤が「ビール、ビール」と言って売店に向かった。参加者は全員飲める口なので、四杯買った。大した金額ではないから誠也が奢ると、三人は声を揃えて「ごちそうさまでーす」と言う。その一致団結ぶりに、誠也は思わず苦笑した。

中に入って席に着くと、美しい芝生《しばふ》が一望できた。ふたつのゴール裏には熱心なサポーターたちが陣取っていて、チャント合戦を繰り広げている。試合が始まる前から、すでに充分雰囲気を楽しめた。

まったく普通の、サラリーマンの休日だった。気のいい後輩たちと、ビール片手にサッカー観戦。しかもそのうちのひとりは、自分に好意を寄せてくれている。他人から妬《ねた》まれても仕方のないくらい、幸せなひとときではないか。だからこそ、誠也は強烈に違和感を覚えていた。

なぜおれは、こんな普通の生活を送っている？　それは、あらゆる手立てを尽くして平穏を勝ち得たからだ。あのままでは、生き地獄だった。理不尽な運命に奪われた、普通の暮らし。もう一生、元に戻ることはないと思っていた。日の当たらない世界を、這《は》いずるように生きるしかないと絶望していた。

おれはどうしても、あんな世界から抜け出したかった。抜け出るためには、なんでもするつもりだった。その結果、今こうしてのんびりとサッカー観戦を楽しんでいる。それでいいではないか。戻ってきた平穏を、しっかり握り締めて離すな。誰かがそう、誠也に訴える。

内なる声のはずがない。これはおそらく、〝常識〟か。常識的感覚が、ここにとどまれと促す。何も自らふたたび修羅の道に向かうことはないではないか、と。

何もせず、レイとふたりでひっそりと生きていくという選択肢もあった。復讐など考えない方が、幸せな人生を歩めた。それなのにおれは、平穏な世界を捨ててしまった。人の命をこの手にかけることで、以前のどん底の生活をも凌《しの》ぐ泥沼の地獄に堕《お》ちてしまった。愚かな、あまりにも愚かしい選択だった。

おれは復讐がしたかった。復讐だけが、生きる支えだった。だから迷わずそちらの道を選んだつもりだったが、実際は違ったのではないかと最近疑っている。おれにとって本当は、復讐は二の次だったのではないか。単にレイと一緒にいたいから、共通の目的を設定しただけではないのか。復讐という目的がある限り、レイとは固く結ばれている。誰にも言えない、ふたりだけの秘密。おれはレイを繋ぎ止めておきたいからこそ、警察官を殺しているのだ。心の底の本音を掘り出してみれば、そんな結論が転がり出てきそうだった。

倒錯している。自嘲せずにはいられなかった。平穏な生活を奪った奴らに復讐するために、平穏な生活を捨てた。いや、違う。レイと静かに暮らしていきたいがために、普通の人生を捨てたのだ。レイとなら地獄に堕ちてもかまわないつもりだったが、それも違った。レイと一緒にいるためには、地獄に堕ちるしかなかったのだ。なんとひどい運命か。

そうではない。否定に否定を重ねる。そもそも何も起きなければ、ごく普通にレイとともに生きていくことができたはずではないか。地獄に堕ちる必要はなかった。やはり、誠也を地獄に突き落としたのは警察官たちだ。警察官が、すべてを壊した。だから復讐は、正当な行為なのだ。復讐することで、レイと分かちがたく結び合わされる。思考が堂々巡りをし始めていた。誠也は虚空の一点を見つめ、動くことを忘れていた。

「――上さん。ねえ、渕上さん。聞いてます？」

大きな声で呼ばれ、ようやく意識が現実と重なった。びくりと反応して、体が動きを取り戻す。左に坐る未央に顔を向け、「ごめん」と詫びた。

「ぼうっとしてた。何？　なんか言った？」

「もう、なんですかぁ。もしかして、仕事のことでも考えてたんですかぁ。猛烈サラリーマンなんて、やめてくださいよ」

意識の外に追い出されていたと知り、未央は口を尖らせた。ごめんごめんと、繰り返し詫びる。右側から、近藤が執《と》りなしてくれた。

「話がつまらないから、渕上さんは耳に栓をしてたんだよ。選手がイケメンだなんて言われたって、おれたちはどうでもいいよ」

「近藤さんには言ってませんよっ」

　未央は口を横に長く伸ばして、「いーっ」と子供のようなことを言う。年齢を考えればいささか幼い態度だが、愛嬌《あいきょう》があるので笑って見ていられた。未央には他人の気持ちを明るくする、生来の朗らかさがある。未央と付き合う男は、きっとずっと楽しい気分でいられることだろう。誠也のような者ではなく、もっと真っ当な人を好きになるべき女の子だった。

　試合は一進一退の攻防戦で、まさに一瞬も目を離せなかった。ボールの行方を追っている間は、誠也もよけいなことを考えずにいられた。ゴールの瞬間にはスタジアムが揺れるほどのどよめきが起き、ライブ観戦の真価を肌で感じた。終わってみれば一対一の引き分けで、未央が応援するチームは首位を保った。

「面白かったよ。小柳くん、誘ってくれてありがとう」

　誠也が礼を言うと、未央はこれ以上無理なほど顔全体で喜びを表した。

「渕上さんにそんなふうに言ってもらえて、本当に嬉しいです！　今日はいいゲームでしたよ。お誘いしてよかった」

　ただでチケットを分けてもらった手前、このまま解散という流れにはしにくかった。移動して賑やかなところに出て、お茶でも飲んで時間を潰してから少し早めに飲み始めようということになった。電車でふた駅先のターミナル駅で降り、地下街に入って喫茶店を探す。大きい書店の横を通ったときに、もうひとりの女の子が「あっ」と声を上げた。

「藤咲玲依《ふじさきれい》だ。かわいいよねー。あたし、こういう顔大好き」

ファッション雑誌の表紙を飾っているモデルに目を留めたようだった。「ちょっといいですか」と誠也たちに断り、未央とともにその雑誌を手に取る。未央も似たような反応を示した。

「ホントに綺麗だよねー。こんな顔に生まれたら、どんな人生送るんだろう」

「憧れるよねー」

肩を寄せ合い、ふたりでため息をついている。近藤も平台に置いてある雑誌を覗き込み、言った。

「最近、急に人気出てきましたよね。おれもけっこう好みですよ」

誠也はただ、「そうか」とだけ相槌を打った。

## 27

「ただいま」

声を大きくして、玄関から家の中に声をかけた。まだ耳は遠くなっていないはずだが、ひとりでいる心細さからか、父は四六時中テレビを点けっぱなしにしている。その音のせいで、理那が帰宅しても気づかないことが多いのだった。父のために、できるだけいろいろな音を立てて存在を知らせるようにしている。

「お帰り」

返答があった。聞こえたようだ。短い廊下を抜けて、居間に入る。父はいつものように、ソファに坐っていた。

「お帰り」

手にしているリモコンでテレビの音を消し、こちらに顔を向けて父は繰り返した。理那は近寄って、父の膝に手を置く。こんなことはむろん、以前にはしなかった。最近の新しい習慣だった。

「ただいま。今日は何か、不自由はなかった？」

「大丈夫だ。三原《みはら》さんが全部やってくれたから」

三原さんとは、理那がいない間の家事を任せているホームヘルパーだった。理那が食事を作ってやることはできないのだから、第三者の手を借りるしかない。ホームヘルパーを雇えるほどの高給を得ているわけではないが、背に腹は代えられなかった。

父は理那に顔を向けてはいるものの、目は閉じたままだった。たとえ瞼を開いても、視線は虚《うつ》ろで焦点を結ばないだろう。父はおととし、失明してしまったのだ。

原因は緑内障だった。緑内障は初期の段階で自覚がしにくく、視野が狭くなったと気づいたときにはもうかなり進行してしまっていることが多い。父の場合も同様であり、加えて素人判断で加齢のせいだと決めつけていた。もともと頑健だった父は医者に行くのが嫌いだったため、歩くのにも不自由するようになってようやく理那に異状を訴えた。慌てて眼科に連れていったが、もう手遅れだった。

「お風呂は入った？」

まるで子供に対してかける言葉だが、今は必要なことであった。風呂は転ぶ危険性があるからと、父はあまり入りたがらない。こればかりは理那もヘルパーも手伝ってやるわけにはいかないから、自力でなんとかしてもらうしかない。理那にとっての、一番の気がかりなことだった。

「今日は入ったぞ」

父は心なしか、胸を張るようにして答えた。胸を張りたい気分なのかもしれない。父の変化は至るところに見られるが、些細なことを誇らしげに語る様もまた、そのひとつだった。気持ちはわかるので、切なくもある。

「他に、何かして欲しいことはない？」

「いや、特にない」

「そう。じゃあ、あたしもお風呂に入るから」

そう応じはしたものの、父が入った後の風呂はいささか憂鬱《ゆううつ》だった。父は一週間に一度くらいしか入らなくなったから、お湯が汚れるのだ。やむを得ないことなので、理那も文句は言わない。寒くない季節は、シャワーだけで済ませることにしている。

自分の部屋に行き、部屋着に着替えた。父が失明したばかりの頃はこのタイミングでため息が出たが、状況に慣れた今は平静でいられる。とても受け入れがたいことであっても、受け入れないことには生きていけない。せめて母が存命であれば、との繰り言はなんとか封印できた。

湯船には案の定、垢《あか》が浮いていた。実の父の垢とはいえ、中に入るにはためらいを覚える。自分の疲れ具合と天秤《てんびん》にかけ、今日はお湯に浸からないことにした。不快感をこらえながらお湯に体を沈める方が、ストレスが溜まりそうだった。

理那はもともと長湯が好きだったが、警察官になってからそんな悠長なこともできなくなっていた。特に今日はシャワーだけで済ませたので、三十分もかからなかった。濡れた髪を拭きながら居間に行くと、父はまだソファに坐っている。父が何を望んでいるかはわかるので、習慣のように声をかけた。

「ビール、飲もうか」

「ああ、そうしよう」

父はきちんと泡を立てて、グラスにビールを注いで欲しいのだった。目が見えなくなると、その程度のことですら人の手を借りなくてはできないのである。缶ビールをそのまま呷るのは、やはりおいしくないと感じるらしい。きちんと泡が立ったビールを飲むと、父は本当に満足そうな顔をする。父の数少ない楽しみのひとつと思えば、邪険にはできない。

冷蔵庫から缶を取り出し、グラスに注ぎ分けた。どうぞ、と言葉を添えて父の手に握らせると、「ありがとう。すまないな」などと言う。生前の母が、ほとんど聞いたことのない言葉だった。母が生きているうちに、何度もそれを言ってあげて欲しかったと思う。

父は元警察官だった。それも、〝強面の〟という枕詞《まくらことば》がつく刑事だったらしい。輪郭はホームベースのようにえらが張り、目はただの切れ目のように細い。中央には丸い鼻が居座っていて、その下の唇は薄く、口角が下がってへの字になっている。取調室でこんな刑事と相対したら、確かに威圧されるだろう。そしてこれらの描写は、悲しいことに理那にもほとんど当てはまるのだった。理那は幼い頃から、父親似だとよく言われた。

性格が顔に出るのか、はたまた顔が性格を作るのか、父は見た目どおりの頑固者だった。家族に優しい言葉をかけるのは罪だとでも考えているかのように、家にいるときも常に不機嫌そうにしていた。当然のことながら、家事をする母に感謝の言葉など一度も口にしたことはなく、むしろ不備を咎めるばかりだった。仕事がうまくいかないときは、八つ当たりさえした。

　母は黙って耐えていた。正確には、理那にはよく愚痴をこぼしていたが、父に面と向かって楯突いたことはなかったのだった。大正や昭和ひと桁《けた》生まれの夫婦ならいざ知らず、父母の世代ではいささか時代錯誤な関係だったのではないかと思う。ただ威張り返っているだけの父が、理那は嫌いだった。

　父に対しての気持ちが軟化したのは、母が死んだ後のことであった。母は膵臓癌《すいぞうがん》を患い、治療の甲斐もなく身罷《みまか》った。当時まだ働いていた父はろくに看病もせず、理那はますます反感を募らせる一方だったが、母の臨終に際しての父の様子に胸を衝かれた。父は声こそ上げなかったものの、棒立ちになり、静かに涙を流したのだ。涙など生まれてこの方一度も流したことがないような顔をしている父が、動かなくなった母を前にして頰を濡らしている。人間らしい感情があったんだ、と発見する思いだった。

　考えてみれば、あの涙が理那の進む道を決めた遠因なのかもしれなかった。あんなにも反発していた父と同じ世界に入ることにしたのは、父の涙を見たことと無関係とは思えない。厳格な父に躾《しつ》けられたことで、強い正義感が育《はぐく》まれていたのは確かだ。しかしそれだけでは、警察官になりたいと考えるには足りない。母がおとなしく従うだけの意味のある仕事を父はしていたのではないかと、確かめたくなったのだった。

大学卒業後の希望を伝えたとき、父は表情を変えなかった。相変わらず口はへの字で、むしろ不満そうであった。だが警視庁への採用が決まったとき、ビールを飲もうと初めて誘われた。理那は二十二歳になってようやく、父は感情表現が下手な人なのではないかと気づいた。

あのままであれば、少しずつではあっても距離を縮め、いい親子関係が築けそうだった。それなのに、不幸が父を襲った。いや、不幸に襲われたのは父だけではない。理那の運命も、父の失明によって大きく変わったと思っている。父が光を失ったときから、理那はこの家に縛りつけられてしまったからだった。

目が見えないことの不自由さを、理那は当初リアルに想像することができなかった。住み慣れた家にいるのだから、手探りでもなんとかなるだろうと高を括っていた。父も弱音を吐く人ではないので、最初のうちはひとりで家の中にいさせた。理那も仕事が忙しく、自分のことで手いっぱいだったのだ。だから、父が顔に痣《あざ》を作るまで、真っ暗な世界で生きる恐怖に思い至らなかった。

それまでにも、トイレが汚いなどの異変には気づいていた。だが理那はまだ若かったから、単に腹を立てるだけでしかなかった。さすがに文句を言うのは忍びなかったので、トイレの床が汚れていたよとやんわりと告げると、父は仰け反らんばかりに驚いて恐縮した。ぺこぺこと頭を下げる父など想像すらしたことがなかったので、その様子には理那の方が面食らった。

神ならぬ身には、時間が経たないとわからないことがたくさんある。ましてまだ二十代でしかなかった理那には、用便に関して注意を受けることがどれほど男のプライドを傷つけるか理解が及ばなかった。それ以後、父は目が見えない状態で家の中をなんとか綺麗にしようとしていたらしい。その過程で、顔面を思い切り便器にぶつけてしまった。右の頰に黒々とした痣が残っているのを見て、理那は誰かに殴られたのかと思った。目が見えない父が、いったい誰と喧嘩をしたのか。だが問い詰めてみれば、父の告白は憐《あわ》れさを誘った。同時に、自分が薄情であったことを悟らされた。

そもそも食事も、レトルトパックや冷凍食品しか用意してやれなかった。温めるだけならば、父でもできるだろうと考えたのだ。そのこと自体が、思いやりに欠けていた。やはり子供の頃の反感が、まだ心のどこかに残っていたのかもしれない。父が文句を言わないので、それでいいだろうと軽く考えてしまっていた。

そんな食事であっても、理那が買って帰ると父は「すまないな」と言った。かつての父なら、絶対に口にしなかった言葉。もちろん言ってもらった方が嬉しいのだが、言葉の裏にそこはかとない悲しみを感じてしまうのは、自分の側に疚しさがあったからだろうか。理那に頼らないと生きていけないようになった父は、以前に比べて明らかに卑屈になっていた。理那はその変化に戸惑いながらも、父が自分に感謝するのは当然と受け取っていた。同時に、そんな傲慢さに後ろめたさを覚えてもいたのだった。

顔の痣の理由を知って、即座にホームヘルパーに頼ることを決めた。父は遠慮したが、断固として押しとおした。いくら幼い頃の恨み辛みがあるといっても、血を分けた親子である。育児放棄をするように、父を放置するわけにはいかなかった。

このとき初めて、理那は父を背負う覚悟を決めたのだった。その瞬間にはっきりと意識したわけではないが、振り返ればそう思える。今の父は理那にとって、手のかかる子供のようなものだった。そんな事実を認めたくなくて、ずっと目を逸らしていた。

ホームヘルパーに来てもらえば、理那は楽になるはずだった。実際、買い物と掃除をしなくて済むようになっただけで大いに助かっている。だが物理的負担が減るのと反比例して、心理的には前にも増して重圧を感じていた。目が見えない父の面倒を見て、この先何年も生きていくという現実を、ようやく直視したのだった。

父はことあるごとに、「ありがとう」「すまないな」「お前には面倒をかける」と口にするようになった。感謝の言葉は、こちらの負担を軽くする。以前は単純にそう考えていたのだが、徐々に別の意味合いを持ち始めた。父の卑屈な態度を、理那は見たくなかった。偉そうにふんぞり返っているだけの父を嫌悪していたはずなのに、感謝されれば重荷に感じる。自分の身勝手さにも嫌気が差した。

「事件、解決したんだな」

父は切り出した。まだ現役の頃の気分が抜けないのか、娘が刑事になったからか、父は理那が関わっている事件について知りたがる。捜査の進捗《しんちょく》状況は身内であっても漏らしてはいけないのだが、ＯＢといえば身内以上である。父に話すことは、誰も咎めないはずだった。

「うん、ようやく。あたし、けっこう役に立ったんだよ」

理那の手柄を、父は素直に喜んでくれる。それは、生活の負担を感謝されるよりずっと受け入れやすいことだった。

「そうか。それはすごいな。どんなふうに役に立ったんだ？」

微笑む父に、杉本の事故との繋がりに着目したのが自分であったことを語る。もっとも、動機を掘り出したのは村越だったので、そこは悔しさ交じりに己の未熟さを認めた。父は心当たりがあるかのように、大きく頷く。

「確かに警察には、女を侮る空気がある。おれもきっと、そういう態度をとっていたんだろう。恥ずかしいことだ」

父はわずかに俯《うつむ》いた。それが本音なのか、理那に世話になっているから媚《こ》びているのか、どちらなのかわからない。いや、媚びているなどと考えるのは、理那の心が曲がっているためだろう。村越の誉め言葉は素直に受け入れられるようになったのに、父の本音はまだ疑っている。ひどい娘だった。

「でも、コンビを組んだ一課の人は、やっぱり優秀なんだと思う。ぜんぜんそうは見えないんだけど、いろいろ勉強になった」

相手に本音で語って欲しいなら、自分が本音で接するしかない。村越を認めたことなど誰にも言いたくなかったが、あえて口に出した。

「お前はまだ若い。勉強して、一課刑事を目指せ。そうすれば、女だからと侮られることもなくなる」

「うん」

「お前なら、一課刑事になれる。おれはそう信じてる」

父は力強く言った。理那は驚き、父から見えないのをいいことにまじまじと見つめた。まさか父が、そんなことを言ってくれるとは思わなかった。

理那が警察官になった当初、父はおそらく娘を戦力とは見做していなかった。せいぜい、ミニパトで駐車違反の車を取り締まっていればいいと考えていたのではないか。だから理那が刑事課に配属になったときは、なんとも言えない微妙な顔をしていた。娘が認められたことを喜ぶ気持ちと、女に刑事が務まるのかと危ぶむ思いが交錯していたのだろう。そんな父に内心で激しく反発したことは、言うまでもない。

その父が今、理那なら一課刑事になれると励ます。信じているとまで言う。驚かずにはいられなかった。

父のこの言葉まで疑いたくはなかった。時間の経過とともに娘への評価が変わっていたとしても、決して不思議ではない。しかし、だからこそいっそう理那の気を滅入《めい》らせるのだった。父は満足に動くこともできなくなった自分の分まで、理那に期待を寄せている。掌返《てのひらがえ》しの理由がわかるだけに、失明していなければどうだったのかと考えてしまう。様々な付随物を伴う期待は、よけい重くなる。父の期待の重さは、そのまま父の存在の重さだった。

このような重荷を背負っていては、結婚などできるわけがない。容姿が劣っているだけでも大きなハンディキャップなのに、盲目の父の存在はたいていの男を遠ざけるだろう。十年後も二十年後も、父とふたりでこの家に住んでいる自分を想像する。叫び出したくなる閉塞《へいそく》感《かん》だった。

同時に、実の父を重荷と感じてしまう自分にも、嫌悪を覚えた。顔が美しくないだけでなく、心までも醜い自分。いいところなんて、ひとつもない。こんな人間にはそもそも、幸せになる権利などないのだろう。そんなふうに自虐的に考えてかろうじて、己を納得させることができるのだった。

目の端に、点けっぱなしになっているテレビの画面が入っていた。映っているのは、最近売り出し中のモデルだった。名前は確か、藤咲玲依といったか。女の理那でも思わず見入ってしまうほど、現実感のない整った顔だった。

こんなふうに綺麗に生まれていたら、たとえ目の見えない父親がいたとしても、あっさり結婚できるのだろう。妬む気すら起きず、ただぼんやりと考える。救いは、テレビの向こうが遠いことだった。遠い世界の人間は、自分と比較しないで済む。

チャンネル変えるね、と断って、リモコンのボタンを押した。画面は切り替わり、今度は決して美しいとは言えない女芸人が映った。なんとなくホッとして、目の前のビールを呷った。

## 28

最初はまず、人事部に来てくれと言われていた。だから受付を通さず直接人事部を訪ねると、西條を面接した山岸《やまぎし》が待っていた。

「おはようございます。今日からですね。どうぞよろしくお願いします」

丁寧に頭を下げられてしまった。それは、拾ってもらった立場のこちらが言うべきことである。慌てて西條も低頭し、「こちらこそ、どうぞよろしくお願いします」と応じた。山岸はそんな西條を、口許に微笑を刻みながら見ていた。

山岸は四十絡みの、人当たりのいい男だった。物腰が丁寧で柔らかく、如才ない。一般企業の人事の人間はなるほどこういう人物なのかと、西條は感じ入った。少なくとも、警察にはいないタイプだった。

「お話ししてありましたように、西條さんの所属は秘書室ということになります。といっても、実際に秘書室に詰めていてもらわなくてもいいのですが。まあ、まずはご案内します」

こちらへ、と言って山岸はエレベーターホールへと西條を案内した。ふたつ上の階で降り、正面の部屋に入っていく。そこが秘書室で、受付に女性がひとり坐っていた。女性は坐ったまま、山岸に頭を下げた。

「こちらが西條さんだ。預けるから、お世話をしてください」

山岸は女性にそう頼むと、西條に顔を向けて「では、後は彼女に聞いてください」と言い残してまたエレベーターに乗った。西條は改めて女性に向き合い、名乗った。女性は立ち上がり、「円堂《えんどう》です」と言った。

円堂は二十代後半ほどの、背が高い女性だった。身長百八十センチの西條がさほど視線を下げなくていいから、百七十センチはあるだろうか。髪が胸元に達するほど長く、鼻筋が通った顔立ちは整っている。だがそのせいか、笑わずにいると冷たげに見えた。客ではない者に向ける笑顔はないらしく、円堂は無表情だった。

「西條さんの机は、一応こちらに用意しました」

円堂が背にしていた壁を回り込むと、そこには事務机が並んでいた。他の秘書室のメンバーも着席している。皆、二十代から三十代くらいの女性だ。西條は少し気圧《けお》され、立ち止まった。

「その左奥の机が、西條さんの席です。お聞き及びとは思いますが、西條さんに特にしていただくことはありません」

円堂は抑揚に乏しい口調で、きっぱりと言い切った。株主総会があるまで、番犬に用はないというわけか。もっとも、最近は総会屋などが幅を利かせる余地はなくなり、株主総会も至って平穏なうちに終わるところが多いと聞く。ならば西條は、ここで飼い殺しにされるだけかもしれない。兄は違うと否定したが、やはりこの会社は父の顔を立てて西條を引き受けたのだろう。

「ただ、秘書室所属ということになりますから、秘書検定を受けていただいてもかまいません。その場合、勉強にかかる費用はこちらで負担します。西條さんのご希望次第です」

「そうですか。わかりました。考えます」

さすがに何も仕事を与えないのでは、昨今問題視されている追い出し部屋と変わらないと判断したようだ。課題を与えられるのは、無為の状態を強制されるよりありがたい。自分が秘書検定を受ける日が来ようとは、想像もしなかった。まさに人生は有為転変だ。

「他に何かご質問はありますか」

円堂の物言いは、木で鼻を括るという形容がぴったりだった。社長秘書が来客に対してこんな態度をとるはずもないから、これは西條への接し方ということだろう。西條の前歴に対し、円堂は不快な気持ちを持っているのかもしれない。無理もないことなので、どんな態度をとられようと悪印象は持てなかった。

「いえ、特にありません。ありがとうございます」

丁寧に答え、頭を下げた。円堂も会釈を返し、受付に戻る。西條は改めて、他の秘書たちにも名乗った。皆それぞれに挨拶を返すが、その口調はよそよそしく、敬して遠ざけるといった感があった。さしずめ西條は、羊の群れに投げ込まれた狼《おおかみ》といった立場か。彼女たちにしてみれば、スキャンダルを起こして警察を辞めた男など、自分たちとは関わりのない暗い世界の住人なのだろう。警戒されるのも当然だった。

机の上には、秘書検定試験の参考書が数冊積んであった。これは助かる。今日から毎日、何もすることがなくただ漫然と時間を過ごさなければならないかもしれないと覚悟していたのだ。日々忙しく動き回っていた西條にとって、行動の目標が何もないという状態が一番辛い。与えられたことであっても、目標があるのは嬉しかった。

まず、一番上にあった一冊を手に取ってみた。最初から順を追って読んでいく。未知の世界のことだったので、乾いたスポンジが水分を吸収するように頭に入ってきた。知らないことを学ぶのは、いつでも楽しい。そんなことを、久しぶりに思い出した。

以後は終業まで、ほとんど誰とも話をしなかった。最後に円堂に、秘書検定試験を受けることにした旨を伝えただけだった。円堂は冷ややかに、「わかりました」と応じた。五時になったので、退社した。

社屋の外に出ると、予想以上に解放感があった。あまり居心地の悪さを感じるタイプではないと自分のことを思っていたが、これまでとは勝手が違いすぎて気疲れしたようだ。なんとなく、このまま真っ直ぐ帰宅するのが惜しくなる。そろそろ本を読み終わりそうであることを思い出し、いつもの古本屋に足を延ばすことにした。

幸い、新しい職場から古本屋までは、そう遠回りというわけではなかった。寄り道せずに帰る場合と比べて、三十分も違わない。今後も気が向けば、気軽に寄れる立地である。そのことを、西條は嬉しく思っていた。

店に着いてみると、相変わらず先客はおらず、奥のレジ前で店主がなにやら読んでいた。だがいつもと違うのは、店主が眼鏡の上からこちらを見ると、「おっ」と心の中で言ったかのように少し表情を変えたことだった。何か話があるのかと思い、棚を見ずに奥まで行く。先日話していた本が入荷したのかと予想した。

「ああ……」

だが店主は、そう声を発したきり続けようとしなかった。言いたいことがあるのに、どう切り出せばいいのかわからないといった様子だった。こんなことは初めてだ。西條は促してやることにした。

「何か、私に話があるのですか」

どうやら本の話ではなさそうだと察した。となると、用件には見当がつく。なぜ今になって知られたのか、それが疑問だった。

「いや、実はそうなんだ」

店主は言いにくそうに認めた。ますます、自分の推測が当たっていることを西條は確信する。ふだんであればいやな気持ちになるところだが、この店主と短いやり取りをすることは気に入っている。今後のためにも、話を聞くくらいのことはしてやるつもりになった。

「おっしゃってみてください」

話を聞いたからといって、力になれるとは思わなかった。今の西條には、なんの力もない。ただ、他人に話して楽になるという種類のこともある。店主の悩みもそうしたことであれば、話を聞くことにも意味があるはずだった。

「気を悪くしたら申し訳ないのだが、あんたは元警察官じゃないか？」

西條に促されて意を決したかのように、店主は切り出した。やはり、気づいたのか。西條は隠さずに認めた。

「はい、そのとおりです。どうしてわかりました？」

それらしいことを言った憶えはなかったが、西條のスキャンダルが載った古い雑誌でも仕入れたのかと推測した。しかし、店主の返事は意表を衝いた。

「あんたはこの前、警察の話は読みたくないと言っただろ。以前から、あんたの顔はどこかで見たことがある気がしていたんだ。それで、思い出した」

なるほど、そんなことで発覚したのか。西條の脇が甘かったのは確かだが、店主もなかなか鋭い。さて、問題はその先だ。元警察官と見込んで、相談があるのか。あるいは、世間を騒がすスキャンダルを起こしたような男には、もう来て欲しくないのか。来るなと言われればやむを得ないが、店主が態度を変えるとしたら寂しかった。

「いや、言いたくない過去をほじくり出そうというんじゃないんだ。誰にだって、間違いのひとつやふたつはある。そんなことはどうでもいいんだ」

店主はすぐにつけ加えた。ふだんは無口な店主が多弁になっている様子は、客を拒絶する人の態度ではなかった。出入禁止を言い渡されるわけではないと察し、密かに胸を撫で下ろす。そういうことならばよけい、店主の言葉に耳を傾けなければならないと思った。

「もしよければ、ちょっと相談に乗って欲しいんだ。解決してくれと言ってるんじゃない。話を聞いて、何か知恵があれば貸して欲しいんだよ」

やはり、相談事だった。となれば、心当たりがある。帰ってきている娘と、無視されて鳴り続ける電話。そのふたつを思い出しつつ、店主の言葉の続きを待った。

「実は、娘のことなんだ」

店主は西條の推測どおりのことを言った。

## 29

当初の予定より一時間近く遅れて、レイはやってきた。メールでも謝っていたが、玄関ドアをくぐるとすぐに手を合わせ、「ごめん」と言う。自分ひとりで都合を決められるのではないから、遅くなるのはやむを得ない。誠也がそう理解していると知っていながらも、レイは謝らずにはいられないようだった。

「なんか、すごくこだわるカメラマンでさ。大して変わらないじゃんってところで、何度も撮り直すんだ。参っちゃった」

　げんなりした様子で、レイはこぼす。先ほどまでずっと作り笑いをしていたのだろうから、せめてここでは繕わなくていい。レイが素顔を見せてくれることが、誠也は嬉しかった。

「それだけ綺麗に撮れてるんだよ。できあがりが楽しみじゃないか」

「まあね。あれでいまいちだったら、怒っちゃうよ」

　そう言いながら、レイはそっと抱きついてくる。誠也もその細い肩を抱き締め返した。こうしているときだけ、生きているという実感が味わえる。レイを抱き締めるこの瞬間のためだけに、誠也は己の人生のすべてを賭《と》していると言っても過言ではないのだった。

「お疲れ様。坐ろうか」

　いつまでもこのままでいたいという誘惑に駆られるが、レイも長時間の仕事を終えて疲労しているはずだ。立たせたままでいるのは気の毒だった。

「うん、ありがとう」

　レイは誠也から身を離すと、部屋の中へと進んだ。ソファに体を投げるようにして坐り、自分のバッグの中からミネラルウォーターのペットボトルを取り出すと、それを呷る。一日のうちに水を何リットルだか飲むことを、レイはノルマにしているのだ。代謝をよくすることも、レイの仕事のうちなのだった。

「冷えてるの、あるよ」

レイがよく水を飲むことは誠也も知っているので、冷蔵庫にはミネラルウォーターを常備している。最近は誠也自身、お茶やコーヒーよりもミネラルウォーターをよく飲むようになった。

「ありがとう。これを飲みきったらもらうよ」

レイは手にしているペットボトルを掲げて、礼を言った。またそれを飲んでから、今度は「あー、お腹空いた」と声を漏らす。

「撮影中に、お弁当をちょっとつついただけなんだよね。お弁当って基本的に油っぽいじゃん。だからそれをよけてたら、食べるところがあまりなかったんだ」

「食べたってそんなに太らないんだから、弁当くらい完食すればいいのに」

レイは太るどころか、むしろ細すぎる。特に筋肉質でもない誠也が、力を込めて抱き締めたら折れてしまいそうなほどだ。こんな細くて、よく毎日のハードな仕事を乗りきっているものだと思う。細身でも、生きていく上でのパワーに溢《あふ》れているのだ。

「それがそうもいかないんだよ。この唐揚げひとつくらいはいいかな、なんていう気持ちが、デブの始まりなんだから」

レイはおどけて言う。いつもより頻繁に水を飲んでいるところからすると、よほど空腹なのだろう。それなのにこらえているレイは、克己心《こっきしん》が強い。誠也なら、おにぎりひとつくらいはいいだろうと食べてしまうはずだ。

「大変だな」

うまいねぎらいの言葉も見つけられず、凡庸な感想を口にするだけだった。それに対してレイは、笑って「ううん」と首を振る。

「好きでやってるんだから、いいんだよ。それより、前みたいに誠也と一緒にご飯を食べに行けないのが残念だな。焼き肉屋に行って、お腹いっぱい食べたりしたじゃん。懐かしいなぁ」

「そうだな」

さほど以前の話ではない。つい最近のことである。それなのに、遥か昔の思い出に感じられる。無邪気に焼き肉を食べていたあの頃から、誠也とレイは遠く離れた場所に来てしまったのだ。そんなことを、言葉の端からふと感じた。

「また行こうね、食事。今の忙しいところを抜けたら、少しは暇ができると思うんだ」

「そうだな」

芸もなく、同じ相槌を繰り返してしまった。レイと再会したばかりの頃は楽しかった。毎日のように会い、食事をして、酒も飲んだ。どうしてあの楽しさを手放してしまったのだろうと、鈍い悔恨めいた感情が心の奥底にある。レイとふたりでいられるなら、それだけでよかったのに。

「なんか、反応が鈍いね」

レイが指摘してきた。誠也の顔を下から覗き込むようにして、さらに言葉を重ねる。

「罪悪感、感じてるんでしょ。もう昔みたいには戻れないって、ストイックに考えてるんじゃないの？」

見事に内心を見透かされていて、驚くと同時に苦笑してしまった。レイに隠し事はできない。レイは意図的に明るく振る舞っているだけで、何も考えていないわけではないのだ。

「うん、そのとおりだ」

素直に認めた。レイの前で虚勢を張るつもりはなかった。

「レイはともかくおれは、日の当たる場所はもう歩けない。人並みの幸せなんて、求めちゃいけないんだよ」

ずっと考え続けてきたことを、初めてレイの前で口にした。レイは正面から誠也の顔を見つめ、ふと泣きそうに表情を歪めた。

「誠也、真面目すぎ。何言ってるの。人並みに生きていくために、復讐をしてるんでしょ。幸せを求めちゃいけないなんて、誰が決めたのよ」

「誰がって……」

根本の部分に疑問を呈されたようで、誠也は戸惑いつつも笑ってしまった。まるで子供の純粋な質問に、うまく答えられずに困っているかのようだ。誰が、という問いに正確に答えるなら、誠也自身が決めたのだろう。だが、そんな返答をする気はなかった。

「悪いのは向こうなんだよ。私たちは被害者なんだよ。あいつらのせいでさんざん辛い思いをしてきたのに、どうして日の当たる場所を歩いちゃいけないのよ。私たちはこれから、日の当たる場所を歩いていくんでしょ」

そうだ、レイは日の当たる場所を歩いていくべき人だ。おれはそれを、陰から支える。レイにさえ日が当たれば、おれは満足なのだ。振り返れば、再会したあの瞬間にそう決心していたように思う。

「誠也は真面目だから、考えれば考えるほどどんどん暗くなっちゃうんだよ。もっと楽しいことを考えようよ。例えばさぁ、復讐が全部終わったら、お祝いに海外旅行に行くっていうのはどう？　我ながらいいアイディア」

葛藤《かっとう》などないかのようなレイの口振りが、好もしかった。レイはそれでいい。いつまでも明るいままでいてくれ。そんなふうに思うと、自然と口許に笑みが浮かんだ。

「あ、やっと笑った。ね、いいと思わない？　私、イタリアに行ってみたいな。イタリアで絵とか遺跡とか、たくさん見たい。それからおいしいものも食べたい。そのうち仕事で行く機会があるかもしれないけど、最初は誠也と行きたいから断るよ。ねっ、一緒にイタリア行こ」

「いいな、イタリア。うん、目標があるのは、気持ちに張りが出るよ。よし、イタリアに行こう」

　言葉にして同意すると、思いの外に勇気づけられた。能天気すぎるやり取りだと思うのに、ぱっと気分が晴れる。絵空事めいたそんな未来が、是が非でも実現させたいものに変わった。ローマやフィレンツェの街をレイとともに歩く自分を、誠也は鮮明に思い描くことができた。

「やった。約束だよ」

　無邪気に言って、レイは誠也の肘を摑んだ。何度も前後に揺すり、「約束だからね」と繰り返す。そしてそのまま、不意に現実的なことを口にした。

「じゃあ、次は千葉だっけ？　千葉義孝だよね」

「ああ、そうだ。千葉だ」

次に狙うべき相手の名を舌の上に載せると、甘やかな気分は霧消した。レイは依然として、邪気のない笑みを浮かべている。この笑みはやはり、本心の笑みではないのではないかとふと思った。

## 30

「察していると思うが、娘は今、亭主から逃げてこの家にいるんだ」

言葉を発することに痛みが伴うかのように、店主は顔を歪めて言った。西條は差し出された丸椅子に腰を下ろしている。予想していたことだったので、特に相槌は打たなかった。

「娘は結婚して三年になるが、まだ子供はいない。亭主は、一流の建設会社に勤める男だ。大学時代に知り合って、しばらく付き合ってから結婚した。色白の優男で、銀縁眼鏡をかけてて、いかにもいい大学からいい会社に入ったという雰囲気の男だよ。紹介されたときは、ちょっと神経質っぽいかなという印象があったが、悪い相手とは思わなかった。何しろ一流会社のサラリーマンだからな。町の古本屋の娘としては、玉の輿《こし》だろ。おれは単純に、良縁だと喜んだ」

なるほど、親としてはそう感じるのは無理もないだろう。人を学歴や会社の名前で測りたくはないが、西條にも娘がいる。娘が結婚するならやはり、大きな会社に勤めている人の方がいいという気持ちはあった。

「最初の半年くらいは、うまくいっていたらしいんだ。でも半年を過ぎた頃から、徐々におかしくなってきた。――あ、いや」

不意に何かを思いついたかのように、店主は語るのをやめた。少し眉を寄せた表情で考えてから、また口を開く。

「その辺りのことは、本人から聞いてくれないか。親はどうしたって、娘の味方をしたくなる。迷惑だろうとは思うが、今度改めて娘と話をしてみて欲しい。頼む」

店主は言って、深々と頭を下げた。西條はその、白髪の方が多くなった頭をじっと見つめる。

正直に言えば、面倒に巻き込まれたくはなかった。他人の夫婦の揉め事に首を突っ込んでも、ろくなことはない。だがここで断れば、この店には来にくくなる。店主は出入禁止にはしないだろうが、これまでのように読む本のアドバイスをしてもらうことは期待できない。店主との短い会話がなければ、わざわざこの店に来る必要はないのだ。となれば、どちらを取るかの問題だった。

揉め事に巻き込まれてまで、この店に来る価値はあるのか。自問をすれば、逃げ腰になる己がいる。だが同時に、損得勘定とは別の判断が、しっかりと胸の底に居座っていた。困っている人を助けなくていいのか。救いを求めている人の手を拒否するなら、なぜ警察官になった？　西條が警察官を志望した動機は、人に言うのが気恥ずかしいほど青臭かった。悪人を捕まえ、善良な市民を助ける。それが志望動機であり、複雑なトラウマだの斜に構えた正義感だのはいっさいなかった。あのときの気持ちは、もう失ってしまったのか。困っている人が目の前にいながら、面倒だからと断ってしまえるのか。次々と質問を投げかけてくる内なる声があった。

警察を辞めてからこちら、西條の頭上にはずっと暗雲が垂れ込めていた。この黒雲は、もう一生打ち払えないと諦めていた。だがこのとき、雲の隙間からふと、かつて見た空が覗きかけたように思えた。この先にこそ、雲を抜け出した世界があるのかもしれなかった。

「頭を上げてください」

西條は語りかけた。店主は感電したかのように、勢いよく顔を起こす。相手の目を見て、西條は頷いた。

「何ができるかわかりません。むしろ、期待に応えられない可能性の方が高い。ご存じのように、私はもう警察を追われた身です。それでも、娘さんが望むなら話を聞きましょう。娘さんは私のことをご存じなんですか」

「常連客で、元警察官の人がいるとは言った。相談すれば、きっと力になってくれるはずという話はしたよ」

どうやら、いつの間にかかなり信頼されていたらしい。そうまで信頼される理由に心当たりはないが、この店主に見込まれたことは素直に嬉しかった。

「わかりました。ではは娘さんに話して、都合のいい日をいくつか挙げてください。その日にまた来ます。私の携帯電話の番号を教えておきます」

断って、店主の目の前にあったメモ片に電話番号を書いた。店主はそれを見て、泣き笑いのような表情になった。よほど気に病んでいたに違いない。断らなかったのは正しい判断だったと、店主の顔を見て西條は考えた。

## 31

首吊り自殺は汚いものである。息絶えて弛緩《しかん》すると、体のあらゆる穴から体液が出てくる。鼻水や涎《よだれ》はもちろん、失禁や脱糞《だっぷん》も起こる。それら流れ出たものが死体の足許に溜まり、無惨さに輪をかける。だからそうした知識がある人は、あらかじめ下剤を服《の》んで体内を綺麗にしてから、首を吊るという。昔はそのようにした人も多かったと、綿引和行《わたびきかずゆき》はかつて先輩に聞いた。

この縊死体《いしたい》にそうした知識があったとは思えないが、足許は綺麗だった。というのも、足の下は川だからだ。この石神井川《しゃくじい》を越える橋は、対岸が両方とも公園になっていて、あまり人通りがない。橋の途中には街灯もないので、夜間に通るのは怖いだろう。まだ自殺と断定したわけではないが、自殺する場所としては決して不自然ではなかった。橋の欄干《らんかん》に結びつけたロープを首にかけ、一気に飛び降りれば死ねる。屋内では足が届かない場所にロープをかけるのは難しいから、合理的な死に場所とも言えた。

欄干の手前には、靴が揃えられていた。その靴の中には、紙片が突っ込まれていた。広げてみたところ、「生きていくのがいやになりました。すみません」と印刷されていて、その下には手書きで「千葉」と書かれている。千葉というのは地名ではなく、人名であろう。普通に解釈するなら、これは遺書のようだった。

「どう思う？」

並んで下を見下ろしている同僚に、印象を尋ねた。同僚は「ふん」と鼻を鳴らして、答える。

「特に不自然なところはなさそうだな」

つまり同僚も、自殺と見ているようだ。むろん、検視や解剖を経てみなければわからない。

だが機動捜査隊員である綿引たちは、これまでたくさんの変死体を見てきた。死体発見の報があった場合、発見現場にまず真っ先に駆けつけるのが機動捜査隊員だからだ。そうした数々の経験に裏打ちされた目で見て、この死体におかしなところはなかった。もしこれが他殺であったら、犯人はよほど殺しに精通しているに違いない。しかし日本には、殺しのプロなどほとんどいない。経験豊富な機動捜査隊員の目を欺《あざむ》けるプロの存在を想定しない限り、やはりこれは自殺死体と見做して問題はなさそうだった。

遅れて、所轄の警察官たちが到着した。以前は、機動捜査隊に先んじることができない所轄に腹が立ったものだが、綿引も多少は丸くなった。嫌みを言う気にもなれない。すぐに鑑識の人間が現場写真を撮り始めたので、綿引たちはその場から離れた。

上から見たところ、縊死体は四十代くらいの男性だった。バッグなど手持ちの品は橋の上に残っていなかったので、まだ身許はわからない。死体を引き上げ、体を探ってみれば、財布くらいは出てくるかもしれない。そこに身分証明書が入っていることを期待した。初動捜査は、まず死体の身許を特定するところから始まる。

鑑識課員が欄干の指紋を採り始めたので、所轄の人間と挨拶をし、周辺の聞き込みに出た。人がいない地域だから、目撃情報が得られるとはあまり期待できないが、聞き込みをしないわけにはいかない。案の定まったく無収穫だったため、いったん現場に戻ってみると、すでに死体は引き上げられていた。ちょうど鑑識課員が、死体が着ている服を改めているところだった。

スラックスの後ろポケットから、財布が見つかった。鑑識課員が開いて、中を改めている。名刺を引き出すと、なにやら難しげに眉根を寄せた。さらに財布の中を探して運転免許証を見つけた鑑識課員は、顔を上げて「すみません」とこちらを呼んだ。

どうやら身許がわかる物があったらしい。期待しながら近づくと、鑑識課員の表情は困惑を示していた。なんだ、この表情は。もしや、死体は面倒な人物だったのか。だが死体の顔には、特に見憶えはなかった。有名人ではなさそうだし、年格好からして経済界や政界のVIPとも思えない。鑑識課員の困惑の理由がわからなかった。

「どうした」

声をかけると、鑑識課員は名刺と運転免許証を揃えて突き出した。

「どうも、身内のようです」

「身内？」

同じ警察官ということか。考えるよりも先に、手袋をした手で受け取り、確認する。運転免許証の名前と名刺のそれは一致していて、名刺の肩書には「警視庁練馬《ねりま》警察署交通課　巡査部長　千葉義孝」と書いてあった。

「ご同業かよ」

綿引は思わず呟いた。警察官の自殺は、さほど珍しいことではない。激務であるし、向き不向きが他の職業より顕著に浮き彫りになると綿引は思っている。早い者だと、警察学校の段階で自殺する場合もある。この千葉も、仕事上の悩みに押し潰されてしまったのだろうと反射的に考えた。

検視官が見たところ、特に他殺を匂わせる痕跡はないとのことだった。むろん、検視官は単に経験豊富な警察官でしかない。解剖を経ないことには、結論は出せない。死体は大塚《おおつか》にある監察医務院に送られ、行政解剖されることになる。綿引たちはその結果が出るのを待つ間、死亡した人の背景を調べておかなければならない。

相棒とともに、千葉の家族に会いに行くことになった。本庁の人事部に照会したところ、妻と息子ふたりがいるとのことだった。家族はいるだろうと思っていたが、改めて知らされると気が重くなる。上の息子の年が、綿引自身の息子の年齢に近いとなればなおさらだった。

千葉は荒川《あらかわ》区にある警視庁の官舎に住んでいた。都内にいくつかある警視庁官舎は、ことさら改めてそう明示してはいない。一見したところ、ごく普通の団地だ。その中に入っていき、千葉の住まいの呼び鈴を押した。インターホンはないから、中から「はい」という返事とともに人が近づいてくる気配がする。覗き窓から女性の目が見え、「どちら様でしょうか」と問うてきた。

「恐れ入ります。カイシャの者です」

官舎内の住人は全員警察官の家族だから、特に周囲の耳を気にする必要はないのだが、あえて隠語を使った。その方が相手も、わずかなりともいやな予感がして覚悟ができるのではないかと考えるからだ。もっとも、相手がそこまで気が回る可能性は低かったが、それでも少しでも受けるショックを和らげてやりたかったのだ。

「えっ？　ちょっとお待ちください」

慌てた声で、相手は応じた。少なくとも、変事が起きたことは察したようだ。まさかそれが、夫の死を報《しら》せる使者とは思いもよらないだろうが。

「恐れ入ります。わたくし、本庁第二機動捜査隊所属の綿引和行警部補と申します」

開かれたドアの隙間から、囁くように相手に話しかけた。同時に警察バッジも見せる。相手の女性は頷いて、ドアを大きく開けた。

「お入りになりますか」

さすが警察官の妻だけあって、肚が据わっているようだ。何かが起きたとわかっていても、まずは話を聞こうとしている。頷いて、相棒とともに中に入った。

「最初に、こちらの写真をご確認いただけますか」

現場で撮ってきた、死体の写真を見せる。死体の顔は腫れ上がっていたので見せるに忍びないが、確認してもらわないわけにはいかない。大きく引き伸ばした紙焼き写真ではなく、スマートフォンの小さい画面で確認してもらうのが、せめてもの救いだった。

女性は綿引が手にしているスマートフォンの画面を覗き込み、息を呑んだ。死体は千葉で間違いないようだ。それでもきちんと、声に出して答えてもらう。

「千葉義孝さんですね」

「……はい」

女性は口許を右手で押さえ、小刻みに震えていた。体を貫いた衝撃に、必死に抗《あらが》っているのだろう。どれだけのショックか綿引は察することができたが、あえて鈍感を装った。一緒に泣くことが、綿引の仕事ではなかった。

「練馬区の石神井川に架かる橋で、千葉さんは首を括っていました。お悔やみ申し上げます。遺書らしき書き置きもありましたので、自殺の可能性があります。お心当たりはありますか」

「えっ、自殺」

女性は目を大きく見開いた。その表情だけでは、心当たりがあるのかないのか判然としない。夫が自殺したかもしれないと聞けば、誰でもこんな表情になるだろう。綿引は説明を続けず、次の反応を待った。

「自殺……」

女性はもう一度繰り返すと、体を支える芯がなくなったかのようにその場にへたり込んだ。綿引の中にある判断の天秤が、一方に傾いた。

「お心当たりがあるんですね」

さして根拠のある断定ではなかったが、これは予想外の話を聞いた人の反応ではないと思った。女性はぺたりと床に坐り込んだまま、呆然《ぼうぜん》と頷く。

「まさか、本当にそんなことを考えていたとは思いませんでした……」

「つまり、自殺を匂わせるような言動があったのですね」

膝を折り、相手の目の高さに顔を近づけて確認した。女性は不思議なものでも見るように、綿引の顔を凝視する。

「父ちゃんが死んだら悲しいか、と息子たちに訊いていました。それは単に、殉職の危険が常につきまとうからだと思っていました……」

女性は涙声にもならず、ただ呆けた気配で淡々と答えた。衝撃があまりに大きいと、それがすぐに悲しみに変じないこともある。女性は今、まさにそんな状態なのだろう。いずれ来る反動が怖かった。

　しかし残念ながら、綿引はそれを心配してやれるほど関与できないのだった。今はただ、千葉が自殺を仄《ほの》めかしていたという事実に食いつくしかない。初動捜査を担当する者としては、聞き捨てにはできない話だった。

「これが遺書です。ご覧いただけますか」

　スマートフォンの画面をフリックし、次の写真を見せる。書き置きを撮影したものだ。女性はぼんやりとそれを眺めたが、意識がきちんと向いているかどうか怪しかった。

「こんな文面ですが、千葉巡査部長は何かに悩んでいる様子だったのですか」

「言われてみれば、最近はかなり苛々していました。何に苛々していたのかは知りません」

　苛々していた？　普通、自殺を考えている人は落ち込んでいるものだが、苛々することもあるのだろうか。内なる攻撃性が抑えられず、それが自分に向かった結果が自殺だったとも考えられる。綿引はそう自問自答したが、もちろんあくまで素人判断である。心理学の先生にでも尋ねれば、もっと根拠のある分析が聞けるのかもしれない。

　綿引は顔を上げ、同僚と目を見交わした。苛々していたが妻は理由を知らないとなれば、それは仕事上のことか、あるいは妻の知らない生活に由来していたはずだ。その理由が判明すれば、たとえ遺書がなかったとしても千葉の死は自殺と断定されるかもしれない。

「苛々していた他に、おかしな素振りはありませんでしたか」

重ねて問うた。女性はへたり込んだまま、中空を見て答える。

「いえ、気づきませんでした」

「そうですか」

これ以上尋ねても、今の時点では大した情報は引き出せないだろう。そう判断し、次の過酷な言葉を綿引は口にした。

「では恐れ入りますが、これからご一緒いただけますでしょうか。ご遺体と対面し、千葉巡査部長であることを改めて確認してもらいます」

「ああ――」

まったく思いもよらなかったことを言われたかのように、女性は声を上げる。手を貸して立ち上がらせ、女性が着替えて出てくるまで辛抱強く三和土《たたき》に立ったまま待った。三十分以上かかった。

変わり果てた姿の夫と監察医務院で対面した女性は、そこでようやく泣き崩れた。綿引はただ、「お力落としのないように」という凡庸な言葉しかかけられなかった。機動捜査隊員であるからには、こうした場面に立ち会うことは避けられない。しかし何度経験しても、慣れられることではなかった。

千葉が自殺を仄めかしていたという妻の証言は、重要視された。行政解剖の結果も、自殺であることを覆《くつがえ》しはしなかった。機動捜査隊と所轄署は自殺の理由をなんとか突き止めようとしたが、千葉の悩みの正体は結局浮上しなかった。本庁捜査一課の出動は要請せず、最終的には自死ということで捜査を終了させることになった。

　事件は日々、都内のあちこちで起きている。ひとつの事案が片づいたからといって、ひと息ついている暇はなかった。警察官の自殺には思うところがあったが、仕事に忙殺されるうちに綿引の記憶の中で千葉に関することは急速に薄らいでいった。

## 32

　店主は西條の姿を認めるなり、腰を浮かせた。まだ距離があるので聞き取れなかったが、口の動きを読む限り「ああ、すまない」と言ったようであった。西條は真っ直ぐレジに近づき、「こんにちは」と挨拶をする。店主は一度頭を下げてから、改めて西條の顔を見た。

「わざわざ、ありがとう。感謝する」

「いえ、私もこの店に出入りしにくくなるのはいやですから」

　冗談のつもりだったのだが、店主には通じていないようだった。にこりともせず、家の奥に向かって「いらしたぞ」と声をかける。冗談だとわかっていても、笑う気分ではないのかもしれない。奥から足音が近づいてきて、以前に見かけたことがある女性が現れた。

「本当に今日はありがとうございます」

西條と目も合わさないまま、女性は正座してその場で頭を下げた。そこまでされると、大して力にはなれないだろうと内心で思っている西條としては恐縮する。「どうぞ頭を上げてください」と声をかけてから、目で店主に助けを求めた。店主は腰を上げ、「奥へ行こう」と言った。

「今日は店じまいにする。少し待っててくれ」

店主は店の入り口に向かい、外に出ている百円均一の棚を中に入れ始めた。手伝おうかと考えたが、女性に「お上がりください」と促されたのでその場にとどまる。言われるまま、靴を脱いで家に上がり込んだ。

入ってすぐのところに、六畳ほどの和室があった。箪笥《たんす》がふた棹《さお》あり、部屋の真ん中には卓袱台《ちゃぶだい》が置いてある。女性が「どうぞ」と示す座布団を受け取り、腰を下ろした。坐り方を一瞬考えたが、西條が正座では店主たちも気を使うだろうと思い、胡座《あぐら》にする。女性は「お待ちください」ともう一度丁寧に頭を下げ、奥に消えていった。

店のシャッターが閉まる音がし、店主が和室にやってきた。西條から見て四十五度の位置に坐り、「狭いところですまんね」と言う。

「外でできる話ではないから、恥を忍んで家に上がってもらったんだよ」

「いえいえ、うちに比べれば広いものです。私の住んでいるところなんて、六畳ひと間に台所、風呂トイレだけですから」

「そうなのか」

店主は何か言いたげにしたが、結局続けなかった。経済的な話は立ち入り過ぎと考えたのだろう。そういう気遣いができる人だと、今はわかっている。

女性は奥から、盆を持って戻ってきた。湯飲み茶碗を三人分、卓袱台の上に置く。店主は改めて、自分の娘を手で指し示して言った。

「晃子《あきこ》だ」

西條の正面に坐った女性は、今度は小さく低頭した。前に見かけたときも顔立ちが整った人だと思ったが、改めて向かい合ってもその印象は変わらなかった。ただ、整った顔立ちを引き立てる華やぎがまるでない。幽霊画の美人、と言ってしまっては失礼だが、まさにそんな表現がぴったりの雰囲気だった。

「今原《いまはら》晃子です。今日はお忙しい中、お時間を作っていただき本当にありがとうございます」

晃子は自分でもそう名乗った。西條も自己紹介し、新しく支給された名刺を持っていることを思い出した。店主と晃子、両方に名刺を差し出す。店主はそれを見て、「なんだ、一流会社に勤めてるんじゃないか」と言った。

「なんというか、安心したよ。どんな仕事に就いているのかと思ってた」

「これは兄のお蔭です。兄がこの会社に押し込んでくれたんですよ。ついこの前までは、警備員をやっていました」

「へえ、いい兄さんを持ってるんだな」

「はい」

そこは素直に頷くことができた。警視庁にいた頃は大っぴらに言えなかったが、兄のことは常に誇らしく思っている。

「さあ、さっさと本題に入るか。あんたを長々引き留めても申し訳ないからな。晃子、自分で話すんだ」

店主は世間話を打ち切り、顎をしゃくって娘に命じた。晃子は頷き、もともと沈んでいる表情をさらに引き締めた。

「西條さんにお忙しい中ご足労いただいたのは、私が夫のことで悩んでいるからなんです」

そのように晃子は切り出した。すでに頭の中で何を話すかまとめていたのか、口調に淀《よど》みはない。西條は特に相槌も打たずに聞くことにした。

「夫とは五年前に、知人を介して知り合いました。爽やかな人という印象で、私は最初から好意を持ちました。向こうも私に興味を持ってくれたので、とんとん拍子に交際は進みました。一年くらいお付き合いして、結婚することになったんです。実際に式を挙げて一緒に暮らし始めるまでには、さらに一年近くかかってしまいましたが」

つまり、結婚して三年ほどということか。結婚が破綻《はたん》するには、充分な年月と言える。

「結婚してから何ヵ月かは、夫も優しかったのです。ただ時間が経つうちに、夫は私への不満を口にするようになりました。結婚前と話が違ったのですが、夫は亭主関白に振る舞いたい人だったんです。夫が右を向いていろと言えば、ずっと右を向いているような妻を求めていたのだとわかってきました」

亭主関白は昔の風習というわけではなく、若い男でもそうでありたいと望む者がいるらしい。女を従えようとする男にいい印象は持てないが、そんな西條の価値観はさておき、晃子はまさに夫に素直に従いそうなタイプに見えるのだが、違うのだろうか。

「例えば夫は、きちんとアイロンをかけたハンカチを私が用意していないと怒りました。それも、ただアイロンをかけただけではなく、角がぴたっと揃っていないと駄目なんです。靴も毎日磨く、靴下は夫が起きたときに枕許《まくらもと》に置いておく、お弁当のおかずは五品以上、夫の帰りがどんなに遅くなろうと夕食を準備して待つ、私が先に風呂に入っては駄目、といったルールを次々と決めていったのです」

話を聞いていて西條は、不思議な思いを抱いた。西條とはまったく逆だったからだ。西條は別れた妻に、最大限の自由を与えた。あれをしろ、これをして欲しいといった要望は、いっさい出さなかった。こちらが頭を下げて妻に結婚してもらった、という意識が強かったためである。それでも、西條たち夫婦の結婚は破綻した。自由にさせても駄目、束縛しても駄目とは、結婚生活はなんと難しいものだろう。そもそも本質的に壊れやすいのではないかと思えてくる。世間の人はどうやって、そんな繊細な関係を維持しているのか。

「私も一所懸命、夫が決めたルールに従おうとしました。可能な限りは合わせていこうと思ったからです。ただ、すべてを夫の期待どおりに行うのは難しいことでした。自分ではハンカチの角を合わせたつもりでも、夫の目では不合格だということがよくありました。他もすべてそうです。夫は完璧主義者で、凡人の私が夫を満足させることは無理でした」

一般に、男性の方が女性より神経質という傾向がある。ただどこかで折り合いをつけないことには、他人と一緒に暮らすのは不可能なのではないか。どちらか一方だけが合わせることを強いられている関係は、いずれ破綻する。晃子夫婦もそうだったということか。

「夫は目に見えて苛々し始めました。私は夫を満足させられずにいました。するとそのうち、夫は私に干渉するようになってきました。当時私はまだ勤めを続けていたのですが、会社でのことをいちいち確認するようになったのです。もちろん訊かれれば素直に答えましたが、なぜか夫は満足しませんでした。私のどこに夫から疑われるところがあったのか未だにわかりませんが、夫は私の言うことを信じなくなったんです」

晃子を完全に束縛しようとしたのか、夫は携帯電話をチェックさせろと言い出したらしい。ロックなどもってのほかで、家にいる間は携帯電話を夫に預けなければならなかった。友人から電話がかかってきても、まず先に夫が出て、それから晃子に渡したという。そろそろ話が常軌を逸し始めた、と西條は感じた。

「結婚二年目に入ると、夫は私が働いていることにも不満を覚えるようになりました。私が家にいないから、家のことを疎《おろそ》かにすると言うのです。私は自分が専業主婦になったところで、夫の要求どおりに家事をする自信はありませんでしたが、働いているせいだと言われれば仕事を辞めざるを得ませんでした。その時点ではまだ、夫に認めてもらいたいという気持ちが残っていたんです」

やはり最初に考えたとおり、晃子は夫に従おうと考えるタイプの女性だったのだ。だがそんな晃子でも満足できないなら、夫はどんな女でも駄目なのではないだろうか。晃子に何を求めていたのか、夫当人に問い質してみたくなる。

「予想どおり、専業主婦になっても私は夫に認めてもらえませんでした。ハンカチの角もきちんと合わせましたし、靴も磨いて靴下も枕許に置いて、すべて夫の言うとおりにしたつもりだったのですが、まるであら探しをするように夫は不満点を見つけるのです。私は夫に叱られるのが怖くて、逆に家事が手につかなくなってしまいました」

それはノイローゼのような状態だろうか。そんな環境に長時間置かれれば、精神を病んでもおかしくない。家を出たのは正しい判断だったが、今の顔つきを見るととても晴れやかとは言えない。現在の精神状態はどうなのかと、心配になった。

「夫は私に完璧な家事を求めているのに、それに逆らうように家の中は荒れていったのですから、わざと怒らせようとしているかのようです。当然、夫は怒り狂いました。でも、もう私にもどうにもならなくなっていたのです。やらなくちゃ、とは思っていても、どうしても体が動きません。寝込んでしまって起き上がれなくて、でもそんな私を夫は仮病でサボっていると思い、無理矢理家事をさせようとしました。とはいえ、夫も日中は勤めに行ってますから、私を監視できるわけでもありません。結局、家の中の荒廃はどうにもならず、ついに夫は私を殴るようになりました。殴らなければ言うことを聞かせられないと考えたのでしょうね。一応、夫の気持ちも推し量って弁護しますと、どうしていいかわからなくて最終手段に出たんだろうと思います。本来は暴力的な人ではないと、私は思っています」

家庭内暴力にまで発展しては、家を出ざるを得ないだろう。実家に戻ってきた顚末《てんまつ》は、そういうことか。その経緯はわかった。しかし西條に相談と言うからには、家を出て解決とはならなかったに違いない。晃子はいったん口を噤んだが、西條は黙って続きを待った。

「このままではお互いにとってよくないと考え、実家に戻ってきたわけです。ただ、まだ籍を抜いたわけではありません。私は離婚をした方がいいと思っているのですけど、夫は応じてくれないからです。というより、きちんと話し合いもできてないんです。夫は怒るばかりで、話し合いにならないので。だから私は、家を飛び出してきたのです」

「では、こちらに戻ってから一度も、旦那さんとは会ってないんですか」

　初めて西條は、質問を挟んだ。それに対して晃子は、ちらりと店主に視線を向けてから、首を横に振る。

「いいえ、会いました。その場には父にも立ち会ってもらいました。家で会うのは怖いので、喫茶店で会いました」

「そのときは、ちゃんとした話し合いができたんじゃないんですか」

「あれを話し合いと言えるのかどうか……。ともかく夫は、離婚には応じられない、勝手に家を出ていくのは許されない、早く戻ってこい、とただ繰り返すだけでした。こちらの言い分を聞くとか、暴力を振るわないと約束するとか、そういう歩み寄りは見せてくれませんでした」

「あれは、プライドを傷つけられたエリートの態度だよ。女房に逃げられた夫、という自分に我慢がならないんだ。だから、自分をそういうみっともない目に遭《あ》わせた晃子に腹が立っている、という様子だった」

店主が説明を補った。なるほど、想像はできる。

「妻の父親がいても、そんな態度だったんですか」

「ああ、そうだ。義理の父への遠慮より、自分のプライドの方が勝ってるようだったよ」

店主はなんとか感情を抑えようとしてはいるみたいだったが、それでも吐き捨てるような口振りになるのは止められなかった。西條はそんな店主と晃子の両方に視線を向け、改めて問うた。

「それで、その後はどうなったんですか」

「夫は、ストーカーになってしまいました」

晃子は口にしづらい言葉を吐き出すように、言った。それは西條の予想どおりの言葉であった。

「ストーカー。具体的には、どんなことをしていますか」

相手を恐れている側は、さほどのことでなくても大袈裟に捉えてしまう場合もある。例えば電話をかけてくるだけならば、それをストーキングと言ってしまうのは難しい。一日に百回とか異常な回数であればともかく、二、三回かけてくるだけでは許容範囲であろう。しかし相手の態度に恐怖を感じていれば、一日一回かかってくるだけでも電話のベルに怯えるはずだ。ひと口にストーカーと言っても、受け取り方には落差がある。

「まず最初は、無言電話でした。一日に十回ほど、無言の電話がかかってくるのです」

一日十回か。それをストーカー行為と見做すかどうかは微妙なラインだ。

「発信者番号通知機能はない電話器なんですね」

部屋の隅にある電話器に目を向け、確認する。ファクスは店先にあるためか、かなりシンプルな電話器だった。

「はい。ないんです。仕事の電話は店の方にかかってくるので、こっちでは多機能のものは必要なくて」

晃子が答える。西條としては、細かい点まで確認する必要があった。

「無言電話なら、相手が旦那さんとはわかりませんよね。なぜそれが旦那さんだと考えたのですか」

「無言電話がかかってくるようになったタイミングです。私がこの家に帰ってくるまで、無言電話なんてかかってこなかったそうです」

店主は晃子の言葉を補足するように、大きく頷く。西條は「なるほど」と応じた。

「他には」

「手紙です。無記名ですが、怖いことを書いてある手紙が届くようになりました」

「怖いこと。具体的にはどんな文面ですか」

「家に帰ってこなければひどい目に遭わせてやる、とか、お前の一生をめちゃくちゃにしてやる、といったことです。ここにまとめてありますが、お読みになりますか」

「拝見しましょう」

実物を見せた方が早いと考えていたのだろう、晃子は卓袱台の下から手紙の束を取り出した。それを西條の前に、申し訳なさそうに置く。西條は手に取り、まずは封筒の裏表を見た。裏には何も書いてなく、表書きの字は定規をあてて書いたらしく角張っている。まるで誘拐犯が送ってきた脅迫状のようだ。

中に入っている便箋には、活字が印刷されていた。肉筆部分はない。横書きの文章をざっと斜め読みすると、なるほど内容は晃子の言ったとおりだった。身の安全に不安を覚えさせる文言が、いくつも書かれている。前置きなどはなく、ただ箇条書きのように脅迫的な文章が連なっているのが、異常性を感じさせた。

他の手紙も同様だった。数えてみたら、手紙は十三通あった。

「これですべてですか」

「はい。全部です」

消印を確認すると、最も古いもので一ヵ月半ほど前だった。実家に戻ってきた時期を確認してみたら、ちょうどその頃だという。差出人の名はないが、時期と内容からして、こんな手紙を出せるのはただひとりということか。

「電話と手紙。他に何か、脅迫めいたことはありましたか」

「外に出たとき、誰かに見られているような気がしたことはありました。ただ、周りを見てみても夫はいなかったのですけど」

「そんなとき、身の危険を感じましたか」

「怖いとは思いましたが、気のせいかもしれないと……」

「それは、日中ですか」

「はい、そうなんです。夫は会社にいるはずなので、やはり私の気にしすぎだと思います」

「では、実際に追いかけられたり、襲われたりしたことはないんですね」

「ありません」

「警察には相談しましたか」

「そこを西條さんに伺おうと思いました。やはり警察に相談した方がいいでしょうか」

少し上目遣いに、晃子は尋ねる。なるほど、西條への相談とはそういうことだったか。つまり晃子自身、この程度では警察は動いてくれないだろうと考えているのだ。だから相談すべきかどうかを、元警察官の西條に判断してもらおうと考えたようだ。知人に元警察官がいれば、知恵を求めたくなるのは当然の状況と言えた。

「それはもちろん、相談した方がいいです。ただ、相談したからといって警察が動いてくれるとは限りません。むしろ、あまり期待できないと思った方がいい」

正直に言った。警察は常に人手が足りない。この程度の切迫度では、優先順位が下がるのはやむを得なかった。

「やっぱり、そうですか」

晃子はそう言って、肩を落とす。そんな娘の代わりを務めるように、店主が身を乗り出した。

「しかし、何かあってからでは遅い。客観的にはたったこれだけかもしれないが、娘は心底怯えてるんだ。親としてどうすればいいのか、教えてくれないか」

元警察官であるからには、警察の事情はわかる。だが、親としての心情も同じく理解できる。警察が動けないならば、自分のような者の出番だろうとも思う。とはいえ、昔のコネも使えない自分にいったい何ができるのか。

「申し訳ないですが、すぐに打てる手は思いつきません。私に何ができるか、ひと晩考えさせてもらえませんか。時間をください」

まったく何も思いつかないわけではない。ただ、それがよけいなことでないかどうか自信がないのだった。店主は西條の言葉を受けて、わずかに体から力を抜いたように見えた。

「もちろんだ。こちらはただお願いをしている身だから、申し訳ないなんて思ってもらう必要はない。考えてくれるだけでありがたい」

「本当に、ありがとうございます」

晃子も親に倣《なら》って礼を口にし、頭を下げた。そしてそのまま、なかなか顔を上げようとしない。細い肩は、寄る辺ない者のそれに見えた。この人のために何ができるか、己を試されているように西條は感じた。

## 33

ふだんは庁内報など見ている暇はないが、訃報の文字が気になってふと手を止めた。千葉義孝巡査部長、四十五歳。死因は自死と書いてある。自殺か。死にたくなる気持ちもわからないではないな、と三井は内心でひとりごちた。世の中のいやな面は、いくら見ても見慣れるということがない。それらを適当に受け流すすべを身につけなければ、心に澱《おり》がどんどん溜まっていき、やがては決壊する。警察官の自殺は、決して特別なことではない。

　三井が訃報に注目したのは、死因が自殺だからではなかった。その年齢が気になったのである。四十五歳といえば、先日解決した警察官連続殺人の被害者たちと同じ年格好だ。なんとなく不穏なものを感じ、改めて詳細を読んでみたのだった。

　まさかとは思う。しかしこうしたときに労を惜しまず確認する者が、警視庁の捜査一課にまで引き上げられるのだ。面倒だと思いつつも、ここに籍を置いている意義を己に示さずにはいられない。庁舎内電話の受話器を取り上げ、人事部にかけた。

「捜一の三井といいます。ちょっと確認ですが、先日自殺したという練馬署の千葉義孝巡査部長は、以前に東府中署に在籍していたりしないですよね」

「お待ちください」

　相手はそう言ったが、待つほどのこともなかった。保留音はすぐに終わり、相手の声が届く。

「在籍していました。昭和六十三年六月から、平成四年五月まで、東府中署に配属されていました」

「ああ……、そう。ありがとうございました」

　礼を言う声に、力が籠らなかった。まったく、よけいなものを掘り出してしまった。自分の嗅覚が恨めしい。

　とはいえ、たった今聞いた在籍期間はいささか妙だった。なぜなら、大柴康輔の事故が起きたとき、すでに千葉は東府中署に在籍していなかったことになるからだ。このずれはいったい、何を意味するのか。すぐには解釈できなかった。

　ついでに、他の被害者たちの在籍期間も調べてみた。手許の資料によれば、千葉と同時に東府中署に在籍していたのは、杉本と小川だけだった。梅田は千葉と入れ違っていて、在籍期間が重ならない。ますます微妙な様相だった。

　さて、この事実をどうするべきか。ひとりで抱えておくのはさすがに気が滅入るので、他の者にも押しつけてやることにした。

「村さん、村さん。今、すっげーいやなことに気づいちゃった」

「おれ今、急に腹が下った。この場で下痢便漏らしちゃうから、トイレに駆け込むわ」

　村越はそんな汚いことを言って、席を立とうとした。斜め前の席に坐っている村越を、三井は身を乗り出して摑まえる。

「漏らしてもいいから、聞いて。ほら、この人。これによると自殺したって書いてあるけど、なんと以前に東府中署に在籍していたよ。しかも、杉本や小川がいたのと同時期。何これ？」

庁内報を村越に示した。村越は肩を竦めて、左の掌を上に向ける。

「ワタシ、ニホンゴ ーガテネ。ヨクワカラナイ」

わざと片言口調で言って、村越はその場を離れようとした。三井は村越の袖から手を放さなかった。

「逃げないでよ。仲良くしてくださいってば」

「つまらないことを言う奴は、同僚でもなければ知り合いでもないね」

「どうしよう、これ」

村越とのじゃれ合いは嫌いではないが、長々と続ける気にはなれない。村越とて、本気で逃げたいわけではないはずだ。

「どうしようって、おれじゃなくて係長に言え」

「係長に言ったら、なんとかしてくれると思う？」

「さあなぁ。どうにもならないんじゃないか」

「だよねぇ」

野田は係長としてはかなり砕けていて話がわかる方だが、さらに上との板挟みになる立場でもある。上が首を縦に振らなければ、自分では動きようがないのが係長というポジションだ。それをわかっていて、こんな話を耳に入れるのは野田に酷だった。最終的には報告するとしても、その前に自分たちでできることはないかと三井は考えているのだった。

「ひと息入れるか」

村越はそう言って、廊下の方を指差した。三井は袖から手を放す。廊下にある飲み物の自動販売機を、ふたりで目指した。

互いにホットコーヒーを買って、向かい合うようにそれぞれ壁に寄りかかった。村越は眉根を寄せて、露骨にいやそうな顔をしている。そんな顔しないでよ、と内心で語りかけた。村さんが一番頼りになると思ってるんだからさ。いや、頼りにはならないか。一番話しやすいだけだな。三井は自分で自分の言葉を訂正し、思わず笑った。

「何、その思い出し笑い。気持ち悪いんだけど」

すかさず突っ込まれた。三井は正直に言ってやった。

「村さんに相談しても、頼りにはならないよなぁと思って」

「まったくそのとおり。相談する相手を間違えてるよ」

「でもさ、じゃあ誰に相談すればいいのよ。相談できる相手がいないんだけど」

「言われてみれば、そうだな。うちもひどい係だ」

村越はうんざりしたように、口をへの字にする。これは冗談ではなく、まったく本当のことだ。部屋長も金森も、こんな話を聞かされても固まってしまうだけだろう。他の者ならなおさらだった。

「ジョーさんがいてくれればなぁ」

つい、もういない人のことを口にしてしまった。こんなときに頼れるのは、九條には西條しかいなかったのだ。

「そうだそうだ。西條の旦那に相談しろ。名案じゃないか」

「何言ってるの。そんなの無理だとわかってるくせに」

「そうでもないだろ。頼れば喜ぶんじゃないか」

村越は涼しい顔で言い、コーヒーが入った紙コップを呷る。三井は暫時《ざんじ》、その案を検討した。確かにそうかもしれない。しかし、けんもほろろに追い返される可能性の方がずっと高かった。

「いやぁ、無理でしょ。そもそも、どの面下げてお知恵拝借に行くのさ」

「あんたは別に問題ないだろ。一緒に《指蒐集家》を逮捕した仲じゃないか」

「あのときはジョーさんも、他に頼む相手がいなかったからでしょ」

三井はそのことを、決して貸しとは思っていない。むしろ西條に助けられたと感じていた。

「無理なこと考えるのはやめようよ。現実問題として、どうする？」

「どうする、ってさ、どうもできないだろ。独自で捜査するほど、おれたちは暇じゃないぜ」

　これは何も、村越が楽をしたくて言っていることではない。紛れもない事実だった。捜査一課のひとつの係が暇を持て余すほど、日本社会は平和ではない。

「じゃあ、見て見ぬ振り？」

　忸怩《じくじ》たる思いを抱えて、三井はそう口にした。そうするしかないと、自分でも最初からわかっていたのだった。

「だから、係長に預けようって言ってるじゃん。判断するのは上の方の人だよ。おれたちの仕事じゃない」

　村越は割り切ったことを言う。それはそうなのだ。しかし、容疑者を逮捕して終わった事件を、上層部がいまさら再捜査させるとはとうてい思えない。公判が始まる前に、冤罪を認めるようなものだからだ。

「そうなんだけどさ。村さん、なんとも思わない？」

　どうにも抑えがたい気持ちが、そう言わせた。事件は解決したと思っていたのに、今ここに疑義が生じた。捜査本部は間違っていたのかもしれない。真犯人は、騙《だま》された警察をあざ笑っているのかもしれない。その可能性があるのに、何もできずにただ手を拱《こまぬ》いているだけなのは悔しくてならなかった。おれも青臭いね、と自嘲してみても、収まりがつかない。老成することが警察官として望ましい姿とは、口が裂けても言いたくなかった。

「なんとも思わないわけないだろ」

思いがけず、村越は刺々しい物言いをした。いつもふざけている村越のそんな口振りは、初めて耳にした。村越は飲み終えたコーヒーの紙コップを、静かに握り潰した。互いの視線が交錯する。だが三井も村越も、自分から目を逸らそうとはしなかった。

## 34

たまたま手が空いているときに、庁内報が回ってきた。まず真っ先に訃報欄に目をやるのは、ここ最近の習慣だ。この欄に載ったふたり、あるいは三人が、同一人物の手によって殺害された。杉本宏治の事故死は殺人だったと大柴悟が認めないため、まだ起訴には至っていない。しかし杉本だけ事故死だったとは、とうてい思えない。本庁捜査一課は必ず、勾留《こうりゅう》期間内に大柴を自白させるはずと、理那は信じていた。

訃報欄に載っていたのは、まだ若い人の名前だった。四十五歳。死因は自死とある。何があって、四十五歳で自殺したのだろうか。もし結婚していて子供がいるなら、その子供はまだ成人していないくらいではないか。幼くてもおかしくはない。そんな家族を残して自ら死ぬ理由が、理那には理解できなかった。

　四十五歳といえば、警察官連続殺人事件の被害者たちもそれくらいの年だった。皆、それぞれに無念の思いを抱えて死んだのだろう。そう考えると、大柴に対する怒りが倍増する。大柴を逮捕できてよかったと、改めて感じた。

　ふと、本当に些細な思いつきが、頭に引っかかった。それは疑問とも言えない、微細なかけらでしかなかったが、まるで目の中に入った埃のように無視できなかった。そんなはずはないと思う。ただ、この思いつきを無視して生きていくことは難しいのではないかと直感した。今は忘れようとしても、きっと折に触れて思い出すだろう。そして、確認をしないで済ませようとした己を責めるのだ。そんな自分の性格はよくわかっていたので、安心のために確かめることにした。本気で疑っているわけではなかった。

　とはいえ、一介の所轄署刑事が本庁の人事部にいきなり問い合わせて、答えてもらえるわけがない。ならば、どうするか。少しだけ考えて、この千葉義孝という人物が配属されていた練馬署に訊いてみることにした。

　練馬署につてはない。人事課に質問しても、対応は本庁の人事部と同じだろう。気後れはあったが、千葉が所属していた交通課に電話をした。課長が物わかりのいい人ならばありがたいのだが、と期待する。

「突然申し訳ありません。わたくし、野方署刑事課所属の高城巡査と申します。先日お亡くなりになった千葉義孝巡査部長について、伺いたいことがあるのですが」

「野方署の刑事課？　それが千葉となんの関係があるんだ」

野太い声の相手は、名乗りもせずにそう言った。名乗らないが、横柄な口振りからして交通課課長なのだろう。どうやら物わかりのいい人ではなさそうだ。警察内はどこでも、課長や部長はこんな人ばかりである。本庁捜査一課九係の野田係長はかなり型破りだったと、しみじみ思う。

「わたくしは先日まで、警察官連続殺人事件の特別捜査本部にいました。その件との関連を確認するため、千葉巡査部長の配属歴を調べております」

あくまで堅苦しく、理那は答えた。女だからと見くびる相手には、こうするより他に対抗手段を知らなかった。

「は？　千葉がその事件とどう関係するって言うんだ」

「それを調べているのです。ぜひご協力ください」

「わからねえな。サツカン殺しは解決したんじゃないのか。なんのために調べているのか教えてくれなきゃ、答えようがない」

「もちろん、解決しております。あくまで念のためです」

「だから、それはなんのためだと訊いてるんだよ。あんたが独断で個人情報を掘り出そうとしてるんじゃないと、誰が証明してくれるんだ」

そんなふうに言われると、言葉に詰まった。独断であることは事実なのだ。しかも根拠は、〝年格好が近い〟だけである。自分でも考えすぎだと笑いたくなる、薄弱な根拠だった。

「なんだよ、どうして答えない？　やっぱりあんたの独断なのか。そもそも、あんたは本当に名乗ったとおりの女なのかよ」

「それは間違いありません。折り返し電話をいただいてもけっこうです」

「誰がそんな手間をかけるか。いいか、訊きたいことがあるなら、そっちの課長から正式に要請してくれ。そうでなきゃ、何ひとつ答えられないぞ」

そう言って、相手は一方的に電話を切った。理那は受話器を耳から離し、襲ってくる無力感に耐えた。

こうなる可能性を、まったく想定していなかったわけではなかった。次善の策も、実は念頭にある。ただ、できるならその策は用いたくなかった。相手が図に乗るのは、目に見えていたからだ。

とはいえ、正攻法で情報が入手できなかったのなら、搦《から》め手に頼るしかない。ひとつため息をついてから、席を立った。周囲に人の耳がない廊下の端まで行き、スマートフォンを取り出す。住所録に入力してある電話番号は、まだ消していなかった。

「あれ、理那ちゃん？　どういう風の吹き回し？　デートの申し込みかな」

まったく予想どおりのことを、相手は言った。村越がこんなことを言うのはわかっていたから、頼りたくなかったのである。

「お忙しいところ、恐れ入ります。デートの申し込みではありません。少し気になることがあったので、お力を拝借できないかと考えたのです」

「おーおー、なんでも言って。若い女の子に頼られるのは嬉しいねぇ」

理那はもう三十歳を超えているし、そうでなくても電話をして男性から喜ばれた経験などない。村越の発言は間違いなくセクハラだが、いちいち咎める気がなくなったのは、理那とのやり取りを本気で嬉しがっているとわかってきたからだった。理那のように無愛想で不細工な女でも喜ぶのだから、村越は奇特な男である。憎めない人、とはこういう人のことを言うのだと理那は知った。

「先日、練馬署所属の警察官が自殺をしました。特に怪しい点があるわけではないのですけど、年齢が気になりました。四十五歳なんです。四十五歳って、私たちが捜査していた連続殺人の被害者と同じくらいじゃないですか。だから、まさかとは思うのですが、以前に所属していた署を調べようとしたのですけど、私ではうまくいかないんです。村越さんならどうにかなりませんか」

「なるよ。千葉義孝巡査部長は以前、東府中署に所属していた。しかもその時期は、杉本や小川と重なる」

「えっ」

即答されたことに驚いた。村越はとっくに気づいて、調べていたのだ。とぼけたことを言っているが、さすがは本庁捜査一課の刑事だと感心する。村越が気づいているということは、千葉巡査部長の自殺も含めて捜査をやり直しているのだろうか。

「じゃあ、それはただの偶然ではないと考えているんですね。連続殺人と関係があったのでしょうか」

「わからない」

あっさりと村越は答える。わからない、では済まないと思うのだが、どういう意味を含んでいるのか見当がつかなかった。

「捜査中、ということですか」

「何もしてないよ。上からの指示もない」

「えっ」

今日二度目の驚きの声を発してしまった。何もしてない、とはどういうことか。まさか、自殺は自殺で一連の事件とは無関係と考えているのではあるまい。そんなことは信じたくなかった。

「大人の事情、ってやつだよ。知りたい？　知りたいなら、直接会って話そうか。聞いても不愉快になるだけだと思うけどね」

「聞かせてください」

そうは言ったが、大人の事情なるものがなんなのか、理那も見当がついた。知りたいのは上層部の判断ではなく、村越たち現場の刑事がどう思っているかだった。

今すぐ出てこられるか、と村越が言うので、一時間後に落ち合う約束をした。桜田門《さくらだもん》付近では無理だからと、村越は日比谷《ひびや》を指定した。テーブルごとに間仕切りがあり、聞かれたくない話をするのに打ってつけの喫茶店があるのだという。場所を確認してから、理那は署を飛び出した。

理那がその店に着いたとき、村越はのんびりとコーヒーを飲んでいた。その表情は以前とまるで変わりない。大人の事情に憤っているのではないかと期待していたが、いきなり肩透かしを食らった。村越はこういう人だよな、との認識を改めて強める。

「お忙しい中、ありがとうございます」

まずはそう挨拶をした。村越は手を小さく振り、「なんのなんの」と言う。

「理那ちゃんからデートに誘ってくれるなんて、嬉しいよ」

だから、デートになんか誘ってないだろう。これは村越流の挨拶なのだと理解し、聞き流す。そんなことでいちいち目くじらを立てている余裕はなかった。

「私たちは間違っていたのでしょうか。大柴はホンボシではなかったのですか」

世間話を始めたら止めどがなくなるとわかっていたので、すぐ本題に入った。村越は不本意そうな顔をするが、さすがにセクハラ交じりの冗談は続けなかった。

「なんとも言えないな。ただの偶然の可能性だって、ないわけじゃない」

「本気でそう思ってますか」

「本気も何も、調べてみなきゃわからないだろ。でも、おれたち捜一の刑事には、調べる時間なんかないんだよ」

村越はそう言って、じっとこちらを見る。それは助平親父のねっとりとした視線ではないと、理那は受け取った。村越の言いたいことを、正確に理解しなければならない。

「わかりました。私がやります。所轄の私の方が、自由が利きますから」

「さすがは理那ちゃん。そう言うと思ってたよ」

村越の言葉に、思いがけず安堵している自分を発見した。村越とて、気づいてしまった事実を見過ごしにはしたくなかったのだ。しかし上層部は、大人の事情とやらで動こうとしない。おそらく、大柴が真犯人ではなかったなどと、いまさら認めたくないのだろう。かといって、捜査一課の刑事である村越には、独自の捜査をしている余裕はない。だから村越は、電話をしてきた理那に期待をしたのではないか。理那は今、その期待を裏切らない宣言をしたのだった。

「ただ、情けないことを言いますが、私ひとりで何ができるか自信がありません。現にさっきも、練馬署に千葉巡査部長の所属歴を問い合わせたのですが、けんもほろろの扱いを受けました」

「あー、いやだねぇ、そういう態度は。みんな、女の子には優しくしなきゃ駄目だよなぁ」

　これはいつものヤクハラ発言だと思うのに、予想外に胸に沁《し》みた。本当にありがたいことだと思う。警察の女性蔑視の体質にはずっと悩まされてきただけに、村越の言葉は砂漠の中のオアシスのようにも感じられた。皆が村越のようになってくれればいいのにと、心底思った。

「そうだなぁ。どこから手を着ければいいかな。まずは現場を検分した機捜の人にでも会ってみるか。ええと、練馬は二機捜の管轄だな。二機捜ね。まさか、あの御仁だったりして」

　ちょっと待って、と断り、村越はその場で電話をかけた。繋がった相手としばらくやり取りをしてから、理那にウインクをする。どういう意味のウインクなのか、わからなかった。

「会ってくれるってよ。自分で日時を調整してくれる？　二機捜の綿引って人だ」

村越は携帯電話の画面を自分のスラックスで拭いてから、理那に差し出してきた。顔の脂がついた携帯電話を使うのはいやだから、村越のこういう気遣いはありがたい。受け取って、耳に当てた。

「お電話代わりました。野方署刑事課所属の高城巡査と申します」

「二機捜の綿引だ。話は聞いた」

相手は低い声で、そう言った。

## 35

家に帰ってからも改めて考えてみたが、やはり晃子の夫に直接会ってみるしか、解決への道はないと結論した。今のところ、ストーキングといっても大事件に発展しそうな気配はない。警視庁の元刑事が直接諫《いさ》めれば、冷静さを取り戻すのではないだろうか。その考えが甘いかどうかも、当人を見てみれば判断がつく。ともかく、今の西條には打てる手はさほど多くないのだった。

電話で晃子にそう告げると、あまり嬉しくなさそうな声で「そうですね」と答えた。西條に手間をかけさせることを申し訳なく思うものの、それ以外に解決策はないから頼むしかない、と短い間に葛藤したのが窺える。晃子としては気が進まないだろうが、夫と連絡をとり、話し合う日を設定してもらうことにした。その席に、西條も同席するつもりだった。

数日後、夫と会う日が決まったと晃子から連絡が来た。日曜日に、ホテルのラウンジで会うことにしたという。ホテルのラウンジを提案したのは、西條だ。どこのホテルであっても落ち着いた雰囲気なので、なかなか言い争いはしにくい。会社に勤めている人であれば、周囲の目を気にする常識はあるはずだ。そう計算しての提案だった。

そして週末、西條は約束の三十分前にホテルのラウンジに到着した。すでに晃子は来ていて、立ち上がって西條に頭を下げる。三十分前に落ち合うのは、打ち合わせどおりだ。西條はまず、隣のテーブルで無関係な顔をしておく。そして晃子と夫が向き合ったら、改めて話に加わるつもりだった。そうした手順を踏まなければ、夫が警戒して逃げてしまうかもしれないからだった。

今日は古本屋の店主は来ない。西條に任せるとのことだった。晃子側の人数が多ければ、夫も頑《かたく》なになってしまうかもしれない。店主の判断は正しいと思えた。

晃子と話をしているところを夫に見られるわけにはいかないので、知らぬ顔をして本を読み始めた。この本も、店主が薦めてくれたものだ。主人公が古本屋の常連で、店主と会話をするシーンがたびたび挟まれるので、微苦笑を誘われる。こんなシーンがあるのを知っていて、店主は読めと薦めたのだろう。いつも難しそうな顔をしている店主の、茶目っ気のある面を見た思いだった。

隣のテーブルのそばに、男が立ったことに気づいた。だが、そちらに視線は向けない。耳だけをそばだてた。「なんでわざわざ、こんなところまで呼び出すんだ」と男は晃子に文句を言っている。晃子の夫で間違いないようだった。

夫の名は今原繁彰《しげあき》と聞いている。西條は視界の隅で、さりげなく今原を捉えた。確かに、エリートサラリーマン然とした雰囲気である。綺麗に分けた髪型に、銀縁の眼鏡。幾分面長の顔は、充分理知的だ。カーディガンにスラックスという服装にも、乱れはない。仕事ができそうと好感を持つか、冷たそうと感じるかは人それぞれだろうが、外見に清潔感があることは間違いなかった。

西條は本を閉じ、バッグにしまった。そしておもむろに立ち上がって、ソファに坐っている今原に話しかけた。

「突然失礼します。私は今原晃子さんのお父さんの知人で、西條といいます。今日はこの場に立ち会わせていただくために、参りました」

「えっ、なんですか、いきなり」

今原は驚いて目を見開いた。父親抜きで晃子とふたりきりで話ができると、期待していたのかもしれない。そうでなくても、素知らぬ顔をしていた隣の席の男がいきなり話しかけてくれれば、驚くのも当然だろう。そうして機先を制し、優位に立つのも計算のうちだった。

「失礼して、こちらの席に移ります」

西條は手を挙げてウェイトレスを呼び、席を移動する旨を告げた。その間、今原は幾分睨み気味にじっと西條を見ていた。ウェイトレスがコーヒーカップなどを移し終えてようやく、口を開いた。

「なんなんですか、あなたは。我々のことに他人が口を挟むのは筋違いだと思いますが」

「おっしゃるとおりですが、このままでは犯罪に発展する恐れがあるので、出しゃばることにしました」

「犯罪？　何を言ってるんですか。意味がわからないし、犯罪ならなんだと言うんですか。あなたは警官か何かですか」

「元警察官です」

西條の返事を聞いて、今原は黙り込んだ。視線を西條から、晃子に移す。晃子はその視線を受け止めかねたように、下を向いた。

「意味がわからない」今原は繰り返した。「なぜ、元警察官がここに来るのですか。私が犯罪性のあることをしたとでも言うのですか」

「そのとおりですよ」

泰然と応じはしたが、今原の言葉にいささか奇異なものを感じた。西條が元警察官と聞いても、怯えも警戒もしていない。戸惑っていることだけを前面に押し出している姿は、演技ならばかなりハイレベルだった。

「私のしたことの、何が犯罪だと？」

今原は目を細めて、問い返してくる。そこから始めなければならないなら、諫めるどころではなかった。西條は今原の目を正面から見据えたまま、指摘した。

「一日に十回ほどの無言電話、それから脅迫めいた言辞の手紙。ストーカーによる犯罪は、往々にしてこうしたことから始まります。晃子さんが今後のことを危惧《きぐ》されるのは、もっともかと思います」

「無言電話？　手紙？　なんのことだかわからない。それは言いがかりですか」

今原は眉根を寄せて、そう言い張った。西條は今原の表情をじっと見守ったが、目を逸らそうとはしない。晃子を促し、手紙の現物を出してもらった。

「これです。出した憶えはありませんか」

手紙の束を、今原の前に置いた。今原はそれを手に取り、表裏をしげしげと見る。「中身もいいですか」などと訊いてきた。「どうぞ」と西條は促す。

「これは私ではないですよ。確かに私が出したようにしか読めないが、私ではない。誰か他の人が、私を騙《かた》ってこの手紙を書いたんです」

目を通した今原は、手紙をテーブルの上に投げ出してそんなことを言った。そうした白《しら》の切り方は予想していなかったので、西條も戦略の変更を強いられた。今原の態度は、いったい何を意味しているのか。それを読み解かなければならない。

「手紙を書いたのは、今原さんではない？　ならば、誰が書いたのでしょう」

「そんなこと、知りませんよ。あなたは元警察官なら、あなたが調べてください」

今原は堂々と言い切った。ひとまず、理詰めで反論することにする。

「この手紙の内容は、第三者には知り得ないことが書いてあります。何者かがあなたを騙って書くことは、不可能だと思いますが」

「たまたま想像で書いたことが当たったのかもしれない。そうでなくても、晃子が誰かに夫婦の間で起きたことを喋ってるでしょ。つまり、怪しいのは晃子の知人だ。誰に喋ったか、晃子を問い質してみたらどうですか」

今原もまた、理路整然と言い返した。確かに、可能性だけを言うならあり得る。まさか相手がこんな出方をしてくるとは思わなかったから、準備不足だった。己の失敗を、西條は自覚した。

「では、後ほどそのことを確かめます。ですが、疑うなら今原さん側も疑わなければならない。どなたかに、夫婦間の諍《いさか》いについて話しましたか」

「話してないですよ。あなたも男ならおわかりでしょうが、男はそういうことを話さないものです。自分の恥だろうがなんだろうがべらべら喋るのは、女だけですよ」

いささか口調は女性蔑視気味だが、主張自体は当たっているかもしれない。西條も、夫婦仲についての悩みを他人に打ち明けたりはしなかった。プライドが高そうな今原なら、友人に愚痴を漏らしている姿はむしろ想像できないと言ってもいい。その点は信じてもよかろうと判断する。

「最後に、もう一度確認しましょう。無言電話はかけていない、これらの手紙も出してない。それが、今原さんの主張ですね」

「そうです。もちろん、無言ではなくちゃんと名乗った電話ならかけてますよ。それとは別の話ですよね」

「別です。さらに一点、晃子さんを尾《つ》け回したりもしてないですか」

「尾け回す？　なんのために？　私も勤めがありますから、そんなに暇じゃないですよ」

くだらないことを言うなとばかりに、こちらを小馬鹿にしたような物言いを今原はした。

あまり愉快な人物とは言えないが、その主張の一から十まで嘘だと決めつけることもできない。それどころか、嘘の気配が薄いことに西條は戸惑っていた。これは当初考えていたような、簡単な話ではないのではないか。ただの夫婦喧嘩の仲裁などと思っていたら、足を掬われかねないと己を戒めた。

「西條さんといいましたか。私はですね、こんな話をするために来たんじゃないんだ。晃子に戻ってきてもらうために、話し合おうと思っていたんですよ。でも、あなたがこの場にいる限りそれは無理なんですね。ならば、出直します。晃子、今度はふたりで会おう」

最後に妻にそう声をかけて、今原は伝票を手にして立ち上がった。代金はそれぞれで、と提案したが、「いいですよ、これくらい」といやそうに言われてしまった。今原が遠ざかっていくと、まるでこの間ずっと呼吸を止めていたかのように、晃子は大きく息を吐き出した。半身を捻り、西條に向かって頭を下げる。

「ありがとうございました。あんなことを言い出すなんて、思いもしませんでした」

「おかしな話ですね。今原さんの話を、あなたは信じましたか」

「――わかりません」

心底困惑しているように、晃子は力なく首を振った。もう一度、先入観のない目で事態のすべてを見渡してみる必要がある。西條はそう、留意した。

## 36

池袋駅から少し離れた場所にある喫茶店を、綿引は指定してきた。夜勤明けとのことなので、午前十一時に落ち合いたいと言う。幸い、理那は非番だった。喫茶店はわかりにくい場所にあるらしいので、少し早めに家を出た。

だが実際には、喫茶店に着いたタイミングはさほど変わらなかった。十五分前に店に入ったのに、その二分後には綿引もやってきたのだ。理那は綿引の顔を知らなかったが、ひと目で警察官だとわかった。やはり警察官には、特有の気配がある。それは向こうにとっても同じだったようで、すぐに理那を見分けた。綿引は立ち上がった理那に近づいてきて、低頭する。

「二機捜の綿引だ」

「野方署刑事課の高城です。お時間を割いていただき、ありがとうございます」

尋常に挨拶をして、席に着いた。綿引はメニューも見ずにコーヒーを注文すると、身を乗り出してきた。

「捜一の村越さんから聞いた。自殺したと見做された千葉巡査部長は、警察官連続殺人と関わりがあるかもしれないんだってな。それに気づかなかったのは、おれのミスだ。恥じ入っている」

綿引は顔に険がある、いささか神経質そうに見える人物だったから、いきなり自分の間違いを認めたことには驚かされた。見た目とは違い、柔軟な人なのかもしれない。第一印象で判断してはいけないと、理那は反省した。

「いえ、関わりがあると言ってしまっていいものかどうか、まだわかりません。ですから、お話を伺わせていただきたいと考えたのです」

「おれも、調べた。警察官連続殺人の被害者と目されている三人のうち、千葉はふたりと同時期に東府中署に在籍していたんだな。これをただの偶然だと済ませるなら、そいつは警察官を辞めた方がいい。自殺が覆るかどうかはともかく、首を吊った理由に連続殺人が関係しているのは間違いない」

硬い表情と硬い声で、綿引は言う。頑迷な人を宥《なだ》め賺《すか》して情報を引き出さなければならないかもしれないと考えていただけに、最初から理那の疑いを認めてくれる綿引には感謝した。こんな人が千葉の自殺の初動捜査に当たっていたのは、幸運だったと言える。

「自殺は、間違いないのでしょうか」

最も訊きたいのは、その点だった。自殺を装った他殺ではないのか。だとしたら、大柴は真犯人ではなかったことになる。捜査を根底から覆す、大変な発見になるかもしれない。

「現場には、心証というものがある。事故か自殺か病死か他殺か、経験を積めばだいたいひと目でわかるようになるんだ。千葉巡査部長の遺体発見現場は、おれの心証で言えば自殺だった。おれだけじゃない、同僚も同意見だったよ」

「つまり、怪しい点はなかったということですね」

「そうだ。とはいえ、おれたちの心証が百パーセント正しいなんてことはない。巧妙に仕組まれた現場なら、本当は他殺なのに自殺に見えるかもしれない」

「そういうケースは、これまでにもありましたか」

「いや、ない。なぜなら、殺人を犯す者はたいてい動揺しているからだ。人を殺しておいて平静を保つのは、ほとんど不可能だからな。警察の目を欺くような細工は、できるものじゃない」

「では――」

「ただしそれは、初めて人の命を手に掛けた者の場合だ。殺人に精通していれば、話は違ってくる」

「殺人に精通」

いやな表現だが、この場合はやはり適切なのだろう。もし大柴以外に真犯人がいるのだとしたら、その人物はすでに三人殺している。殺人に精通するには、充分な人数と言えまいか。

「そうだ。三人殺せば殺人に精通するのかどうか、おれにはわからない。ただ、最初の被害者は事故死したと思われていたんだろ。ホシは最初から、自分の犯行を隠すことに成功していたんだ。事故死に見せかけることができたなら、自殺に見せかけることも可能かもしれない」

「でも、遺書が残っていたのですよね。その遺書に不審な点はあったんですか」

「文章自体は、印字されたものだった。ただ、最後に千葉という署名があった。その署名は、本人の直筆に非常に近いという鑑定が出ている」

「そうなんですか……」

ならば、やはりそれは千葉当人が書いたものなのだろう。なんらかの脅迫をして無理矢理署名させた可能性は、ゼロではないにしても。

「もっとも、たった二文字だから、似せて書くこと自体は不可能ではないんじゃないか。見本が手に入れば、だが」

「つまり、千葉巡査部長の直筆署名を手に入れられるくらい、身近な人物の犯行だということですか」

「おれは何も断定はしない。おれは端《はな》から自殺だと決めつけて、大事なことを見落とした。

今後はありとあらゆる可能性を考えることにする」

「そうですね」

前のめりになりすぎていたことを諫められたように、理那は感じた。綿引は冷静で、信頼できる。もっと綿引の考えを聞きたかった。

「だから、あれが偽装自殺だったと決めつけているわけでもない。本当に自殺だった可能性もある。おれたちは自殺の理由と言えるものを発見できなかった。その理由は、連続殺人に関係していたのかもしれない」

綿引は一歩引いた物言いをする。しかし、それには反論せざるを得なかった。

「ですが、逮捕された大柴の父親が死亡したとき、すでに千葉巡査部長は異動していて東府中署にはいなかったんです。大柴の父親の死とは、無関係なんですよ。それなのに、自殺の理由になり得るでしょうか」

「大柴の父親の死については、そちらがさんざん調べたんだろ。そのときに千葉の名前は浮上しなかったか」

「出てきませんでした」

もし千葉の名前が捜査線上に浮かんでいたなら、さすがに上層部も再捜査を決断していただろう。今のところなんの関係もないように見えるからこそ、無視されているのだ。千葉は確かに東府中署に在籍していたが、大柴の父親が死んだときにはもういなかった。この時期のずれは、何を意味するのか。そのずれこそが、やはりただの偶然だったことを示すのだろうか。

「捜査の過程で千葉の名前が出てこなかったなら、見落としの可能性もある。今度は千葉の側から、大柴の父親の事故に関わっていなかったかどうか調べ直す必要があるんじゃないだろうか」

「そうですね」

綿引の言うとおり、千葉は新要素なのだ。千葉という新しいピースを加えることで、大柴の父親の事故も現在の連続殺人も、様相が変わるかもしれない。しかし、どう変わるのかまるで予想できない。千葉がかつて東府中署に所属していたことに気づいたときは、連続殺人事件が根底から覆るのではないかと思ったが、今は逆に自殺であってくれという気持ちが強くなっている。自殺でないのなら、真犯人が別に存在することになる。警察が犯した間違いの大きさも、真犯人の巧妙さも、何もかもが恐ろしすぎた。

「もし、千葉巡査部長の死が自殺でなかったとしたら、いったいどうなってしまうんでしょう……」

つい、弱音に近い言葉が漏れた。綿引に訊かずとも、想像はできる。警察を批判する世間の声は、これ以上ないほど大きくなるだろう。理那個人が責められるわけではないが、捜査本部に加わっていた者として、やはり批判の大合唱は身に応えるに違いない。そしてそれ以上に、真犯人を見逃していたという自責の念が、重くのしかかってくるはずだ。それを思うと、命じられもしないのにひとりで捜査を続けることが怖くなる。何も気づかずにいたらどんなに楽だったかと、後ろ向きの思いに囚《とら》われた。

「捜査本部は無実の人を逮捕したことになる。これほどの大きな事件で間違いを犯した警察を、世間の人は非難するだろう。それでも、気づいてしまったからには見過ごしにはできない。おれたち警察官はあくまで、真犯人逮捕を目指さなければならないんだ」

綿引の口調に揺るぎはなかった。弱気を叱られたわけでもないのに、目が覚めた思いがする。背筋を伸ばし、「はい」と答えた。

「そうですね。私たちが考えるべきは、真実についてだけですね。それ以外のことは、些事《さじ》でした」

「そうだ。ただ――」

綿引はそこで、初めて言い淀んだ。一瞬視線を下げたが、しかしまた決意を固めたかのように理那の目を直視する。闘う男の目だ、と理那は感じた。

「おれには時間がない。独自捜査をする時間など、機動捜査隊員であるおれにはないんだ。

君だって暇でないのはわかっている。だが、機動捜査隊よりは捜査の狭間《はざま》があるはずだ。特に今は、大事件をひとつ片づけたばかりで余裕が生じてないか。だから、頼む。この件を洗い直してくれ」

綿引はそう言って、頭を下げた。理那が望んで会ってもらったのに、まさか頼むと言われるとは思わなかった。まして、遥か年上の綿引が自分に向かって頭を下げるとは、想像もしていなかった。あまりに面食らい、言葉がつかえた。

「わ、わかりました。私に何ができるのか心許《こころもと》ないですが、精一杯がんばるつもりです」

「ありがとう。ただ、ひとりでやれとは言わない。もし千葉巡査部長が自殺でなく、すべてを仕組んだ真犯人がいるのだとしたら、そいつは相当手強《てごわ》い相手だ。君だけでは手に負えないかもしれない」

綿引は案じてくれるが、手伝ってくれる人などいない。野方署の同僚の顔を思い浮かべても、手を貸してくれる人はいそうになかった。心細いのは確かだが、村越や綿引が理解してくれただけでも大いに勇気づけられている。できる限りのことをするしかなかった。

「私では力不足でしょうが、誰も助けてくれないのですから、ひとりでやるしかないです」

特に悲壮な覚悟を固めたわけではなく、事実を淡々と口にしたつもりだった。しかし綿引は納得しないのか、首を横に振る。

「足を使う捜査は、君ひとりでやってもらうしかない。だがきっと、それだけでは足りない。真犯人に辿り着く、独自の着想が必要になる。誰も思いつかないことに気づく才能だ。それを持っている男を、おれはひとりだけ知っている」

「独自の着想。それはどなたですか」

「そいつの名前は西條という。元、捜査一課の刑事だ」

## 37

「改めて、もう一度検証し直してみませんか。どうも、事態は見えていたとおりではないようです」

西條はそう言って、晃子の前に席を移した。単純なつきまとい事件と見做し、深く考えなかったのは自分の落ち度である。状況を整理し、間違っていたところがあるなら正さなければならない。いったいどこで間違えていたのか。

「はい、そうですね」

晃子は俯き気味のまま、応じる。ストーカーが夫ではないなどということが本当にあるのかと、激しく戸惑っているようだ。晃子にしてみれば、自分はストーキングなどしていないという今原の主張はとても受け入れがたいだろう。今原がそうした嘘を平気で口にする人物なのかどうかも、西條は確かめなければならない。

「では、まず今原さんが言っていたことの確認です。ご夫婦間のことを、どなたかに話しましたか」

「……はい」

晃子は小声で認めた。今原の言うことなど肯定したくないという気持ちが、ありありと窺えた。

「何人に話しましたか」

「三人……、いえ、四人かもしれません」

「四人で間違いないですか」

その人数が多いのか少ないのか、西條には見当がつかない。おそらく女性にとって、悩みを吐露する相手の数としては、普通なのだろう。今原の言葉どおり、男とは対照的なようだ。

「正確には、別居する前に話をしただけの人がひとりいるので、現状を知っているのは三人です。ただ、別居したことを話してない人にも、横の繋がりで伝わっているかもしれません」

「なるほど。では単刀直入に伺いますが、その中のどなたかが、無言電話をかけてきたり手紙を送ってきたりする可能性はありますか」

　常識的に考えれば、今原が苦し紛れに責任逃れを口にしただけと受け取るべきだろう。晃子の友人の中にストーカーがいるというのも、おかしな話だ。だが、可能性はすべて潰さなければならない。あり得ないと思っていた推測が、実は真相だったということも西條は幾度か経験していた。

「そんな――、あり得ないです。私の友達が、どうしてそんなことを」

　ほとんど考える時間もなく、即座に晃子は否定した。考慮にも値しないと思っているようだ。しかし、あえてそこを考えてもらわなければならない。真相は往々にして、盲点に潜んでいる。

「言いにくいことではありますが、あなたのことを密かに恨んでいる友達がいるかもしれません。今ならば、自分の仕業とは知られずにあなたに嫌がらせをすることができます」

「密かに恨んで……。そんな人はいません。私の友達はそんな人ではないです」

　検証の結果ではなく、単に感情的に言っているだけなのは明らかだが、冷静に考えさせるのは難しいだろう。その可能性を頭の片隅にでも残しておければ、いずれ何かに気づくかもしれない。今は布石を打つだけで充分と判断した。

「わかりました。念のために確認したまでです。では次に、あなたの知人でも今原さんの関係者でもなく、第三者があなた方の夫婦仲を知る機会について考えてみましょう」

「第三者？」

晃子は西條の言葉の意味がわからないようだ。西條は単刀直入に言い直す。

「ストーカーですよ。本当のストーカーが、あなたを狙っているのかもしれない」

それは大いにあり得ると、西條は考えていた。醸し出す雰囲気は暗いが、晃子は美人である。見初《みそ》めて横恋慕する者がいても、決して不思議ではない。

「本当のストーカー。そんなこと、考えてもみませんでした」

「今、考えましょう。どこかで誰かに好意を持たれるようなきっかけはありませんでしたか」

漠然とした示唆だが、具体的な例を挙げても思考を誘導するだけである。あくまで晃子には、自力で思い出してもらわなければならない。

「えっ、でも私、実家に帰ってからはほとんど買い物のときくらいしか外に出ませんから……」

「古本屋の常連で、気になる人はいませんでしたか」

この西條の質問に、なぜか晃子は少し顔を赤らめて俯いた。何か思い当たることがあったかと手応えを感じたが、続く晃子の答えに苦笑した。

「常連の方はだいたい父と同年配の人ですから、一番目立っていたのは西條さんです」

そうなのか。古本マニアは年寄りに限らず、若い人にもいるが、あの店の品揃えはミステリーやSFに特化しているわけではない。若い古本マニアはエンターテインメント系を探す人が多いと聞くから、あの店の常連にはなりにくいのだろう。そうなると、確かに自分は目立っていたかもしれないと気づく。ただ、年寄りはストーカーにならないと考えるのも早計だった。

「年配の人でも、女性を巡って喧嘩になったりすることがあります。年が離れているからといって、あなたに執着しないわけではないですよ」

「そうなんですか」

晃子は目を丸くした。この指摘もまた、考えてもみなかったことなのだろう。改めて考え直すよう、促す。晃子はしばし黙考していたが、最終的には首を振った。

「いえ、特に私に不自然な態度をとったお客さんはいらっしゃいませんでした。そもそも私は、店番もしませんからあまりお客さんと接点はありませんし」

「話しかけたりはしなくても、離れたところからじっと見つめているとか、そんな客もいませんでしたか」

「いないです。私が鈍感だから、というわけではないと思います」

鈍感どころか、今はむしろ過敏になっているのではないか。誰かに見られている気がするとまで言っているほどである。そんな状態なのに、客の中の不審者に気づかなかったなら、おかしい客は本当にいなかったと考えていいだろう。とはいえ、本物のストーカーの線はまだ検証する必要がある。

「では少し、考え方を変えましょう。誰が、ではなく、どうやって、を考えてみるのです」

「どうやって、といいますと？」

「この手紙に書かれている内容を知る手段があるのかどうか、です。例えば、手紙はあなた方が別居したことに言及している。それを第三者は知ることができるか。できますね。現に私は、あなたが実家に戻っていることを知っていた」

「そうですね。お店の常連の方なら、知っていたと思います」

「では、このくだりはどうですか。『ろくに家事もしないで、毎日遊んで暮らしていたくせに』これはずいぶん踏み込んだ文章だと思います。ろくに家事をしない、というのは、あなたがノイローゼ状態にあったときのことですよね。あなたが家事ができなくなっていたことを、誰が知っていましたか」

「もちろん、両親には話しました。友人にも話しました。ただ、それだけです」

「ご両親が誰かに、特にお父さんが常連客に話した可能性はありますか」

「それはないと思います。娘が実家に戻ってきたなんて、一応外聞の悪いことですから、自分から喋るようなことはなかったはずです」

「その点は、後でご本人に確かめてください。大事なことです」

「はい」

晃子は素直に頷く。ただ、あの口数の少ない店主が自ら喋ったりはしないだろうと西條も考えていた。

「お友達はどうですか。お友達が誰かに話すことはあり得ますか」

「それは、ないとは言えません。確認してみます」

「そうしてください」

やはり、潰しきれない可能性が残った。刑事であった頃ならば己の足を使って調べて回るのだが、推論を重ねることしかできない今はやむを得ない。その点は保留にして、次に進むしかなかった。

「もうちょっと厳密に詰めてみましょう。実家に帰ってきてから、夫婦間で何があったかをご両親に話しましたか」

「話しました」

「私が上がった、あの居間でですか」

「そうです」

そうか。ならば別の可能性も排除できない。西條が考え込むと、晃子は不安そうに尋ねてきた。

「それが、何か？」

「私は盗聴を考えました。店に盗聴器を仕掛けるだけでも、居間の会話は拾えるかもしれません」

「盗聴」

愕然とした様子で、晃子は目を見開いた。西條の推論はことごとく、晃子の思考の外にあるようだ。

「どうして盗聴なんて……」

「それがストーカーです。ストーカーにとって、盗聴は突飛な手段ではありません」

「そうなんでしょうけど、でも誰がそんなことを？」

「あなたを一方的に見初めた客、と私は仮定しています」

「えっ――」

晃子は絶句して言葉がないようだった。普通に生きてきた人にとって、盗聴は非日常的な話だろう。しかし多くの犯罪者を見てきた西條にしてみれば、盗聴は決して別世界の話ではない。むしろ、普通の人が盗聴器を仕掛ける例も多々あるのだ。今や盗聴は、ごくありふれた犯罪のひとつに過ぎない。

「これも、確かめる必要があります。店の中と念のために居間を、徹底的に掃除してみてください。そうしなければ、あなたもあの家で安心して暮らし続けるのは難しいでしょう」

「そうですね。帰ったらすぐやります」

硬い表情で、晃子は頷く。かなり脅してしまっているようだが、晃子のために必要なことだった。

「今原さん以外にストーカーがいる可能性について検証してきましたが、考えられるのはこんなところでしょうか。他に何か、思いついたことはありますか」

「いえ、特には。すみません」

西條に考えさせるばかりで申し訳ない、という意味の詫びだろう。だが謝ってもらう必要などない。西條にとっては、真相を追求するのは決して面倒な作業ではなかった。

最後の仕上げのつもりで、改めて原点に立ち返って見直してみた。晃子に嫌がらせをして、得をする人はいるのか。それを真っ先に考えるのは、捜査の基本だった。現場から離れて、その原則を忘れていた。

得をする人。あるいは損得を超越して、嫌がらせをせずにはいられないほど晃子を憎んでいる人。そのどちらかが、これまで検証した範囲にいるだろうか。晃子の交友関係を知らない西條には、推論で突き詰められるのはここまでかもしれない。後は実際に、晃子自身に確かめてもらうしかないか。

「いや、いた」

ふと、思考の結果が口から飛び出してしまった。晃子が驚きと恐れがない交ぜになった目を向けてくる。また西條が怖い指摘をすると、身構えているのだろう。そんな晃子に、西條は告げざるを得なかった。

「今挙げた条件に当てはまる人は、まだいました」

# 38

綿引の口から西條の名が出てきたのは、意外でもあり納得できることでもあった。まさかあのようなスキャンダルで警察を辞めた人を頼れと言われるとは思わなかったが、名探偵とまで渾名された西條が助言してくれるならこんなに頼もしいことはない。噂に聞く西條に会ってみたいという気持ちも、理那の裡にはあった。

綿引は西條の住所を知っていた。西條と親しかったのかと思ったが、どうやらそうではないらしい。苦労して現住所を調べたのだと、綿引は言っていた。なぜそんなことをしたのかは、語ってくれなかった。

　綿引は勤務明けだから、時間があるはずだ。今から一緒に西條を訪ねようと持ちかけたが、自分は行かない方がいいと言う。その口振りからすると、西條との関係はそう単純なものではなさそうだ。第三者が立ち入っていいことではないと判断し、理那はひとりで向かうことにした。

　日曜日なので、西條が仕事に行っている可能性は少ない。もちろん私用で外出しているかもしれないが、その場合は帰ってくるまで待つつもりだった。張り込みをする必要はなく、近所のファミリーレストランなどで時間を潰せばいいのだから、捜査よりずっと楽である。何より、あの西條に会えるかと思うと待つのも苦ではなくなりそうだった。

　住所の場所は簡単に特定できた。築年数の古そうな、木造モルタル二階建てのアパートである。仮にも警視庁捜査一課で主任まで務めた人が、まさかこのような見るからに家賃が安そうな家に住んでいるとは思わなかった。離婚の際の財産分与で、貯金などをかなり手放してしまったのだろうか。一時期はホームレスになっていたという噂を、ふと思い出した。

　西條の部屋は、二階だった。錆《さび》の浮いたスティール階段を上り、呼び鈴を押す。だが反応はない。少し気配を窺ったが、内部に人がいるようではなかったので、居留守を使っているのではなさそうだ。それも覚悟していたから、落胆はない。

スマートフォンの地図アプリで探したところ、近くにファミリーレストランがあったのでそこに向かった。ケーキセットを頼み、時間を潰す。こんなときに本でも読めれば時間を有意義に使えるのだろうが、あいにくと読書の習慣はなかった。スマートフォンでひたすらニュースの見出しを追う。特に目を惹くニュースは見つからなかった。

三時過ぎに一度アパートに戻ってみたが、まだ西條は帰ってきていなかった。やむを得ず、先ほどのファミリーレストランに戻る。さらに一時間潰して、またアパートに行ってみた。

やはり西條は留守だが、もうファミリーレストランには向かわなかった。そろそろ帰ってくる頃だろうと山を張り、待つことにする。張り込みではないので身を隠す必要はないから、近くの電信柱に堂々と寄りかかり、駅へと続く道を見やった。

理那の読みは当たった。それから二十分もしない頃に、長身の男が前方に現れた。理那は西條の写真を見たことがあるわけではないが、シルエットだけでピンと来るものがあった。刑事の勘、などと言う気はない。シルエット自体に、どこか他人とは違う気配が感じられたのだ。そのシルエットが近づいてきて、ますます確信が深まった。西條は刑事にしておくのはもったいない、いい男だと聞いている。目鼻立ちが見て取れるほどの距離になると、その評判は誇張ではなかったとわかった。

「失礼します。西條さんですね」

電信柱から身を離し、近づいてくる男の前に立ち塞がった。相手は足を止め、怪訝そうに眉を寄せる。そんな表情も、まるでテレビドラマに出てくる俳優のように様になっていた。こんな人が本庁の捜査一課にいたとは、驚きだった。浮いていたと聞くが、それも無理からぬことに思える。

「あなたは？」

相手は理那の質問には答えず、逆に訊き返してきた。理那はすかさず、用意してきた名刺を差し出す。

「警視庁野方署刑事課所属の高城巡査と申します。不躾《ぶしつけ》で申し訳ありません。今日は機動捜査隊の綿引警部補の紹介で参りました」

「綿引さんの？」

そう言って、ますます眉間の皺を深くする。あまり愉快そうではなかった。

「私は今、重大な懸念事項を抱えています。気づいている人は捜一の村越さんなど他にもいますが、皆さん多忙で、自由に動ける時間がないのです。そこで綿引さんは、西條さんの力を借りろと私に助言しました。ぜひともお力添えをいただきたく、こうして参った次第です」

無礼と思われないよう、堅苦しいまでに丁寧に用件を告げた。警察の階級社会は、たとえOB相手であっても解き放たれるわけではない。階級が上だった者に対しては、いくらへりくだっても度が過ぎるということはなかった。

「おれも忙しい」

だがそれに対して、西條の返事はにべもなかった。短い返答だけで充分とばかりに、理那をその場に残して歩き出す。理那は慌てて振り返り、食らいついた。

「待ってください。もちろん、お忙しいとは存じます。ですから、話を聞いて助言してくださるだけでいいんです。お知恵を拝借できないでしょうか」

西條は答えてくれなかった。理那の言葉が耳に入っていないかのように、足早にアパートのスティール階段に向かう。理那としては、その手を摑んで引き留めたかった。だがそんなことはできないので、そのままついていって階段を上ろうとした。

「おれはもう、警察の人間じゃない。おれの知恵を借りるなど、お門違いだ」

振り返ってこちらを見据えた目は、理那をその場に射竦《いすく》める力があった。理那は後を追うことができず、階段を上がっていく西條の背中をただ見送る。西條はもう、振り向かなかった。

自分が甘く考えていたことを、理那は悟った。綿引の紹介と言えば、簡単に協力してもらえると思っていた。だが西條の名を口にしたときの綿引の態度はいささか微妙だったし、そもそも西條が警察を辞めた事情も褒められたことではない。西條が警察に恨みを抱いていたとしても、決して不思議ではないのだ。

そんな複雑な状況なのに、理那は馬鹿正直に正面からぶつかってしまった。浅慮との誹《そし》りを免れないだろう。西條は想像以上に頑なな人物のようだ。他人をまったく寄せつけないかのようなあの狷介な態度をどうすれば崩せるのか、考える必要がありそうだった。

# 39

今原の勤め先は、水曜日がノー残業デーだそうだった。それを晃子から聞いていたので、西條は午後四時五十分から会社の前で待ち始めた。今原は遅くとも、五時半までには出てくるだろう。四十分程度の張り込みは、現役の頃を思い出せばさほどの長時間ではなかった。

実際には、五時十分過ぎに今原はビルのエントランスを出てきた。同僚と連れ立っているのは、これから飲みに行くからかもしれない。西條は歩道の中央に出ていき、今原の視野に入るようにした。今原はこちらに気づき、露骨にいやな顔をした。

「すまない、ちょっと先に行っててくれるか」

同僚にそう断り、自分はその場に立ち止まった。西條は近づいていき、頭を下げる。

「先日は失礼しました。少し、お話しする時間をいただけますか」

「強引ですね。会社にまで押しかけてくるとは。さすがは元警察官だ」

「こうでもしなければ、こちらの話を聞いていただけないだろうと思いました」

今原の嫌みを、西條は受け流した。この程度の皮肉で怯《ひる》むような神経は、警察官として働く間に失った。西條が目を逸らさないことに諦めたか、今原は大きく頷く。

「わかりました。ただし、三十分だけです。お話とやらを聞きましょうか」

「恐れ入ります」

静かに話ができる喫茶店が近くにあると言うので、そこに場を移した。向かい合って坐り、すぐに本題に入る。

「今原さんの示唆に従って、晃子さんの側にストーキングを行った人がいないかどうか検証してみました。結果、そのような人はいませんでした」

「まあ、そういう結論になるでしょうね。結論ありきなのでしょうから」

今原は西條の中立性を認めていないようだった。それもやむを得ない。だが、西條が真相の解明に専念していることはほどなくわかるはずだった。

「今原さんは、夫婦仲がうまくいっていないことを誰にも話していないとおっしゃいましたね。それは正確な事実ですか」

　すかさず、質問を繰り出す。今原は不愉快そうな表情を隠さなかった。

「結局こちらを疑うわけですか。あなたは晃子の味方のようだから、それも当然ですね。ただあいにく、的外れな疑いですよ。本当にストーカーを心配しているなら、警察に行けばいいんだ」

「もう一度伺います。夫婦仲がうまくいっていないことを誰にも話していないというのは、正確な事実ですか」

「しつこいですね。事実です」

「ご両親にも話してないんですか」

「は？」

　西條の確認は、今原の意表を衝いたようだ。わずかな時間だが、初めてぽかんとした顔を見せた。だがすぐに立ち直り、ますます表情を険しくする。

「当然、両親には話しました。話さずに済ませられることではありませんからね。ですから、誰にも話していないというのは正確な事実ではありませんでした。すみませんね。しかしあなたは、まさか私の両親を疑うんですか」

「晃子さんから聞きました。あなたはご両親にとって、大変自慢の息子さんだそうですね。

中高一貫のエリート校から一流大学に進学し、一流企業に就職した。会社の中でも、出世街道を歩んでいらっしゃる。そんな自慢の息子の結婚生活がうまくいっていないことに、ご両親は胸を痛めているんじゃないですか」

「大きなお世話ですね。あなたは私を不愉快にさせるために、そんなことを言ってるんですか」

今原の右の目尻が、ぴくぴくと痙攣《けいれん》し始めた。込み上げる怒りを、なんとか抑えているようだ。しかし西條は、相手がそんな反応を示すほどに冷静になっていく。淡々と、先を続けた。

「動機の話をしているのです。ご両親は、自慢の息子に恥をかかせた晃子さんに腹を立てている。これまで完璧な人生を歩んできたあなたにとって、結婚生活の破綻はほぼ初めての蹉《さ》跌《てつ》だ。夫婦の不和は一方だけの責任ではないとしても、その一端が晃子さんにあるのは間違いない。息子の完璧な人生に傷をつけた晃子さんに、ご両親の怒りが向かうのは避けられなかった」

「録音してもいいですか。あなたを名誉毀《き》損《そん》で訴えます」

そんなことを言って、今原はスーツの内ポケットに手を伸ばした。スマートフォンを取り出し、アプリを呼び出している。西條は冷徹に告げた。

「どうぞ。記録として残して、困るのはそちらですが」

「まだそんなことを言い張るのですか。よほど訴えられたいみたいですね」

「あなたのご両親に動機があることは認めますか。脅迫状は、ともかくあなたの許に戻れと促していました。晃子さんがあなたの許に戻ることで利益を得るのは誰か。それはあなたと、ご両親だ」

「可能性だけなら、なんとでも言える。裁判になるのを覚悟の上ならね」

「指紋採取の簡易キットは、今は簡単に手に入ります。ご存じですか」

「え？」

今原はまた眉を寄せたが、そこには不快感だけでなく、不安が交じっているのを西條は見て取った。頭が回る今原は、西條が何を示唆しているか瞬時に悟ったのだろう。ならば、話は早い。もったいぶる意味はなかった。

「脅迫状からは、いくつか指紋が採れました。幸いだったのは、あなたのお父さんの指紋がついている物が晃子さんの実家にあったことです。結婚式の際に、出席者のリストを双方の家で交換したそうですね。そのとき、今原さんの側のリストはあなたのお父さんから手渡しで受け取った。それを保存してあることを、晃子さんのご両親が思い出したんです。そのリストから採取できた指紋と、脅迫状についていた指紋が一致しました」

「まさか、そんな……」

もはや今原には、表情を取り繕う余裕はないようだった。目を大きく見開き、口もまた閉じられずにいる。なまじ頭がいいだけに、無駄な抵抗をする気も起きないようだ。自分の父親がストーカーであった事実を、今原は理解したのだ。

「おわかりいただけたようですね。動機があり、物証もある。警察の捜査なら、これで確定です。裁判所も逮捕状を発行するでしょう」

「父を……、警察に通報するのですか」

今原の言葉の語尾は震えていた。傲慢なまでに自信たっぷりだった態度は、もう消え失《う》せていた。今、西條の目の前にいるのは、信じていた地盤が崩れて途方に暮れているひとりの男だった。自分とストーカーは無関係という確信が間違いだった衝撃、己の親が犯罪行為を働いていたことへの困惑が、胸の裡で破壊的に暴れ回っているのだろう。今原という人間は好きになれないが、この状況には西條も同情を覚えた。

「晃子さんは、警察沙汰《ざた》を望んでいません。穏便に解決できるなら、それが一番と考えていらっしゃいます」

「――そうですか。それはありがたい。ああ、私はあなたにも感謝しなければなりませんね。あなたも、晃子の意を汲《く》んでくださるのですよね」

今原はつけ加える。こんな念押しを即座にできるのは、やはり頭がいい証拠だ。西條は素直に感心した。

「はい。私も警察に通報する気はありません」

「ありがとうございます」

今原は頭を下げた。そして、その頭を上げると毅然《きぜん》として言った。

「時間をください。私が父に問い質し、事態を収拾します。晃子に謝罪させ、その上で改めて話し合います。こちらのその意志を、晃子に伝えていただけますか」

「わかりました。伝えましょう」

「感謝、します」

苦しげに言葉を吐き出し、今原は伝票を摑んで立ち上がった。代金は払っておくからこれで失礼する、と言い残して店を出ていく。西條は事態が解決した手応えを得た。今原なら、うやむやにして済ませるような真似はしないだろう。

晃子にはすぐに、会見の内容を電話で伝えた。晃子は西條の骨折りに感謝する言葉を口にしたものの、そこに喜色はなかった。今原からの報告があるまでは、まだ喜んでいる場合ではないと思っているのだろう。西條も、完全に肩の荷を下ろしたつもりはなかった。

早くも次の日に、晃子経由で今原から連絡があった。晃子抜きで、まずは西條に成り行きを報告したいのだそうだ。乗りかかった船だから、西條も断らなかった。昨日と同じ喫茶店で、午後七時に待ち合わせる。

「あなたの調査は正しかった。無言電話をかけたのも、嫌がらせの手紙を送ったのも、私の父でした」

開口一番、挨拶も抜きで今原はそう言うと、深々と低頭した。痛恨の思いを、頭を下げることでかろうじて抑え込んでいるかのようだった。

「二度としない、と誓ってくれれば晃子さんはそれでいいそうです」

聞いた言葉を、そのまま伝えた。今原はようやく頭を上げる。

「約束させました。父は本来、犯罪傾向がある人でなければ、衝動的な人でもありません。その父があんなことをしたとは、実は未だに信じられないんです」

今原は弱音を吐くかのように、小さく首を振った。今原がこんな姿を他人に見せるのは、めったにないことなのではないだろうか。それだけ、深いダメージを受けていることが感じ取れた。

「親だから、ではないんでしょうかね。自分のことなら、きっと理性が先に立ったはずです。でも息子のこととなると、感情が抑えられなかった。そういうことではないんですか」

西條は晃子から聞いた、今原の父親の人となりを思い出していた。今原に似て頭が切れるタイプで、他人の知的レベルの高低を常に測っているかのような人だそうだ。初めて挨拶に行ったときは、採点されている気分で落ち着かなかったと晃子は言った。ただその一方、数値だけですべてを評価するわけでもなく、嫁の立場を慮《おもんぱか》る情を見せてもくれたそうだ。西條はそれを聞き、だからこそ裏切られたように感じて怒りが暴走したのではないかと考えたが、晃子には告げなかった。

「父の意外な一面を見た思いでした。自分のしたことと見抜かれ、父は驚き、反省していました。恥じ入ってもいました。我に返ったようですから、きちんと晃子に詫びることができるでしょう」

「それはよかったです。謝罪をしていただかないことには、何も解決しないですから」

傲慢な部分が影を潜めた今原は、西條の目には至極常識的な人物に見えた。だからこそなおさら、新たな疑問が湧き上がってくる。今原は『父の意外な一面を見た』と言った。しかしこの常識的な今原しか知らなければ、晃子から聞いた話もやはり『意外な一面』としか受け取れないだろう。こうして常識ある社会人として振る舞える今原がなぜ、他人を暴力で従わせようなどという愚かな真似をしたのか。

「今原さん、差し出口であることは承知の上で伺います。今のあなたは非常に理性的で、理知的な態度をとっておられる。そんなあなたが、晃子さんに対しては前近代的な男として接した。それはなぜですか。あなたのお父さんと同じように、一時的に理性を失ったということですか」

父の振る舞いがおかしいことはわかっても、己のことはわからないのか、という指摘を言外に滲《にじ》ませた。頭がいい今原ならば、すぐに西條の意図を理解するだろう。果たして今原は、考える時間も必要とせずに即答した。

「そうなのでしょう。おっしゃるとおりです」

晃子と一緒に面会した際からは考えられないほど、素直に認める。そして話の接ぎ穂のように、西條にも質問を向けてきた。

「西條さん、あなたは結婚していらっしゃいますか」

「以前に。離婚しました」

短く答えた。すると今原は、我が意を得たりとばかりに頷く。

「でしたら、おわかりいただけるでしょう。夫婦のことは他人にはわからないものです」

まあ、確かにそのとおりではある。しかしこれは、さらなる説明を拒む口実かとも受け取れた。それならそれで、西條としても立ち入る気はなかったが。

「あなたの指摘どおり、私はさほど困難にもぶち当たらずに、人生を簡単に生きてきました。学校での成績も、会社での評価も、努力で簡単に勝ち得てきました。自分の努力でどうにかなることは、私には簡単に思えたのです。努力は私を裏切らないですからね。しかし、努力だけではどうにもならないことが、世の中にはある」

　西條の予想は違った。今原は、心の裡を語る気になっていたのだ。ならば、聞かせてもらおう。相槌は挟まず、沈黙で先を促した。

「夫婦仲が、そうです。私は自分が理性的な人間だという自覚があった。理屈に合わないことは嫌いだった。それなのに、夫婦関係は理屈でも理性でもうまく保てなかった。良好な関係を維持したいと願っても、自分がどんどん愚かになっていく。失敗を反省し、次に生かすという手法が通じない。機微、というんでしょうかね。理屈を超えたものに、私は太刀打《たちう》ちできなかった。どうしても、こうこうこうだからこう修復できるはず、と頭で考えてしまう。どうにもならないのが壊れてしまった夫婦だとわかっているのに、なんとかしたいと思う愚かさが胸に居座っている。この、足掻《あが》き続ける愚かさが、あなたを巻き込んでご迷惑をかけてしまった。父にも愚かな真似をさせてしまった。これが、事実のすべてです。説明になっているでしょうか」

　今原はそう言い括ると、すとんと両肩を落とした。まるで、思いを吐き出すことで体の芯を失ったかのようだ。西條には、それは馴染みの感覚だった。己の愚かさと向き合う消耗。届かない手。西條の心の底に今も存在する思いを、今原が言語化してくれたかに感じられた。

「わかります」

ただひと言だけ、そう答えた。続ける言葉は互いになかったが、言いたいことが届かないもどかしさは双方ともに抱いていないと確信できた。

# 40

一度断られたくらいで、すごすご引き下がる気は毛頭なかった。いやがられようとも日参するのが刑事の基本であるし、相手もそんなことはわかっているはずだ。わかっている人に対して、遠慮する必要はない。仕事後の遅くなった時刻でも、理那は堂々と西條の家を訪問した。

殺人事件が解決したといっても、所轄には様々な小さい事件が舞い込んでくる。それらに対応していれば、定時に帰ることなどできない。初めて西條の家を訪れた日の翌日も、その次の日も、午後八時過ぎの訪問となった。西條はドアも開けてくれず、「忙しい」の一点張りだった。

在宅しているのだから、忙しいというのは単なる口実だろう。理那はそう高を括っていた。そうではなかったと知ったのは、訪問四日目のことである。呼び鈴を押した理那に対して、西條は忙しいとは言わなかった。「少し待っててくれ」と言い残し、部屋の奥へと向かう気配がドア越しに感じられる。今日もまた話も聞いてもらえないと覚悟していただけに、どうしても動かなかった壁が不意に動いた心地だった。

「すまない、待たせた」

出てきた西條は、そう言ってドアに鍵をかけた。出かけるつもりのようだ。どこに行くのかと、理那は相手の態度の急変に戸惑う。ついていっていいものかどうかすら、判断がつかなかった。

「あのう、どちらへ？」

西條はアパートの外階段を降りていってしまう。慌てて追いつき、背後から声をかけた。

「部屋の中でふたりきりで話をするわけにはいかないだろう。近くにファミリーレストランがあるから、そこに行く」

「あ、ああ……」

少し間が抜けた相槌を打ってしまった。こちらが女だから、個室でふたりきりにならないように気を使ってくれたというわけか。そんな扱いをされるとは思わなかったので、大いに戸惑う。ぞんざいにあしらわれることしか想定していなかった。

「ええと、話を聞いていただけるのですか」

「おれに話を聞いて欲しくて日参してたんじゃないのか」

逆に問い返されてしまった。確かにそうなのだが、今日になっていきなりの態度の変化が不思議でならない。

「お忙しい、ということでしたが、一段落したんですか」

「そうだ」

西條は短く認める。つまり、断る口実ではなく本当に何かを抱えていたようだ。信じなくて申し訳なかったと、密かに反省した。

「もう、そちらの方はいいんですか」

「完全に片づいたわけではないが、おれがあれこれ考える必要はなくなった」

西條は振り返りはしないものの、訊けばきちんと答えてくれる。取りつくしまもない狷介な人だと思っていたが、それは誤解だったのかもしれない。

並んで歩く勇気はさすがになかったので、一歩後ろに下がって西條についていく形になった。自分が西條の視界に入っていないのをいいことに、後ろ姿をまじまじと観察する。西條は背が高いがそれほど背中が広いわけではなく、痩せ型だった。ただ、服の下にはしなやかな筋肉が隠れていそうな、引き締まった体軀《たいく》をしている。理那はいかにも柔道向きの、がっしりした体格をしているというのに、男の西條がなぜこんなすらりとしたスタイルなのか。

不公平だ、と思った。

歩く男性を後ろから追いかける場合、歩幅が違うのでどうしても急がなければならない。それなのに西條を追うのは、普通のペースで充分だった。ゆっくり歩いてくれているのか、それともふだんから歩くのが遅いのか。多少は配慮ができる人のようだが、しょせんは元刑事である。こちらを気遣って、歩くスピードを落としているとは思えない。たまたまだろうと考えた。

ファミリーレストランまでは、歩いて五分ほどだった。入り口で案内を乞う際に、若いウエイトレスがこちらの顔を交互に見た気がした。そんなにも妙な組み合わせに見えるのだろうか。おそらく、こんないい男なのに不細工な女を連れていると思ったのだろう。当の西條は、ウエイトレスの視線の動きなどまるで気にかけていなかった。

席に案内され、ドリンクバーを注文した。西條の分も取ってくると言ったが、「そんな気は使わなくていい」と断られた。西條は自分のコーヒーを淹《い》れて、さっさと腰を下ろす。理那も急いで正面に坐った。

改めて、名刺を差し出して挨拶をした。西條はそれを一瞥しただけで、テーブルの隅に置いた。特にこちらの身許を疑ったりはしていないようだ。人目があるので、警察バッジまでは出さなかった。

　正面から見た西條は、なるほど元警察官とは思えなかった。現役の俳優だと言われても納得できる、並みの人にはない特別感がある。単に顔が整っているだけではなく、こちらの記憶の奥底に食い入ってくるような強い印象を残すのだ。それは眼光のせいか、あるいは気配に漂う翳《かげ》のなせる業か。どちらも正解なのかもしれない。

　じっくり観察してしまいそうになり、自分から目を逸らした。理那は視線を逸らすのが嫌いだった。そんなことをすれば、相手に舐められると考えているからだ。しかし今は、西條の顔を見つめ続けるのが怖かった。こちらの心に巣くう劣等感まで、すべて見透かされそうだった。

「何度も押しかけて、申し訳ありませんでした。ご不快に思われていることは、重々承知しています。ですが、それほど切羽詰まっているということです。溺《おぼ》れる者が摑む藁《わら》とは言いません。西條さんは我々にとって、藁どころか丸太のようにも感じられます」

　事前に用意してあった言葉は違ったのに、口が勝手に滑稽なことを言ってしまった。案の定、西條は「丸太」と皮肉そうに繰り返す。焦って、つい言葉を重ねてしまった。

「それだけ頼りにしているという意味です。ぜひ、お力添えください」

「頼りにって、君、自分の言っていることのおかしさに気づいているのか。おれはOBはOBでも、スキャンダルで辞めさせられた人間だぞ。そんな人間を、警視庁が頼るわけないだろう」

「すみません、我々と言ったのは間違いでした。私が頼りにしているのです。西條さんの評判は、以前から聞いていました」

「スタンドプレイばかりの、協調性がない奴、という評判か。それは当たってるぞ。どうしてそんな人間を頼ろうとする？」

西條の物言いは偽悪的だった。警察を追われたことは、西條の心の傷になっているのかもしれない。本来は、こんなふうに自分を卑下する人ではないのではないか。もっと自信に溢れていた頃の西條と会ってみたかった、と密かに思った。

「数々の実績があるからです。西條さんが警察を辞めた経緯を、私は詳しく知りません。正直に言って興味がありますが、今は関係ないことだと思っています。西條さんが問題を起こして辞めたのであっても、過去の実績に変わりはありません。私は西條さんの捜査を、近くで見てみたかったのです」

気持ちが上擦っているのか、次々に正直な思いが口から飛び出してしまう。そうなのだ、私は西條の捜査ぶりを見たかったのだ。真偽の定かでない伝説などではなく、この目で見てみたかったのだ。

「ずいぶん買い被られたものだな」

ふと、西條は苦笑を浮かべた。先ほどまでの無表情とは一転し、口許に皺が寄るその様は、異性の目には魅力的に映る。これなら愛人ができるのもよくわかると、理那は変な感心の仕方をした。

「素人じゃないんだからわかると思うが、事件はたったひとりの活躍で解決できるようなものじゃない。どんな評判を聞いたのか知らないが、話が大袈裟になっているだけだ」

西條は言うが、理那には謙遜だとしか思えない。だから、もしかしたら触れてはいけないかもしれないと考えつつも、反問してしまった。

「そうでしょうか。《指蒐集家》事件を解決したのも、実は西條さんだという話があります。それはガセネタなんですか」

理那の問いに、西條は答えようとしなかった。まるで聞こえていないかのような素振りで、コーヒーカップを口に運ぶ。その件は触れるな、という意味に解釈した。警察を追われるきっかけになった《指蒐集家》事件は、やはり西條の心の傷になっているようだった。

「すみません、本題に入ります。西條さんは、サツカン連続殺人が起きていたことはご存じですよね」

あえて隠語を使った。声は潜めているが、何かの拍子で周囲の耳に入ることを警戒したのだ。西條は即答せず、こちらをじっと見る。心底を見透かすような目つきに、恐れを感じた。

「知っているが、解決したんじゃないのか」

数秒後に、西條はようやく答えた。理那は無意識に、身を乗り出す。

「一応は。ただ、私は疑問を抱いています」

「疑問。その疑問は、綿引さんも感じたということか」

「村越さんもです」

すかさずつけ加えた。理那は一介の所轄刑事に過ぎない。解決済みの事件に難癖をつけたところで、僭越《せんえつ》と思われるだけだろう。だが西條の旧知の人物も同じ考えであると知れば、真剣に耳を傾けてくれるかもしれないと期待したのだ。それなのに西條は、目立った反応を示さない。

「まさか、逮捕された人物がホンボシではないと考えているのか」

西條は淡々と問うてくる。理那は小さく、しかしはっきりと頷いた。

「その可能性があると考えています」

当然、根拠を訊かれるものと思っていた。だが、西條は質問を重ねなかった。しばらくの沈黙の後に発された言葉は、理那にとって思いがけないものだった。

「今の話は聞かなかったことにしよう。話はここまでだ」

「ちょっと待ってください！」

今にも西條が立ち上がりそうなので、慌てて引き留めた。なぜ、ここまで話したのにこの先を聞いてくれないのか。突然の変心が不可解だった。

「本庁捜一の捜査結果に、私のような所轄刑事が疑問を覚えているのが気に入らないのですか。でも、見過ごせない疑問に気づいていながら放置するのが、サツカンとして正しい態度でしょうか。私はそうは思えないから、西條さんのお力を借りようと考えたのです。それでも私を生意気と思い、お怒りになるんですか」

そういう理由で話を聞いてくれないなら、なんと安っぽい男かと失望した。警察を辞めても、やはり所轄を一段下に見る本庁捜査一課の刑事なのだ。どうにも腹が立つが、それでも追いすがって力を借りようとする自分もまた情けなかった。こんな男はさっさと帰らせて、自分だけで捜査できたらどんなにいいか。悔しくて、奥歯を食いしばった。

「誤解だ。おれは警察を辞めた人間だから、気に入らないも何もない。君のことを生意気とも思わない。勝手に解釈して、腹を立てないでくれ」

西條はそう答える。だが、まだ納得はできなかった。

「ならばなぜ、話を聞いてくださらないのですか」

「逆に訊く。君は話す覚悟が固まっているのか」

「もちろんです」

いまさら、何を言うのか。覚悟がなければ、こうして訪ねてくるわけがないではないか。そんなこともわからないのかと、苛立った。

「捜査結果に疑問を抱き、そのことについておれに相談するということは、君が知り得た事実を外部の人間に漏らすということだ。その意味はわかっているんだな」

改めて問われ、そこまでは考えていなかったことを認めざるを得なかった。しかし、覚悟と言うなら今この瞬間、覚悟が固まった。理那はほとんど睨みつけるように、西條を見返した。

「わかっています」

それを聞いて西條は、少し意外そうに眉を動かした。改めて、背筋を伸ばして理那に向き合う。

「どうやら本気のようだな。だったらなおさら、おれは話を聞かない方がいい」

「どうしてですか！　私の本気の、何がいけないんですか」

理不尽な物言いだと思った。こちらの本気がわかるなら、西條はそれを正面から受け止めるべきではないのか。いきり立つ理那に対し、西條は諄々《じゅんじゅん》と諭すような口振りになった。

「君は本当に、捜査情報をおれに漏らすだろう。だが、そんなことをすれば始末書程度では済まないかもしれないぞ。下手をすれば、左遷だ。それほどの危険を君が冒しても、見合った成果はまず得られない。おれに相談したところで、何かが明らかになるとは思えないからな。やはり、君に馬鹿な真似をさせるわけにはいかない」

思いがけない言葉だった。まさか、西條がこちらを案じるようなことを言うとは。確かに理那がやろうとしていることは、左遷されても文句が言えないことだ。しかし、それだけの価値があると信じている。事件が解決できるなら、自分の処遇など何ほどのことはなかった。

「左遷を怖がるくらいなら、西條さんに会いには来ませんでした。私のことなどどうでもいいのです。ともかく、事件を解決したいんです。無実の人を冤罪に陥れたくないんです」

背凭れに寄りかかっている西條との距離を詰めるために、身を乗り出した。村越が言うように、西條が刑事馬鹿であったのなら、理那のこの思いは理解できるはずだ。事件解決を願う気持ちは、必ず通じると信じた。

それなのに、西條の反応はつれなかった。

「いや、駄目だ。君は警察に必要な人間だと、おれにはわかった。今後はもう、おれに近づくような馬鹿な真似はやめるんだ。君のためにならない」

その返事を聞き、呆然と西條の顔を眺めた。ここまで言っても断られるとは思わなかった。おれに近づくな、と西條は言う。《指蒐集家》事件では、西條のせいで犠牲者が出た。そのことを今も悔やみ、己を責めているのか。だから、人を遠ざけようとしているのだろうか。

憐れでもあり、同時に、その後ろ向きの生き方に腹が立った。西條の痛みは共有できない。理那はあくまで、無責任な第三者だ。しかし、そんな立場だからこそ言えることがある。西條はいつまでも後ろ向きでいていい人間ではないはずだと、謂《い》われのない確信があった。

「私は、人にはそれぞれ天命があると思っています。その人にしかできないことが、必ずあるはずなんです。自分にしかできないことがあるなら、私は逃げずに取り組みます。私の手に余ることであっても、それが天命なら逃げ出しません。西條さんはどうなんですか？」

この問いかけには、西條も面食らったようだった。眉を吊り上げ、驚きを示す。今初めて理那に対して興味を覚えたように、顔を近づけてきた。

「どう、とは？」

「西條さんにしかできないことが、間違いなくあります。しかもそれには、人の命がかかっています。西條さんが天命から逃げているうちに、冤罪で無実の人が裁かれるかもしれないんですよ。なのに西條さんは、自分にできることをやらないんですか。いつまでも過去に囚われて、無為に生きるんですか」

言い過ぎたと、ひやりとした。頭に血が上った勢いで、言わなくてもいいことまで言ってしまった。西條でなくても、腹が立つだろう。西條の現状を知らないのに、無為に生きていると決めつけてしまったのだから。

西條はしばらく、反応を示さなかった。あまりに腹が立ち、言葉が出てこないのかもしれない。しかし表面上は、何も変化がなかった。理那は不安なまま、西條が口を開くのを待った。

「――天命か」

何分後のことだろう。西條はようやく言葉を発した。その口許に刻まれているのは、苦笑か。表情が動いたのは確かだが、微妙すぎて読み取れなかった。

「天命があると信じなければ、生きていくのは辛いな。おれにそんな天命があるのかどうかはわからないが、ある種の宿命を背負っている自覚はある。おれの宿命は」

西條は口を閉じた。当然、続く言葉があるものと思っていたが、何も言おうとしない。西條は何を自分の宿命と考えているのか。どうしても知りたいという欲求が胸の底から込み上げてくるのを、理那は強く感じた。

「……時間をくれ。そう長くは待たせない。おれに考える時間をくれないか」

西條は結局、己の宿命を語らなかった。理那は失望を覚えつつ、「はい」と答えるしかなかった。

## 41

招かれて古本屋に行くのは初めてだった。ついに今原が、離婚に向けての話し合いに応じることにしたそうだ。そのことを直接報告したいから会えないだろうかと、晃子が申し出てきた。先日はいなかった母親も礼を言いたがっているとのことで、ぜひ来宅して欲しいと頼まれる。店舗の奥の、あのこぢんまりとした居間は居心地がよかった。西條には断る理由がなかった。

店舗のシャッターは半分閉まっていて、本日休業の張り紙が出ている。身を屈めて開いている隙間から中を覗き、「こんにちは」と声をかけた。すぐに、パタパタというサンダルの音が近づいてきて、シャッターが開いた。晃子はぱっと顔を明るくさせると、「今日はわざわざありがとうございます」と丁寧にお辞儀をした。

「いえ、どうせ週末は体が空いてます。それより、よかったですね」

離婚だけでなく、いろいろなことが解決に向かい始めていることを指して、「よかった」と言った。晃子は意味を理解したらしく、微笑んで「はい」と頷く。表情を覆っていた暗い翳が払拭《ふっしょく》されると、やはり晃子は美人だった。晃子目当てで古本屋に通う男が増えそうだと、密かに予想した。

遅れて店主も、レジ前に姿を見せた。西條を見て、深々と頭を下げる。そんなことをするより、いつものように無愛想に店番をしていてくれた方が嬉しいのだが、と西條は思った。この一件が片づいたら、また以前のように次に読む本を薦めて欲しかった。

「このたびは本当に世話になりました。ありがとうございます」

口調まで変わっている。さすがにこれには、ひと言言いたくなった。

「やめてくださいよ。もっとぶっきらぼうにしていてもらわないと、店に来にくくなります」

「いや、礼はきちんと言わないと」

「では、これで充分です。もう元に戻してください」

「そうか。じゃあ」

と言いつつも、店主はどんな態度をとればいいのか決めかねているようだった。晃子が「さあ、どうぞ」と上がるよう促してくれたので、少しホッとしたようにも見えた。

居間には、小太りの女性が立っていた。晃子の母親のようだ。九十度に身を折り、「このたびは娘のことで本当にお世話に――」と挨拶をし始めたため、西條も立ったまま黙ってそれを聞いた。なかなか終わらないので晃子が痺れを切らし、「お母さん、西條さんに坐っていただかないと」と口添えしてくれたお蔭で、ようやく腰を下ろすことができた。警察官時代は、事件を解決しても礼を言われた経験などほとんどなかった。こうして感謝されることには違和感を覚えつつも、喜んでもらえるのは素直に嬉しかった。

「昨日、今原さんと会ったんです」

斜め前に坐った晃子が、切り出した。「今原さん」という呼び方に、内心の吹っ切れ具合が見て取れる。晃子にとって今原は、さんづけで呼ぶ存在になったのだ。晃子の側に立っていた西條としてはそれを喜ぶべきところだが、今原の吐露を思い返さずにはいられなかった。

「お義父《とう》さんのことを謝ってもらいました。あの人に頭を下げられたのは、初めてのことです。今原さんは憔悴《しょうすい》していて、プライドの高さは影を潜めていました。久しぶりに、あの人の前で息がつけた気がしました」

「それは、よかったですね」

今原が最初からそういう態度でいれば、という仮定はしなかった。どんな仮定をしたところで、破綻が避けられない場合もある。西條と元妻の関係がそうだった。仮定は空しいだけだ。

「次に会うときは、お義父さんが直接謝罪をしてくださるそうです。こちらは父にも立ち会ってもらいます。怖い思いはしましたが、結果的にそのお蔭で今原さんが離婚交渉に応じてくれることになりました」

「それもこれも、あんたが犯人を見抜いてくれたからだ」

店主が言葉を挟む。晃子は眉を寄せて、「お父さん、あんたなんて呼び方して」と窘《たしな》めたが、「いいんですよ」と執りなした。口調を元に戻してくれと頼んだのは、こちらだ。あんたと呼ばれるのは嬉しかった。

「さすがは元警視庁の刑事だ。あんたが店に来てくれるようになっていて、本当によかった。なんと礼を言ったらいいのか、わからない」

「これからも面白い本を教えてくれれば、それで充分ですよ」

もともと、店に通いにくくなるのがいやで引き受けた話である。本を薦めてくれれば充分、というのは本心だった。

「そんなことはお安いご用だが……。あんたのような優秀な人が警察を辞めてしまうとは、日本社会にとってけ損失だな。あんたがいてくれなければ、娘はずっと今原親子に悩まされ続けていたところだった」

店主の言葉には、安堵感が滲んでいた。本当にそのとおりだ、とばかりに晃子も頷いている。西條は小さく頭を下げた。

今日は夕食を振る舞ってもらうことになっていた。ひととおりの報告を終えると、晃子は母親を手伝うために台所に向かった。店主とふたりになれば、話題は本のことである。読み終えた本の感想から始まり、そこから連想されるタイトルを店主が挙げる。未知のタイトルが次々飛び出すことに、西條は心を躍らせた。

食事は気取らない家庭料理で、まさに西條が食べたいと望むものだった。外食ばかりの生活なので、こうした料理に一番飢えていた。味が染みた煮物や鯖《さば》の味噌煮《みそに》、手製のドレッシングがかかったサラダ、煮干しから出汁《だし》を取ったらしき味噌汁など、すべてが金を出しても食べられないものばかりである。ひとつひとつ味わい、感謝とともに食べ終えた。心が満たされるひとときだった。

また来てくれ、という店主の言葉に送り出されて、辞去した。それをありがたく思いつつも、西條の胸には店主の別の発言が残っていた。あんたがいてくれなければ、と店主は言った。客観的に見て、確かにそうだ。西條が常連客になっていなければ、事態はまだ解決していなかっただろう。西條にしかできないことが、ここにはあったのだった。

西條の家をしつこく訪ねてきた高城という女刑事は、天命と言った。自分にしかできないことが天命である、と。つまり、晃子たち親子の窮地を救うのが、西條の天命だったことになる。では、西條は天命を成し遂げたのか。これで西條の天命は終わりなのか。

感謝されたことが嬉しかった。決してそれが目的ではなかったが、感謝される喜びを西條は知った。自分にできること。自分にしかできないこと。おれにはまだ、やるべきことが残っているのだろうか。

理那からもらった名刺は、財布の中に入っていた。立ち止まって、それを取り出す。書いてある携帯電話の番号を、スマートフォンに打ち込んだ。

「西條だ」

繋がった回線の向こうに、自分の名を告げた。

## 42

西條が手を貸してくれるかどうかは、五分五分だと理那は予想していた。噂で聞くほど偏屈とは思わなかったが、それでもやはり、人を寄せつけない頑なな部分がある。ああいう男を言葉で動かすことは、不可能なのではないか。西條が負っている心の傷は、事情を知らない第三者が癒せるものではないと感じた。

だから西條から電話がかかってきても、そのことだけで喜びはしなかった。単に、律儀に断りの電話を入れてきただけかもしれないと考えたからだ。女性スキャンダルで警察を追われた男、という色眼鏡を外して見れば、西條はむしろ堅物とも言える真面目な性格だと思える。断るにしても、向こうからきちんと電話をしてくるだろう。西條が用件を切り出すまで、理那は息を殺すようにして待った。

「例の件、話を聞こう」

果たして、西條はそう言った。驚きと喜びが、理那の心の奥底から込み上げる。感情の質量があまりに大きすぎて、すぐには言葉にならなかった。

「き、き、聞いてくださるのですね。ありがとうございます！　嬉しいです」

「期待はしないでくれ。ひとまず、話を聞いてみるだけだ」

対照的に西條の声は、あくまで冷静だった。それでも理那は、興奮を抑えきれなかった。

「充分です。では、いつならよろしいですか」

「今晩でも」

西條がそう言うので、今夜の十時に先日のファミリーレストランで落ち合うことにした。通話を切ると、まるでデートの約束をしたかのように鼓動が速くなっていた。いや、デートなどよりずっと自分は喜んでいる。期待に胸が躍る、という状態にあることを、はっきりと自覚した。

幸い、目先の仕事は事務処理ばかりだった。がんばれば、夜九時までには終わらせられる。

なんとか片づけ、署を飛び出した。約束の時刻に遅れたとしても、元警察官の西條は理解してくれるだろうが、待たせるような真似はしたくなかった。むしろ理那が、西條との対面を一分たりとも遅らせたくなかった。

西條は窓際の席で、外に顔を向けていた。理那の位置から見える横顔は、ギリシャ彫刻のように硬質に整っている。近寄りがたさを感じさせる顔。だがそれは、孤独を思わせる顔でもあった。男にしては整いすぎているから孤独に見えるのか、それとも顔立ちとは関係なく西條自身の気配なのか。しばらく眺めていたい誘惑を覚えたが、それを振り切って近づいていった。

「お待たせしました」

西條はこちらに顔を向け、小さく首を振る。

「いや、待ってない。おれも来たばかりだ」

「それならよかったです」

テーブルを挟んで正面に坐り、ウェイトレスにドリンクバーを頼んだ。急いでコーヒーを取ってきて、再度向き合う。西條は無表情で、なぜ急に話を聞いてくれる気になったのか、内心を読み取ることはできなかった。

「おれが何も知らないと見做して、一からすべて説明してくれ」

前置きもなく、西條はすぐさま本題に入るよう促した。それもまた西條らしいと感じ、心境の変化については尋ねないことにする。理那は杉本宏治の事故死から始めて、千葉義孝の自殺に至るまで、丁寧に状況を説明した。西條は何度か頷くだけで、ほとんど声を発さずに聞いていた。手許の手帳にメモを取るのは、警察官時代の習性か。単に聞くだけでなく、本気で事件に取り組んでくれるつもりなのだと見て取った。

「千葉巡査部長の自殺に、不審な点はありません。通常であれば、誰も疑義を挟んでいないはずです。しかし千葉巡査部長は、杉本、小川両巡査部長と同時期に東府中署に所属していたのです。これを偶然と考えていいのでしょうか。どう説明をつければいいのか、私はわからずにいるのです」

理那は最後にそう言って、説明を終えた。西條はそれを受けて大きく頷き、口を開く。

「千葉巡査部長の死が、自殺ではないと仮定する」

いきなりそんなことを言った。まずは質問だろうと思っていたので、面食らう。まさか、もう何かしらの仮説を立てたのだろうか。信じられなかった。

「はい」

かろうじて、短く応じた。西條は理那の反応などかまわず、続ける。

「自殺でないなら、他殺だ。他殺ならば当然、小川巡査部長を殺した者と同一犯と考えるべきだろう。他殺を自殺に見せかけられるなら、事故死に見せかけることも不可能ではない。そうなると、杉本巡査部長の死も他殺である蓋然性《がいぜんせい》が高くなる」

「そうですね」

「杉本、小川、梅田の三名は、同時に東府中署に在籍していた。同じく、杉本、小川、千葉も一緒に働いていた期間がある。しかし、梅田と千葉が同僚だったことはない。千葉の異動後に、梅田が赴任してきたからだ。だからこそ、千葉の死だけは無関係のように見える」

「そういうことになりますね」

大柴悟が殺害動機を持つのは、杉本、小川、梅田の三人に対してだけだ。大柴と千葉の間に、利害関係はない。そのため、千葉の自殺は単なる偶然と片づけられたのだろう。問題は、それが受け入れがたい偶然である、という点だった。

「ここに、ふたつの集合ができたわけだ。ひとつは、杉本、小川、梅田の集合。そしてもうひとつは、杉本、小川、千葉の集合。前者に殺害動機を持つ人物として、大柴が浮かび上がった。しかし千葉も殺されたのであれば、その動機は後者の集合に向けられていることになる。つまり、別の動機が存在すると考えられる」

「別の動機。別の犯人ということですよね」

西條が淡々と整理するので、理那は思わず確認してしまった。別の犯人が存在することを、西條はもう受け入れたのか。

「論理的に考えれば、そうなる」

「千葉巡査部長に対してだけの動機、という可能性はありませんか」

「当然、その可能性はある。しかし、それこそ偶然だ。偶然を認めないところから、君の疑いは始まっているんじゃないのか」

そのとおりだった。千葉殺しだけが別件であるなら、何も悩むことはないのである。理那が知りたいのは、連続殺人と千葉の死の関わりだった。一連の事件の中に、千葉の死が入り込む余地はない。それなのになぜ、千葉は死んだのか。

「ある人物には、千葉を殺したい動機があった。それは杉本、小川に対する動機でもある。ならば、逮捕された大柴悟はホンボシではない。千葉は、大柴が逮捕された後に殺されたからだ」

「そうなると、梅田巡査部長殺しがはみ出すではないですか。ある人物は、どうして梅田巡査部長にまで恨みを抱いているんですか」

「恨みを抱いているとは限らない」

西條は奇妙なことを言った。理那は理解が追いつかない。

「どういうことですか」

「梅田が殺されたからこそ、動機を持つ者として大柴悟が浮かび上がった。その結果、捜査は終わり、ある人物は逮捕されずに済んでいる。ある人物にとって、梅田を殺すメリットは充分にある」

「自分を捜査の圏外に置くために、恨みもない梅田巡査部長を殺したということですか！」

論理を積み重ねていけば当然そういう結論になるのに、まさかそんなことまでするとはという思い込みが目を曇らせていた。捜査ミスを認めることへの抵抗感もある。それなのに西條は、あっさりと受け入れがたい結論に辿り着いた。すでに警察を辞めたから、ミスを他人事と考えているのか。それとも現役刑事であっても、論理が示すならばどんな結論でも恐れないのだろうか。

「千葉の死を他殺と仮定するなら、そういう結論になる。つまり君がやるべきは、杉本、小川、千葉の三名に動機を持つ者を捜すことだ」

西條の物言いは、一貫して理知的だった。理那の説明を聞いて瞬時にこの結論を導き出したとは、どれほど頭の回転が速いのだろう。切れ者だったとは噂で聞いていたが、そんな言葉だけではまるで足りない。警察が西條を失ったのは、とんでもない痛手だったと知った。

「わかりました。ただ……」

どうしても引っかかる部分が残っているので、その点を口にしようとしたが、西條の推理にケチをつけていると受け止められるかもしれないと考え、躊躇した。まだ西條の性格を把握していないので、手探りで接している感がある。

「なんだ。疑問はなんでも言ってくれ」

促され、疑問は残すべきではないと考えを改めた。思い切って、西條にぶつけてみる。

「千葉巡査部長の自殺を処理した綿引警部補は、遺体発見現場に特に気になるところはなかったとおっしゃっていました。機動捜査隊員としてベテランの綿引警部補の目を欺くには、よほど殺しに精通していなければならないはずです。しかし、そんなことが可能なのでしょうか。ホシがプロの殺し屋でもなければ、他殺を自殺に見せかけることなど無理ではないですか」

西條はすぐには答えず、黙り込んだ。だがその沈黙は、怒気を伴っていなかった。気を悪くしたわけではないようだ。それに安堵し、西條の言葉をおとなしく待った。

「まず、単純に技術的な話をする。狙う相手の背後から首に腕を回し、締め上げれば、ほんの数秒で意識を失わせることができる。いわゆる、落とすという行為だ。この場合、腕全体で頸部《けいぶ》を圧迫するから、痕は残らない。意識を失った相手の首にすかさずロープを回し、橋の欄干から落とせば、そのまま自殺死体ができあがる。遺書も、直筆が署名だけなら真似できないこともないだろう」

「だとしても、そんな鮮やかな殺しができるのはプロだけではないですか。ホシはプロの殺し屋なんですか」

空き巣狙いや放火など、日常に存在する犯罪のみを追ってきた所轄刑事にとって、プロの殺し屋はフィクションの中にしかいない存在に思えた。そんな荒唐無稽な人物が、真犯人なのだろうか。

「おれは、人を殺したことがない。だから、単に推測することしかできないが」

律儀に、西條はそんな前置きをした。やはり、堅物と見た理那の観察は間違っていなかったと、心の中で密かに思う。

「人を殺す際に落ち着いていられるかどうかは、経験の多寡ではなく覚悟次第なのだと思う。強固な意志、どうしてもその人物を殺さずにはいられないという一念が、殺しを成功させるのではないかな。だからホシが強い覚悟を固めて殺しに臨んだなら、冷静でいられたはずだ。冷静な殺人犯であれば、他殺を自殺に見せかけるような離れ業も可能かもしれない」

「強い、覚悟」

理那は半ば呆然としながら、西條の言葉を繰り返した。理那が衝撃を受けたのは、それが一連の事件の核心を衝くキーワードだと本能的に察せられたからだ。犯人は、強い覚悟を固めている。西條の指摘は正しいと、理那は直感した。だからこそ、思考が停止するほどの衝撃を受け、同時に恐れも抱いたのだった。

この犯人に行き着くには、犯人を上回る覚悟が必要になる。それはいみじくも、西條を説得した際に問われたことでもあった。覚悟は、ある。ならば、恐れなど抱く必要はない。一瞬怯んだ己を、理那は叱咤した。強い覚悟があれば、必ず真相に辿り着けるはずと信じた。

# 43

杉本と小川、千葉の三人には、個人的付き合いがあったのだろうか。理那は改めて考える。杉本と小川の間には、特に私的な付き合いはなかったと梅田は言っていた。だが杉本と千葉、小川と千葉といった形であれば、付き合いがあったかもしれない。三人に対しての殺害動機が、仕事上で生じたと断定するのはまだ早かった。

個人的付き合いがあったかどうかは、遺族に確認するしかない。理那はまず、千葉の家を訪ねるところから着手した。千葉に生前世話になったと言えば、未亡人は焼香を断らないだろう。そのついでに杉本や小川の名を出すことは、さほど難しくもないことだった。

理那の読みは当たった。未亡人は特に身分証明書の提示を求めたりせず、あっさりと家に上げてくれた。少し疚しさを覚えつつ焼香をしてから、話を向けてみる。だが、未亡人は杉本、小川、両名の名を知らなかった。親しい警察官仲間はいたが、その中に杉本や小川という人はいなかったとはっきり言い切った。

そうなれば、殺害動機は仕事絡みで発生したと見做せる。対象が絞れたのはいいが、しかし理那にとってはむしろ難問だった。目の前に警察組織の壁が立ち塞がることになるからだ。警察の人間が理那のような若い女をまともに扱わないことは、これまでの経験から痛いほどわかっていた。果たして自分ひとりで、どこまで切り込んでいけるのか。つい弱気になったが、やらなければならないのだと己を鼓舞する。覚悟こそが、理那を助けてくれる唯一の武器なのだった。

三人に共通する殺害動機が生じたなら、なんらかの遺恨が残る事件や事故があったはずである。それを理那が簡単に検索できれば話は早いのだが、理由もなく過去の捜査記録を閲覧することはできなかった。もちろん、立派な理由はある。しかし本庁捜査一課の捜査結果に疑問があるため、と馬鹿正直に申告するわけにはいかない。捜査記録閲覧は諦めなければならなかった。

ならば、当時を知る人に当たるしかない。かつての同僚でもいいが、課内の出来事を把握しているのは課長だろう。まずは課長に会って話を聞いてみるべきだと、理那は判断した。杉本、小川、梅田が在籍していたときの東府中署交通課課長の名であれば、すぐにわかる。さすがに終わったばかりの事件の捜査記録ならば、捜査本部にいた理那は見ることができるからだ。確か、当時の課長にも誰かが話を聞きに行っていたはずである。署に戻って調べてみたら、あっさりと名前が判明した。

当時の交通課課長は、磯辺《いそべ》といった。すでに退官し、今は知人の会社で相談役の仕事を得ているという。肩書は立派だが、実際はお情けでパートタイマー以下の給料をもらっているだけだそうだ。事前に電話で連絡をしたら、まだ捜査の確認作業が残っていると勝手に勘違いしたらしく、簡単に応じてくれた。

向こうが指定した喫茶店で対面した。磯辺は頭髪がほとんど白くなった、好々爺《こうこうや》といった風貌の人だった。見た目だけでは、元警察官とはとても思えない。いかにも女を見下しそうな厳《いか》つい男でなかったことに、理那は密かに胸を撫で下ろした。

「お時間を作っていただき、ありがとうございます」

向かい合ってから、頭を下げた。磯辺は「はっはっは」と軽く笑う。

「女性は丁寧だな。捜査上必要なことなら、こちらは協力するに決まっているだろう」

やはり、理那は捜査本部の仕事で来たと思われている。ここは、向こうの勘違いに乗じさせてもらおう。理那が事件を捜査していることに間違いはないのだ。千葉の家を訪問したときほどの後ろめたさはなかった。

「磯辺さんが交通課課長でいらしたとき、千葉義孝という人は在籍していましたか」

「うん？　どういうことだ。どうしておれに訊く？」

そんなことは調べればすぐにわかるはず、と考えたようだ。確かにそのとおりなのだが、理那には調べる手段がないから訊いているのである。理那は一瞬考え、含みを持たせた言い方を選択した。

「千葉義孝巡査部長が先日、自殺をしたのはご存じでしょうか」

「えっ、自殺？　またどうして？」

「それを調べているところです」

「そうだったのか。いや、それは知らなかった。というのも、その千葉という人は私の部下ではなかったからだ」

「磯辺さんが在任中は、千葉巡査部長は東府中署所属ではなかったのですね」

その可能性も、もちろん考えていた。磯辺が千葉の上司でなかったなら、知りたいのは前任の課長の名である。

「忘れたりはしないから、おれの部下でなかったことは確かだな。部下だったことがあるなら、連絡が来ておれも葬儀に行っている」

それはそのとおりだ。警察とはそういう組織なのだった。

「では、前任の課長にお話を伺いたいです。お名前を憶えていらっしゃいますか」

質問を重ねたが、それは磯辺の不信感を甦らせるだけだった。眉を顰め、こちらを斜に見る。

「だから、そんなことは調べればわかるだろう。どうしておれに訊くんだ」

「一度帰ってから調べるのが面倒なので」

おかしくはない説明のはずだが、磯辺は額面どおり受け取ってはくれなかった。

「確かにそうだが、あんた、何かを隠してるだろ」

ついに磯辺は、当然の疑問を口にした。理那は今後、何度もこの台詞を向けられることだろう。これはその一回目なのだと、肚を括った。

「どうしても必要なことなのです。良心に恥じることはしていません。ぜひともご協力ください」

真摯《しんし》に頭を下げるしかなかった。騙すようなことは苦手だ。まして、女を武器にすることなど絶対にできない。こんな自分で、果たしてこの先も単独捜査を続けられるのだろうか。

頭を下げた姿勢のまま、込み上げてくる不安を無理に抑え込んだ。

「うーん、確かに個人的な理由で調べているのではなさそうだな。ちょっと考えにくいことだけど、特命でも帯びているのかい？」

大仰な単語が飛び出し、つい微笑みそうになってしまった。一度も刑事畑に配属されていない人が考えそうなことだ。しかし、ここで笑っては磯辺が気分を害するだけである。顔を伏せていてよかったと思った。

「詳しいことは言えませんが、大変重大なことに携わっています。私は警察官として、なんとしても真相を明らかにしたいのです」

頭を上げ、磯辺を真っ直ぐに見つめた。磯辺は目を逸らさず、理那の視線を受け止める。そして、大きく頷いた。

「わかった。遊びや私欲で言っているのではないとわかったよ。おれの前任者は、トウドウさんといった。東のお堂と書く。下の名前は思い出せないな。おれよりひとつ年上だったから、東堂《とうどう》さんも退官してるぞ」

「ご住所なんて、おわかりにならないですよね」

期待せずに念のため訊いてみたが、磯辺は首を振るだけだった。

「さすがに、それはわからない。引き継ぎのときに会っただけの関係だからな。しかし、名前だけじゃどうにもならないだろ。調べる手立てはあるのか」

「なんとか、します」

そうだ。なんとかするしかないのである。理那は村越の顔を思い浮かべた。

「そうか。よくわからないが、がんばれよ。あんたは警察官の仕事に誇りを抱いているようだな。それは、おれにとっても嬉しいことだよ」

磯辺は目を細め、目尻に皺を寄せてそう言ってくれた。思いがけない言葉に、理那は活力を得た気がした。

「ありがとうございます。大変励みになります」

当たって砕けろという気持ちでいたが、砕けずに済んだ。磯辺から得た活力で、この後も困難に向かっていけると思った。

## 44

磯辺と別れてすぐ、理那は村越に電話を入れた。留守番電話に繋がったので、連絡が欲しいと告げていったん切る。駅に向かっている途中、折り返しの電話が来た。

「高城です。お忙しいところ、すみません」

「別に忙しくないよ。今日は裏在庁だからね。理那ちゃんからの連絡なら、いつでも歓迎だよ」

裏在庁とは、現在は捜査本部を抱えてなく、待機状態のことを言う。忙しくないなら、こちらを手伝ってくれればいいではないかと思ったが、おそらくそうもいかないのだろう。本庁捜査一課の刑事が、暇を持て余しているわけがない。

「例の件、西條さんの協力を得て調べています」

「えっ、そうなの？　なんだって、また？」

驚いているので、綿引に紹介してもらった経緯を話した。村越は「ふうむ」と唸り声を発する。

「そうかい。あの旦那を担ぎ出すとは、理那ちゃん、やるな」

からかっているのではなく、本気で感心しているようだった。理那自身、褒められるに値することをやってのけたと思っている。西條当人をよく知る人なら、なおさら驚きなのだろう。

「ですが、いきなりご助力をお願いすることになってしまい恐縮です。ある警察OBの住所を知りたいのですけど、村越さんの方で調べられるでしょうか」

「まあ、いろいろ手はあるよ。なんていう人？」

「杉本、小川、千葉のお三方が在籍していた当時の東府中署交通課課長に会ってみたいのです。名前は東堂さんといいます」

「東府中署にいた東堂さんね。なんとかしてみるよ。それが西條の旦那の指示なの？」

西條に直接命じられたことではなく、自分の判断で動いているのだが、細かいことはどうでもよかった。西條の推理がなければ、東堂に会おうという発想もなかったのである。電話口では無理だが、いつかきちんと西條の推理を村越に話したいと思った。

「はい、そうです」

「ふうん。じゃあ、何か考えがあるのかね、あの御仁は。ちょっと期待しちゃうな」

三十分くれ、と言って村越は電話を切った。本当に三十分でいいのかと危ぶみながら、駅前のコーヒーショップに入って待っていたら、十五分ほどでまた電話がかかってきた。メモしてくれと言うので、住所を書き取る。本庁にいれば、こんな簡単にOBの住所を知ることもできるのだろうか。村越当人は「蛇の道は蛇だよ」と理那を煙に巻くだけだった。

何にしろ、東堂の住所がわかったのはありがたい。コーヒーを飲み終えていなかったが、すぐに出発する。電話番号はわからないので、事前のアポイントを取る手段はなかった。

東堂も磯辺のように再就職しているかもしれないから、平日の日中に訪ねていっても不在の可能性がある。その場合は、また夕方以降に出直すまでだ。教えてもらった住所は、葛飾《かつしか》区だった。JR常磐《じようばん》線を使って、目指すマンションに辿り着いた。

築年数の古そうなマンションのエントランスはオートロックではなかったので、そのまま玄関ドアの前まで行った。呼び鈴を押し、反応を待つ。インターホンもないため、ドア越しに「はい」という男性の声が聞こえた。

「突然失礼いたします。わたくし、野方署刑事課所属の高城と申します。東堂さんに少しお話を伺わせていただきたく、参りました」

「野方署？」

用件に心当たりがないと言いたげな、訝る声が返ってきた。理那はドアスコープの前に、警察バッジを翳《かざ》す。それが功を奏したか、ドアが開いた。

「入りなさい」

開けてくれた人は、かなり痩せた人だった。病的な痩せ方なので、体を壊しているのかもしれない。頬が痩け、首に皺が寄り、六十そこそこには見えなかった。東堂本人ではなく、東堂の父親ではないかと理那は考えた。

「どんな用件だ」

しかし相手は、理那を三和土に立たせたまま、そう問うた。どうやら、眼前のこの男性が東堂のようだ。在宅しているのは、健康が優れないせいなのだろう。理那は察したが、そのことにはあえて触れなかった。

「突然申し訳ありません。東堂さんが東府中署で交通課課長の任に就いていらした当時のことについてなのです」

切り出すと、東堂は睨むように目を細めた。警戒された、と理那は感じた。その理由はわからない。しかし、そこには警戒するだけのことがあるのだ。東堂の反応から、理那は手応えを得た。

「何が訊きたいんだ」

東堂は促す。理那は相手の表情の動きを見逃すまいと注視しながら、故人たちの名を出した。

「杉本、小川、千葉、このお三方の名前は憶えていらっしゃいますか」

「私が東府中署の交通課課長だったときの部下だ」

素直に東堂は答えた。白を切ったところで、益がないからだろう。白を切ってくれた方が追及し甲斐があるのだが、と理那は考えながらも、質問を続ける。

「お三方とも亡くなったことは、ご存じですか」

「聞いている。連絡が来たから、葬式に出た。痛ましいことだ」

「杉本さんは事故死、小川さんは殺され、千葉さんは自殺したということになっています。しかし杉本さんの死は、事故ではなく他殺が疑われています。もちろん、そのこともご存じですね」

「むろんだ。サツカン連続殺人など、前代未聞だからな。私もニュースくらいは見る」

「では、事件解決からほどなく、千葉さんが自殺なさったことについてはどうお考えになりますか」

「知らん。最近は千葉との付き合いはなかった。あいつが何を考えていたかなんて、見当がつかない」

「本当に自殺だと思われますか」

テンポよく応答していたが、ここで東堂は口を噤んだ。また、目を細めてこちらを見る。理那の考えを推し量ろうとしているようだ。

「どういう意味だ」

「千葉さんは殺されたのだとは思いませんか」

「誰に？」

「それを調べているのです」

「連続殺人とは無関係に、千葉が殺されたと考えているのか。それとも、なんらかの関係があると思っているのか」

「関係はあると思っています。このタイミングで、無関係のわけがありません」

「しかし、連続殺人は解決したんだろう。野方署ということは、君は捜査本部にいたんじゃないのか」

「そうです。だからこそ、事件を洗い直しているのです」

「捜査本部は解散したはずだ」

「水面下の捜査だから、私はひとりでここに来ているのです」

はったりをかました。東堂は少し目を見開いたが、そう簡単に騙されてはくれないようだ。すぐに、不審がる目つきに戻る。

「本庁に問い合わせてもいいのか」

「どうぞ」

東堂の言葉もまた、はったりだと見抜いた。ＯＢとはいえ捜査一課に所属していたわけでもない人が、おいそれと問い合わせなどできるはずがない。こちらを若い女だと見て、舐めているのだ。舐めてくれるなら好都合だと、理那も好戦的な気分になった。

「千葉が殺されたとしたら、どういうことになるんだ。連続殺人には共犯者がいたってことか」

しばし睨み合いが続いたが、やがて諦めたように東堂は目から力を抜いた。建設的な話をする気になってくれたようだ。理那は首を振る。

「いえ、真犯人が別にいる可能性を考えています」

「真犯人が別に？　そんなことがあるのか」

これには本気で驚いていた。その可能性はまったく考えていなかったらしい。ならば、最初の警戒はなんだったのか。東堂の真意がよくわからなくなった。

「もっとお話ししましょう。杉本、小川、千葉のお三方に恨みを持つ者の犯行だと、私は考えています。梅田さんは捜査陣の目を逸らせるために殺されたのです」

「まさか、そんな」

東堂は鼻で嗤おうとしたようだが、成功していなかった。心のどこかで、それがあり得ることかどうかを測っているのだろう。少し考える時間を与えてから、理那は言葉を重ねた。

「私がこちらに参ったのは、杉本、小川、千葉のお三方が関わった事件か事故で、恨みを買う性質のことはなかったかとお尋ねするためです。何か心当たりはありませんか」

「それは、単なる憶測に基づく質問だろう。そんなことには答えられない」

東堂は撥ねつけたが、しかし先ほどまでのような威勢のよさはなく、むしろ弱々しく響いた。答えられないのは心当たりがないからではなく、答えるわけにはいかないことがあるかららだ。理那はそう見て取った。

「かつての部下が三人も殺されても、答えられないのですか」

「だから、それが同一犯の仕業だと考えるのは、ただの憶測だ。君ひとりの考えなんじゃないのか」

「いえ、違います」

西條と私の、ふたりの考えだ。内心でそう答えたが、むろん声には出さない。勝手に解釈してくれればいいことだった。

「捜査本部が逮捕した容疑者は、なんなんだ。あれは間違いだったと、本庁が認めるのか」

「いずれは、間違いを認めなければならなくなると思います」

理那は強気に出たが、東堂は小刻みに首を振った。

「信じられん。そんなことがあるわけない。すまんが、私には君の言うことが絵空事に思える。少し体が辛くなってきた。帰ってくれないか」

ずっと立ったまま話をしていたので、辛くなったのは嘘ではないようだ。東堂は眉根を寄せ、今にもへたり込みそうになっている。引き時を悟り、理那は頭を下げた。

「申し訳ありませんでした。また、出直してきます」

「もう来ないでくれ」

東堂は追い払うように手を振ると、部屋の奥へと歩いていってしまった。いえ、また来ますよ。理那はその背中に心の中で話しかけ、東堂の家を後にした。

# 45

西條には、進捗状況をメールで知らせた。直接会って報告するほどの成果はないと考えたからだ。西條からの返信はすぐに届いた。たった一行、〈その調子でがんばってくれ〉と書いてある。そんなぶっきらぼうな文面がいかにも西條らしく、かえって気楽だった。こちらも用件だけで、文章のよけいな装飾を考えなくて済む。今後も西條と付き合っていけると、そのメールを読んで確信した。

東堂の家には日参すると決めていた。これが刑事の捜査だというところを、東堂に見せつけてやりたい。それは、理那がふだん感じる闘志とは違っていた。いつもは女だと舐める相手に戦いを挑む気持ちだが、今回は違う。東堂は何かを隠している、その手応えがあるからこそ、絶対に引くまいと思うのだ。これは己の沽券《こけん》の問題ではなく、真実を追求するための意地である。肩肘を張るよりも、真実を追っている方がよほど充実感があると、初めて知った。

次の日は仕事の都合で、夜九時過ぎに訪ねていくことになった。玄関口には夫人らしき女性が出てきて、ドアチェーン越しに応対してくれる。その背後から、「帰ってもらえ」という東堂の声が届いた。

「お話を伺わせてください」

近隣に聞こえるよう、わざと大声を出した。相手を怒らせることに効果があるかどうかは、まだわからない。むしろもっと頑なになってしまうだけかもしれない。しかし、日参する以外に口を割らせる手段を理那は知らない。どちらかが根負けするまで続けるなら、こちらが先に諦めるわけにはいかなかった。

「帰れ。話すことは何もない」

東堂の返事はにべもない。夫人は眉根を寄せて、「ごめんなさい。お引き取りください」と申し訳なさそうに言い、ドアを閉めた。理那は昨日と同様、「また来ます」と大声で宣言した。

翌日も、さらにその次の日も、似たようなやり取りをした。東堂は玄関口に出てきてくれず、夫人がぺこぺこと頭を下げながら応対する。やがて、女の陰に隠れて顔も出さない東堂に、腹が立ってきた。だから四日目には、言ってやった。

「東堂さん、私と顔を合わせるのが怖いのですか。奥さんの後ろに隠れて、びくびく怯えてるんですか。何をそんなに怖がってるんですか」

若い女からの挑発に、男は弱い。そのことは、経験から学んでいた。背を向けて坐っていた東堂は、気分を害したようにギロリとこちらを睨んだ。立ち上がり、近づいてくる。

「おれが何に怯えていると言うんだ」

「真実を知られてしまうことに、じゃないんですか」

目を逸らさず、言い切った。それ以外にないという確信がある。東堂はいやそうに顔を歪めた。

「真実ってなんだ」

「それはこちらが伺っているのです。東堂さんは何を隠しているんですか」

「何も隠していない。あんたが何を言っているのか、まるでわからない」

「なぜあなたのかつての部下が、三人も殺されたんですか。あなたはその動機や犯人を知ってるんじゃないんですか」

「そんなわけがあるか。そもそも、杉本は事故死、千葉は自殺だろう」

「本気でそう思っているんですか。元警察官のくせに、真実を闇に葬ってもいいと考えているんですか」

厳しい言葉を投げつけてやった。これはもう挑発ではなく、怒りだった。「元警察官のくせに」という言い回しに、怒りが滲んでいると自分でも感じた。

東堂はすぐには答えなかった。高ぶった感情を持て余すように、胸を膨らませて大きい呼吸を繰り返している。理那はそこに、さらに言葉を被せた。

「犯人を野放しにして、亡くなった三人の部下たちが浮かばれると思いますか」

「……話すことが、あいつらのためになるとは思わない」

東堂は理那の顔から視線を逸らし、そんなことを言った。理那は目を瞠る。

「やはり、何かあるのですね。話してください。何かをご存じなんですね」

「――あんたが訪ねてきてから、ずうっと考えていた。部下たち三人の死に、あれが関係しているのかどうか。おれにはどうしても、関係しているとは思えない。話すことは、単にあいつらの名誉を汚すだけに終わるかもしれない。いや、違う。あいつらの名誉が汚されるようなことはない。あいつらは正当に捜査をしただけだからだ」

「話してください。私には、関係がないとはとても思えません。私たちで、洗い直してみます。その方が、東堂さんにとってもいいんじゃないですか。おひとりで秘密を抱えて、この先何年も生きていくんですか。死ぬ間際に、何も恥じることのない人生だったと思えるのですか」

西條のときといい、よくもまあ人を追い込む言葉を次々口にできるものだと、自分の言動にいささか苦笑する思いだった。だがそれだけに、効果は抜群だった。東堂は俯いて考え込み、やがてぽつりと言った。

「すまない。考える時間をくれないか。考えさせてくれ」

「わかりました。けっこうです。必ず話していただけるものと信じています」

「……また、出直してくれ」

「はい」

これ以上追い込むのは、東堂が憐れに思えた。東堂も何か事情があって、秘密を抱えているのだろう。それを察してやることも、口を割らせる際には必要なのではないかと理那は学んだ。一礼して玄関前から離れると、背後で静かにドアが閉まる音がした。

# 46

運よく、翌日は非番だった。東堂も夫人がいないときの方が話しやすいだろう。そう考え、最初の日と同じように午後三時頃に訪ねた。ひと晩経てば、さすがに考えも固まっているはずと踏んだ。

東堂は家にいた。ドアチェーンをかけておらず、硬い顔で「入りなさい」と言う。前のように三和土で立ったまま会話をするのかと思ったら、「上がりなさい」と促された。これまで玄関先から何度も見た居間には座卓があり、その上は片づけられている。座布団が置かれているのは、理那を迎え入れる準備ができていたことを意味するのだろう。東堂は話してくれる気になったようだ。見渡したところ、夫人はいなかった。

「昨日、あんたに言われたことは応えたよ。死ぬ間際に、何も恥じることのない人生だったと思えるのか、と言われたときだ。あんた、心を抉《えぐ》ることを言うな。尋問をやらせたら、どんな奴でも落とせるんじゃないか」

東堂は訥々と言ったが、理那を責めているわけではなさそうだった。話すと決めて、むしろ気が楽になったようにも見える。秘密を抱えている人は皆、そういうものだ。理那が口を割らせたのではない、東堂は誰かに話す機会を待っていたに違いなかった。

「お話を伺わせてください」

理那は静かに促した。東堂は頷いたものの、「お茶を淹れよう」と言ってまた立ち上がる。話す決意は固めていても、いざとなるとどうしてもためらいを覚える、といった感じだった。それは人として当たり前の反応だと思えたので、理那はおとなしく待った。

「まず最初に言っておくが」

運んできた湯飲み茶碗に急須からお茶を注ぎ、東堂は口を開いた。理那は話の腰を折らないよう、頭を下げるだけにとどめる。東堂は急須を手にしたまま、一拍おいてから一気に言った。

「あれは正当な捜査だったと、私は今でも思っている。でっち上げでも隠蔽《いんぺい》でもない。だから恨まれているとしたら、逆恨み以外の何物でもない。そのことは、死んだ三人の名誉のためにはっきり断言する」

昨日と同じ内容のことを、東堂はまた繰り返した。だが昨日とは違い、「でっち上げ」や「隠蔽」といった単語が交じっている。今から語られることがどういう類の話か、理那は朧げに察しがついた。

「何があったのですか」

「ある事故で、白バイ警官が死んだ」

意を決したように、東堂は少し早口に言った。警察官自身が絡んでいることなのだろうと予想してはいたが、死んだと聞いて理那は驚いた。もう合いの手は入れず、続きを待つ。東堂は理那の顔よりも少し上方を見て、語り始めた。

「交差点での接触事故だった。白バイが直進、四輪車が右折してきて、接触した。白バイは四輪車の鼻面にぶつかり、運転していた警官は弾き飛ばされた。そのままガードレールにぶつかり、死亡した。ガードレールがひしゃげていたから、相当な勢いでぶつかったようだ」

理那は頭の中で、事故の状況を思い描いた。交差点での接触事故なら、どちらかが不注意だったことになる。この状況であれば、直進していた白バイが赤信号だったとは考えにくい。

右折しようとした四輪車が、近づいてくる白バイとの距離を見誤り、強引に曲がろうとしたというところだろうか。

「事故の一方の当事者は、白バイ警官だ。当然のことながら、赤信号で交差点に突っ込んでいくような真似はしない。過失は相手側にあると、我々はなんの疑問もなく考えた。だが事故の加害者は、直進方向はすでに赤信号に変わっていて、右折信号が灯《とも》っていたから曲がろうとしたのだと主張した。まさか、赤信号なのにバイクが突っ込んでくるとは思わなかった、と」

どうなのだろう。加害者の主張は俄《にわか》には信じがたい、と警察官である理那は考えた。事故処理に当たった警察官たちが同じように考えたとしても、それは無理からぬことだった。

「加害者には実刑判決が出て、交通刑務所に行った」

「実刑ですか？　前科《マエ》があったんですか」

交通事故の場合、たとえ被害者が死亡していても、実刑判決はほとんど出ないはずだ。よほど悪質か、あるいは前科でもない限りは実刑ではなく執行猶予がつく。この場合、さほど悪質ではないから、前科持ちかと考えたのだった。

「いや、そういうわけじゃない」

わずかに東堂の口調が変わったように思えた。なぜか、言いづらそうにしている。その理由は、理那には見当がつかなかった。

「君は知らないのか」

「えっ、何をですか？」

察しろ、と言わんばかりの東堂の言葉が不可解だった。いったい、何を察すればいいのか。

「死亡事故で、被害者が警察官の場合、実刑判決が出やすい。それは、警察内の常識かと思っていたよ。交通課だけの常識か」

「そうなんですか」

被害者の職業によって判決が左右されるなど、聞いたことがない。そんなことがあっていいのだろうか。まったく初耳で、驚愕せずにはいられなかった。

「警察、検察、裁判所の、いわゆる阿吽《あうん》の呼吸というやつだな。ただあのときは、加害者はずっと自分の落ち度を否認していた。だから、その意味では実刑判決でもおかしくはなかったんだ」

「その事故処理をしたのが、杉本、小川、千葉のお三方だったんですね」

「そうだ。あいつら三人が逆恨みされたとしたら、その事故くらいしか思い当たらない。だが今も話したとおり、捜査自体は正当だった。その後の判決が相場より重かったとしても、警察が恨まれる筋合いのことではない」

確かにそのとおりだ。だからこそ、不自然に思える。この程度のことなら、何も東堂は頑として口を閉ざす必要はなかったのではないか。これだけがすべてとは、とうてい考えられなかった。

「先ほど、でっち上げや隠蔽などといった、物騒なことをおっしゃいましたね。今の話のどこに、そんな要素があるのですか」

理那は淡々と、疑問点を指摘した。東堂はいやそうに眉を顰める。

「そんな要素はまったくない。単なる言葉尻を捉えて、妙なことを言わないでくれ」

東堂は白を切る。すべて話す覚悟ができていたのではないのか。この期《ご》に及んでまだ隠し事をしようとする東堂に、理那はいささかげんなりした。これは保身なのだろうか。あるいは、それほど言いづらい秘密があるのか。

「加害者は自分の側の右折信号が灯っていたと主張していた、とおっしゃいましたね。まさか、それは本当だったのではないですか」

隠蔽という単語から逆算すると、そういうことになってしまう。だが自分で口にしていながら、あまり考えにくいと思っていた。ところが東堂は、顔を歪めて黙り込んだ。核心を衝いたのか、と理那の方が驚いた。

「どうなんですか。被害者側に落ち度があったんですか」

そうであれば、隠蔽などと東堂が口走ったことも腑に落ちる。被害者である白バイ警官が信号無視をしていたのなら、加害者の実刑判決は重すぎる。過失割合は大幅に変わり、実刑はほとんど濡《ぬ》れ衣《ぎぬ》も同然だ。逆恨みどころか、殺意が生じてもおかしくないではないか。

「おれは、加藤《かとう》が信号無視をしたとは思っていない。だから加藤に落ち度はないし、あの事故処理は隠蔽でもなんでもない」

加藤というのが、死亡した白バイ警官のようだった。上司として、部下を信じるのはいい。だがそれは単なる主観であり、事実とは違う。事実はいったい、どうだったのか。

「目撃者はいなかったのですか」

「いた。三、四人いたと思う」

「全員、直進方向が青だったと言っているのですか」

この質問に、東堂はまた沈黙で答えた。そうか、直進方向が赤だったと証言した人もいたのだ。ならばなぜ、実刑判決が下った？　その目撃者は、裁判で証言をしなかったのだろうか。

「違うんですね。加害者の主張を裏づける証言もあったんですね」

「ひとりだけだ。それも、後に証言を翻した。他の目撃者は、直進方向が青だと証言した」

理那は口を噤み、これらの情報をどう捉えればいいのか、しばし考えた。まったく額面どおり受け取ったところで、特に矛盾はない。ひとりだけ違う証言をした人が後に翻したと聞けば、曖昧な記憶だったのだなと思うだけだ。だが、ならばこの東堂の態度はなんなのか。なぜもっと堂々としていない？　東堂の態度は、心に疚しさを抱えている人のそれだった。東堂は直進方向が赤だったと知っている。少なくとも、赤だった可能性はあると思っている。そうでなければ、殺人の動機に繋がる事故としてこの話が出てくるはずがなかった。

「もう一度伺います。これで、何も恥じることのない人生だったと死に際に思えますか。すべて吐き出して、楽になりましたか」

もはや手心を加える気にはなれなかった。厳しい問いを、なんのためらいもなくぶつける。東堂はもう、理那の目を見て答える気力がないようだった。

「わからない。おれは加藤を信じたい。しかし今となっては、真相はもうわからないんだ。むしろ、君に真実を明らかにして欲しいとすら思う」

力なく首を振る東堂は、老い先短い老人に見えた。

## 47

このことは、すぐに西條に報告した。まだ昼間なので、直接会うための時間は作れないだろう。それをもどかしく思いつつ、メールを送った。できるだけ早くメールを読んでくれることを願った。

東堂の話は、確認する価値が大いにある。まず当たるべきは、事故の加害者だ。事故は十八年前に起きたそうだが、加害者はその時点で高齢ではなかった。まだ存命と考えてもいいだろう。警察が真実を隠蔽したせいで刑務所に行く羽目になったと加害者が考えているなら、その事故処理に当たった警官を殺す動機にはなる。問題は、なぜ十八年後なのか、だった。

交通事故の場合、被害者が死亡していても十年以上の刑期にはならない。せいぜい二、三年で出所したのではないか。だから、実刑が復讐を遅らせた要因ではないはずだ。もし加害者が真犯人であるなら、十八年経った今になって行動を起こした理由が必ずあることになる。

他には、事故の目撃者にも話を聞く必要があった。東堂は、理那に真実を明らかにして欲しいと言った。望むところである。果たして事故は、どちらに落ち度があったのか。十八年も経っていては目撃者の記憶も曖昧だろうが、必ず真実を明らかにしてやるという意気込みが理那の裡にはあった。

とはいえ、ここで足踏みせざるを得なかった。立ち塞がるのはまた、警察の壁である。十八年前の交通事故について、理那が捜査資料を見ることはできない。わずかな幸いは、東堂が加害者の氏名を憶えていたことだった。残念ながら、目撃者の名前までは記憶していなかった。

加害者の氏名は吉岡正昭《よしおかまさあき》といった。東堂の記憶によれば、職業は学校教師だったらしい。ならば、死亡事故を起こしたことで失職したのではないか。ますます、恨みを抱く要因が増えた。

気がかりな事故だったからか、東堂は当時の吉岡の居住地を漠然と憶えていた。地番までは定かでないが、町名は間違いないという。地図で見たところ、多摩《たま》市東寺方《ひがしてらがた》はそれほど広いエリアではない。しかし十八年も経っていれば、当時の吉岡を知る人を見つけるには相当骨が折れるだろう。だとしても、やらなければならない。むしろ、愚直に足で捜査すればいいのは、やり甲斐を覚える。理那は西條のように、知恵で事件に切り込んでいくことはできない。ならば、足を使って立ち向かうだけだった。

京王線の聖蹟桜ヶ丘《せいせきさくらがおか》駅で下車するのは、初めてだった。駅のそばにはマンションがあるが、少し歩くと一戸建てが並んでいる住宅街になる。閑静な区域で、住環境はよさそうだ。おそらく十八年前も同じだっただろう。つまり事故を起こすまで吉岡はそれなりにいい暮らしをしていたはずで、事故がすべてを変えてしまったことが容易に想像できた。

町名が東寺方に変わった地点から、虱潰しに一軒家の呼び鈴を押して回った。十八年前にこの辺りに住んでいた、吉岡正昭という人物を知らないか。何度も同じ質問を繰り返す。休憩を挟みながら夜九時まで訊いて歩いたが、吉岡を知る人物には行き当たらなかった。

結局、東寺方に四日通い詰めた。そしてついに、吉岡の隣人だったという人を見つけた。五十絡みの女性は、気さくな調子で「知ってますよ」と答える。歩き詰めで足が棒のようになっていた理那は、安堵のあまりその場にへたり込みそうになった。

「うちのお隣。そこのお宅は昔、吉岡さんのお宅だったんですよ」

女性は隣の家を指差す。そこは築年数の古そうな一戸建てだった。おそらく吉岡は、死亡事故を起こしたことでここに住み続けられなくなり、出ていったのだろう。当時からこの家は賃貸だったのか。それとも吉岡が所有していたのか。吉岡は家を売却したのか。あるいは今も持ち主は吉岡で、賃貸に出しているのか。瞬時に、それらの思いが頭を駆け巡った。

「吉岡さんは、このおうちを所有していたのですか」

眼前の女性に尋ねる。小太りの女性は顎の下の肉を震わせながら、頷いた。

「ええ。持ち家だったはずです。引っ越されるときに売って、そのとき買った人がお隣の小《こ》林《ばやし》さんですよ」

これは好都合だ。何度か売買を繰り返されていたら、吉岡まで行き着くのが面倒だった。吉岡から買ったのが現在の住人ならば、売買契約書を見せてもらうだけで吉岡の引っ越し先がわかる可能性がある。聞き込みは徒労に終わることも少なくないが、今回は報われたようだった。

「吉岡さんがどんなご事情で引っ越されたか、ご存じですか」

知らないはずはないと思ったものの、あえてこういう訊き方をした。すると女性は、一歩前に踏み出しそうな勢いで顔を近づけてきた。

「もちろん知ってますよぉ。交通事故を起こして、相手の方が亡くなっちゃったんですよね。なんかねぇ、運が悪かったと言うかなんと言うか、事故で人生がまるで変わっちゃうんだから車の運転は怖いですよねぇ」

人生がまるで変わった。理那も予想はしていたが、具体的にどう変わったかはわからない。女性が知っているなら、ぜひ語って欲しかった。

「やはり、事故がきっかけで引っ越すことになったわけですか」

「そうそう、そうよ。吉岡さんはあのとき、学校の先生をしていたんですよ。でも事故のせいで馘になっちゃって、相手の人が死んじゃったから刑務所に行かなくちゃいけなくて、その間に奥さんとは離婚しちゃったのよね」

「離婚、ですか」

それは予想以上の激変である。一瞬の不注意がすべてを台なしにしてしまったわけだ。もっとも、それが吉岡の不注意でないとしたら、濡れ衣を着せられた怒りは相当大きいだろう。

話を聞くほどに、一連の事件の動機になり得ると思えた。

「ええ。確かそうでしたよ。旦那さんが困っているときこそ奥さんが支えなきゃとあたしなんかは思いますけど、人ひとりの命を奪ってしまったんだから、それがきっかけで夫婦仲が悪くなることもありますよね。とはいえ、あたしは亡くなった方のことは知りませんから、吉岡さんがお気の毒だと思うだけですけど」

「吉岡さんはふだんから、乱暴な運転をしそうな人だったんですか」

吉岡当人の主張は措いておき、純粋に事故を起こす可能性だけに焦点を絞ってみる。日頃から運転マナーの悪い人であれば、吉岡の主張は信じられなくなる。だが、女性は首を振って否定した。

「いえいえ、乱暴なんてとんでもない。温厚で、虫も殺せそうにない人でしたよ」

「そうなんですか」

正反対の証言が出てきた。とはいえ、日頃はおとなしくても、ハンドルを握ると人格が変わる人もいる。この件に関しては、まだ判断を保留にしておいた方がよさそうだった。

「ご家族は、奥さんだけだったんですか。お子さんは？」

「いましたよ、ふたり。ふたりともかわいかったわ」

「当時、いくつくらいだったんでしょう？」

「正確には憶えてないけど、小学生だったのは確か。上の子が十歳くらいかしら」

　十歳ならば、まだ反抗期前で無条件にかわいかったはずだ。そんな子供たちと引き離され、刑務所に行かなければならなかった吉岡の心中を思う。強い恨みが残っても、決して不思議ではなかった。

「では、奥さんはお子さんを連れて出ていってしまったわけですね。その後の消息なんて、ご存じないですよね」

「それは聞かなかったですねぇ。吉岡さんも引っ越してしまったし、もう二度と子供たちも見かけなかったですよ」

「じゃあ、現在の吉岡さんのことも、ご存じない？」

「知らないです」

　さすがにそこまでは期待していなかったので、失望もない。吉岡の現在の所在は、隣家で手がかりを得られるだろう。

「お子さんの名前なんて、憶えてないですよね」

「ごめんなさい。思い出せないわ」

　申し訳なさそうに、女性は眉を寄せた。いえ、充分参考になりました。そう応じて、その家を後にした。捜査が進展した喜びに、理那の足取りも軽くなった。

# 48

　すぐに隣家に向かった。明かりが点いているので、誰かは在宅している。インターホンを押すと、女性の声が応じた。身分を名乗り、出てきてもらう。

「突然申し訳ありません。私は今、このおうちに以前お住まいだった人について調べています。吉岡さんといいますが、憶えていらっしゃいますか」

　警察バッジを示してから、女性に尋ねた。隣人と同じく五十絡みだが、こちらの女性は痩せている。むしろ痩せすぎていて、首に筋が立っていた。理那が示した警察バッジを、目を細めて凝視する。

「さあ。名前までは憶えてませんが」

「契約書は、すぐに出てきますか」

　突然なので、直ちに対応してもらえるとは期待していなかった。改めて出直す必要があるかもしれない。女性は怪訝そうな顔をして、訊き返してくる。

「その吉岡さんが、どうかしましたか」

「申し訳ありません。捜査上のことなので、詳しくはお教えできないのです。ただ、非常に重大なことだとは言えます。ご協力いただけますか」

丁寧に応じると、女性は仕方ないとばかりに「はあ」と頷いた。

「少々お待ちください」

そう断り、家の中に戻っていく。少々とは、果たしてどれくらいだろうか。家を買った際の契約書など、そんな簡単に出てくるのか。三十分くらいは待つ必要があるだろうと、覚悟した。

だが、そこまで待たされることはなく、また玄関ドアが開いた。「お待たせしてすみません」と詫びながら、女性は折り畳まれた紙を差し出してくる。受け取って広げると、それはまさに不動産の売買契約書だった。すぐに、売り主の名前を確認する。

売り主は、吉岡正昭当人だった。だが、代理人が署名をしている。それは当然だろう。この家を売却したとき、吉岡は交通刑務所に入っていたのだから、契約書に署名はできない。

代理人は、弁護士だった。裁判の際に弁護を引き受けた弁護士だろうか。住所氏名が書いてあるのはありがたい。女性に断って、契約書のその部分をスマートフォンのカメラで撮影した。

十八年前だから事務所が移転している可能性もあるが、名前がわかっていれば探せるだろう。今日はすでに遅いので、明日電話を入れてみることにする。

そして翌日、仕事の合間に弁護士事務所に電話をかけた。幸いにして繋がったので、警察官であることを告げ、面会を求める。二十分だけなら、という約束で時間を割いてもらった。口実を作り、署を抜け出した。

中目黒《なかめぐろ》にある弁護士事務所に、午後五時に到着した。応接室に案内され、出されたお茶を前にして待つ。弁護士は激務だから、訪ねた場合はどこの事務所でもしばらく待たされる。二十分くらいは我慢する覚悟があった。

だがありがたいことに、五分ほどしたところで弁護士は部屋に入ってきた。お待たせして申し訳ありません、とぺこぺこ頭を下げる男は五十代前半くらいに見えた。髪は半白で、腹回りに貫禄がある。腰が低そうな挙措と相まって、気のいいおじさんといった雰囲気だ。

「野方署ではぜんぜん管轄違いですね。今日はいったい、どういったご用件でしょうか」

名刺交換を終えると、弁護士はそう問いかけてきた。時間がないのはお互い様だろうから、理那もさっそく本題に入る。

「十八年前の交通事故について調べています。加害者の名前は吉岡といい、その人の土地売買を先生が委任されていました。憶えていらっしゃいますか」

「土地の売買。ああ、あの吉岡さんか。憶えてますよ。売買契約の代理はめったにやらないですから、印象に残ってます」

それはよかった。資料を読み直してもらわなければ記憶が甦らないなら、時間がかかってしまうところだった。

「土地売買の代理をしたということは、裁判の弁護も先生がお引き受けになったのでしょうか」

まず肝心な点を確認すると、弁護士は「そうです」と簡単に認める。

「私は交通事故の裁判をよく手がけてますので、どこかで評判を聞いて依頼されたのでしょう。あ、そうだ。あれは確か実刑判決が出たんだった。ああ、思い出した。そうそう、敗北感がありましたねぇ。いくら相手が亡くなっていても、乱暴な運転の前歴があるわけでもないのに実刑とは、おかしな裁判でしたよ」

弁護士は眉を寄せた。数日前の理那ならば意味がわからなかったが、今は何が起きたか知っている。

「やはり、おかしな裁判だったのですか」

「そりゃあ、そうでしょう。やはり、などと言うところを見ると、その理由もわかってるんでしょ」

気のいいおじさんの表情が一変した。威圧感すら覚える視線を、こちらに向けてくる。

「被害者が警察官だったから、ですか」

「それ以外、私は理由に心当たりはありませんね」

東堂がそう思い込んでいたわけではなく、担当の弁護士までが同じように受け取っていたのだ。実際に、不公平な裁判が行われたのだろう。その事実に、理那はたじろぐ。

「そんなことがあっていいんでしょうか」

意図せず、声が沈んだ。対照的に、弁護士の語調は強くなった。

「いいわけないでしょう。しかし現に、吉岡さんには実刑判決が出た。これが法治国家の出来事とは思えませんよ。私はあのとき、司法に絶望しました」

弁護士はまるで理那が不正を働いたかのように、冷淡に吐き捨てた。理那は答える言葉を持たなかった。

確かに検察と警察は、歩調を合わせる仲間という意識がある。容疑者逮捕までが警察の役割で、仕上げは任せるといった感覚で残りの仕事を検察に託す。そしていささか理想とはかけ離れたことに、検察と裁判所もまた、仲間意識があるようだ。互いに司法に関わる仕事をしていて、公務員であり、内情がよくわかる。九十九パーセント以上の有罪率を日本の刑事裁判が維持しているのは、それだけ検察と裁判所の呼吸が合っているという証左だ。日本において起訴は、有罪と同義に近い。裁判所はただ、検察の起訴状を追認しているに過ぎない。

それだけでも馴《な》れ合いとの誹りを免れないのに、まさか裁判所が警察の意を汲むような判決を出していたとは。警察の望みは検察の望み。そして検察の望みを、裁判所は阿吽の呼吸で受け入れたのだろう。そうでなければ、被害者が警察官だからといって判例にそぐわない判決が下された理由がわからない。警察官として、恥じ入らずにはいられなかった。

「控訴は、しなかったんですか」

自分の声が掠《かす》れているのを、理那は自覚した。気づいてみれば、喉がからからに渇いていた。

「しましたよ、当然。でも、即日結審ですよ。こちらは制動実験の結果など、ちゃんと新証拠を出しているのに、それを検証したとはとても思えない。門前払いも同然でした。そんなことがあるのかと知らない人は思うでしょうが、まさに公権力が束になって責任を吉岡さんに押しつけたという格好なんです。悲しいことに、そういうことが起きてしまうのが日本の司法なんですよ」

自分の仕事がいやになることは、年に何度もある。だがそれは警察官に限らず、どんな仕事でもそうなのではないかと理那は考えていた。そのときだけ我慢していれば、また仕事に打ち込めるようになる。経験上、それがわかっているつもりだった。

しかし今、理那は自分が警察官であることがいやになった。この感覚は、放っておけば胸の底から消えてくれるとは思えなかった。

「じゃあ、最高裁も駄目だったわけですね」

訊かずともわかることではあったが、確認しないわけにはいかなかった。弁護士はただ、むっつりと頷くだけだった。

苦いものを飲み下したような気持ち悪さが、喉から胃の辺りにかけて残った。その一方、いい話を摑んだと喜ぶ刑事の自分もいた。動機は充分ではないか。吉岡の主張が正しいのか、はたまた警察の捜査が正しかったのか、弁護士の話だけでは判然としないが、吉岡が本気で自分の無罪を信じていたなら立派な動機になりうる。警察を恨むのも、至極当然と言えるのだ。ようやくにしてホンボシの尻尾《しっぽ》を摑んだのではないかと、刑事の自分は浮かれるのだった。

そのことに、理那は軽い自己嫌悪を覚えてしまったが。

「私たちは吉岡さんを捜しています。連絡先を先生はご存じないですか」

この話の流れでは、簡単に教えてくれないかもしれない。そう覚悟しながら尋ねたのだが、弁護士はそこまで頑なではなかった。

「吉岡さんに、何かの容疑がかかってるんですか」

「そういうわけではありません」

「まさか、警察官連続殺人ではないですよね。あれは解決したと報道されていましたが」

察しのいいことだ。弁護士自身も、吉岡の過去が動機になっても不思議はないと考えているのだろう。できることなら、ここまで包み隠さず話してくれた恩義に報いたい。だが、今はまだ認めるわけにはいかなかった。

「申し訳ありません。捜査上の情報は口外するわけにはいかないのです」

「吉岡さんはそんな大それたことができる人ではありません。まあ、それはお会いになればわかるでしょう」

弁護士はこちらの言葉を聞かなかったかのように応じると、ちょっとお待ちください、と言い置いて席を立った。一度応接室を出て、三分ほどで戻ってくる。その手にはメモ用紙が握られていた。

「ここが、私の知る吉岡さんの住所です。ですが、もうずいぶん昔の話ですから引っ越しているでしょう。引っ越し先は知りません。その後、連絡はもらってないので」

「ありがとうございます。ちょうだいします」

両手で、弁護士が差し出すメモを受け取った。そこには確かに、住所と電話番号が書かれている。それを見てから、確認した。

「これは出所後の住所ですか。それとも裁判をやっていた当時の？」

「出所後です。保護司の方の尽力で、息子さんとアパートに住み始めたんです。でもあそこは、いかにも仮住まいといった体裁でした。古くて、長く住むところではありませんでしたよ。だからもう引っ越しているはずと、私は考えているんです」

　弁護士は今、吉岡が息子とアパートに住み始めたと言った。吉岡の隣人は、別れた妻が子供を引き取ったのかという理那の確認を否定しなかった。どちらが正しいのだろう。子供はふたりいたらしいから、それぞれに引き取られたのか。

「わかりました。その先は私どもで調べられます。この住所はありがたくちょうだいしていきます」

「吉岡さんにどんな疑いがかかっているか知りませんが、私は吉岡さんが犯人だとは思いません」理那を見送りがてら、弁護士は最後に言った。「ただ、警察、検察、裁判所が結託して吉岡さんみたいな人を作り出しているなら、他でも恨みを買っていても不思議はないと思いますよ」

　淡々とした口調が、理那の胸に刺さった。まったくそのとおりだ。否定する言葉を持たない自分が悲しかった。

## 49

何をしていたと上司に叱責《しっせき》されるのを覚悟の上で、その足でメモに書かれていた吉岡の住所を訪ねた。だがそこは、古いアパートなど存在せずコインパーキングになっていた。吉岡が生活していた痕跡すら見つけられなかった。

近隣に聞き込みをして回ろうかと一瞬考えたが、出所後の仮住まいであれば近所付き合いがあったとは思えない。聞き込みは無駄だろう。それよりは、出所後の吉岡の世話をしたという保護司に会った方が有益だった。親切にも、弁護士はその保護司の連絡先までメモに書いてくれていた。電話をしてみると、時間を作ってくれると言う。夜に訪ねる約束をして、いったん署に戻った。

午後八時に、保護司の家の呼び鈴を押した。保護司は吉岡の転居先の住所を知っていたが、なかなか教えようとはしてくれなかった。警察の便宜より、出所者の生活を守ることを優先しているのだろう。だがなんとか食い下がり、これ以上死人を出さないためだとまで言って、住所を教えてもらった。ひとりでの捜査を始めてから、どんどん押しが強くなっていることを自覚する。帰る道すがら、保護司のいやそうな顔を思い出すとつい苦笑が浮かんでしまった。

保護司はもう吉岡と連絡をとり合っていないとのことだったから、教えてもらった住所に今も住んでいるとは限らない。だが、着実に吉岡に近づいている感触がある。かつて捜査に、こんなにも充実感を覚えたことはなかった。自分は今、本当の意味で警察官になったのかもしれないと考えた。

教えてもらった住所は、埼玉県の吉川《よしかわ》市だった。今から向かうには、少し遠い。だが仕事をしながらの単独捜査では、時間が貴重だった。帰りの足の心配は度外視し、向かってみることにする。充実感が、背中を押してくれた。

ＪＲ埼京《さいきょう》線と武蔵野《むさしの》線を乗り継ぎ、吉川駅からはタクシーを使った。近くまで来たところで降ろしてもらい、徒歩で住所に該当する建物を捜す。すぐにそのアパートは見つかった。二階建ての、外廊下があるタイプである。集合郵便受けを見ると、「吉岡」の文字があった。吉岡はここに住んでいるのだ。

外から見てみると、吉岡の部屋の窓には明かりが点いていた。少なくとも、誰かは在宅している。理那は外階段を上り、目指す部屋の呼び鈴を押した。中から、男の低い声で「はい」と応答があった。

「どちら様でしょうか」

「失礼します。ちょっとお伺いしたいことがあって、やってきました。こういう者です」

理那は名乗らず、警察バッジをドアの覗き穴に翳した。近所の耳を気にしたのだ。警察が訪ねてきたと近隣に知れれば、吉岡がここで暮らしにくくなるかもしれない。一応、吉岡の生活に配慮したのだった。

　室内の人物は、言葉を発さなかった。明らかに、警察バッジを見て沈黙しているのだ。その沈黙の意味はわからない。心当たりがないから戸惑っているのか、それとも疚しいところがあるから応じないのか。反応のなさに焦れて、理那は再度呼びかけた。

「すみません。お話しさせていただきたいので、ドアを開けてもらえないでしょうか」

　するとようやく、解錠する音がした。内側からドアが開き、男が顔を覗かせる。男は理那を見てから左右を見回し、そして大きくドアを開いた。

「早く入ってください」

　顎をしゃくり、急かした。理那は言われるままに、ドアの内側に入る。三和土は狭かったが、足の踏み場がないほどではない。男物の靴が二足、並んでいるだけだった。

「なんでしょうか」

　男も立ったまま、尋ねてきた。五十絡みの男は髪が半白で、目尻や頬の皺が目立つ。五十絡みと見るのは実際の年齢を知っているからで、知らなければ六十を超えていると思っただろう。この男が吉岡ならば、実年齢より老けている風貌だった。

「吉岡正昭さんでしょうか」

　理那は確認をした。相手は頷いた。

「そうです」

やはり吉岡で間違いないようだ。老けているのは、刑務所での生活で苦労をしたからか。

しかし刑務所に入所していた期間は、二年に満たないはずだ。苦労は出所後のことかもしれない。

「突然お邪魔してすみません。お伺いしたいのですが、杉本宏治、小川道明、千葉義孝、この三名の名前をご存じでしょうか」

理那はいきなり直球を投げた。心の準備ができていないうちに核心的な質問を投げかけ、相手の反応を見ようという作戦である。瞬きすらこらえ、吉岡の表情の動きを注視した。

「なんですか、いきなり。知りませんが」

吉岡の口調はぶっきらぼうだった。表情も変わらない。表面上は、動揺は見られなかった。

「十八年前、あなたが起こした交通事故を取り調べた警察官たちです」

さらに攻めると、ようやく吉岡は顔を歪めた。うんざりした顔だった。

「まだあの事故のことが祟《たた》るんですか。私は刑務所まで行って、罪を償ったんですよ。この上、私に何をしろと言うんですか」

その様子を見て、理那は首を傾げたくなった。演技をしているようには思えなかったからだ。少なくとも吉岡は、本当に憤っている。警察の訪問に、嫌気が差している。吉岡が連続殺人犯だとしたら、こんな反応をするだろうか。怒って見せたとしても、どこかに怯えが顔を覗かせるはずだが。

そう考えたものの、あまり自信はなかった。殺人事件の捜査は、本庁捜査一課刑事の補助しか経験がない。こんなとき村越ならどう判断するだろうかと、つい考えてしまった。

「今名前を挙げた三名は、最近死亡しました。ひとりは事故死、ひとりは他殺、ひとりは自殺です。知らなかったですか」

言葉を重ねて、反応を窺うしかなかった。吉岡は理那の問いに、目を見開く。驚いているように見えた。

「知らなかったですか」

理那もまた驚き、念を押した。吉岡は一度頷いてから、首を横に振った。

「警察官連続殺人が起きていることは知ってました。でもそれが、私の事故を取り調べた人とは知りませんでした。名前なんて憶えてなかったですから。本当に全員、あの事故を取り調べた人なんですか」

逆に問いかけてきた。吉岡の態度が演技なのかどうか、理那は見抜けない。もっと経験を積みたい、と思った。

「今から言う日時に、何をしていたか教えてください」

やむを得ず、質問を変えた。警察官三人が死亡した日時を、次々と挙げる。だがそれに対して吉岡は、ただ首を捻るだけだった。いきなりアリバイを訊かれても、すらすら答える方が怪しいだろう。普通は一ヵ月も前のこととなれば、憶えていないものだ。

「私は特に変哲もない毎日を送っています。夜は塾の講師の仕事があり、日中は問題作りなど事務仕事をしています。その日時に何をしていたかはっきりとは憶えていませんが、おそらく仕事をしていたはずです」

「それを証言してくれる人はいますか」

「塾で訊いてもらえれば、出勤記録が残っているはずです」

「お勤め先の名前を教えてもらえますか」

吉岡が言う塾名と住所を、理那は書き取った。吉岡の態度は、アリバイがない人間のそれではなかった。やはり吉岡は嘘をついていないのか。吉岡は事件に関与していないのではないかと、自分の見込みを疑う気持ちが湧いた。

「今はおひとり暮らしなんですか。お子さんは独立されたんですね」

瞬間的に、吉岡が無関係ならば子供はどうかと考えた。親の運命が変われば、子供の人生も大きく変わる。それが悪い方への変化であれば、子供が恨みを抱いても不思議ではない。老いの雰囲気が顕著な吉岡よりも、子供の方が復讐者にふさわしく思えた。

理那は部屋の中を見渡した。玄関先から見えるのはひと間だけだが、複数の人間が暮らしている気配はない。座布団も、ハンガーに掛かっている上着もひとり分だ。同居人はいないと見てよかった。

吉岡はその問いを受けて、なぜか肺いっぱいに息を吸い込んだ。罵声《ばせい》を張り上げる前の動作かと見えた。だが吉岡は声を荒らげず、鼻から息を吐くと予想外のことを口にした。

「息子は死にましたよ」

## 50

昼食を終えて帰ってくると、お喋りの声がぴたりとやんだ。いつものことだ。そのうち相手も慣れるかと思っていたが、いっこうに変わらない。単に女性の中に男がひとりいるから、というだけではないだろう。仮に男の集団の中にあっても、自分は浮いてしまうのではないか。西條は特に自虐的になるわけでもなく、淡々と考える。

女たちだけのお喋りがしにくくなったのはやむを得ないとしても、せめて職場の雰囲気を悪くしたくないとは思うので、誰にともなく頭を下げて自席に着いた。西條が坐ればお喋りも再開される、ということもなく、秘書室の中は不自然に静まり返っている。彼女たちが異物を扱いかねていることが、ひしひしと伝わってくる。せいぜい目障りにならないよう、自席で黙々と試験勉強をするだけだった。

西條がいる間、女性たちは見事なまでに押し黙っている。やり取りはただ、仕事に関することだけだ。それを西條は当初、異様に感じていたが、やがて彼女たちが沈黙していられる理由に気づいた。女性たちは秘書室にいる際には、たいてい自分のパソコンに向き合ってキーを叩いている。おそらく彼女たちは、声ではなくディスプレイ上の文字でやり取りをしているのだ。これならば会話の内容を西條に聞かれる心配はない。室内が静かなので、西條も勉強に専念できた。

この状況を第三者が知れば、職場いじめと受け取るだろうが、西條自身はそうではないと考えていた。女性たちは西條を爪弾《つまはじ》きにしたいのではない。彼女たちは、西條に怯えているのだ。そのことは、女性たちが西條に向ける目を見ればわかる。西條と目が合ったとたんに、弾かれたかのように逸らされる視線。怯えた人の目は、刑事時代に何度も見てきた。だからこそ、彼女たちの心情は正確に理解できた。

真面目に生きていて、かつ不運に見舞われなければ、通常は刑事と接する機会はない。だから彼女たちにとって、元刑事などという人物は異世界の存在にも等しいのだ。まして西條は、女性スキャンダルで警察を追われ、親のコネで会社に潜り込み、仕事らしい仕事もしていない。不潔な男に思えるだろうし、能なしにも見えるだろう。積極的に接する理由はまるでなく、そこにいられるだけで息苦しく感じるのはむしろ当然だった。

この状況を秘書室長はどう見ているのかと、西條は疑問に思い始めていた。最初は職場の雰囲気がぎこちなくても、やがて西條がいることが日常の風景になるのではないかと楽観していた。だが女性たちの恐れは、西條の予想を上回っていた。二週間経った今も、雰囲気は張り詰めたままだ。おそらく西條が来る前は、秘書室は社内でも特に華やいだ部署だったのではないかと想像する。それが今や、しわぶきひとつ聞こえないほどの息苦しさに満ちている。自分の居心地が悪いからという理由ではなく、女性たちのためにもこのままでいいはずがないと西條は考えていた。

入社して、今日でちょうど二週間になる。切りがいいので、秘書室長の手が空いているところを見計らって話しかけた。

「お話ししたいことがあるので、お時間をとっていただけるとありがたいです」

「えっ？　ああ、そうですか。今すぐですか？」

秘書室長は五十絡みの実直そうな男性で、女性たちには父親のように接する。ぎらぎらした男性性を感じさせない秘書室長に、女性たちも安心しているのかもしれない。西條が見るところ、部下たちに慕われているようだった。

そんな人だから、年下の西條にも敬語を使って接する。もっとも、親会社の御曹司にぞんざいな態度で接したりしたら怖いと思っているのかもしれないが。縁故など気にしなくていいと兄は言ったが、やはりそういうわけにもいかないと実際に入社してから感じている。おそらく兄も似たような扱いをされてきたのだろうに、その中でしっかりと頭角を現し、周囲に己の実力を認めさせたのだから、大したものだ。西條が同じことをするには、この先何年の時間が必要なのだろうと思う。

「お手透《てす》きのときでかまいません」

「今、大丈夫ですよ。じゃあ席を移しますか」

ここでは話しにくいことと察してくれたらしい。秘書室長の後を追い、階下の空いている会議室に入った。どうぞ、と言われ、秘書室長の斜め前に坐る。前置きもせず、切り出した。

「職場の雰囲気のことです。私が来てから、悪くなったのではないですか」

「は？　ああ、まあ、ちょっと雰囲気は変わりましたねぇ」

どう答えていいのか、戸惑っているようだ。うすうす気づいてはいたが、今ようやく確信した。この秘書室長自身が、西條の扱いに迷っている。心情的には、女性たちと同じなのだった。

「雰囲気が変わった、どころではないんじゃないですか。私がいると話がしづらいらしく、誰も何も言わないのですよ。私のせいで雰囲気がぴりぴりしてしまい、毎日申し訳なく思っています」

「みんな真面目に仕事しているのですから、私語をしないのは当たり前です。西條さんが気になさる必要はないですよ」

本気でそう見ているのか、あるいは気づいていて何も変わっていないと思い込もうとしているのか。少なくとも、現状をどうにかしなければという気持ちがないことは判明した。

「では、このままでいいと？」

「西條さんは、今の環境にご不満ですか」

ずばり訊かれてしまった。もしかしたら、西條の方から言わせたかったのかもしれないと、この期に及んで気づいた。

「不満ではありませんが、女性たちがかわいそうだという気持ちはあります。私のせいで職場の雰囲気が重くなってしまったのですから」

「西條さんは何もしてないのでしょう？　西條さんの方から女性に話しかけたりしてるんですか？」

「いえ、それはまったく」

「では、西條さんに落ち度はありません。ただ、もし異動を望まれるなら、希望は承っておきますよ」

人のいいおじさんのような風貌でいながら、なかなか策士なのかもしれない。皮肉でなく、感心した。

「そうですね。我《わ》が儘《まま》を言うようで申し訳ないのですが、別の部署に移れるなら移していただいた方がいいかもしれません。もっと男性が多い部署に」

「わかりました。西條さんなら問題を起こす心配はないと考えて人事も秘書室に配属したのでしょうが、ちょっと計算違いがありました。西條さんの希望は人事に伝えておきます」

「恐れ入ります」

資格を取って新たな仕事に打ち込むのもいいと、本気で考えていた。だがここ最近、試験勉強に身が入らなくなっていることは自覚していた。原因はわかっている。それを西條は恥じていた。

その夜、勉強に身が入らない原因となるメールが来た。高城理那からのメールだ。最初は警察の人間になどいまさら会いたくないと思っていたのに、今は連絡が来るのを心待ちにしている自分がいる。結局おれは、変わろうとしても変われなかったのだ。刑事という仕事に未練たらたらで、新しい生活に馴染めずにいる。本当に恥ずべきことだが、自然な心の動きはどうしようもない。自分には他に生きる道がないのだと思い知らされるのは、切なかった。

どんなに強く望んでも、もうその道に戻るすべはないからだ。だが同時に、開き直る気持ちもあった。迷いがなくなり、いっそすっきりした心地になっていた。

理那はメールで、今から電話してもいいかと尋ねている。かまわない、と返事を送った。

## 51

殺人という大事件は起きなくても、不審火や窃盗、恐喝、詐欺紛いの行為など、所轄内で事件は常に発生する。それらへの対応をしながら別個の捜査をするのは並々ならぬ苦労だったが、理那の気持ちはまだ折れていなかった。むしろ、西條に報告するにはきちんとした裏取りをしなければならないという義務感を覚える。これは、西條に認めてもらいたいという思いの発露なのだろうか。自問してみたが、よくわからない。言えるのはただ、自分がこの単独捜査にやり甲斐を覚えているということだった。

家に帰り着いたら、まず真っ先に西條にメールを送った。今から電話をしてもいいかと尋ねるメールである。すぐに「かまわない」という返事が届いたので、化粧も落とさず電話した。

「夜遅くにすみません。高城です」

「かまわない。そんなに早寝じゃない」

メールの返事はぶっきらぼうだったが、実際の言葉も同じだった。しかし不機嫌でないことは、一度会っているだけにわかる。西條はふだんからこういう人なのだと知っていれば、臆することはなかった。

「何か、進展があったか」

西條は尋ねてきた。進展があったときだけ報告する、ということにしてあったのだ。進展というより後退なのだが、この線が行き詰まったことを報告しないわけにはいかない。理那は悔しさをこらえながら、口を開いた。

「昨日お話しした吉岡という人物が見つかりました。ですが、アリバイが成立しました」

吉岡の勤め先である塾に確かめた結果、警察官たちが死亡した時刻にはいずれも出勤していたことが明らかになった。ひとりだけでなく、複数の同僚たちが塾にはいたらしいから、アリバイ工作が行われたわけではなさそうだ。吉岡は白と認めざるを得なかった。

「そうか。吉岡の身内は？」

西條はすかさず問い返してきた。その辺りは、さすが捜査一課にいただけのことはある。動機は当人だけでなく、周辺の人物も持ちうるとわかっているのだ。場合によっては、当人より強い恨みを抱いていることもあるという。

「息子がいたのですが、すでに死亡していました」

「死んでた」

「はい。戸籍も確かめましたので、間違いないです」

吉岡当人にアリバイがあり、吉岡の人生の変転によって不利益を蒙《こうむ》ったであろう息子も死んでいるなら、容疑者候補がいなくなる。捜査本部が見つけられなかった動機を探し出したと思ったのに、見込み違いだったと認めなければならないのは悔しかった。

「吉岡の息子は、なぜ死んだんだ」

「自殺、だそうです」

海に身を投げて死んだのだと、吉岡は語った。息子が大学生の頃のことだったらしい。その理由を尋ねた理那に、吉岡はこう答えた。

『親が刑務所に行けば、死にたくもなるんでしょうよ』

吉岡の吐き捨てるような口調が、理那の耳には残っていた。吉岡は今も、警察に恨みを抱いている。しかし、犯人ではないのだ。他で恨みを買っていてもおかしくない、という弁護士の言葉を理那は思い出した。

「それなら、やはり吉岡が警察を恨む気持ちは強いということになるな」

西條は言う。理那も同意した。

「そうなんです。でも、アリバイがある。吉岡に犯行は不可能なんです」

「吉岡に、他に身内はいないのか」

「連れ子がいました。吉岡は二度結婚していて、二度目は相手にも子供がいたんです」

東寺方で聞き込みをした際、吉岡の隣人だった人は子供がふたりいたと言った。その一方は、再婚相手の連れ子だったのだ。吉岡に確認してそれがわかったが、今はどこにいて何をしているのか、まるで知らないという。

「連れ子か」

西條は理那の説明を繰り返す。「そうなんです」と理那は応じた。

「一緒に暮らしていた期間は短かったらしいので、たとえ離婚の原因が交通事故だったとしても、それを恨んで今になって復讐を始めるとは考えにくいですよね。吉岡の周辺に、動機を持つ人物は他にいないんですよ」

「子供同士の仲はどうだったんだ？」

諦め気味の理那に対して、意外にも西條はさらに質問をしてきた。問われても、そこまでは確かめていない。わかりません、と答えるしかなかった。

「仲が良かったのなら、その連れ子が死んだ義理の兄の復讐をしているかもしれないと言うのですか」

「可能性の話だ。人は些細なことでも殺意を抱きうる。こちらで勝手に、この程度のことで人殺しはしないだろうと決めつけない方がいい」

言われて、理那は反省した。確かにそのとおりだ。関係の深さは、期間の長さに比例しない。たとえ短い間の仲だったとしても、それが一生を規定してしまうほど強い絆《きずな》を育む場合もある。連れ子の線を追おうとしなかった自分を、理那は叱りつけたかった。

「わかりました。連れ子も捜します」

「がんばれ」

短く西條は言う。そのひと言に、理那は思いがけず励まされた。そうだ、がんばろう。単独捜査に疲れなど感じていなかったが、さらに新たに意欲が湧いてくるかのようだった。

吉岡の電話番号は聞いてある。翌日の朝一番に、連絡を入れた。塾の仕事は夜遅くまであるから、午前九時過ぎでしかないこの時間帯は、まだ寝ているかもしれないと考えた。それでも、遠慮せずに電話をかけた。

「はい」

くぐもった声が応じた。やはり寝ていたかなと思いつつ、名乗った。

「おとといお邪魔した警視庁の高城です。朝早くからすみません。息子さんの死亡を、戸籍で確認しました。ご愁傷様です」

まずは尋常に悔やみの言葉を述べた。吉岡がそれをどう受け取ったか、反応がないのでわからない。かまわず、続けた。

「そこでまた伺いたいことが出てきたのですけど、別れた奥さんに会えないでしょうか」

「えっ、なんで？」

唐突な申し出に思えたのだろう、吉岡は不快そうな声を出した。理那は鈍感を装った。

「吉岡さんを疑ってるわけじゃないんです。吉岡さんのアリバイは確認しました。でも、十八年前の事故が吉岡さんの主張したとおりだったら、警察に恨みを抱くのも当然だと思えます。こちらとしても、もうちょっと調べてみたいと考えました」

「勝手に調べればいいじゃないですか。私の知ったこっちゃない」

警察を恨んでいるであろう吉岡としては、この返答は至極当然だった。都合のいいことを頼んでいるという自覚は、理那にもある。

「吉岡さんが教えてくださるなら、手間が省けます。もし教えていただけないなら、職場までお邪魔することになってしまいます」

決して威圧的にならないように言ったつもりではあるが、内容は威圧以外の何物でもなかった。やっぱり私は図太くなった。その実感は、誇りと自己嫌悪を理那に同時に味わわせた。

「警察のやり方は、何年経っても変わらないですね」

そんな憎まれ口を叩くくらいがせいぜいと、吉岡は悔しさを嚙み殺しているのかもしれない。だがその指摘は、理那にはなかなかに効果的だった。誇りと自己嫌悪の配分は半々だったが、今の言葉を受けて自己嫌悪の方がずっと大きくなった。

吉岡が告げる住所を復唱し、書き取った。この住所は数年前のもので、最近は連絡をとり合っていないからそこに住み続けているかどうかもわからないと吉岡はつけ加える。引っ越していても追い続けるだけだと、理那は心の中で密かに決意した。

教えてもらった住所は、近くなかった。神奈川県の大和市《やまと》だという。都心部からだと一時間近くかかるだろうか。単独捜査に充《あ》てられる時間が限られている今、移動に手間取るのは好ましくないが、やむを得ない。強引に時間を作り、署を抜け出して電車に飛び乗った。

小田急《おだきゅう》線の大和駅に降り立ち、そこからさらに十五分ほど歩いてようやく目指す住所に辿り着いた。低層の、あまり新しくないマンションである。だが手入れが行き届いていて、住み心地は悪くなさそうだった。郵便受けを確認して、密かに安堵する。吉岡に聞いた姓が、そこに書かれていたのだ。引っ越してはいなかったようだ。

二階なので、エレベーターを使わずに階段で上がった。無駄足にならなかったことで、足取りも軽くなった。

呼び鈴を鳴らし、反応を待った。だが、誰も応えない。留守らしい。専業主婦でなければ、平日の日中に在宅している可能性は低い。諦めて、近所の聞き込みをした。

その結果、吉岡の元妻は近くの食品加工工場で働いていることがわかった。さっそく向かうと、時刻はちょうど三時になっていた。休憩時間で手が空いているかもしれない。

工場の敷地入り口で守衛に声をかけ、パートの女性がいる場所を教えてもらった。やはり今は休憩時間だとのことで、パート女性たちみんなでおやつを食べている頃ではないかと言う。工場の裏側からドアを開けて中に顔を入れると、二十人ほどの女性がいっせいにこちらを向いた。理那は気圧されながらも、一同に呼びかけた。

「竹井《たけい》さんはいらっしゃいますか。竹井英恵《はなえ》さん」

それが、吉岡の元妻の名前だった。理那の呼びかけに応じ、ひとりがおずおずと手を挙げる。

「私ですけど」

「恐れ入ります。ちょっとお話を伺わせていただきたいのです。私はこういう者です」

皆の注目が集まる中で警察バッジを出していいものかと一瞬迷ったが、こちらの身分を隠しておいてもどうせ後で詮索されるのだろうから同じだと考え直した。案の定、女性たちは警察バッジを見てざわめく。竹井英恵は立ち上がって、早足で近づいてきた。

「なんですか。警察の人ですか」

そう言いながら、理那を外に押し出すようにする。後ろ手にドアを閉めて、さらに理那を敷地の奥へと先導した。

「どうして警察が？　あたしになんの用ですか」

竹井英恵は五十前後の年格好だった。若い頃は美人だっただろうことが想像できる、整った顔立ちをしている。薄化粧しかしていないが、それでも年配の男には充分魅力的と映るのではないか。吉岡の老け方とは対照的で、別れた夫婦のそれぞれの運命の違いを皮肉に感じた。

「いやそうな顔をされているということはご想像がついているのかと思いますが、十八年前の事故について、ちょっと伺わせていただきたいのです」

相手の表情を見たら、ついそんな前置きが口から出てしまった。竹井英恵は露骨に不機嫌そうな顔をしている。吉岡と別れ、面倒事から解放されたと思っていたのかもしれない。しかし、これが刑事の仕事だと開き直る気持ちが理那にはある。

「あれはもう、とっくに済んだことじゃないんですか。しかもあたしは、吉岡とは別れているんです。いまさら警察に質問されるようなことは、何もないと思いますが」

表情だけでなく、口調も刺々しかった。ならばさっさと本題に入った方が、相手のためだと判断した。

「おっしゃるとおりです。こちらが伺いたいのは事故そのもののことではなく、あなたを含めたご家族のことです」

「家族？　家族の何を訊きたいんですか」

「持って回った言い方をしても不愉快でしょうから、ずばり伺います。どうして吉岡さんと離婚したんですか」

古傷を触るような質問だろうか、と思っていたら、そのとおりの反応だった。竹井英恵は顔を歪めて、理那を睨む。美人がそんな表情をすると、凄みがあった。

「疲れたからです」

きっぱりと竹井英恵は言った。そう言い切ることに、なんの迷いもなさそうだった。

「相手の方への賠償とか、近所の目とか、それから警察のしつこさとか、全部に疲れてしまったんですよ。正直、うんざりしたんです」

露悪的に、竹井英恵は言い放つ。まるで取り繕おうとしないのは、いくら苛立っているからとはいえ、勇気がいるはずだ。人間、自分をいい人に見せたいものである。疲れたから事故を起こした夫を見捨てた、という言い分は、なかなか正直だった。

「なるほど。事故は被害者の生活だけでなく、加害者側の家庭をも壊すということですね。ではその後は、お子さんとふたり暮らしですか。再婚はされなかったんですか」

「もう結婚はこりごりですから、しませんでした。その後はずっと、子供とふたり暮らしですよ」

結婚はこりごりとは、ずいぶん経験を重ねた人のような物言いだ。一度目の結婚がどのような形で終わったのかわからないが、二度目の破局がよほど応えたようである。

「竹井さんのお子さんと、吉岡さんのお子さんは仲が良かったですか」

西條が気にしていた点を質す。竹井英恵は仏頂面のまま、頷いた。

「よかったですよ。お互いひとりっ子だったから、いい遊び相手ができたと思ってたんじゃないですかね」

やはり仲が良かったのか。西條の勘は当たる、と村越が言っていたのを思い出した。これもまた、当たりなのだろうか。

「今でも一緒に暮らしてるんですか」

「いいえ、独立しました。今は都心でひとり暮らしをしてますよ」

「お子さんにも会ってみたいので、お名前と住所を教えていただけないですか」

「どうしてですか？　そもそも、いまさら何を調べてるんですか」

改めて思い出したかのように、こちらの訪問の意図を質す。問われても、警察官連続殺人の容疑です、とは答えられなかった。

「お話ししたいのは山々ですが、捜査上の秘密は言えないのです。なんとかご協力いただけないでしょうか」

「いやです。知りたければ、自力で調べればいいでしょう」

竹井英恵の返事はにべもなかった。これはいくら押しても駄目だろう。ここ数日で面の皮が厚くなったという自覚がある理那ではあるが、ここは諦めに気持ちが傾く。すると竹井英恵は、「もういいですね」と勝手にやり取りを打ち切って工場内に戻っていってしまった。呼び止めようにも、背中全体が拒絶の意志を漲《みなぎ》らせていて、諦めるしかなかった。

# 52

竹井英恵にけんもほろろの扱いを受けたので、やむを得ず理那は大和市役所に行った。そこで竹井英恵の戸籍の開示を求め、子供の名前を確認する。名前は英司《えいじ》だった。

「えっ、竹井英司?」

思わず呟きが漏れてしまった。知っている名前だったのだ。といっても、面識があるわけではない。竹井英司は芸能人だった。

同姓同名かと、最初は考えた。竹井英恵の息子が芸能人であってても別におかしくはないが、特別変わった名前というわけでもない。スマートフォンで検索をして竹井英司のプロフィールを確認すると、戸籍に書かれている生年月日と一致した。どうやら、理那が知る芸能人の竹井英司のようだ。

理那は竹井英司の容貌を思い出した。最近よくテレビで見かけるようになった、モデル出身のタレントである。モデルだっただけあって華奢《きやしや》で、年齢的には青年と呼ぶべきだろうが、美少年と言いたくなる雰囲気だった。少年というより、中性的と評するべきか。成熟しきらない男性の魅力が売りのようだった。

理那は小さく首を傾げた。テレビで見る竹井英司は、警察官連続殺人の犯人という感じではないのだ。被害者たちは皆、柔剣道の有段者である。彼らを次々に殺すことが、あのなよなよした男に可能とはとても思えなかった。

ともあれ、ここまでわかったのだ。本人に会わずに済ませるわけにはいかない。今日は時間切れなので署に戻るが、明日は竹井英司を訪ねようと考えた。竹井英司の居場所は、プロダクションに問い合わせればわかるはずである。

次の日も無理に時間を作り、竹井英司が所属するプロダクションに電話をした。今は汐留《しおどめ》でテレビ番組の収録中だという。担当者は警察からの問い合わせに焦っているようだったが、単なる確認だと言って宥めた。その説明でどれくらい安心できたか、わからないが。

新宿で都営大江戸《おおえど》線に乗り換え、汐留まで行った。テレビ局に正面玄関から入ろうとしたら、そこに立っていた男に「失礼ですが」と声をかけられた。

「もしかして、警察の方ですか」

自分はあまり刑事臭を漂わせていないはずと理那は考えていたが、明らかに業界人とは違う雰囲気なので目に留まったのだろう。自分のような女は、テレビ局には出入りしていないに違いない。

「そうですが、竹井英司さんのマネージャーさんか何かですか」

察しをつけて、問い返した。事務所に問い合わせた時点で、向こうは警察が来ることを承知している。テレビ局内で聞き回られるよりはと、ここで待ち伏せしていたのだろう。

「そうです。芦屋《あしや》と申します。竹井のマネージャーをやっています。警察の方が、竹井にいったいなんのご用でしょうか」

芦屋と名乗った男は、三十前後の年格好だった。ひょろりとしていて、学生のようなラフな身なりをしている。こんなかまわない服装をしている人の方が、テレビ局では目立たないのかもしれない。確かに、いかにも業界関係者といった雰囲気を漂わせていた。

「これはご丁寧に」相手が名刺を差し出してきたので、受け取る。「竹井英司さんにちょっと伺いたいことがあったのです。竹井さんの義理のお父さんのことについて」

「義理の父親？　それは大昔の話ではないですか」

「大昔といっても、百年も前のことではないですよ。今、ここにいらっしゃるんですよね。収録中ですか」

「そうです。収録中です」

テレビ局の建物を指差した。芦屋は渋々といった態度で認める。

「いつ終わりますか。待たせてもらいます」

「私が代わりにお返事するのでは駄目ですか」

予想どおりのことを言ってきた。これは何か疚しいことがあって庇い立てしているのではなく、単に大事なタレントに刑事などというわけのわからない人種を近づけたくないだけだろう。このことを芸能記者に知られたら、痛くもない腹を探られると心配しているのではないか。事情はわかるのでできるだけ希望は聞き入れたいが、本人に会わないわけにはいかなかった。

「いや、やっぱりご本人じゃないと駄目なんです。でも、あなたにご同席いただくのはかまいません。どこか、人目につかないところで話ができないでしょうか」

「そうですか……」

がっかりしたように芦屋は視線を落とし、「少しお待ちください」と言い置いて理那から離れた。こちらに背を向け、どこかに電話をしている。戻ってくると、自分の腕時計を見た。

「あと三十分ほどかかると思うんです。それから移動をしますが、その途中でどこかに寄って十分ほどお話をすることは可能ですが」

「移動手段は何ですか？」

「タクシーです」

ならば移動中に話を聞くわけにもいかない。十分では少ないが、一度降車してどこかに腰を落ち着けてしまえばなんとかなるだろうとしたたかに考える。いいですよ、と承知した。

「では、中に喫茶店があるようですから、私はそこで待たせてもらいます。お仕事が終わったら、声をかけてください」

「わかりました」

芦屋は応じて、先にテレビ局の中に戻っていった。芦屋が受付に声をかけてくれたので、理那は咎められることなくエントランスホールの一角にある喫茶店に入れた。壁がなく、ホールが一望できるため、人を待つには好都合である。先方も、特に疚しいことがないなら逃げたりしないだろう。

そこから人の出入りを眺めていたら、さすがはテレビ局だけあって、見憶えのある顔が何人も通っていった。自分がミーハーだとは思わないが、非日常的な世界に少し胸が躍る。三十分の間、視線を忙しなく左右に走らせてしまっていた。

そうこうするうちに、芦屋が人を伴って姿を見せた。芦屋の斜め後ろにいるのは、テレビで見る竹井英司その人だ。竹井は背が低く、肩幅が狭く、しかも刑事と会うのが気が進まないのか俯き加減になっている。肩が落ちていて、まるで呼び出しを食らったいじめられっ子のようだ。ああ、これは違う、と理那はひと目見ただけで直感した。こんな華奢な男に、何人もの警察官を殺せるわけがない。

「お待たせしました。では、移動しましょうか」

芦屋に声をかけられるより先に、立ち上がった。すでに会計は済ませてある。喫茶店の出入り口から回り込んで、芦屋の背後に隠れるように立っている竹井に声をかけた。

「高城といいます。突然すみません」

「竹井です」

竹井は顔を上げずに、囁くように名乗った。声もか細く、男にしては高かった。きっと全身の毛が薄くて、肌もすべすべなのだろうな、と理那は考えた。竹井と並べば、明らかに理那の方がごつい体をしている。

テレビ局を出て、三人でタクシーに乗った。芦屋は助手席に坐り、運転手に行く先を指示する。立ち寄る先を決めてあるようだ。芦屋が指示した場所は虎ノ門《とらのもん》だった。

桜田《さくらだ》通りから一本奥まった道でタクシーを降り、レトロな雰囲気の喫茶店に入った。先客は雑誌を読んでいる男ひとりだけだったので、離れたテーブルに陣取った。ここからなら、会話を聞かれそうにない。先客は顔も上げなかった。

「十分だけとのことなので、単刀直入に伺います。竹井さんは警察が嫌いですか」

まさに直球の質問だと自分でも思うが、竹井はどうやら犯人ではなさそうなので、手間暇をかける気になれない。竹井は警戒心を解く様子もなく、上目遣いにちらりとこちらを見た。

「それはどういう意図の質問ですか？　好きでも嫌いでもないですが」

その返答には、おやっと思った。無難だが、気弱なたちというわけではなさそうだ。

「十八年前、義理のお父さんが交通事故を起こして刑務所に行ってますよね。そのときに、警察が嫌いになったのではないかと考えたのですが」

「事故を起こしたのは義理の父ですから、それを理由に警察を嫌いになるのはおかしいのでは」

竹井の言葉は理路整然としている。外見とギャップがある、などと言ってしまうのは先入観に囚われているのだろう。おどおどしているようでいても、言うべきことはきちんと言うタイプと見た。そうでなければ、芸能人などやっていられないのではないか。

「まあ、そうですね。ところで、今から申し上げる日時にどちらにいらっしゃったか、教えていただけますか」

理那は警官殺しがあった日を順番に挙げた。この質問には、芦屋が食ってかかってきた。

「それはなんの捜査ですか。竹井に何かの容疑がかかってるんですか」

「いえいえ、そういうわけじゃなく、あくまで念のためです。誰に会っても同じ質問をするのです。差し支えなければ、教えていただきたいのですが」

「かまいませんよ。どうだったっけ？」

竹井が応じて、芦屋に確認する。芦屋は自分のスマートフォンを操作しながら、日付を再度確認してきた。理那が挙げる日時にひとつひとつ答える。それによると、仕事中のときもあればすでに仕事が終わっている日もあった。仕事後の過ごし方を訊いたら、「家に帰って寝ました」という返事だった。

「仕事中だったことは、どなたか第三者が証言してくれますか」

「そこまで疑ってるんですか。なんの事件ですか」

芦屋は依然として心外そうだ。対照的に竹井の方が冷静で、「まあ、いいじゃん」と宥めている。

「誰か、スタッフさんに電話できないかな。今この場で刑事さんと話をしてもらえば、ぼくのアリバイが成立するでしょ」

「でも、警察にアリバイ確認されてるなんて、あんまり言いたくないけど」

芦屋は渋る。それを竹井が説得した。

「そうしないと、刑事さんは帰ってくれないよ。いつまでもつきまとわれた方が迷惑じゃん」

つきまとう、という表現につい苦笑した。刑事を目の前にしてそんな言い方をするとは、いい度胸だ。

芦屋は仕方なさそうに、その場で電話をした。やり取りを聞く限り、口裏を合わせて欲しいと暗に仄めかしている様子はなかった。電話を代わり、確かにその日時に竹井がスタジオで番組収録に臨んでいたことがわかった。事件があった日すべてのアリバイが成立したわけではないが、一件だけで充分と判断した。

礼を言って、次の仕事に向かう竹井たちを見送った。あっという間に走り去っていくタクシーを目で追いながら、思わずひとりごちた。

「行き止まりか」

吉岡にはアリバイがあり、その息子はすでに死亡し、連れ子にもまたアリバイがあった。西條の着眼点はよかったが、捜査は袋小路に入った。もう一度仕切り直しか。あえて軽く考えてみたが、落胆は自分で思うよりずっと大きかった。

## 53

待ち合わせた際、理那は西條がどこにいるかすぐに見つけられる。整った顔立ちはやはり目立っているが、理由はそれだけではないと感じていた。西條には強い存在感があるのだ。人の目を惹きつけずにはおかない、磁場のようなもの。当人は目立つことなどむしろ嫌っているのだから、皮肉である。非凡であることは、生まれ持っての宿命とでも言うべきものなのだろうか。人目を避けて静かに生きていきたいと望んでも、課せられた宿命がそれを許さない。以前に西條は、己の宿命を語りかけてやめた。西條は自分の宿命をどのように捉えているのだろうかと、改めて考える。

「お待たせしました」

西條の前に立ち、詫びを口にした。西條は顔を上げ、いつものように「そんなに待ってない」と言う。それが本当のことなのか、西條の気遣いなのか、理那は未だにわからなかった。わかったのは、つっけんどんなようでいて西條はきちんと気遣いができる人だということだった。

注文を終えてからドリンクバーでコーヒーを取ってきて、テーブルを挟んで西條の正面に坐った。西條は目で、すぐに報告しろと促す。理那は前置きをせず、本題に入った。

「吉岡の元妻の連れ子を見つけました。当人にも会いました。ですが、思っていたような人物ではありませんでした」

「曖昧な報告はしないでくれ。君がどんな予想をしていたかは関係ない。連れ子はどういう人物で、何をもって犯人像とは当てはまらないと考えたんだ」

そう言われることはわかっていた。口で言うより、見てもらった方が早いと考えたのだ。だからあらかじめ写真を表示させておいたスマートフォンを、西條に向けて差し出す。西條は視線を落としても、特に表情を変えなかった。

「この芸能人をご存じですか。竹井英司といいます。この人物が、連れ子でした」

理那の言葉に西條は返事をせず、自分のスマートフォンを開いて検索を始めた。理那はスマートフォンを引っ込め、西條の検索が終わるのを待つ。西條は何度か画面をフリックしては目を通し、最後に写真を数枚見て、スマートフォンを置いた。

「君の言いたいことはわかった。写真で見る限り、ずいぶん華奢な体格のようだな。これでは、屈強な警察官たちを次々殺すことは不可能だと判断したわけだろ」

「そのとおりです。当人は競争が激しい芸能界で頭角を現し始めているくらいですから、それなりに気が強そうではありました。ただ、気力だけで体格の不利を補えるとは思えません。それに、すべての事件にではないですが、いくつかにはアリバイが成立していることを確認しました」

「そうなのか」

西條は理那の顔から視線を外し、遠くを睨むように見据えた。何かを考えているようだ。その考えが言葉になるのを待ったが、西條はなかなか口を開こうとしないので、痺れを切らして問いかけた。

「杉本、小川、千葉のお三方に共通する動機があるものと思って吉岡を見つけるに至りましたが、結局吉岡当人にも、連れ子の竹井英司にもアリバイが成立しました。この線を手繰っても、ホンボシらしき人物には行き当たりません。やはりこの線は間違いだったのでしょうか」

今では半ば、いや九割方、諦めが兆している。千葉の自殺を一連の事件に組み入れたこと自体が間違いだったのではないか、とすら思えてきていた。

理那の言葉を受けて、西條はようやく視線を戻した。真っ直ぐに理那の目を見て、「いや」と否定する。

「我々は状況を別の視点から見る推測を立てた。そして、その推測どおりに別の動機を見つけた。ならば、推測自体は正しかったはずだ。にもかかわらずホシが浮上しないということは、どこかで間違ったんだ。その間違いを見つけなければならない」

「間違い……」

断言されても、迷いは消えなかった。むしろ、西條は誤った推理に固執しているのではないかという疑いが頭をもたげた。果たして、西條に助言を求めたのは正しかったのか。そんな疑問まで覚えてしまった。

「どこで間違ったというのでしょう？　吉岡と竹井を見つける過程で、自分がミスを犯したとは思えないのですが」

仕事にケチをつけられたと感じた。確かに、西條から見れば理那の仕事ぶりは物足りないかもしれない。しかしそれでも、一歩ずつ確かめるように前に進んだはずだ。アリバイの裏取りにも、特に不備はないと思う。下手なアリバイ工作をしていれば、かえって目立つ。吉岡も竹井も複数人によってアリバイを担保されているのだから、工作が入り込む余地はなかった。

「君の仕事ぶりを責めているわけではない。おれの推測が、方向性は合っていても細かい部分で間違っていたのかもしれない。ともかく、一度検証し直したい。どこかに穴があるはずなんだ」

西條は言い切る。これは経験に基づいた言葉なのだろうか。それともただの勘か。経験ならば敬意を表したいが、勘など当てにならない。しかし理那は、村越の語ったことも思い出した。西條の勘はよく当たる、と。ならば、どちらであっても西條の固執することには耳を貸すべきなのか。西條のすることはすべて正しい、という結論に行き着きそうで、なんとなく不愉快だった。

「わかりました。再検証しましょう。まずは私が、東府中署の交通課課長だった磯辺さんに会ったところからですか」

理那の捜査はそこから始まった。自分の調べたことに穴があったなら、ぜひ指摘して欲しいと強気に思った。だが西條は首を振る。

「いや、だから君の仕事に落ち度があると言っているんじゃないんだ。どこかでまた、違った角度から物事を見なければならなかったんだよ。おれはそこを見落とした。まずはひとりになって考えてみたい。しかしそのためには、捜査資料を持ち帰らせてもらわなければならない」

「あ……」

警察署に保管されている捜査資料は、もちろん持ち出していない。理那は自分のメモを見て、西條に状況説明をしただけだ。西條の言う資料とは、このメモのことなのか。それとも、署に保管されている資料を持ち出せと命じているのか。

「君が見ているメモのコピーをくれ」

理那の戸惑いを正確に理解しているのであろう、西條はすぐにつけ加え、こちらの手許を指差した。理那は一瞬臆したことを恥じたが、どうせそんなこちらの心の動きもお見通しなのだろうから、取り繕おうとも思わなかった。すぐに立ち上がり、「コンビニでコピーを取ってきます」と言い残して席を離れる。コンビニに駆け込んで、機械的に次々とコピーを取っているうちに、気持ちが落ち着いてきた。

果たして、自分が乱雑に書き取ったこのメモの中に、真犯人に至る手がかりがあるのだろうか。とてもそうは思えなかったが、今は西條の言うとおり、再検証によって新たなことが見つかると信じるしかなかった。二十枚弱のコピー紙を抱え、ファミリーレストランに戻った。

「では、これをお渡しします。私も、もう一度自分の捜査を見直してみます。何かわかったら、すぐに教えていただけますか」

「ああ、そうする」

西條はコピー紙を受け取ると、そのまま席を立って去っていった。テーブルの上には、律儀に飲み物代が置いてある。本当に堅物だなと、理那はこんな際だがつい苦笑した。

# 54

アパートの自室に帰り着き、受け取ったコピーに目を通し始めた。理那からの相談を受けて事件の検証を始めるに際し、自分が何を疎かにしたか、西條は自覚している。被害者それぞれの個人データの洗い直しだ。なまじ連続殺人であるだけに、共通の動機を理那に追わせるだけで、各人の背景には着目しなかった。見落としがあるとしたらここだと、勘が訴えていた。

とはいえ、理那も個人データを重視していなかったのか、さほど詳しいことは書かれていない。現住所、年齢、階級、家族構成といった、基本的なことだけだ。これでは被害者たちの人となりが浮かんでこない。捜査資料が見たいと西條が言ったとき、理那は内部資料の持ち出しを強要されるのではないかと恐れていたようだが、もしかしたらその必要があるかもしれなかった。むろん、理那に覚悟があればの話だが。

やむを得ず、現場検証についての項目に移った。気になるのは、小川殺しの現場に残っていたバイクのタイヤ痕だ。Uターンしているということは、襲撃に一度失敗したことを意味しないか。小川は襲撃を躱し、バイクに背を向けて逃げようとしたのか。警察官ならばすぐに逃げ出そうとするのは不自然に思えるが、小川の人となりがわからないのでなんとも判断できない。背後から刺されているという状況は、逃げようとして追いつかれて殺されたことを語っているようではあった。

自宅の捜索状況が詳しく書かれているのは、独身の小川だけだった。梅田は家族持ちだから、自宅は通り一遍にしか捜索されていなかったように見える。小川の住まいに関しては、その広さから間取り、置かれている家具に至るまで、細かく記録されていた。その中に、西條の興味を惹く記述があった。

蔵書多し、と書かれていたのだ。

警察官が読書家であっても、特に珍しくはない。西條自身、わずかな時間を見つけては本を読んでいた。だから、小川の蔵書が多いことを不自然に感じたわけではない。どんな本を読んでいたのか、その点に注目したのだった。

蔵書は、読み手の嗜好《しこう》を語る。もっと言ってしまえば、蔵書を見れば所有者の性格がわかるほどである。理那のメモには、ただ「蔵書多し」としか書かれていない。果たして捜査本部は、小川の蔵書録を作ったのだろうか。そこまではやっていないのではないかと思う。

さっそく理那に、メールで問い合わせた。〈すみません。わかりません〉という返事がすぐに届く。

〈明日、署で調べてみます〉

理那は生真面目で、フットワークが軽い。プライドの高さが素直さを多少損ねている嫌いはあるが、刑事として有能であることは間違いなかった。打てば響く対応に満足し、西條はスマートフォンを置く。そしてまた、理那のメモに戻った。

残りは、逮捕された大柴悟に関することだった。梅田武雄が錦糸町で殺された際、大柴は街頭の防犯カメラにその姿を捉えられている。どうやら、確認したのは金森らしい。ならば、映っていたのは大柴で間違いないだろう。金森の糞真面目《くそまじめ》な風貌を、西條は懐かしく思い出した。

大柴の家からは、梅田の血痕とおぼしきものが付着している衣服も見つかった。犯行当時に現場近くにいて、血痕のついた衣服が自宅にあったのなら、逮捕に踏み切るのは当然だ。このメモを読む限りでは、捜査本部に落ち度があったとは思えない。巧妙に捜査方針を誤誘導する人物の存在を仮定しない限り。

最後まで読み終えても、手応えはなかった。事件は解決していて、千葉の自殺はたまたま時期が近接しただけと解釈するのが、最もあり得そうではある。しかし、まだやるべきことは残っているのだ。諦めるのは、すべてを調べ尽くしてからでいい。それが、現役時代の西條の考え方だった。

翌日遅くに、理那からメールが来た。〈蔵書録は作っていませんでした〉と断り、代わりにと写真が添付されている。その写真は、書棚を写したものだった。正確に言うと、書棚を写した写真を撮影したものらしい。つまり、理那はこっそりと捜査資料の写真を盗み撮りして、西條に送ってきたのだ。なかなか大胆なことをやる。西條は理那の立場を案じつつも、その度胸を認めた。

写真は、パソコンのディスプレイに表示させて拡大した。きちんと焦点が合っているので、書名が読める。なるほど、書棚にぎっしりと本が並んでいる様は、蔵書多しと表現しても大袈裟ではない。一冊一冊、書名を見ていった。

読んだ本もあれば、読んでいない本もある。ひとつのジャンルだけに偏っているわけではないが、どちらかといえばエンターテインメントよりも純文学寄りの傾向だった。警察官は息抜きのために本を読むことが多いので、ミステリーや時代小説などエンターテインメント系を読む人がほとんどだ。純文学好きとは、意外だった。

西條自身もご多分に漏れず、さほど純文学には詳しくない。だから、タイトルは知っていても読んだことのない本が多かった。書棚二本分の本すべてのタイトルを見ても、今ひとつ小川の人となりは浮かんでこない。インテリなのだろうか、と思っただけだった。

ふと、いいアイディアが浮かんだ。これらのタイトルを、あの古書店主に見てもらったらどうだろう。大きな期待をするのは禁物だが、無駄を承知であればやってみてもいい。何より、あの店主が何を言うかが楽しみだった。ならば、写真をそのまま見てもらうわけにはいかない。この写真自体は、捜査資料から流出したものなのだ。理那の度胸に報いるためにも、西條は蔵書のリスト化を始めた。

次の日、二時間かけて作った蔵書リストを持ち、古書店に向かった。晃子の事件を片づけて以降、まだ一度しか訪ねていない。行きにくくなった、ということはないが、以前のように気軽にふらりと立ち寄れなくなったのは事実だった。その意味でも、蔵書リストを見てもらうのは足を向けるいい口実ではあった。

「おや、久しぶり」

店主は西條を見ても、特に表情を変えるでもなく、そう挨拶する。以前は挨拶の言葉などなかったのだから大きな変化だが、立ち上がって出迎えるような大袈裟な歓迎をしないのはありがたい。西條は頭を下げて近づいていき、話しかけた。

「お久しぶりです。お元気ですか」

「まあ、半分死んでるようなものだから、元気も何もないが」

店主はそんなことを言う。死ぬにはまだ早い年だが、これも店主らしいので、西條は笑って受け流した。

「実は今日は、客として来たんじゃないんです。いえ、後で本を見せてもらいますけど、ちょっとお願いがあるんですよ」

単刀直入に切り出した。店主は上目遣いに西條を見て、「ほう」と言う。

「珍しいな、あんたが頼みとは」

「本に関することなんです。私は知識不足で、何もわかりませんでした。ぜひ、知恵を貸してください」

「なんのことだかわからないが、まあ、本に関することなら力になれるかもしれない。なんなんだ？」

西條はプリントアウトした蔵書リストを、バッグから取り出した。それを店主の前に置き、説明する。

「これはある人物の蔵書リストです。このリストから、本の持ち主の人となりを推測しようとしたのですが、私が詳しくない純文学が多いのでよくわかりませんでした。そこで、意見を伺おうと思ったんです」

「ふん、勉強不足だな」

娘の危難を救った相手に対する言葉とは思えないことを、店主は言う。しかし、そうでなければこちらもこの店に来にくい。店主はそれを察して、わざと憎まれ口を叩いているという気がした。

　店主は蔵書リストを手にし、目で追い始めた。西條はその間、店の本を見て回ることにした。これまでと変わらず、棚はきちんと回転しているようだ。見憶えのない本が、何冊も棚に差さっている。それらの一冊に手を伸ばそうとしたところに、店主が声をかけてきた。

「ちょっと、いいか」

　もう何かわかったのだろうか。さすがだなと思いながら、レジ前に戻る。店主はリストを手にしたまま、書名を読み上げ始めた。

「福永武彦『草の花』、加賀乙彦『帰らざる夏』、中上健次『奇蹟』『讃歌』、堀辰雄『燃ゆる頬』、谷崎潤一郎『陰翳礼讃』、森鷗外『ヰタ・セクスアリス』、井上武彦『同行二人』。さあ、何かピンと来ないか」

　思いついたことを素直に言うのではなく、こちらにも考えさせるつもりのようだ。だが、その中で読んだことがあるのは『ヰタ・セクスアリス』だけだ。他はあらすじも知らない。まるで見当がつかなかった。

「わかりません」

「なんだ、情けないな。オスカー・ワイルド『ドリアン・グレイの肖像』、トーマス・マン『ベニスに死す』、アルチュール・ランボー『地獄の季節』。これならどうだ」

いずれも有名な小説だが、あいにくと読んではいなかった。これらの本に、何か共通点があるのだろうか。推測することもできないが、この店主を頼ったのは正解だったという確信を得た。

「わからないか。じゃあ、一番のヒントはこれだ。『体道〜日本のボディビルダーたち』。これは写真集で、序文を三島由紀夫が書いている。この人はずいぶん三島が好きみたいじゃないか。ほぼ全作品持っているな」

店主の言うとおり、小川が一番好きな小説家は三島由紀夫のようだった。書棚の一番上に、文庫本がずらりと並んでいた。三島を読んで純文学好きになったのだろうと、西條は推察していた。

「それがヒントなんですか。三島由紀夫が関係してますか」

「ああ、そうだな。まだわからなければ、そのタイトルで写真集を検索してみるといい。スマートフォンで、すぐに調べられるんだろ」

店主は顎をしゃくり、西條のポケットの辺りを指し示す。言われるままにスマートフォンを取り出し、検索した。するといくつか画像が引っかかったので、大きく表示させてみて驚いた。それは褌《ふんどし》一丁の男の写真だった。

なんと、三島由紀夫とおぼしき人物も褌一丁で写っている。序文だけの関わりではなく、モデルも務めたようだ。そして、三島のそんな姿を見てようやく、店主が示唆していることが理解できた。

「今挙げてもらった本はすべて、同性愛文学ですか」

「そのとおり。一冊二冊ならともかく、これだけ固まってて、しかも『体道』まで持っているなら、相当興味があると見ていいんじゃないか。本人がそういう嗜好かどうかまでは、断言できないが」

なるほど、そうなのか。小川は独身だったから、同性愛者である可能性は大いにある。しかし捜査本部は、小川が同性愛者だという情報は摑んでいなかった。これは新展開になりうるかもしれない。

「わかりました。ありがとうございます。大変参考になりました」

蔵書リストを返してもらい、身を折って頭を下げる。顔を上げると、店主は訝しげにこちらを見ていた。

「それ、覗き趣味なんかじゃないよな。何か事件に関係しているのかい？」

「はい、そうなんです」

店主に嘘をついたり、曖昧な言葉でごまかしたりはしたくない。正直に認めると、店主は苦笑気味の表情になった。

「どういう縁故で持ち込まれた話か知らないが、あんたはやっぱり、事件捜査に関わっているときが一番生き生きしているな。因果な性分だな」

指摘されて、西條自身もまた苦笑したくなった。そんなふうに見えるのだろうか。おそらく、そうなのだろう。自分は羽をもがれた鳥のようなものだな、と思う。だが飛べない鳥でも、地べたを歩き回ることはできる。今自分は、歩くことに喜びを見いだしているのかもしれないと考えた。

## 55

「わかったことがある。おそらく小川は同性愛者だ」

ファミリーレストランで落ち合うと、開口一番西條がそう言った。理那は度肝を抜かれて、思わず西條の顔を凝視してしまう。いったいどこから、そんな推測を導き出したのか。西條が持っている情報は理那経由のものしかないはずなのに、記憶をひっくり返しても小川が同性愛者であることを匂わせるデータは思い当たらない。せいぜい、堅物で女っ気がなかったという証言だけだ。まさか、その一事をもって同性愛者だと断じているのではあるまいかと疑った。

「これは、君に送ってもらった小川の書棚の写真を元に作った蔵書リストだ。マーカーでアンダーラインを引いてあるタイトルに注目して欲しい」

言われてもなんのことだかわからず、西條の説明を受けてようやく理解した。まさか、所有している本からそんな秘め事を探り出せるとは、想像もしなかった。これが、名探偵と呼ばれていた所以《ゆえん》か。驚きのあまり、言葉が出てこなかった。

「別におれの手柄じゃない。古書店主の知人がいるので、助言を乞うたら教えてくれたんだ」

西條は手柄を誇るどころか、むしろ賞賛されても迷惑だと言いたげな態度だった。謙遜なのか、あるいは自力でその結論に辿り着けなかったことを悔しがっているのか。どちらであっても、蔵書リストから故人の人となりを読み取ろうと考えたこと自体がすごい。捜査本部では、誰も試みようとしなかったことなのだ。

「しかし、小川が同性愛者だとしたら、少し奇妙に思える証言があっただろう」

「奇妙に思える」

西條の言葉をそのまま繰り返し、停止していた思考をなんとか働かせた。ああ、そういえば、と思い至る。些細な証言だったが、確かにおかしな話ではあった。

「テレビに出ている女性タレントを見てニヤニヤしていた、という証言ですか」

「そうだ。もしかしたら小川は、男性と女性両方を愛する性癖だったのかもしれない。その可能性はゼロではないが、しかしおれは違うと思う」

「どうしてですか」

「小川の生活に女っ気がまったくなかったからだよ。女性も好きなら、周辺にそれらしい気配があってしかるべきだ。女性ではなく男性のみに興味があったから、恋愛に関することをひた隠しにしていたのではないかな。両方好きなら、無理に隠す必要はない」

「確かに、そうですね。でも、だとしたらなぜ、女性タレントを見てニヤニヤしていたのでしょう」

「特に意味はないのかもしれない。だが、もしかしたらそこに何かあるかもしれない。調べてみるか」

「はい」

声に力が籠った。他の誰も思いつけないことに基づく指示に、心が躍る。西條の天才性を垣間見《かいま》見た思いだった。

小川が女性タレントを見てニヤニヤしていた、と証言したのは巣鴨署の御子柴である。翌日、電話をかけてもう一度会ってもらえないだろうかと頼んだ。なんのために、と御子柴は訝ったが、ともかく必要があるのでと押し切った。会うのは署ではなく、外にしてもらった。

待ち合わせた巣鴨駅そばの喫茶店で、御子柴と向き合った。御子柴は挨拶も抜きに、「なぜ今になって、また小川の話なんだ」と追及してきた。

「あれはもう、解決したことではないのか」

「すみません、細かい裏取りです。容疑者が否認しているので」

こんなふうに言っておけば、詳しいことはわからない交通課の人間ならば引き下がってくれるのではないかと期待した。案の定、御子柴は言い返さずに黙る。すかさず、理那は質問を繰り出した。

「本当に些細なことなんです。以前、小川巡査部長がテレビに出ている女性タレントを見てニヤニヤしていたとおっしゃいましたよね。そのタレントの名前を憶えていますか」

「ああ。藤咲玲依って、最近よく見かけるようになった若い子だ。知ってるか」

もちろん知っている。むしろ、五十代の御子柴が藤咲玲依の名を知っていたことに感心した。男はいくつになっても、かわいい若い女の子が好きなのかもしれない。

藤咲玲依か。理那は内心で落胆した。今人気の藤咲玲依の名前が挙がることは、不思議でもなんでもない。もっと特殊なタレントではないかと想像していただけに、失望せずにはいられなかった。藤咲玲依は人形のように整った顔をしている。たとえ男性が好きな同性愛者であっても、綺麗な顔を見たらニヤニヤするのかもしれない。考えてみれば、理那自身も綺麗な女の子を見るのは好きだ。それと同じ感覚なのだろう。

西條は、小川がニヤニヤしていたことには何か意味があるかもしれないと言った。その推測は、単なる空振りだったか。もし西條自身が質問をしていたら、果たしてどうしただろう。藤咲玲依の名前を聞いて落胆し、すごすごと帰ったか。あるいはそこからまた別の考えを組み立てたか。

「その番組って、出演していたのは藤咲玲依だけでした？」

ふと、思いついた。藤咲玲依がたったひとりで番組に出ていたとは思えない。司会者なり共演者なり、他の出演者はいたはずだ。御子柴は小川が同性愛者とは知らないから、画面に映っている女性の藤咲玲依を見ていると解釈したが、実際には違う人を見ていたのかもしれない。その番組の他の出演者を知りたかった。

「さあ、憶えてないな」

御子柴は首を傾げる。理那は身を乗り出して促した。

「思い出してくださいよ。他に出演者がいたんじゃないですか。それは誰でしたか」

「無理を言うな。たまたま入ったラーメン屋で、たまたまやってた番組だぞ。詳しいことなんて憶えているわけがない」

御子柴は迷惑げに顔を歪めた。もっともではあるが、しかしここは食い下がらずにはいられない。

「では、その番組はこちらで特定します。特定するための手がかりを、何か思い出せませんか。番組名は憶えてませんか」

「いや、憶えてないって」

「当時の勤務表を見れば、小川巡査部長と行動をともにしていた日はある程度絞り込めるんじゃないですか」

「それはそうだが。ただ、一日や二日じゃないぞ」

「かまいません。できる限り絞り込んでいくだけです」

「捜査本部は、そんなことまで裏取りをするのか」

「はい」

理那がきっぱり頷くと、御子柴は渋々納得したようだった。捜査上のことであれば、協力を拒むわけにはいかないと諦めたのだろう。

「わかった。じゃあ、署に戻って勤務表を確認するが、一緒に来るか」

「いえ、私はここで待たせてもらいます。申し訳ありませんが、勤務表を確認の上、また足を運んでいただけませんか」

「なんで署に来られないんだ」

る。

「すみません、言えません」

あくまで秘密保持の姿勢で突っぱねると、御子柴はそれ以上うるさいことを言わず、喫茶店を出ていった。どれくらい待たされることになるかと思っていたら、三十分強で戻ってくる。

「コピーを取ってきた。期間が長いから、かなりあるぞ」

「勤務表を見ても、思い出しませんか」

コピー紙の束を前に諦め気味の御子柴に対し、理那は辛抱強く問うた。御子柴は力なく首を振る。

「無理だ。いつ頃のことだったかすら、見当がつかない」

「藤咲玲依が出ていたってことは、そんな前ではないですよね。今年じゃないんですか」

「そうかな。そうかもしれない」

「ラーメンを食べていたんですよね。冷やし中華ですか、それとも熱いラーメンですか」

「ああ、熱いラーメンだった。ということは、夏ではないな」

質問で刺激してやることで、少し思い出しかけてきたようだ。しかし、まだ漠然としている。次は時間帯の絞り込みだ。

「そのラーメン屋に入ったのは、昼ですか、夜ですか」

「昼だったな。だからあれは、昼の情報番組かな」

「司会者が誰か、憶えてませんか」

「いやあ、それは憶えてない」

「では、番組内容は？　例えば雪景色の中継をやっていたとか、新規オープンのお店の紹介をしていたとか、何か思い出せませんか。出演者が何人くらいいたとか、途中でやったＣＭとか、なんでもいいです」

「うーん」

しつこい理那に、御子柴は少々嫌気が差したようだった。腕を組み、眉を寄せて唸る。そのまま斜め上方を睨むようにしていたが、ふと表情を緩めた。

「ああ、そうだ。地震のテロップが入ったんじゃなかったかな」

「地震のテロップ」

それは大きな手がかりではないか。なぜ忘れていたのかとなじりたいが、思い出してくれただけでも上出来だった。

「どこの地震でしたか」

「さあ、そこまでは。ともかく、東京では揺れなかったぞ」

「わかりました」

地震があった日なら限られる。それと勤務表を照らし合わせれば、番組放映日を特定することも可能だろう。藁の中に落ちた針を拾うような作業と考えていたが、もはやそこまでの難事ではなかった。

礼を言って御子柴とは別れ、その足で気象庁に向かった。ネットなどで調べるより、直接専門省庁に尋ねた方が早いと考えたのだ。

理那の判断は正しく、気象庁では三十分もかからずに地震があった日を拾い出してくれた。候補は三日ある。数年分から一気に三日まで絞り込めたのだから、不可能を可能にしたかのような気分だった。ゴールはもう目前に思えた。

出演日がわかれば、番組を特定するのは難しくない。スマートフォンで藤咲玲依のオフィシャルサイトを見ると、事務所名が書いてあった。そこに電話し、今から伺う旨を告げる。先方は警視庁と聞いて少し慌てていたので、そちらに何かの疑いをかけているわけではないと説明しておいた。それで安心してくれたかどうかは怪しかったが。

青山《あおやま》にある芸能事務所では、顔を強張らせた若い女性が理那を待っていた。警察バッジを示してから、絞り込んだ三日のうち、昼の番組に藤咲玲依が出ていた日はいずれかと尋ねた。

相手の女性は、「藤咲が何か?」と不安そうに訊き返す。理那は笑顔で応じた。

「その番組に出ていた、他の出演者を特定したいのです。藤咲さんには何も関わりないことですから、どうかご心配なく」

藤咲玲依が無関係かどうかはまだわからないが、一応そのように言っておく。女性は表情をほぐすと、「少々お待ちください」と言い置いて応接室を出ていった。そして、三分も経たぬうちに戻ってくる。

「昼の時間帯ですと、この日かと」

間違いがないようにと考えたか、メモ用紙に日付とテレビ局、番組名を書いてくれていた。礼を言ってそれを受け取り、次にそのテレビ局を目指した。

赤坂《あかさか》にあるテレビ局の受付で、番組の出演者が知りたいと申し出た。刑事がやってきたことに慌てた受付の女性は、どこかに電話をかけて確認をする。「どういったご用件でしょうか」と訊いてくるので、「それは捜査上の秘密ですから、言えません」と突っぱねた。受付の女性はその返事をまた電話で伝え、相手の指示に何度も頷いた。

「どうぞ、こちらへ」

受話器を置くと、立ち上がって自ら案内をしてくれた。奥のエレベーターで上がり、応接室に通される。しばらく待たされた末にやってきたのは、編成局次長という肩書の人だった。相手のポジションに興味はないので、単刀直入に尋ねた。

「で、どなたが出演していたのですか」

「ええと、その番組に何か問題があったのでしょうか」

次長は明らかに、厄介事の出来《しゅったい》を恐れている素振りだった。気持ちはわかるが、さっさと答えない相手に苛立つ気持ちが抑えられない。

「なんの問題もありません。ご心配なく。出演者はどなたでしたか」

切り口上になってしまった。次長は肩を落とし気味にして、手にしていたファイルから紙を一枚取り出した。

「これが、そのときの出演者一覧です」

紙を机の上に置き、こちらに滑らせてくる。理那は身を乗り出して覗き込み、思わず声を上げそうになった。

出演者の中に、竹井英司の名前を見つけたのだ。

## 56

終業後に飲み会に参加するつもりだったが、レイからメールが来た。〈仕事早く終わった！　今からそっちに行けるよ〉と書いてある。ならば、飲み会に参加している場合ではない。直前でのキャンセルは気が引けるが、誠也にはレイを待たせるという選択肢はなかった。

「ごめん、急用ができた。飲み会はパスさせてくれ」

飲み会をセッティングした近藤に、片手を立てて拝む動作をして見せた。近藤は呆れた様子を隠さずに、眉を吊り上げる。

「また例の、謎の彼女ですかぁ。そんなに大事な人なら、いい加減彼女持ちだってことを宣言したらどうですか」

「そんなんじゃないよ」

否定したが、冷ややかな目で見られた。

「白を切る理由がわからないんだよなぁ。芸能人じゃないんだから、こそこそ隠れて付き合う必要はないでしょうに」

「だから、そんなんじゃないんだって。ドタキャンで申し訳ないと思ってるよ。すまない」

改めて、きちんと頭を下げた。近藤が本気で腹を立てているように見えたからだ。近藤が怒っているのはむろん、幹事として手間が増えるからではなかった。

「小柳くんのがっかりする顔を見たくないなぁ。罪作りな人が先輩にいると、後輩は苦労するなぁ」

近藤は大袈裟に慨嘆するが、他の人には聞こえないように声を潜める配慮はあった。当の未央はこちらのやり取りに気づかず、コピー機の前に立っている。

「そんなこと言わないでくれ」

未央の名前を出されると、最近は心苦しく感じるようになってきた。一緒にサッカー観戦をしてからこちら、親近感が増したのか以前よりも未央が積極的に近づいてくるようになったのだ。迷惑とは言わないが、戸惑いがある。なぜおれなんかに興味を持つのか、という疑問がどうしても拭えなかった。

「本当に、外せない用ができたんだよ。身内のことだ。勘弁してくれ」

「ぜんぜん信じませんけど。渕上さんの、そういう謎めいたところがいいのかなぁ。おれもいろいろ秘密を作ろうかなぁ」

気のいい近藤は、最後はそんな冗談を口にした。すまない、ともう一度繰り返して、話を終わりにした。

飲み会に参加する者たちには先に行ってもらい、人がいなくなった後で会社を出た。レイは誠也の部屋の鍵を持っているので、マンション前で待たせるようなことにはならないが、できるだけ早く帰りたい。レイの仕事がこんなに早く終わるのは、最近では珍しいことだった。

四十分ほどで、自宅の最寄り駅に到着した。駅からは歩いて八分ほどのところに、マンションがある。時刻は七時を回っているので、辺りはもう暗かった。電車を降りた帰宅客の姿も多く、人の流れに乗って歩き出した。

前方にマンションが見えてきた。マンション前には、タクシーが停まっていた。開いたドアから、人影が降りてくる。もしやと思って目を凝らすと、人影はレイだった。

レイもすぐにこちらに気づいたようだった。軽く手を挙げて、振る。誠也も同じように応じた。

「よかった。今来たのか」

近寄って、声をかけた。レイは嬉しそうに微笑んで、「うん」と言う。

「ちょっと道が混んでて、遅くなっちゃった。でも、ちょうどよかった」

「そうだな。食事は？」

「まだ。誠也もまだでしょ？　これから食べに行かない？」

「えっ、大丈夫か」

「大丈夫だよ――」

レイの言葉が、中途で消えた。レイの視線は誠也の肩越しに、背後に向けられている。つられて、誠也も振り返った。そして、息を呑んだ。

路上には未央がいたのだ。未央は三十メートルほど離れたところで、立ち尽くしている。

思いがけない人物を間近に見て、誠也は頭が混乱した。未央が自分を尾けてきたのだと気づくまでには、数秒かかった。

自分が誰かに尾行されているかもしれないとは、まるで考えなかった。帰りの電車も混んでいたので、見知った顔がいることにも気づかなかった。だから警戒もせず、ここまで未央を連れてきてしまった。自分の迂闊《うかつ》さに、腹が立った。

未央は痺れを切らしたのだ。一瞬で、尾行の理由を理解した。煮え切らない誠也の態度に、未央は女の影を見た。しかし当人はずっと否定し続けている。そんなときに、誠也が突然飲み会をキャンセルした。確かめるには好機だと考えたのだろう。尾けてみて、キャンセルしたのが女のためでなかったなら安心できる。むしろそれを望んで、ここまで追いかけてきたに違いない。

「なんだ、やっぱり噂は本当だったんですね。彼女、いたんですね」

未央は目を丸くしたまま、うわごとを呟くように言った。心がここにないかに見える、呆けた顔をしていた。誠也はとっさに近寄り、自分の体でレイを隠そうとした。レイはマンションのエントランスに逃げ込む。

「すごい綺麗な人。これじゃあ、勝てるわけ――」

未央はレイの後ろ姿を、じっと目で追っていた。しかしふと、途中で口を噤んだ。未央の顔には、新たな驚きが表れている。真正面からレイの顔を見たのは一瞬だったはずだが、横顔で何者か気づいたのかもしれない。

「小柳くん、そういうことなんだ。すまないが、このことは誰にも言わないでくれ」

未央の両肩を摑んで、自分の方を向かせた。だが未央は、依然として視線をレイがいる方に注いでいる。まずい。そのまま肩を抱くようにして、エントランスの前から移動させた。

「えっ？　ああ、はい。誰にも言いません」

未央の口調にはまだ、勝手に口が動いているかのような軽さがあった。誠也は不安でならなかったが、だからといって口外しないよう頼む以外に手はない。もう一度正面から向き合い、目を真っ直ぐに見て繰り返した。

「お願いだ。絶対に誰にも言わないで欲しい。約束してくれるか」

「──わかりました。こちらこそ、突然押しかけてすみませんでした」

未央はぺこりと頭を下げると、そのままこちらに背中を向けて駅の方へと歩き始めた。一度も振り返らなかった。

しばらくそれを見届けてから、マンションに戻った。エントランスの隅で待っていたレイは、すぐに近寄ってくる。

「ねえ、あの子──」

「大丈夫だ。口止めした」

レイの言葉を遮って、言った。だがレイは納得しなかった。

「あの子、私のことに気づいたよ。まずいよ」

レイはいつになく、硬い表情をしていた。誠也の目に向けられる視線は、どうするのかと問うていた。まずいよ、というレイのひと言が、頭の中で何度も繰り返された。

## 57

「よし、よくやった。そこまでわかれば、捜一を動かすことができる。村越さんに話をしてみろ」

判明したことを電話で報告すると、西條はそのように言った。理那は西條とふたりだけの捜査に慣れ始めていたので、ここで本庁捜査一課に話を持っていくことになるとは思わなかった。だが、いつかは捜査一課に再出動してもらわなければならないのである。竹井英司の名前がふたたび浮上したことは、捜査一課に捜査のやり直しを促す大きな力を持っているだろう。自分がそれだけのことをしたのだと考えると、かつて味わったこともないほどの達成感が押し寄せてきて、理那を呆然とさせた。しかし、感慨に耽《ふけ》っている場合ではない。これは単なる第一歩で、ここから真犯人を捜し出さなければならないのだ。己の手柄を誇って浮かれているわけにはいかなかった。

「わかりました。そうします」

西條にはそのように答えたものの、順番としてまず、自分の上司に報告しなければならない。通常の仕事を疎かにしていたことを告白するのは気が重かったが、避けては通れなかった。

課長は意外にも、「お前が何か別件に関わっているのはわかっていたよ」と言った。

「おれの目を節穴と思うなよ。だがな、お前が自分の都合で動いているわけがないと考えたから、放っておいたんだ。まさか、こんなでっかい魚を釣り上げてくるとは思わなかったがな」

「あ、ありがとうございます」

思いがけない言葉に、どう反応していいかわからず、ひとまず頭を下げた。課長は言葉の端々に男尊女卑的発想が滲む人なので、そんなふうに信頼してくれているとは思わなかった。上司として、理那の真面目な働きぶりはきちんと評価してくれていたのだ。そのことに、不覚にも感動する。日頃は内心で反発していただけに、なんとも複雑な心地になった。

「おれから本庁に報告するのが筋だが、これだけがんばったんだ、お前が自分で話を上げたいか？　そうしたいなら、おれからの報告はその後にするぞ」

「お気遣い、感謝します。捜査本部にいた際にコンビを組んだ人がいるので、まずはその人に話をしてみるつもりでした。よろしいですか」

「かまわない。早く連絡してみろ」

課長は顎をしゃくって促す。「はい」と応じて、課長席の前を離れた。自分の机に着き、村越に電話をしてみる。

留守番電話にメッセージを吹き込んでおいたら、すぐに理那のスマートフォンの方に連絡が来た。

「よう。おれの声が聞けなくて寂しくなったか」

相変わらずの第一声である。これは村越なりの無沙汰の挨拶だともうわかっているので、いちいち取り合わない。

「実は、注目すべきことが判明しました。話を聞いていただけませんか」

「えっ、そうなの？　やるな、理那ちゃん」

村越はそう答えるが、口で言うほど驚いてはいない。もしかして、理那からこんな連絡が来ることを予想していたのだろうか。

「私の手柄ではありません。西條さんが、驚くべき推理をしてくれたのです」

「ははぁ、やっぱりそうなのか。あの旦那は相変わらずだね。頭の中身は、ぜんぜん鈍っちゃいないんだな」

「はい」

「なるほど。だったら、当てにしてよさそうだな。じゃあ、会って話を聞こうか」

「はい、そうしてください」

以前に会った、日比谷の喫茶店で待ち合わせる。課長に断り、署を後にした。

約四十分後に落ち合い、西條が組み立てた推理、それに基づいて自分が見つけ出したことを村越に語った。村越はあまり真剣味が感じられない、「ほう」「ふん」「へえ」などといった相槌を打つが、ふざけているのではないと今は理那も理解できる。すべてを聞き終えた村越は、「なるほどね」と頷いて腕を組んだ。

「この世の中、偶然は起こりうるけど、まずは偶然ではない可能性を疑ってかからなきゃいけないのがおれたちの仕事だ。その理屈で言うと、二度も竹井英司の名前が出てきたのは見逃せないなぁ」

「はい、そうなんです。ただ、竹井英司自身にはアリバイがありました」

「共犯者がいるんでしょ。サツカン連続殺人なんて、テレビタレントにできることじゃないよ」

村越はあっさりと言う。すぐにそこまで考えられるのは、やはりふざけて話を聞いていたわけではないからだ。共犯者の存在を仮定するのは、理那も同意見だった。

「わかったよ。竹井英司の周辺、それから十八年前の事故について、洗い直すように係長に持ちかけてみようじゃないの。うちの係長、なかなか話がわかる人なんだよ。これだけ材料が揃っているなら、お偉方と喧嘩してでも再捜査に漕《こ》ぎ着けてくれるでしょ」

村越は請け合う。このときほど村越を頼もしいと感じたことはなかった。村越は飄々とした口調のまま、理那を正面から見て言った。

「理那ちゃん、よくがんばったな。大したもんだ。誰にでもできることじゃないよ」

村越が理那をちゃんづけで呼ぶのはセクハラだと思うし、これまで何度も腹を立ててきた。見た目はくたびれたおっさんで、言動は助平親父以外の何者でもない。本来なら反発や嫌悪以外の感情など覚えるはずがないのに、今は村越に認められたことが嬉しくてならなかった。自分がこんなふうに感じるときが来るとは、村越とコンビを組んだときには想像もしなかった。予想外に心が揺さぶられ、感情が面《おもて》に出てしまうのを恐れる。「ありがとうございます」と礼を言うのにかこつけて、頭を下げて表情を読まれるのを避けた。

# 58

翌日、出社すると真っ先に未央の姿を探した。未央は自分の机に着いていて、誠也を見るとすぐに目を逸らした。これまでは嬉しそうに微笑んで、「おはようございます」と声をかけてくれたのに、明らかに態度が違う。そんな態度では、周囲の人間がすぐに異変に気づくだろう。どうしてもっと自然に振る舞ってくれないのか、と誠也は内心で文句を言った。

他の者たちにも挨拶をして、自席に腰を下ろした。鞄《かばん》から荷物を出しながらも、脳裏は昨夜の会話の再生で占められている。レイの言葉が、どうしても頭から離れなかった。

『あの子、絶対私に気づいた。それがどういうことになるか、誠也もわかってるよね』

『ああ、わかってる。でも、あの子なら大丈夫だ。誰にも何も言わないよ』

自分でも確信が持てずに言っていることだった。案の定、レイは反論してくる。

『どうしてそんなことが言い切れるの？　あの子、誠也のことが好きなんだよね？　だから追いかけてきたんでしょ。私を見て、ショックを受けてたよ。女なら絶対、誰かに言わずにはいられないよ』

断言されると、確かにそのとおりだと思えてくる。しかしそれはせいぜい、誠也に付き合っている人がいたということだけではないか。レイの正体までは、さすがに黙っていてくれるのではないか。

『誠也が何考えてるか、私わかるよ。でも、それは甘いよ』

レイは正確に、こちらの考えを見抜いた。誠也は自分の体がずぶずぶとぬかるみに沈んでいくかのように感じた。

『私のこと、言わないわけないよ。女はそういうこと、秘密にしておけないんだよ。もう今頃、メールで誰かに言ってるかもしれないよ。どうするの？』

問われても、返事はできなかった。どうしようもない、と答えたくなる。しかし、そんなことを言って済ませられる事態ではなかった。なんとかしなければならないことだけは、よくわかっていた。

『ねえ、このままあの子を帰しちゃっていいの？』

さらにレイは、言葉を重ねた。誠也は胸を強く押されたように、呼吸ができなくなる。レイが示唆していることは明らかだったからだ。

むろん、誠也もそれを考えないわけではなかった。だが、簡単に決心などできなかった。未央は職場のかわいい後輩だった。恋愛感情はないが、好感は持っている。いるだけでその場を和ませてくれる明るさがあり、誠也などではなくもっと誠実な男と幸せな結婚をして欲しいと、本気で望んでいた。未央にはそういう人生を歩む権利があると考えていた。

レイが正しいことは、わかっている。未央をこのまま帰すべきではない。しかし、追いかけていって捕まえるにはもう遅かった。そもそも、まだ八時前のこの時刻では人目がある。

路上で女を襲って家に連れ込むなど、できるわけがなかった。

『この件は、おれに任せてくれ』

絞り出した声は、自分のものではないかのように嗄《しわが》れていた。レイはしばらく黙り込んでから、頷いた。

『わかった。任せる。私のために一番いい解決策を、誠也が考えてくれると信じてるよ』

信じてる、というレイの言葉が重かった。レイの信頼を裏切るわけにはいかない。それは、誠也の人生を規定する基本的な信条だった。レイのためならなんでもできると、気負うことなく確信していた。しかし今は、改めて自分の決意を確かめなければならなかった。

未央に秘密を守らせるには、どうすればいいのか。昨夜からずっと、そのことを考えている。いっそ未央を抱いてしまおうかというひどい発想すら、頭をよぎった。だが昨日までならいざ知らず、今はもう未央が簡単に応じるとは思えない。それに、そんな手段で永久に口止めできるわけもなかった。誠也は未央と結婚してやることはできないのだった。

昼休みに、近藤が声を低めて話しかけてきた。おれに話しかけてくれるなと朝から思っていたが、願いは叶えられなかった。

「渕上さん、小柳くんと何かありました？」

未央は午前中ずっと、誠也に対してよそよそしく振る舞っていた。これまでは誠也に向ける好意を隠さずにいたのだから、態度の変化は明らかだった。まして昨夜は、未央も飲み会をキャンセルしている。誠也との間に何かがあったと考えるのは、特に鋭い推測というわけではなかった。

「いや、別に」

短い言葉で白を切るのがせいぜいだった。近藤はまるで納得していない態度で、「ふーん」と鼻を鳴らす。しかし、それ以上は尋ねてこなかった。

とはいえ、このままで済むとは思えなかった。単に、少し様子を見てからまた尋ねようと考えただけだろう。なぜ放っておいてくれないのかと近藤を恨みたくなったが、直接訊いてくるだけまだましなのだ。未央の態度がおかしいことは、おそらく職場の人間全員が気づいている。

他に手段はないのか。誠也は密かに絶望した。未央があそこまで沈んだ態度を見せていれば、友人は何があったのかと訊くだろう。最初のうちはなんでもないと強がっても、やがて口を開くに違いない。レイの言うとおり、女は悩みやショックを自分の裡だけに溜め込んでおけないのだ。レイの正体に言及しないでいてくれると期待するのは、確かに甘い考えだった。

信じてる、というレイの言葉が頭の中で乱舞する。それは誠也に、決意しろと促していた。

仕事が早めに終わるよう、午後は調整した。決めたのなら、迷ってはいけない。常に意識の片隅に、未央の存在を置いていた。未央の笑顔は、記憶から消し去った。

夕方六時過ぎに、未央は荷物をまとめて帰り支度を始めた。女性は制服を着ているので、着替える時間がかかる。誠也も仕事を切り上げ、腰を上げた。「あれ？　もう帰るのか」と上司に言われたが、「ええ、今日は」と曖昧に答えておいた。

いつもより早く退社するのは、危険なことではあった。しかし、猶予はないのだ。今夜、片をつけなければならない。物証を残さないよう、心がけるしかなかった。

会社が入っているビルを出て、離れたところで未央が現れるのを待った。二分と経たぬうちに、私服に着替えた未央が出てくる。そのまま俯き気味に、駅の方角へと歩き始めた。誠也は間をおいて、その後に続いた。

昨日の仕返しをしているかのようだった。誠也は昨夜、まるで背後を警戒しなかったが、それは未央も同じだった。一度も振り返らず、駅に着く。帰宅の時間帯なので、駅は人で溢れていた。その中に紛れ、誠也は姿を隠した。

未央の家の場所は知らなかった。帰宅途中にチャンスがあるかどうかもわからない。だが、そこは賭けるしかなかった。まだ誠也とレイに天運があるなら、必ず機会が訪れるはずだった。

必要な物は、持参していた。ずっと迷っていたが、決意した場合の備えは怠っていなかったのだ。鞄の重みで、それの存在を感じる。普通に生きている人間なら、絶対に手にしない物だった。

未央は新宿駅で下車し、小田急線に乗り換えた。小田急線の駅ホームもまた、人でごった返していた。それぞれのホームドアの前に、行列ができている。誠也は少し離れたところで立ち止まり、未央がまったくホームを見渡したりしないことを確認してから、三つ隣の列に並んだ。

電車は同じ車両に乗ることになったが、混んでいるので存在に気づかれる心配はなかった。むしろ、こちらが未央を見失ってしまった。未央は背が高くないので、人の中に埋もれてしまったのだ。こうなったら各停車駅で、降車する人に目を配らなければならない。ここで見逃してしまうわけにはいかなかった。

急行電車だったので、停まる駅は少なかった。代々木上原《よよぎうえはら》、下北沢《しもきたざわ》と停車する。その都度ホームを注視していたが、未央の姿は見当たらなかった。そして成城学園前《せいじょうがくえんまえ》で、吐き出された人たちの中に未央を見つけた。慌てて誠也も降りた。

未央は改札に向かおうとせず、そのままホームで次の電車を待った。どうやらここで、各駅停車に乗り換えるつもりらしい。人が減ったので、距離をおいた。やってきた各駅停車では、念のために別の車両に乗った。

すぐ次の喜多見《きたみ》駅で、未央は下車した。ここそ、未央が住む街らしい。未央の他にも降車客がいたので、数人を間に挟んで改札口を抜けた。未央は重そうな足取りで、駅前から続く道を歩き出した。

誠也は鞄を抱え、中にある物の位置を変えた。すぐ取り出せるようにしたのだ。上着のポケットにも、もうひとつの物を忍ばせてある。軽い緊張感が、よけいな雑念を払ってくれた。

駅を出た時点では多かった帰宅客も、駅から離れるにつれてひとりまたひとりと減っていった。未央に気づかれないよう、誠也は距離をおいて歩いている。住宅街に入ってからは、道の前後に人がいなくなるのを待った。歩いているのが誠也と未央だけになった後は、事に及ぶ場所を探した。

あった。前方に、車十台ほど停められる駐車場が見えてきたのだ。数台分の空きがあり、そこは左右の車に遮られて死角になっている。ここしかない。誠也は覚悟を固めた。

鞄の中に手を入れた。先ほど位置を変えた物を取り出す。それはブラックジャックだった。鉛の固まりを革で包んだ、人間を殴るための道具。頭部を殴れば、屈強な男でも昏倒《こんとう》させることができる。その柄の部分を摑み、足早に未央に近づいた。

足音を立てないよう留意したため、未央は背後から忍び寄る者にまるで気づかなかった。

ブラックジャックを振り上げ、下ろす。未央の膝から力が抜け、そのまま倒れそうになったので、片手で支えた。腋《わき》の下から腕を回した状態で、駐車場に引きずり込む。車の間に寝かせた。

今度はポケットに手を入れ、紐《ひも》を取り出した。百円ショップでも売っている、ごくありふれた荷造り用の紐だ。適度な長さに切ってあるそれを、気を失っている未央の首に回す。そして、一気に左右に引いた。

目は瞑《つぶ》った。未央の顔を直視するのは不可能だった。目を閉じたまま、ただ力だけを込める。未央は反応して手足を振り回したが、誠也は未央に馬乗りになって膝で腕を押さえていたので、その抵抗は無力だった。やがて、動きが止まった。そこからさらに二分、紐を引っ張る手に力を込め続けた。

最後に目を開け、首に巻きついている紐を外したが、未央の表情は見なかった。おそらく、職場の皆を和ませた愛らしさは微塵《みじん》もとどまってなく、恐ろしい形相になっているのだろう。そんなものを見てしまったら、一生魘されかねない。とてもではないが、見る勇気はなかった。

顔だけを避け、未央の周囲を丁寧に見回した。何も残していないことを確認してから、未央のバッグを手に取る。そこから財布を抜き取り、自分の鞄に入れた。むろん、物取りの犯行に見せかけるためだった。

それらの工作をしてから、その場を離れた。一刻も早く遠ざかりたかったが、不自然な動きは人目を惹く。努めて平静を装い、来た道を戻り始めた。

念のため、ひと駅分歩いた。成城学園前駅から、新宿に戻る。意識して、何も考えないようにした。考えてしまえば、車内で人目も憚《はばか》らず咆吼《ほうこう》してしまいそうだった。

他人の目を意識しているうちは、まだましだった。マンションに帰り着いて、玄関ドアを閉めたとたんに、己を支えていた気力が尽きた。三和土にそのままくずおれ、両手を床についた。どうしようもなく涙が流れ出し、息ができなくなった。腕の力すら抜け、額を床に押しつけた。大声で泣き叫び、己の運命を呪いたかったが、かろうじて自制した。だがそのためにいっそう、胸を圧搾する苦しみは強くなった。皮膚一枚の下には今や、体の奥底から湧き上がる悲しみが充満している。苦しくて苦しくて、床を転げ回った。それでも声は出せず、誠也は無言のまま号泣した。

もう人間らしい心などいらない、と思った。心があるから、こんなにも苦しいのだ。未央の笑み、無邪気に誠也を慕う態度を思い出すと、無限に苦しみが湧いてくる。人間の心がある限り、この苦しみから逃れることはできないだろう。ならば、いっそ化け物になりたい。人の心を持たない、化け物。化け物になれば、ただレイのことだけを考えていられる。レイのためにならないものを、機械的に排除することができる。人間の心を切って捨てたい。レイのためだけに生きる、化け物になりたい。

# 59

話したいことがある、と声をかけたとき、相手は「ん？」と興味もなさそうに応じただけだった。正確にはこちらも、「あのー、すんません。ちょっと聞いてもらいたいことがあるんですけどぉ」と至って緊迫感のない切り出し方をしたのだから、気のない返事が来るのも当然だ。村越は野田の机の前に立って、相手が顔を上げるのを待った。

「なんだ？」

なかなか切り出さないことを不思議に思ったか、ようやく野田は見ていた書類から目を離して、こちらを見上げた。村越は顔の前に掌を立て、拝むようにする。

「すんません、ちょっとお時間いただけますかね」

「いいよ。何？」

問われて、改めて村越は左右を見渡した。両隣の係には係長がいるが、声量を絞って話せば、聞かれるほど近くはない。それぞれに所属の刑事たちは皆、出払った状態だ。対して九係は、裏在庁ということもあって席に着いている者も多い。会話の内容は聞かれるかもしれないが、九係の者たちならばむしろ望むところだった。

「野方署の高城っていうかわいい子、憶えてます？」

「野方署の高城？　ああ、いたな。あれをかわいいと言うのは、村さんくらいだと思うが」

「係長、それはセクハラってもんですよ。訴えられますよ」

「あんたに諭されるとは、おれも焼きが回ったもんだな。で、その高城がどうした？」

「練馬署の千葉って警官が自殺したこと、ご存じですか」

「うん？　いや、聞いてないが、それがどうした？」

「千葉はかつて、東府中署にいました。しかも、杉本や小川が在籍していたときと同時期です」

　村越の言葉を聞いて、野田はゆっくりと体を真っ直ぐにした。そのまま椅子の背凭れに寄りかかり、息を大きく吸ってから、言葉を発する。

「なんだ、それ？」

「自殺です。遺書も残っていて、おかしなことはありません。千葉が東府中署に在籍していたという点以外は」

「それはいつの話だ。どうしてすぐに、おれに報告しなかった？」

「ついこの前のことです。報告しても、係長を困らせるだけだと思いました」

村越の説明を、野田は納得したようだった。一瞬黙ってから、「で?」と先を促す。

「それに関して、何かわかったのか」

「見つけ出したのは、おれじゃありません。野方署の理那ちゃんですよ」

「理那ちゃん? 高城のことか。下の名前をちゃんづけで呼ぶな。わかんねえだろ」

「理那ちゃんがおかしいと気づき、自力で捜査を続けてました。おれはなんの力にもなれませんでした」

「ふん」

捜査一課刑事が、上司の指示でもない捜査に加わる暇などないのは、野田が一番よくわかっている。野田に対しての嫌みと受け取ったわけでもないだろうが、鼻を鳴らしただけで感想は言わなかった。

「わかったことって、なんだ?」

野田は続けろとばかりに、顎をしゃくる。長くなるので村越は椅子を持ってきて、そこに腰を落ち着けた。

「大柴の父親が事故死したとき、千葉はすでに他の署に異動していました。理那ちゃんはその点に着目し、杉本、小川、梅田の三人に対する恨みではなく、杉本、小川、千葉が関わった何かがないかと探したんですよ」

「あったのか」

「ありました」

村越は理那から聞いたとおりのことを、そのまま野田に伝えた。だが、西條の名前は出さなかった。西條の助力があったことを言えば、理那が捜査情報を外部の人間に漏らしたと上司に報告することになる。そのことに野田が目くじらを立てるとは思えないが、わざわざ耳に入れなくてもいいことは内緒にしておくにしくはなかった。野田も、知らなければよけいな責任を背負い込まなくて済む。

「――小川が同性愛者である可能性があり、その小川が眺めてニヤニヤしていたテレビ番組には、サツカン殺しの動機がある竹井英司が出ていた。これが単なる偶然なら、地道な捜査ってやつが馬鹿馬鹿しくなりますね」

「ううむ」

野田は唸って、腕組みをした。睨むようにこちらを見ているが、村越に言いたいことがあるのではなく、頭をフル回転させて今後のことを考えているのだろう。具体的には、どうやって上層部を動かすかを考えているはずだった。

「お話し中のところ、すみません」

後ろから、割って入る声がした。三井だ。三井にはあらかじめ、野田に話す内容を教えてある。席に着いた状態で、こちらのやり取りに耳をそばだてていたのだろう。

「言わずもがなのこととは思うんですが、大柴の勾留期限はそろそろです。起訴までいってから、すみません違いました、っていうのはまずいですよね」

結局、上層部が再捜査に渋るとしたら面子《メンツ》の問題なのだ。だが三井が言うとおり、正式に起訴してしまってから取り下げる方がもっと警察の威信は傷つく。そこを梃子《てこ》にして、上層部を説得しろと三井は仄めかしているのだった。

「係長。それだけ材料が揃ってるのに、見過ごしにしたらサツカンじゃないですよ。私、長年刑事をやってますけど、刑事生活の最後に悔いを残したくないですからね」

そう口を挟んできたのは、部屋長だった。まさか九係唯一の良識派である部屋長が、野田の尻を叩くことに同調してくれるとは思わなかった。いや、良識派だからこそ見過ごしにはできないのかもしれない。野田は仏頂面で、部屋長に頷いた。

野田の視線の先を追うように振り返ると、刑事部屋にいた他の連中も、じっとこちらを注視していた。三井や部屋長のように言葉を発さずとも、彼らの言いたいことは伝わってくる。なんだなんだ、みんなけっこう熱いじゃないか。ふだんは眠っている刑事魂ってやつが、数年ぶりに甦ったかね。そんなことを内心で思いながら、顔を野田の方に戻す。野田がどう反応するかはわかっているので、口許には自然に笑みが浮かんだ。

「わかったよ。おれはそんなに物わかりが悪い上司かよ。いつもはばらばらなくせに、こんなときだけ結束しやがって」

野田は文句を垂れるが、その表情は仕方ないなとばかりに苦笑気味だった。実際、三井や部屋長が口を出さずとも、野田の肚は固まっていたはずだった。

「お前ら、上を説得するのがどんなに大変か、わからずにおれに押しつけてやがるだろ。そのうち係長になって、中間管理職の悲哀をたっぷり味わいやがれ」

そう言いながら、席を立つ。まずは順番として管理官の真壁《まかべ》に話を持っていくのだろうが、さらにその上司である理事官の花山《はなやま》の方が話がわかる。花山を巻き込まないことには、野田とは水と油と目される捜査一課長の佐竹《さたけ》は決して首を縦に振らないだろう。野田が愚痴をこぼすのは、決して面倒だからという理由ではなかった。話の持っていき方次第では、再捜査の可能性は永久になくなってしまう。

しかし真壁はともかく、花山は決して頭の固い人ではない。江戸っ子でべらんめえ口調の花山は、野田と九係の手腕を充分に認めているはずだ。花山さえ動かせれば、堅物の佐竹を説得できると村越も予想していた。

野田は刑事部屋を出ていき、そしてそれきりなかなか帰ってこなかった。ようやく戻ってきたのは夕方で、なにやら目の下に隈《くま》ができているように見えるほど憔悴していた。よほどやり合ったのだろう。だが村越と目が合うと、いつもの調子で不敵ににやりと笑った。

「野郎ども、裏在庁も終わりだ。もう一度チョウバを立てるが、あくまで極秘だぞ。マスコミには絶対に漏らすな。特に村さん、ただ飯はしばらく控えろよ」

名指しで言われ、肩を竦めるしかなかった。ともあれ、再捜査は決定したのだ。やったな理那ちゃん、と内心で語りかける。しかし殊勲者である理那は、ふたたび作られる捜査本部に加わるのだろうか。

「また野方署ですか」

確認してみる。野田は頷き、首を横に振るという曖昧な返事をした。

「野方署の刑事課の面々にはチョウバに加わってもらうが、実際の場所はここの会議室を使う。野方署にチョウバを設置しては、マスコミに気づかれる恐れがあるからな」

「そんなこと言ったって、いつかはばれるんじゃないんですか」

「そのいつかを、できるだけ先延ばしにしたいのがお偉方なのさ」

「なるほどね」

どうでもいいことだった。理那が捜査本部に加われるのは幸いである。また理那とコンビを組めると思うと、たわいもなく村越の気持ちは弾んだ。おれも単純な男だね、と自嘲するが、この気持ちは理那の努力が報われたことへの喜びでもあった。早く理那に報告してやりたいと思い、携帯電話を取り上げてメールを書いた。

## 60

その夜は結局、一睡もできなかった。だが朝になれば、会社に行かなければならない。目の下に隈を作り、げっそりとした顔で出社すれば他人の目に奇異に映る。誠也は気力を振り絞り、なんとか立ち上がった。そして洗面所に行って、鏡で己のひどい様を見た。このままでは会社に行けない。湯を沸かして蒸しタオルを作り、顔に当てた。せめて血色をよくしようと思ったのだ。効果があり、面窶《おもやつ》れしている印象はずいぶん薄らいだ。目薬を差して充血を取り、無理して朝食を口に押し込んだ。消化のために内臓が動き出すと、冷えきった体が少しずつ機能し始めた。なんとか異常を感じさせない程度に外見が戻ったと確信してから、家を出発した。

努力の甲斐あって、会社で心配されるようなことはなかった。部内の関心は、未央が出社してこないことに向けられていた。定時になっても現れず、欠勤の連絡もないので、課長が心配して自宅に電話をさせようとしたときだった。警察がやってきたとの連絡が一階受付から入り、職場は騒然とした。課長が「警察?」と訊き返したとたん、それと未央の不在を全員が一瞬で結びつけたのだった。

やってきた警察の人間とは、課長が応接室で会うことになったようだ。何が起きたのかわからず、部内の人間は皆、仕事が手につかずにいた。ひとり誠也だけがすべてを知っていたが、周りが動揺してくれたお蔭で平静を装う必要がなくなった。近藤が不安げに「どうしたんでしょうね」と話しかけてきた際に、「心配だな」と応じた声はぎこちなかったが、それを不自然とは受け取られなかった。

戻ってきた課長は、顔色が青白かった。部内の者全員の注目を浴びながら、課長席に戻る。だが腰は下ろさず、「ちょっとみんな」と呼びかけた。

「少し手を休めて、聞いてくれるか。大変なことが起きた」

その言葉で、誰もが不吉な予感を覚えたのではないか。呼吸音すら聞こえず、職場は静まり返った。課長は一度口を開き、ためらうように閉じてから、首を振った。漏れ出た声は囁きに近かったが、それでも一同の耳にはっきりと届いた。

「小柳さんが亡くなった」

そのひと言は、物理的な圧となって室内を駆け巡ったかのようだった。知っていた誠也でさえ、強い衝撃を受けた。そんな言葉は聞きたくなかった。聞かなければ、未央の死に直面せずにいられた。だが、もう駄目だ。また声にならない咆吼が喉から飛び出しそうで、口許を手で押さえた。他の者たちもそれぞれに驚きを露《あら》わにしていたので、誠也の仕種《しぐさ》はその中に紛れた。

「なんでですか」

誰かが質問した。課長は沈鬱な表情で、しかし吐き捨てるように言った。

「殺されたそうだ。通り魔の犯行らしい」

この説明の衝撃度は、未央の死そのものを告げたときより大きかった。女性たちは耐えられず泣き出し、男性たちは呆然とした。「嘘だろ」と声を漏らす者もいる。誠也は込み上げてくる吐き気と、必死で闘っていた。

怒ったように、詳しい事情を課長に問う者もいた。だが課長も、それ以上の説明は受けていないようだった。通り魔の犯行という推測も、どうやら課長が勝手にそう解釈したらしい。通り魔でなければ、未央が殺される理由がないと考えたのだろう。

改めて警察から個別に質問がある、と課長はつけ加えた。未央は会社からの帰路に襲われたのだから、当然だろう。財布を盗みはしたが、そのことだけで簡単に物取りの犯行と見做しはしないはずだ。警察との接触は避けられないと、最初から覚悟していた。

だが、その日のうちには個別の質問はなかった。まずは物取りの線を追っているのだろうか。だからといって緊張を緩めるわけにはいかず、誠也はずっと吐き気をこらえながら過ごした。仕事にはまるで集中できなかったが、それは誠也だけのことではなかった。皆、定時になるとそそくさと帰宅の準備を始めた。誠也も逃げるように会社を離れた。

とはいえ、家に帰りたくはなかった。ひとりになれば、また七転八倒して苦しむのは目に見えている。化け物になりたい、とひたすら念じる。念仏のようにそう繰り返していなければ、良心の呵責《かしゃく》に心身が耐え切れそうになかった。

珍しく、ひとりでバーに行った。食欲はなく、ただただ酒が飲みたかった。新宿の目についたバーに入り、ウィスキーをロックで注文する。ふだんは飲んでもビール程度なので、ウィスキーの強さに体が驚いた。それでも、このアルコール度数を心が求めていると感じた。二杯飲み終えると、頭の中に少し靄《もや》がかかったようだった。いい傾向だ。このまま、思考を霧の中に沈めてしまいたい。何も考えられないようになりたい。さらに飲み続ければ、そこに到達できるのではないかと期待した。

だが、三杯目を飲んでいる途中のことだった。スマートフォンが振動した。この振動パターンは、レイからのメールが着信したことを告げている。無視などできず、それどころかコンマ数秒でも早く文面を読みたくて、慌てて操作した。レイからのメールは短かった。〈何してるの。早く帰ってきてよ〉。ただそれだけだった。

早く帰ってきて？　まさか、誠也のマンションで待っているのだろうか。今日来るとは聞いていなかった。合い鍵は渡してあるからいつでも部屋に入ることはできるが、来るときは事前に教えてくれるのが常だった。突然仕事が早く終わったのかもしれない。

〈ごめん。すぐ帰る〉。そう返事を書いて、バーを飛び出した。急き立てられる思いで帰宅し、玄関ドアを開けた。とたんに、レイが抱きついてくる。誠也の首にしがみつくようにしているレイは、何も言葉を発さなかった。

たっぷり三分間はそのままでいて、それからようやく室内に移動した。レイは真っ直ぐに誠也の目を見て、言う。

「殺してくれたんだね、あの女」

「……ああ」

頷くと、また吐き気が込み上げてきた。手で口許を押さえてこらえたら、今度は眼病にでも罹《かか》ったかと思うほど涙が止めどなく溢れ出した。にもかかわらず、声は依然として出ない。あまりにも辛かった。

「なんで泣くの、誠也？　なんで泣くの？」

レイは眉間に皺を寄せ、手を中途半端に差し伸べた。不用意に触れれば、誠也が崩れてしまうと恐れているかのようだ。誠也は歯を食いしばっている口を無理矢理開け、声を絞り出した。

「あの子は、本当にいい子だったんだ。無邪気におれを慕っててくれた。そんな子の首を、おれは絞めてしまった。おれは、おれは……」

後はもう、言葉にならなかった。体からどうしようもなく力が抜け、両膝の間に顔を埋《うず》めるようにして泣き続ける。肩に、レイの手が置かれた。レイはおろおろした口調で、「誠也、誠也」と繰り返している。

「ごめんね。私のために、ごめんね」

レイは詫びる。誠也は首を振った。

「違う、違う。おれはレイを護りたかったんだ。だから、おれがあの子を殺したかったんだ。おれはひどい男だ」

「そんなことないよ。誠也は優しい人だよ。泣かないで」

「おれは、化け物になりたい」

恥ずかしいことに、もう自分の力だけでは己を支えられなかった。ソファからずり落ち、レイの膝に額をつける。レイは両手で、誠也の後頭部を抱くようにしてくれた。誠也はレイの両脚にしがみついた。

「おれは、人間の心を捨てたい。何も感じない、化け物になりたい。そうすれば、こんな思いはせずに……」

「そうだね、誠也。誠也は優しすぎるんだよ。どうしてそんなに優しいの？　どうしてまだ、人間の心を持ってるの？」

レイは誠也の後頭部を撫でながら、そう言う。レイの手の感触が心地よかった。

「こんなたくさん人を殺してるのに、誠也はどうしてまだ悲しむの？　おかしいよ。人間の心なんて、捨てた方が楽だよ」

レイは優しい声だった。だが、それを聞いて誠也の嗚咽《おえつ》はぴたりと止《や》んだ。ゆっくりと顔を上げる。目が合うと、レイは優しく微笑んだ。

「人間の心なんて、捨てなよ。私はもう、とっくに捨ててるよ。どうして誠也はまだ人間なの？　早く化け物になりなよ」

レイの手が後頭部を撫で続ける。誠也は吸い込まれるように頷いた。

## 61

再捜査決定の一報は、課長から発表される前に村越からのメールで知っていた。いち早く報せてやろうという心遣いなのだろう。そうした点は、無神経に見えて細やかな心配りができきる人なのだ。村越の本質を知っていることを嬉しく感じ、そんな自分に理那は苦笑した。あんなセクハラ親父の本質なんて、どうでもよかったはずなのに。しかし、嬉しく感じたことを恥じはしなかった。むしろ、また村越とコンビが組めるのだろうかと期待した。

「みんな、ちょっと聞いてくれ」

電話を受けた課長が、立ち上がって刑事部屋の一同に語りかけた。何事かと注目する視線が、課長に集まる。課長は声を低めつつ、それでもはっきりと言った。

「おれたちが関わったサツカン殺し、再捜査が決まった」

驚きの声や気配が、刑事部屋に満ちた。理那以外誰も、あの捜査が間違っていた可能性など微塵も考えていなかったのだろう。どうしてですか、と問う声が上がっても、課長は「詳しいことはわからない」と答えるだけだった。実際は理那から報告を受けて知っているのだが、この場での説明は控えたようだ。

「すぐ行ける者は、今から本庁に向かって欲しい。チョウバはここではなく、本庁に置くそうだ」

それも異例のことなので、一同の間にどよめきが起きた。理那もまた、驚いた。どうやら再捜査は当面、秘密裏に行うらしい。そのための、警視庁庁舎内での捜査本部設置なのだろう。面子と真実のどちらを重んじるか、激しい葛藤があった末の決定だと読み取れた。

各自が手許の仕事を片づけ、個々に刑事部屋を出発していった。理那も書類に目を通し、席を立つ。理那が調べたことによって再捜査が決まったと正式に告知されることはないかもしれないが、それでも達成感は大きかった。同時に、今度こそ真犯人に辿り着かなければならないという強い義務感も覚えた。

桜田門の警視庁庁舎に到着し、受付で告げられた会議室に入った。するとすぐに村越がこちらを見つけて、「おう、理那ちゃん」と話しかけてくる。心底嬉しそうに笑みを浮かべているのは、いつもどおりだ。村越はこちらを抱き締めんばかりの勢いで接近してきたので、さりげなく身を引いて警戒を示した。

「お手柄だったなぁ、理那ちゃん。こんなこと、前代未聞だよ」

「私ひとりの力ではなく、西條さんの知恵があってのことです」

村越が開けっぴろげに大声で語りかけてくるので、理那は逆に声を潜めて応じなければならなかった。他の者たちの視線がこちらに集まっていないか、気が気でならない。

「いやいや、そんな謙遜を。理那ちゃんの執念のお蔭でしょ。それは西條の旦那だって認めると思うよ」

西條の名を出すときは、さすがに村越も声量を絞ってくれた。何も考えていないように振る舞っていても、決して馬鹿ではないのだ。むしろ、見かけに騙されるが、頭は切れる方だとこれまでの付き合いで思い知らされている。きっと上司にかけ合う際も、西條の名は出さずにいてくれたのだろう。情報漏洩《ろうえい》を咎められることも覚悟の上だったが、こうして捜査本部に加えてもらえるのなら、村越の配慮があったと考えて間違いなかった。

そして、その言葉にも一理あった。村越の言うとおり、西條は理那の執念を認めてくれるだろう。西條はよくも悪くも、こちらを女だからと考えることがまったくなかった。性別など関係なく、認めるところは公平に認めてくれた。警視庁にもこんな人たちがいたのだなと、改めて思う。叶うなら、西條がまだ九係にいるときに、一緒に働いてみたかった。

「捜査本部に加わるのは、うちだけですか」

ひとまず、話題を変えた。うちとは、野方署刑事課のことである。褒めてもらえるのは嬉しいが、もう充分だ。意識を捜査に向けたかった。

「そうだね。あんまり物々しくしたくないみたいだよ、お偉方は」

理那の推測を裏づけることを、村越は言う。ならば、捜査本部が設置された当初のような人員配置になるのだろうか。そんな理那の考えを見抜いたかのように、村越がニヤニヤする。

「というわけで、また理那ちゃんとコンビが組めるな。よろしくね」

「そうなんですか。それは決定ですか」

「言い渡されてはいないけど、特に問題はないでしょ。うちの係長は気を使ってくれるよ」

そんなやり取りをしているところに、上層部の面々が現れた。野田係長、管理官、理事官だけでなく、捜査一課長までやってくる。それほどの異例の事態なのだ、これは。席に着いた理那の背筋は、自然と伸びた。

通例であれば、まずは係長の野田が司会役となって口火を切るはずだが、上層部の面々は着席せずに立ったまま一同を睥睨《へいげい》した。その中から捜査一課長が一歩前に出て、発言する。

「一課長の佐竹だ。今回、捜査のやり直しをすることになった。我々の捜査は間違っていたかもしれないという疑義が発生したからだ。このようなことは、二度とあってはならない。今度こそホンボシを捕まえなければ、警視庁の威信が揺らぐと心得て欲しい」

佐竹は不機嫌な顔をしていた。捜査の間違いなど、認めたくなかったのであろう。だが、竹井英司の存在はどう解釈しても無視できない。佐竹も、面子よりも真実の追求を選択せざるを得なかったのだろうが、それが苦渋の決断であったことは表情から推察できた。

「では、再捜査に至った理由を説明する。長くなるから、着席して欲しい」

野田が引き取り、一同に坐るよう促した。これまでのような、半ばふざけた口振りではなかった。野田も事態の深刻さに配慮し、軽口を叩いている場合ではないと考えているようだ。それは捜査員たちにも伝播《でんぱ》したらしく、会議室には張り詰めた気配が満ちた。

野田は千葉の自殺から語り始め、竹井英司の存在が浮上したことまで言及した。予想どおり、理那の名前は出さなかった。もちろん、いっこうにかまわない。ここで自分の手柄を誇るつもりは、少しもなかった。捜査が再開されたことこそが重要だった。

「――そういう次第なので、竹井英司を徹底的に洗う。竹井英司自身にはアリバイが成立するから、共犯者の存在が疑われる。共犯者になり得る者を捜すと同時に、動機についてももう一度調べ直す。捜査方針は、その二方面だ。なお、竹井英司は芸能人である。下手につつくとマスコミが大騒ぎをすることになるから、くれぐれも慎重に。いきなり当人に当たるような真似はするなよ」

野田はそう言って締め括ると、各自の担当を発表した。理那はやはり村越とふたたび組むことになり、動機の再捜査を割り振られた。竹井英司にもう一度探りを入れてみたいという気持ちはあったが、野田がそれを禁じたばかりである。動機の再捜査に回されたのも、理那が竹井英司に顔を知られているからだろう。十八年前の交通事故についても調べ直してみたかったから、この割り当てに不満はなかった。

「さて、理那ちゃん。改めてよろしくね。またコンビを組めて、最高に嬉しいよ」

会議が終わると、村越は再度近づいてきて衒《てら》いもなくそう言った。以前なら顔を顰めたくなるところだが、理那も笑みで返した。

「はい、よろしくお願いします。こちらこそ、村越さんとまた組めて嬉しいです」

## 62

翌日に、警察は来た。会社の会議室を借りて、ひとりずつ話を聞いていくらしい。まずは情報をたくさん持っていそうな女性陣からということで、誠也を含めた男性たちは後回しにされた。最初に呼ばれた女性は、顔を引きつらせて泣きそうになりながら会議室に向かった。

最初の女性が帰ってくると、全員が群がって質問の内容を尋ねた。女性は訥々と、訊かれたことを話した。おとといの未央の様子、ふだんの交友関係、トラブルや悩みを抱えていなかったか、仕事ぶり、などだったという。特に警察は、男性関係を気にしたそうだ。それを聞いて何人かが、思わずといった様子で誠也の顔を見た。誠也としては、女性が自分の名前を出したかどうかが気がかりだった。

「いや、あの、言ってないです」

視線で察して、女性は誠也に向けて首を振った。誠也は頷いたが、しかし遅かれ早かれ自分の名前が警察の耳に入るのは避けられないと覚悟した。未央の会社での生活を語れば、どうしたって誠也の存在に触れないわけにはいかないのだ。

そして、そうなるとおとといの夜のことがクローズアップされる。誠也は残業をせず、いつもより早く帰っているのだ。その理由を問われるのは間違いないだろう。場合によっては、もっとまずいことになる可能性も高かった。

ひとり三十分から四十分ほどかかったので、男性まで順番が回ってくるのは午後になった。最初に呼ばれたのが、誠也だった。女性は年が近い者から呼ばれていたが、男性で誠也が最初ということは、やはり誰かが名前を出したようだ。その人が誰かを、詮索する気はなかった。恨むつもりは毛頭なかったからだ。自分がしたことの結果なのだから、他人を恨むのは筋違いであった。

会議室に入っていくと、ふたりのスーツ姿の男がいた。ひとりは誠也と同年配、ひとりは五十前後に見えた。年配の男の方が、机を挟んで自分の正面の席を示して「どうぞおかけください」と言う。「はい」と応じて、腰を下ろした。

「警視庁の大山《おおやま》といいます。今日はお忙しい中、恐縮です」

年配の男は警察バッジを示すのではなく、名刺を差し出してきた。刑事から名刺をもらうとは思わなかったので、少し驚いた。慌てて自分も名刺を取り出し、渡した。誠也の名前はわかっているだろうに、改めて確認するかのように大山はまじまじと名刺を見た。

「渕上さん、これからいくつか質問をさせていただきます。中には不愉快に感じる質問があるかもしれませんが、何しろ殺人事件の捜査ですので、どうかご容赦ください」

「はい」

よけいなことは言わず、できるだけ短い返事で済ませるつもりだった。こちらから情報を与えてやる必要はないのだ。

「では、さっそく。まず、亡くなられた小柳未央さんの最近の様子で、何か変わったところはありましたか」

大山は穏当な質問から始めた。誠也は考える振りもせずに、「さあ」と答える。

「特には。いつも明るい子で、最近も変わりはありませんでしたが」

「何かに悩んでいるようだったとか、少し塞いでいたとか、そんな様子には気づきませんでしたか」

「気づきませんでした」

「小柳さんは渕上さんに好意を寄せていたんですってね。そのことはご存じでしたか」

いきなり切り込んできた。大山の表情は変わっていないが、目は誠也の表情筋の動きひとつ見逃すまいとばかりにこちらに据えられている。誠也は自分から視線を外した。ここは戸惑いを見せてもいいところのはずだった。

「はあ、まあ」

「まあ、ということは、直接気持ちを打ち明けられたことはないんですか」

「ないです、そんな」

大袈裟に首を振った。本当に、告白されたことはない。なくてよかったと、内心で思った。

「でも、小柳さんの態度から察していた。そうですね」

「……ええ」

「周りの人も、小柳さんがあなたに向ける好意には気づいていたそうじゃないですか。つまり、職場の人みんなが認めていたわけですね」

「さあ。どう思われていたかは知りませんが」

「生前の小柳さんの写真を拝見しましたが、かわいらしい女性ではないですか。性格も明るくて、人に好かれるタイプだったそうですね。交際する相手として申し分ないと思うんですけど、渕上さんはどうして小柳さんの気持ちに応えなかったんですか」

大山はどんどん踏み込んでくる。曖昧なまま済ませる気はないと、質問内容で示しているかのようだった。

「どうしてと言われましても……」

質問に困惑しているのは、演技ではなかった。たいていの男は、こんな質問には同じ反応をするのではないか。そして、好意を寄せる女性に応えない理由はそういくつもない。大山もそれはわかっているようだった。

「好みではなかったですか」

「いや、そんな失礼なことを言う気はないですが」

「じゃあ、付き合っている人がいるのですか。そういう話も聞いていますが」

「それは単なる噂であって、事実ではありません」

「ああ、そうなんですか。付き合っている人はいないんですね」

「いないです」

　きっぱりと言い切った。そこに着目されるわけにはいかなかった。

「わかりませんね。好みじゃなかったわけではない。他に付き合っている人がいるのでもない。ではなぜ、小柳さんの好意に応えなかったのでしょう。もてた経験がない私なんぞからすると、ぜんぜん理解できないのですが」

　冗談めかしたつもりなのかもしれないが、目が笑っていないのでそんな軽口に乗るわけにはいかない。どうやら、わかりやすい返答をしなければ諦めてもらえないようだった。

「年も違いますしね。小柳くんはまだ若いから、私に理想の男性像を重ね合わせていたように思うんです。でも、刑事さんも納得してくれるでしょうが、私も普通の男ですから彼女が思うような理想の男性なんかじゃないんですよ。そのずれが後で絶対に問題になると思ったので、それで付き合わなかったんです」

「なるほど、わかりますよ。確かにちょっと重たいかもしれませんね、それは」

「いえ、重いとは言いませんが」

本当に納得してくれたのだろうか。まだ油断はせず、大山の反応を窺った。

「ところで、三日前に職場で飲み会があったそうですね。でも渕上さんは、急用ができたとかでキャンセルされた。その急用とは、なんだったんでしょうか」

やはり、その件は耳に入っていたか。当然、答えは用意してある。だが、ひとまずとぼけた。

「えっ、そんなことが何か関係あるんですか」

「念のためです。関係あるかどうかは、ともかく情報を集め終えた後に判断します。教えていただけませんか」

「はあ、かまいませんが、他のみんなには内緒にしておいてもらえますか」

「約束しましょう」

大山は簡単に請け合う。どうだか怪しいものだと、誠也は思った。

「急用というのは、実は口実です」

「ほう」

「私は胃腸が弱く、あの日は急に腹痛を覚えたんですよ」

「腹痛、ですか」

　予想外の返事だったらしく、大山は虚を衝かれた顔をしている。それを愉快に思いつつ、続けた。

「尾籠《びろう》な話で恐縮ですが、私は一度腹痛を覚えると、しばらくトイレに籠らないといけなくなるのです。そんなときに飲み会に行って、ビールみたいな冷たいものを飲むのはいやでした。それで、急用ができたと嘘をついてキャンセルしたんですよ」

「なるほど、そうだったのですか」

　大山は応じたものの、自分の思う方向に話を誘導できなかったのか、次の質問をなかなか口にしなかった。数秒してから、ようやく言葉を発した。

「その日、小柳さんも飲み会に参加しなかったのはご存じですか」

「そうなんですか？　どうして？」

　逆に訊き返した。大山は「さあ」と首を捻る。

「渕上さんに訊けばわかるかと思っていたんですが、理由はご存じないですか」

「知らないですよ。私が小柳くんと交際しているわけではないのは、もうおわかりでしょう」

「小柳さんは、渕上さんが飲み会をキャンセルすると聞いて、自分も参加をやめたそうですよ。だからやっぱり、渕上さんに関係あるんじゃないですか」

「知りませんよ。ともかく私はそういう次第だったので、他のことをしている余裕がありませんでした。当然、小柳くんのことも知りませんでした」

答えながら、この返答で納得してくれと祈る気持ちになっていた。もし警察が誠也の言葉を疑い、自宅の最寄り駅の防犯カメラをチェックしたなら、未央の姿がそこに見つかるかもしれない。そうなれば、白を切ったことがかえって仇《あだ》になる。誠也は容疑者リストの筆頭に躍り出ることになるだろう。

それだけではない。おとといの喜多見駅の防犯カメラには、誠也の姿が映っている。警戒してカメラにはっきりと顔が映らないよう気をつけていたが、街中にも防犯カメラはあったかもしれない。一度でも顔を撮影されていたなら、容疑は確定だ。どんな口実を並べたところで、警察はもう誠也の主張に耳を貸さないだろう。

観念すべきときかもしれない。密かに覚悟を固めた。たとえ誠也が未央殺しの容疑で逮捕されようと、累がレイに及ばなければいいのだ。口を割らずにいることにかけては、満腔《まんこう》の自信があった。

刑事たちを前にして、誠也の心はしんと冷えた。化け物になるときだ、と思った。

## 63

十八年前の交通事故では、直進方向の信号は赤だったと最初に証言したのに、後にそれを翻した人がいた。事故状況を知るためには、会ってみたい人物である。事故の再捜査に着手するに当たって、理那はまずこの人物を訪ねることにした。理那の考えに、村越は「いいよー」と簡単に応じる。

「理那ちゃんの思うとおりにすればいいんだよ。おれはただついていくから」

相変わらず無気力な物言いである。これは断じて、理那の力量を信頼して任せているわけではないだろう。単に楽をしたいだけに違いない。優秀なのか駄目刑事なのか、理那は未だに刑事としての村越を評価しかねていた。

目撃証言を撤回した人は、佐々木《ささき》という名の男性だった。当時四十三歳とのことだから、もう六十過ぎになる。勤め人であれば、すでにリタイアしているのか、あるいは再就職してまだ働いているか。おそらく新しい職に就いているとは思うが、まずは自宅を捜すしかなかった。

佐々木の住所は十八年前のものしかわからない。だが、部屋番号がないところからすると、一軒家と思われる。ならば引っ越しをせず、そのままそこに住んでいる可能性もあった。地図で確認すると最も近い駅はＪＲ武蔵野線の北府中《きたふちゅう》駅になるが、時間のロスがもったいないので京王線府中《ふちゅう》駅からタクシーを拾うことにした。

運転手に指示を与え、住宅街で降りた。住居表示を手がかりに捜して、住所に該当する家を見つける。ありがたいことに、表札には「佐々木」と書いてあった。目撃者である佐々木本人がいるとは限らないが、少なくとも縁者はまだここに住んでいるようだ。

呼び鈴を押すと、出てきたのは六十前後と見受けられる女性だった。近所に聞こえない声の大きさで身分を名乗り、佐々木が在宅しているかを尋ねる。すると女性は、たちまち不愉快そうな顔をした。

「主人になんの用ですか。もう警察とはなんの関わりもないと思いますが」

棘《とげ》のある物言いだった。その反応で、様々なことがわかった。まず、目撃者である佐々木が存命であること。この女性が佐々木の妻であること。そして、女性が警察に対して悪い印象を抱いていること。目撃証言を握り潰されたと佐々木が感じているなら、妻の悪感情は当然のことと言えた。

「我々は東府中署の者ではなく、警視庁捜査一課から来ました」

理那はそう説明した。野方署所属と正直に言っても、一般の人にはなんのことだかわからないだろうからだ。捜査一課から来たという説明は、村越が一緒なのだから間違いではない。当の村越は、理那の背後で何も言おうとしていないが。

「所属の違いを言ってもおわかりにはならないかと思いますが、別の部署だからこそ当時の事故の洗い直しができるのです。お察しのように、我々は佐々木さんが目撃した事故について、お話を伺わせていただきたいと考えています。どうか、ご主人にお取り次ぎ願えませんでしょうか」

辛抱強く、下手に出た。こちらが強面の刑事ではなく、若い女だったことが功を奏したか、女性はしばし考え込む。やがて口を開くと、「主人はいませんよ」と言った。

「会社から戻ってくるのは、夜六時半過ぎになります。その頃、またいらしていただけますか」

「はい、承知しました」

これ以上心証を悪くしないためには、向こうの指定した時刻に会うしかない。女性に名刺を渡して、いったん引き下がった。最後に頭を下げた女性の顔つきは、幾分柔らかくなっているように見えた。

「さて、時間が余っちゃったねぇ。お茶でもする？」

まだ動き始めたばかりだというのに、村越は早くも休憩を提案する。当然、そんな提案は受け入れられないので、理那は考えていたことを口にした。

「せっかく近くまで来ているのですから、事故の現場を見に行きましょう」

村越がいやがるのを承知の上で、提案した。「えー」と不平の声を村越は漏らすが、無視して歩き始める。事故が起きた交差点までは、徒歩で五分ほどだった。

交差点の状況が当時と同じかどうかはわからない。事故が起きた時刻とも違うから、交通量も異なるだろう。だが、一見したところ見通しのいい交差点ではあった。信号無視などの無茶な運転をしない限り、事故が起こる要因は見受けられなかった。

「前方不注意なのか、それとも赤信号になるのに無理に交差点に突入したのか。どちらかでないと、事故は起こりそうにないですね」

行き交う車を目で追いながら理那が呟くと、村越が何を思ったか問いかけてきた。

「理那ちゃんは、どっちの過失だと思う？　やっぱり、白バイ警官が無理な運転をしたと考えてるの？」

この質問には、即答しかねた。じっくり考えて、慎重に答えた。

「白バイが悪いということで事件が解決するなら、私としてはそうであって欲しいです。ただ、仮に警察に非があるとしても、四人もの命を奪っていいことにはならないと思います」

「まあ、そうだなぁ。正当化できる殺人なんて、ないもんね」

のんびりした口調ではあるが、こちらをはっとさせることを村越は言う。確かに、そのとおりなのだ。たとえ動機を作ったのが警察であっても、殺人犯に対してそれを引け目に感じる必要はないのだと改めて考えた。

しばし周辺を歩き回ってから夕方六時半に再訪すると、佐々木は帰宅していた。髪の生え際が頭頂部辺りまで後退していて、卵形の輪郭と相まっていささかユーモラスな外見ではあるが、その表情は硬かった。にこりともせずに、理那たちを三和土に呼び入れる。だが家には上げようとしないので、話は立ったまま済ませるつもりのようだ。どんな対応であろうと、対話に応じてもらえただけありがたい。

「いまさら、なんの用でしょうか。家内に聞いたところによると、十八年前の事故の話だとのことですが」

佐々木は切り口上だった。理那は言葉を選びつつ、かつ誠意が籠るように心がけた。

「お寛ぎのところ、お時間を割いていただき感謝しています。十八年前には、東府中署の者が不愉快な応対をしたのでしょうか。でしたらまず、そのことをお詫びいたします」

理那は頭を下げた。背後にいる村越も低頭しているかどうかは、定かでない。そのまま頭を上げずにいたら、佐々木がしばらくの沈黙の末に「いや、まあ」と口を開いた。

「あなたも見たところ若そうだから、十八年前といえば子供でしょう。あなたに怒っても、しょうがないよね」

「いえ、私も警察の人間ですから、失礼があったのならお詫びするのは当然です」

「あ、そう。うん、あなたは十八年前の人たちとは違うってことはわかった。聞きたいことはなんですか。なんなりとお尋ねください。まさか、あの事故をもう一度捜査し直そうというんじゃないでしょうね」

佐々木の口振りは、明らかに軟化した。人は十八年間も腹を立て続けることはできない。何かのきっかけさえあれば、口を開く準備はあったのだろう。自分の丁寧な物腰が佐々木を変えたなどとは、理那は考えなかった。

「捜査し直しの必要があるかどうかは、まだわかりません。そのために、改めてお話を伺わせていただきたいと考えたのです」

「いったい何があったのですか。と訊いたところで、そちらとしては言えないですよね。いいでしょう。まず、どこから始めればいいですか」

「白バイと乗用車が接触したとき、佐々木さんはどこにいらっしゃいましたか」

それは当時の事故検分書を見ればわかることだが、当人にも確かめなければならない。当時の記憶が曖昧なら、以後の話の信憑性が疑われるからだ。

「歩道を歩いていました。正確には、白バイが走ってくる方向を向いて、横断歩道を渡るために歩いていたのです。白バイが走る車線側、つまり私からすれば車道の右側の歩道です」

交差点の状況を口頭で説明するのは難しいはずだが、佐々木はかなり正確に描写した。それだけ何度も、状況説明をしたということなのだろう。

「では、白バイが佐々木さんの方へ向かって走ってくるのは視認していたのですか」

「白バイだ、と意識して見ていたわけではありません。私の注意は信号に向いていました」

横断歩道を渡ろうとしていたなら、当然そうだろう。白バイはサイレンを鳴らしていたわけではないのだ。

「では、意識したのは事故の瞬間ですか」

「いえ、しばらくしてからです。警察の人にそう言われてじゃないかな」

「一瞬のことだとは思いますが、事故の瞬間の様子を順を追って話していただけますか」

おそらく頭の中で話す手順はできあがっているはずと踏んで促すと、予想どおり佐々木はすらすらと続ける。

「まず、音がしました。ものすごい音です。次には、視界を何かが横切っていきました。それを目で追うと、人でした。人が弾き飛ばされて、歩道のガードレールまで飛んでいたのです。ガードレールにぶつかる音もしたはずですが、それは記憶に残っていません。最初の音が衝撃的すぎて、その他の音は聞こえなくなっていたのかもしれません」

佐々木は立て板に水のように話すが、だから見たとおりと考えるのは危険だ。十八年も経てば、曖昧な記憶も固定される。記憶が必ずしも事実どおりでないのは、刑事をやっていればいやというほど思い知らされることだった。

とはいえ、今のところ佐々木の証言を疑う理由はなかった。今日読んだ東府中署の検分書とも齟齬《そご》はない。理那は相槌を打たずに、そのまま喋らせた。

「とっさに、信号に目をやりました。前後しますが、私が交差点に向かっているとき、渡ろうとしていた信号は青でした。少し走れば間に合いそうだったのですが、そこまで急いでいなかったのでのんびり歩いていたんです。案の定、まだ距離があるうちに信号は点滅し始めました。そのことを思い出したので、改めて信号を確認したわけです」

「で、信号は何色でしたか」

「赤でした」

佐々木はきっぱりと言い切った。今の話の流れからすると、赤であるのは論理的ですらあった。

横断歩道の信号が点滅したことまで、佐々木は記憶していた。つまり、信号は赤に変わろうとしていたわけだ。その後で事故が起きたのなら、白バイが赤信号の交差点に突っ込んできたことになる。これはかなり事実に即した証言ではないのか。

「その交差点は、右折車用の信号があったのですよね。それが点灯していたか、あるいは消えていたか、憶えていますか」

「点いてました。だから私は、右折しようとしていた車に強引な運転のバイクがぶつかったのだと、その場では理解しました。まさか、バイクが白バイだなんて思いませんでしたからね」

最後に皮肉めいたひと言をつけ加えるのは、佐々木のわだかまりを示していると言えた。事故を起こしたのが白バイでなければ、自分の証言は重視されたはずだと考えているのだろう。

「佐々木さんはそのことを、いつ警察に証言したのでしょうか」

「私はその場にとどまったので、事故処理の警察が来たらすぐ話しましたよ。その後も、警察署まで何度も行きました」

口調がまたぶっきらぼうになった。手間をかけさせられたにもかかわらず、証言を無視された腹立たしさを思い出したのだろう。いや、無視されたのではない。証言を変えさせられたのだ。佐々木が警察に憤るのは、至極当然のことであった。

「佐々木さんは裁判では証言しませんでしたよね。後に、ご自分の勘違いであったと認めたと聞いています――」

「認めてませんよ」

理那の言葉に、佐々木は途中で割って入ってきた。表情を険しくして、語気を強める。

「私は何度も何度も、自分が見たことを正直に話したんです。それなのに途中から、警察は『そんなことないだろう』と言い出したんですよ。そのとき、バイク側の信号は青だったはずだ。他にも目撃者はいるが、違うことを言っているのはお前だけだ。警察はそう言って、まるで私が何かの容疑者であるかのようにしつこく問い詰めたんです。なぜ信じてもらえないのか、わけがわかりませんでしたよ。信号が青だったことにして、警察になんの得があるのか理解できませんでしたからね。でもその後、死んだのが警官だったと知って、なるほどと思いました。白バイ警官が信号無視をした末に死んだなんてことになれば、警察にとっては不都合極まりない。だから私の証言は、警察にとって邪魔だったわけです。そうでしょ？ それがわかって、馬鹿馬鹿しくなって証言することをやめたんです」

また警察に対する怒りが再燃したようで、佐々木は理那を睨んだ。理那は目を伏せたかったが、あえてこらえた。佐々木は警察を逆恨みしているのではなく、睨む権利があると考えたからだ。ひとりの警察官として、理那は恥ずかしかった。

「でもですね。同時に怖くもなりましたよ」佐々木はふと視線の圧力を緩めると、今度は内心を吐露するかのような口振りになった。「だって、警察がそんなことをするんですからね。

ヤクザじゃないんですよ。ヤクザが自分たちの都合のいいように事実をねじ曲げるなら、まだ『仕方ない』と諦めることもできます。でも、常に正義の側にいなければいけない警察がそんなことをするなんて、一般市民としては本当に怖いですよ。いったい、誰を信じればいいんですか。何かあったとき、誰を頼ればいいんですか。私はね、あれ以来ずっと、この国の警察を信じられずに生きてきたんですよ。証言を無視されたことより、そんな恐怖を味わされたことの方がよっぽど腹が立つ。わかりますか、この気持ち？」

「申し訳……ありません」

佐々木の言うことは、理解できた。百パーセント同じように体感できているわけではないだろうが、佐々木が感じた恐怖は簡単に想像できる。東府中署は、してはならないことをしたのだ。しかし、警察がそういう体質であることは、否定できない事実であった。東府中署だけでなく、日本のどこの警察署でも起こり得ることなのだった。

佐々木はしばらく口を噤んでいた。だが、ふと息を吐くように肩の力を抜くと、小さく首を振った。

「でも、今日あなたたちが来てくれたことで、私の恐怖も少し薄らぎました。あなたたちは、十八年前の事故処理がおかしかったと気づいて、それで私に話を聞きに来たのでしょう？つまり、警察にもまだ良心が残っているということじゃないですか。安心しました。もしかしたら、私はまた警察を信じてもいいかもしれないのですね」

佐々木の言葉は、ただ頭を垂れることしかできなかった理那に、喜びをもたらした。同時に、身の引き締まる思いも味わった。佐々木の期待に、是が非でも応えなければならないと決心した。

「またご信頼いただける警察になるべく、精一杯努力します」

理那が答えると、佐々木は初めて破顔した。

## 64

家に帰り、レイ宛にメールを書いた。具体的なことは書けないので、ただ簡潔に「しばらく会えなくなりそうだ」とだけ記した。レイに時間があれば、電話が来るだろう。逮捕される前に、もう一度会うことができれば嬉しいのだがと誠也は考える。

電話は、深夜零時過ぎにかかってきた。すでに床に就いていたが、すぐに枕許のスマートフォンを手にした。画面をタップして、耳に当てる。レイは前置きもせず、「どういうこと!」といきなり問うてきた。

「会えなくなるって、どういう意味?」

レイの声は、怒気を含んでいるかのようだった。レイは困難に直面すると、消沈するのではなく闘志を燃やす。今もおそらく、肩を怒らせて電話をかけてきたのだろう。そんな様がありありと想像できるので、誠也は思わず微笑んだ。

「おれはたぶん、もうすぐ逮捕される」

「えっ、なんで？」

レイは予想もしていなかったようだ。レイはそれでいい。面倒なことはすべて誠也が処理するから、レイは今のままでいてくれればいいのだ。

「警官殺しの方じゃない。小柳くんを殺した罪でだ」

「だから、なんでよ。何もへましてないんでしょ」

「へまはしてなくても、おれは小柳くんの後を追うように退社した。いつもより早かったから、妙に思った同僚もいたはずだ。一度疑いの目を向けられたら、終わりだ。おれの姿は、駅や街中の防犯カメラに映っている。おれが小柳くんの後を尾けていたことは、すぐ判明するんだ。そうなればもう、逃げ切ることはできない」

「うそ……」

レイは呆然としたようだった。しばらく言葉を続けられないでいる。そんなレイのショックを和らげようと、誠也は優しく語りかけた。

「逮捕されても、レイのことは絶対口にしない。おれが何も言わなければ、レイは今の生活をそのまま続けられる」

「そんなことを気にしてるんじゃないよ。誠也が死刑になっちゃったら、私はどうすればいいの……？」

「死刑になんてならないよ。おれはただ、小柳くんを殺した罪で逮捕されるんだ。殺した人数がひとりだけなら、せいぜい十年も刑務所にいれば出てこられる。模範囚なら、もっと短いかもしれない」

「そう……なの？」

「ああ、そうだ。だから、そんな悲しまないでくれ」

「悲しまないわけないでしょ。簡単に諦めないで。捕まらずに済む方法はないの？」

「ない。警察はそれほど馬鹿じゃない。むしろ、小柳くん殺しで捕まるならましじゃないか。警官殺しの方がばれたら、それこそ死刑は免れられないよ」

「私のせいだね」

レイはぽつりと言った。肩を落としているレイを、誠也は思い描く。元気を出せ、レイ。そう、心の中で呼びかけた。またいつか会える。必ず会える。

「私があの女をどうにかしてくれって頼んだから、誠也が無理をしちゃったんだ。そんなに難しいことなら、放っておいてもよかったのに。私、何も考えてなかった。そのせいで誠也が捕まるなんて、ぜんぜん考えなかった――」

「あれはおれの判断だ。レイは悪くない」

未央を殺したのは、自分の意志だ。誠也は呪文のように、頭の中で繰り返す。罪は、誰のせいにもできない。背負う覚悟がなければ、死んだ未央に申し訳が立たなかった。

「私、やだよ。また誠也に会えなくなっちゃうなんて、いやだ」

啜り泣く声が、スマートフォンのスピーカーから誠也の耳に届いた。レイは何度も、「いやだ、いやだ」と繰り返す。誠也はずっと、その言葉に頷き続けた。

# 65

翌日も、理那たちは事故の目撃者に会おうとした。だが、十八年という歳月の壁は厚かった。調書に記載されている住所を訪ねてみても、たいがい引っ越している。やむを得ず周辺の聞き込みをし、場合によっては住民票を見て、現在の住居を捜し当てる必要があった。単純な聞き込みよりも、骨が折れる捜査だった。

結局、目撃者のひとりに行き着いたのはその日の夜のことだった。目撃者は事故当時、吉岡の車のちょうど真正面で、吉岡とは逆方向に右折するために停止していた車の運転手だった。名は亀井《かめい》といい、七十歳前後の男性だ。

「ああ、あの件ですか」

都営住宅の団地に住む亀井は、部屋が散らかっているので上がってもらうわけにはいかないと、玄関先で応対した。むろん、突然押しかけたのはこちらだから文句は言えない。亀井は椅子を持ってきて坐り、理那たちは立ったまま会話をすることになった。

「裁判で証言までしたから、よく憶えてますよ。いったい何が知りたいんですか」

「事故状況をもう一度確認させてもらいたいのです。なぜ事故が起きてしまったのかを」

「そんなこと、さんざん証言しましたけどね。大昔の話を、どうしていまさら蒸し返すんですか」

亀井は不思議そうであり、またわずかに不愉快そうでもあった。自分の証言を疑われていると、漠然と感じたのかもしれない。だがその問いに答えるわけにはいかないので、丁寧な言葉で押し返した。

「必要があって、改めて確認をしております。何度も煩わせてしまい大変恐縮ですが、どうかご協力いただけないでしょうか」

亀井から見れば小娘程度の年齢の理那が、腰を屈めんばかりにへりくだれば、なかなか邪険にはできないだろう。亀井は難しげな顔でひとつ頷くと、「わかりました」と言った。

「そちらにもお話しできない事情があるのでしょう。詮索せず、質問に答えますよ。ええと、事故状況ですか」

言葉を切り、しばし記憶の底を浚《さら》うように亀井は斜め上方を見た。その記憶が事実に即したものであることを、理那は密かに祈った。

「私はあのとき、交差点を右折しようとしてたんですよ。でも対向車線の流れが途切れなかったから、停車して待っていたわけです。同じように正面にも、右折待ちしている車がありました。それが、事故の加害者の車だったんです」

調書の記述と矛盾はない。理那は何度も頷くことで、先を促した。

「正直に言うと、その車とバイクがぶつかった瞬間は見てないんですよ。位置的に、私の死角になってたから。わかりますでしょ。私は右斜め前方に視線を向けていた。でも接触が起きたのは、私の左側だったわけです。音がして初めて、そちらを振り返ったんですよ」

確かにそういうことになるだろう。だがすぐに視線を振り向けたなら、事故の目撃者と言っても間違いではない。理那が「なるほど」と相槌を打つと、亀井は興が乗ってきたように続けた。

「そうしたら、倒れたバイクがものすごい勢いで回転してるじゃないですか。慌ててブレーキを踏んで、乗っていた人がどこに行ったのか捜しました。すぐには見つからないわけですよ。思ったよりも遠くまで弾き飛ばされてましたからね。歩道のガードレールのそばで、ぐったりと寝ている人を見つけました。見た瞬間、なぜか『あ、あれは駄目だ』と思いましたね。なんというか、全身から完全に力が抜けきっている感じがわかったんです。実際、即死だったみたいですから、私の印象は間違ってなかったわけですが」

「そのとき、信号の色は確認されましたか」

肝心な点を質した。亀井は自信たっぷりに頷いた。

「確認しましたよ。青でした」

「亀井さんの進行方向が青だった、ということですね」

「そうです。間違いなく青でした。つまり、加害者の車はバイクが直進してきているのに強引に右折しようとして、撥ねてしまったんです」

亀井の態度に、嘘をついている気配はなかった。むしろ当人が言うように、確信を持って発言しているのがわかる。少なくとも、買収や脅しによって偽の証言をしているわけではないと見做してよかった。

「亀井さんは裁判で証言したんですよね」

「そうです」

「それによって、加害者に実刑判決が出たのはご存じですか」

「知ってますよ。やむを得ないでしょう。バイクの人は亡くなってしまったんだから」

死亡事故なら加害者には必ず実刑判決が下ると、亀井は思っているのだろう。それが一般人の理解なのかもしれなかった。

亀井は自分の証言によって、加害者の人生が左右されたことに罪の意識は持っていない。そのことは、はっきりと見て取れた。

礼を言って、辞去した。団地から充分離れたところで、理那は村越に話しかけた。

「今の証言、どう思いました？」

「うーん、嘘をついているようではなかったねぇ。自分の言葉は正しいと思っている人の態度だな、あれは」

「そうですよね」

村越も理那と同じ印象を持ったらしい。重ねて尋ねた。

「でもそれは、佐々木さんも同じでしたよね。だったらどっちが正しくて、どっちが勘違いしているんでしょう」

「直進方向の信号が青だったと証言している人の方が多数派なんだから、やっぱり佐々木さんの勘違いだったんじゃない、と片づけられれば簡単でいいけどね」

「亀井さんの言葉で、引っかかる点はありませんでしたか」

「引っかかる点？　なんかあった？」

村越は訊き返す。本当に気づいていなかったのだろうか。これまでに鋭いところを何度か見せられているから、単に韜晦しているだけではないかという疑いがどうしても拭えない。

理那は亀井の口調を思い出しながら、指摘した。

「すごい音がしたので、その方向を見た。倒れたバイクがものすごい勢いで回転してたから、慌ててブレーキを踏んだ。亀井さんはそう言いましたよね」

「ああ、そうだったね。それが？」

「慌ててブレーキを踏んだということは、亀井さんは交差点で停止していたのではなく、発進しようとしてたんじゃないですか。そうじゃなきゃ、改めてブレーキを踏む必要はないですよね」

「そうなるなぁ」

「ということは、亀井さんの進行方向の信号はどうだったんでしょう。信号は赤で、右折信号が青になってたかもしれないですよね」

「でも、対向車線の流れが途切れていれば、右折信号が点灯していなくても右折していいじゃん。ブレーキを踏んだからって、信号が赤で右折信号が青だったということにはならないんじゃない？」

「ええ、わかってます」

わかってはいる。ブレーキを踏んだことを取り上げて、亀井の証言の信憑性を疑うわけではない。それでも、留意しておくに越したことはなかった。まだ判断するには早いと、理那には思えた。

多数派が常に正しいわけではない。数人が揃って勘違いすることも、まったくないとは言えないだろう。ましてそこに、警察の誘導があったとしたらどうか。年月が経てば、誘導されたことなど証言者は忘れてしまう。長い歳月の壁を、理那は改めて感じた。

## 66

訪問者を告げるチャイムが鳴ったのは、まだ午前七時半にもなっていないときだった。誠也はその音を聞いた瞬間、訪ねてきたのが何者か悟った。会社に押しかけられることも覚悟していたから、自宅に来てもらってむしろありがたく思った。自分の罪から逃げる気はなくても、同僚たちに白い目で見られるのはできるなら避けたい。もうこれきり会社に行かなくていいと思うと、奇妙なことに安堵すら覚えた。

インターホンのディスプレイを見ると、予想どおりそこにいたのは刑事たちだった。先日会社にやってきた、大山とその相棒。大山は誠也の気配を察して、ちょこんと頭を下げる。

誠也はエントランスのドアを開け、刑事たちを部屋に呼んだ。

「やあ、朝早くに申し訳ありません。ちょっとお伺いしたいことが出てきたので、恐れ入りますが署までご同行願えませんでしょうか」

大山はあくまで低姿勢だった。逮捕ではなく、任意同行だからだろう。しかしこんな態度も、警察署の取調室に入れば一変するのではないだろうか。ドラマなどでは、そうしたシーンを何度も目にしたことがある気がする。そのためか、刑事が自宅まで押しかけてきたこともあまり現実感がなかった。

「なんでしょうか。これから出社しなければならないのですが」

すべてを受け入れるつもりにはなっているが、一応型どおりの抵抗は示しておいた。それに対して大山は、眉根を寄せて申し訳なさそうな顔を作る。

「それはわかっております。ただ、緊急のことなので、会社はお休みいただかなければなりません。我々の方から連絡しましょうか」

口調こそ丁寧だが、他の選択肢がないことをはっきりとこちらにわからせていた。やむを得ない。首を振って、「いいえ」と応じた。

「それには及びません。自分で連絡するので、少しお待ちいただけますか」

「まだ、電話をするには早いでしょう。署から連絡をしてください。取りあえず、出かける準備をしていただけますか」

「ああ、そうですか」

さっそく行動の制限をするつもりのようだ。誠也が身支度をする間も、外ではなく三和土で待たせて欲しいとのことだった。逃亡や自殺されることを恐れているのだろう。素直にふたりを中に入れ、見えるところで着替えた。スーツではなく、カジュアルな服にした。

刑事たちは車を用意していた。マンションの前に、黒いセダンが停まっている。運転席には、初めて見る顔の男がいた。誠也は後部座席に、刑事たちに挟まれて坐った。

車中では、誰も口を開かなかった。だが誠也は特に、沈黙を重いとは感じなかった。こんな態度を、刑事たちは図太いと受け取るかもしれない。だとしても、これから始まることを思えば、この程度のことで動じている場合ではなかった。体の中に一本の芯を通す気持ちで、背筋を伸ばした。

車は成城署に到着した。着いた場所が成城署で、誠也は密かに安堵した。成城署ならば、容疑はあくまで未央殺しについてである。刑事たちが訪ねてきた時点ではまだ、なんの疑いで任意同行を求められているのか判然としなかった。車が桜田門を目指しているのではないとわかり、徐々に緊張もほどけていたのだった。

取調室に入れられ、机を挟んで向かい合っても、大山はすぐには口を開かなかった。たっぷり一分ほど正面から誠也の顔を眺め、そしてようやく「なぜだ」と言葉を発する。

「なぜ、殺した。被害者の子はあんたのことを一途《いちず》に慕っていたんだろう。それなのに、どうして殺したんだ」

誠也が犯人と確信しているかのような物言いだった。むろん、これは警察一流のブラフだろう。防犯カメラに誠也の姿が映っていたとしても、それはあくまで状況証拠に過ぎない。直接誠也の犯行であることを示す物的証拠は、何もないはずだった。だから誠也は、冷静に答えた。

「殺してませんよ。私が小柳くんを殺す理由はありませんから」

警察としても、殺人の動機がわからずに困惑しているに違いない。逮捕ではなく任意同行なのが、その証拠だ。ともかくしょっ引いて、自白させようという肚なのだろう。しかし、そううまくはいかない。護るべきものがある限り、誠也はいくらでも強くなれる。

「じゃあなんで、小柳さんの後を尾けてた」

大山は質問を重ねる。これには、誠也は答えなかった。向こうから防犯カメラの件を持ち出さない限り、沈黙を保った方が賢明だ。

「おい、答えろよ。なんで尾けてたかと訊いてるんだ」

大山の視線は物理的圧力を伴っているかのような迫力があったが、誠也はそれを受け止めた。睨みつけられても、黙り続ける。「おい！」と大山は机の天板を掌で叩いた。

「警察を舐めるなよ。お前の姿は、喜多見駅の防犯カメラに映ってたんだ。喜多見駅なんかに、なんの用があったんだよ。小柳さんの後を尾けてたからだろうが」

まず、ひとつ目。密かにそう数える。防犯カメラはすでに織り込み済みだ。問題は、他にも状況証拠があるかどうかだった。証拠がひとつだけなら、さほど怖くはない。あるならさっさとふたつ目を出してみろ、と内心で挑発する。

しかし、防犯カメラに映っているというのも、ただのはったりかもしれなかった。駅の防犯カメラがどれくらいの鮮明さで映像を残すものか、誠也は知らない。乗降客の顔をひとり見分けられるほど、今の防犯カメラは解像度が高くなっているのかもしれない。だが長時間録画を優先し、粗い映像でしか撮っていない可能性もある。そうであれば、単に誠也に似た背格好の人が映っていた、というだけで任意同行に踏み切ったとも考えられる。未央の後を追っていたことを素直に認めてしまうのは、まだもったいなかった。

「あんた、意外と図太いな」

あくまで沈黙を続ける誠也の顔を、大山は少し意外そうに見た。防犯カメラに映っていたと言えば、簡単に観念すると考えていたのか。世の中の事件の大半は、そんなふうにあっさり解決するのかもしれない。だが誠也は、大多数の衝動的な犯罪者とは違う。そのことを、いずれ大山は思い知るだろう。

「ホント、図太いな。ちょっと待ってろ」

呆れたように言い、大山は背後に控えていた相棒に向けて顎をしゃくった。「例の物を」とだけ指示を受けて、相棒は取調室の外に出ていく。すぐに戻ってきた相棒は、手に大判の封筒を持っていた。

それを受け取った大山は、中身を取り出して机の上に広げた。大きく引き伸ばした写真だった。モノクロだが、解像度はさほど低くない。誠也は覗き込み、はったりではなかったかと心の中だけで苦笑した。

それは防犯カメラの映像をプリントアウトしたものだった。斜め右上から撮影された映像は、はっきりと誠也の顔を捉えている。これくらい鮮明であれば、自分ではないと白を切るのは難しかった。どうやら、未央を尾行していたことまでは認めざるを得ないようだった。

「これはあんたじゃないのか。喜多見駅の防犯カメラの映像だよ。どう説明するんだ」

「確かに、これは私ですね」

答えると、大山は唇の端を歪めるようにして笑った。手間をかけさせやがって、とその表情が語っている。しかし、勝ち誇るのはまだ早いのだ。この映像だけで公判を維持するのは難しいと、大山も承知しているはずだった。

「小柳さんの後を尾けてたんだろ。さっさと認めろよ」

「はい、そうです」

誠也は頷いた。大山は嬉しげに身を乗り出す。

「おっ、ようやく素直になったか。で、どうして後を尾けてた？」

「話をするためです」

「なんの話だ」

「別れ話です」

「別れ話？」

大山は眉を顰めた。誠也の返事は意外だったようだ。

「別れ話って、あんたらは付き合ってたわけじゃないだろう」

「いえ、実は付き合っていたんです」

用意してあった答えを、誠也は口にした。大山は身を引いて、胡散《うさん》臭いものでも見るかのような目つきを向けてくる。

「あんたの職場の人は、誰もそんなことを言ってなかったぞ。小柳さんの方が一方的に熱を上げて、あんたは逃げていたと聞いたが」

「違います。職場の人には隠して、付き合っていたんです」

「なぜ隠す必要がある？」

「照れ臭かったからです」

誠也は淀みなく答える。大山は苛立ちを露わにして、舌打ちをした。

「どうして照れ臭いんだよ」

「最初は逃げていたからです。やっぱり付き合うことにしましたなんて、恥ずかしくて言えませんでした」

「なんだよ、それ」

大山は吐き捨てたが、誠也の主張を突き崩すだけの論理的反駁ができないようだった。一度顔を歪めると、「じゃあ」と話を変えた。

「別れ話をするために後を尾けてたって言うんだな。何も後を尾けなくたって、ちゃんと約束して話し合えばいいじゃないか」

「話し合いましたよ。でも、向こうは別れることに納得してくれなかったんです」

「どうして別れることにしたんだ」

「付き合ってはみたけど、予想以上に重かったんですよ。それに、彼女は子供だったたし」

未央を貶めるようなことを言うのは、気が咎めた。本当にごめん、と心の中で深く頭を下げる。自分の卑怯《ひきょう》さがいやになった。

「ちゃんと話し合っても駄目なら、後を尾けても無意味だろうが」

大山はこちらを睨み据える。往生際が悪い、と考えているのだろう。簡単に落とせないことで、プライドが傷ついたのかもしれない。

「そうですけど、どこかではっきりさせないといけないから」

「あんたなぁ」不意に声を大きくして、大山はふたたび身を乗り出した。「そんな言い訳が通じると思ってるのか？　あんたが防犯カメラに姿を撮られた直後に、小柳さんは殺されてるんだぞ。あんた以外、誰が小柳さんを殺すって言うんだ」

「知りません。私でないのは確かです」

「ふざけんなよ」

大山は誠也の胸倉を摑んだ。そんなことを警察がするとは思わなかったので、驚いた。大山は誠也を引き寄せ、息がかかるほどの距離で凄んだ。

「こんな決定的証拠があれば、どんな裁判官でもお前が犯人だと見做すよ。絶対に刑務所にぶち込んでやるから、白を切りとおせるなんて思うな」

これこそはったりだと、誠也は見切った。防犯カメラの映像は状況証拠としては有力だが、決定的とまでは言えない。状況証拠しかないなら、いくつも積み上げていくしかない。しかし警察は、この映像しか出してこない。自白させて起訴まで持っていこうという腹づもりなのは明らかだった。

「苦しい……です」

誠也は声を絞り出した。息ができないほどではなかったが、不愉快なのは確かだ。大山は誠也を突き飛ばし、「ふん」と鼻を鳴らした。そして、今度は嘲るような物言いをした。

「まあ、あんたが小柳さんと付き合っていたことを認めたのは、一歩前進だ。あんたは小柳さんを殺す理由がないと、最初に言ったな。だが、別れ話がこじれてたなら、れっきとした殺す理由があるじゃないか。語るに落ちるとはこのことだ」

大山は勝ち誇った。確かにそのとおりなので、誠也はふたたび口を噤む。警察が動機を間違って捉えてくれるなら、その方がありがたいのだ。むきになって否定する必要はない。

「なんとか言ったらどうなんだよ。まただんまりか。黙ってりゃなんとかなるなんて思ってたら、大間違いだからな。今、あんたの家を家宅捜索してる。何が出てくるか、楽しみだな」

自信たっぷりの態度で、大山は言う。家宅捜索で物的証拠が出てくると、確信しているのだろう。しかし、そんな物は見つからない。犯行時に着ていた服は処分したし、そもそも未央とはメールのやり取りすらしていない。マンションにも来ていないので、未央の頭髪などが残っている心配もない。特別な関係ではなかったのだから、未央との接点を示す物が存在するわけもないのだった。

だが、その先どうなるかは予想できなかった。まずはぎりぎりまで留め置いて、なんとか自白させようとするだろう。今は任意同行の段階なので、警察もさほど無茶はしないはずだ。法律上は、誠也は帰りたければいつでも帰る権利がある。弁護士を呼べとごねれば、ひとまずここを出ることは可能なはずだった。

問題は、その先だ。任意同行で口を割らせることができなかったとなれば、逮捕に踏み切るか。その場合、証拠は防犯カメラの映像だけでいいのか。警察がどう判断するか、予想できない。おそらく今の段階では、警察も家宅捜索で証拠が見つかることを期待しているのだろう。見つからなかった場合のことまで考えているとは思えない。だからこそ、誠也も今後の展開が読めないのだった。

ともあれ、家宅捜索の結果待ちだ。受け身にならざるを得ない誠也が、あれこれ思い煩っても仕方ない。そう肚を括ると、大山が何を言おうと右から左へと耳を通り抜けていくだけだった。

取調室に入れられてから、四時間ほどが経過した頃だろうか。ドアを開けて入ってきた者が、大山に耳打ちをした。それを聞いた大山は、不愉快そうに顔を歪める。誠也はほくそ笑みたくなるのを、なんとかこらえた。

## 67

結局、犯人はどうやって被害者となった警察官たちの個人情報を知り得たのか、が鍵だったのだ。改めて三井は考える。実はその点は、当初から疑問として挙がっていた。しかし突き詰めて調べれば、身内の情報漏洩という事態に行き当たる可能性がある。個人情報を外部に売るような真似をした警察官がいたとは信じたくないが、夜討ち朝駆けで馴染みの記者についぺろりと喋ってしまうことはよくあるのだ。そんな現実が念頭にあったせいか、疑問は棚上げされたままだった。それが仇となったのだと、三井は自戒を込めて振り返った。

小川がニヤニヤしていた理由を説明する、四つの状況が捜査本部では考えられた。まずひとつ目、小川は竹井英司がかつて自分が処理した事故の関係者であると知っていて、皮肉を感じて笑っていたという状況。この場合、両者に接点はない。だが疑問として、小川がどのようにして竹井英司の過去を知り得たのかという点がある。竹井英司は事故当時と姓が違うし、成長すれば顔も変わるだろう。あるいは、あまり顔立ちが変わっておらず、見ればすぐにわかるのかもしれない。幼少時の竹井英司の顔を確認する必要があった。

　もっとも、事故処理をした白バイ警官と加害者家族が、顔を合わせる機会があるのかという疑問がさらに浮上してくる。小川だけが一方的に竹井英司を認識していたと考えるのは、難があるかもしれない。

　次に、同性愛者である小川にとって、竹井英司は好みだったという状況もあり得る。当然、小川は竹井英司の素性を知らない。ニヤニヤしていたのは偶然ということになる。

　三つ目、小川は竹井英司ではなく他の出演者を見ていた。これも当然考えられるが、やはり偶然が過ぎるという嫌いは否めない。

　そして四つ目。小川と竹井英司に面識があった場合はどうか。普通の感覚として、知人がテレビに出ていたらなんらかの反応を示すだろう。その人との関係が秘密のものであれば、照れ臭さや背徳感もあってニヤニヤ笑いを浮かべることは大いにあり得るのではないか。都合のいい偶然と、疑問が残る推測を排除すれば、この四つ目の想定こそ最も事実に近いのではないかと思われた。

　だが、小川と竹井英司の間にどこで接点が生じたのだろうか。それこそ偶然でもなければ、両者は知り合わないはずである。そんな疑問も捜査会議では出たが、そこはむしろ必然と考えるべきではないかという意見が勝った。竹井英司の方から、小川に近づいたとしたら。そうであるなら、偶然の介在する余地はない。警察官の個人情報の出所がわからない今、それを狙って竹井英司が小川に接近したという想定には説得力があった。

つまり竹井英司は、最初から復讐の意図を秘めて小川に接触したのである。その仮説こそ、すべてをうまく説明していた。竹井英司自身は、複数の事件でアリバイが成立した。しかし、犯人と関係する人物である可能性はかなり高い。捜査本部ではそう見做したのだった。

新たに判明した事実に基づき、捜査本部は今、大きくふた班に分かれていた。竹井英司の交際関係を洗う班と、竹井自身をマークする班である。原因となった交通事故の再捜査は、限界があるので打ち切りとなった。結局、真相は闇の中ということになりそうだった。

両班の目的はむろん、竹井英司の共犯者の割り出しである。竹井英司にアリバイがあることを考えると、その共犯者が実行犯なのは間違いない。竹井英司と共犯者は、どこかで必ず接触を持つ。その瞬間を捉えるのが、マークする班の役目だった。

三井は竹井英司をマークする班に割り振られた。竹井英司の所在は事務所に問い合わせればわかるとはいえ、監視対象者に事前にそれを伝えるわけにはいかない。幸いなことに、竹井英司のホームページにテレビ出演情報が出ていた。今日は夜に、生放送の番組に出演する予定がある。テレビ局で張っていれば、竹井英司を捕捉できるはずであった。

その情報に従って、三井は今、テレビ局に向かっているところだった。大野が運転する車の助手席に坐り、窓の外に視線を投げている。芸能人がたくさんいるであろうテレビ局に行くのは、単純に心が弾むことだった。とはいえ、大野の前ではしゃぐわけにもいかないので、緩みがちになる顔を窓の方に向けているのだった。

テレビ局の出口は複数あるため、三つのグループに分かれて張り込みをすることになっていた。三井たちは裏口担当だった。正面玄関にも車寄せがあるとはいえ、芸能人はもっぱらこの裏口を使っているようだ。駐車場に直結しているので、荷物の運び込みがしやすく、一般人の目も少ない。三井たちも駐車場の一角を借り、車内から裏口を見張ることにした。

生放送なので、終了時刻が確定しているのがありがたい。放送終了から二十分ほどした頃に、テレビで見たことのある竹井英司の姿が現れた。マネージャーとともに裏口から出てきて、そのままタクシーに乗る。三井が指示するまでもなく、ハンドルを握っている大野はタクシーの後を追い始めた。

別の出口を見張っている者たちに、竹井英司が出てきたことを電話で伝えた。互いに位置情報を共有し合っているので、すぐに追いついてくるだろう。監視対象者がひとりだけとは思えないほど、マークには人員を割いている。警察官を何人も殺され、なおかつ誤認逮捕までしでかしてしまって面子を潰された思いでいる警視庁上層部は、威信にかけて竹井英司の身辺を洗うつもりなのだった。

　今日の仕事はこれで終わりだったらしく、竹井英司を乗せたタクシーは普通のマンションの前で停まった。中からは竹井英司だけが出てきて、マンションのエントランスに入っていく。マネージャーを追う必要はないので、マンション周辺に刑事たちは集結した。マンションならば見張りやすいから、ローテーションで張り込みをすることにする。数人を帰し、三井はそのまま残った。

　しかし結局、翌朝までなんの動きもなかった。朝九時過ぎにマネージャーが迎えに来て、またタクシーで移動を始める。着いたのは、大手の出版社だった。モデルとしての仕事も続けている竹井英司は、雑誌に登場することも多い。そのための打ち合わせに来たのだろうと思われた。

　一睡もしなかった三井の疲労は、ピークに達していた。交代要員が来たので、ここでひとまず引き揚げることにした。自分のアパートに帰ってすぐに寝ついたが、夢の中にも竹井英司の華奢な姿が出てきたような気がして首を傾げた。おれはそんな趣味はなかったはずだが、と訝しく思う。

　そうした調子で、数日が過ぎた。売れっ子らしい竹井英司は、ほとんど私的な時間がなかった。オフの日もあるのだろうが、監視を始めてからこちら、仕事の合間に息抜きする様子すらなかった。むろん、仕事関係者以外と接触することも皆無であった。

警戒しているのか。三井はそう睨んだ。ここまで犯行を重ねれば、警戒するのも当然だろう。しばらくなりを潜めると、共犯者と取り決めているのかもしれない。だとしても、このまま永久に共犯者と接触しないなどということはないはずだ。竹井英司はいずれ必ず、特別に親しい人間と会う。そのときまで警察は、何日でも何週間でも見張り続けることだろう。できたら、早く共犯者が現れてくれると助かるのだが、と三井は内心でつけ加える。

その一方、竹井英司の交際関係を洗う班も、はかばかしい成果が得られずにいた。竹井英司にも当然のことながら知人はいるが、それらの人々いずれとも親密な関係にはないのだ。知人は皆、仕事上の付き合いに限られ、個人的な友情を持ち合う間柄ではない。状況だけ見るなら、竹井英司はかなり孤独な人物と言えた。

「そんなはずはない。親しい人間がいないなら、共犯者もいないことになる。竹井は共犯者との関係を、周到に隠しているんだ。なんとしても洗い出せ」

捜査会議の席上で、いつもの飄々とした口振りをかなぐり捨てて野田は命じた。そこにはもどかしさと、そして焦りが滲んでいるようだった。三井もまた、同じ感覚を抱いていた。身辺に誰も寄せつけようとしない竹井英司が、なにやら不気味にも思え始めていた。

# 68

帰っていいと言われたのは、夜九時過ぎのことだった。その間警察は、あの手この手を尽くしてなんとか誠也に自白させようと試みた。ほとんど恫喝《どうかつ》めいた言辞で脅しつけたかと思うと、情状酌量の余地があるかのようなことを匂わせてこちらを弱気にさせようとする。むろん、誠也は頑として口を割らなかった。直接的な証拠が出てこない限り、警察は誠也が未央を殺した犯人とは断定できない。わざわざ自白してやる必要はなかった。

しかし、警察署を出ても解放感はあまりなかった。これがまず最初の攻防だと、わかっていたからだ。客観的に見て、未央の後を追うように防犯カメラに映っていた誠也はあまりに怪しい。誰が考えても、誠也が犯人であることは間違いない。警察はもう、誠也犯人説一本に絞って捜査をしているだろう。誠也は今後、徹底的に身辺を洗われることになる。

そこが問題だった。未央殺しに関しては、いくら探られてもかまわない。未央を殺す動機など、見つかるはずもない。しかし、過去を洗いざらい調べられるのは困る。捜査がそこまで及ばないうちに、未央殺しだけを認めてしまった方が得策だろう。このまま逃げ切れるとは、誠也も考えていなかった。

証拠がなければ、警察はでっち上げも辞さない。そのことは、痛いほど承知している。警察のでっち上げによって、誠也の人生はねじ曲げられた。同じことは二度と起きないなどと、楽観するわけにはいかなかった。遅かれ早かれ、誠也は逮捕される運命にあるのだ。

明日にも自首すべきか。そう考えると、さすがに憂鬱な気分になった。後味が悪い殺人を犯して、結果的にそれが命取りとなった。己の罪を考えれば、今後も何食わぬ顔をして生きていくことは難しかった。せめて未央殺しの罪だけでも償いたいという気持ちはある。それでも憂鬱になるのは、レイと会えなくなるからだった。殺人の場合、懲役の相場はどれくらいだろうか。殺した相手がひとりだけなら、せいぜい十五年ほどか。レイには十年以下で刑務所から出てこられるかもしれないと言ったが、そこまで甘くはないはずである。十五年は人ひとりを殺した罰としては短いが、しかしレイと会えない期間としてはあまりに長い。レイとの関係は、実質的に終わったと考えるべきだろう。そのことが、誠也を憂鬱にさせるのだった。

せめて最後にもう一度会いたいという気持ちはあった。だが、警察が誠也をそのまま野放しにするとはとうてい思えない。今も尾行がついていると覚悟すべきだ。そんな状態で、レイと会うわけにはいかなかった。レイのことは絶対に、警察の視野に入れてはならないのだった。

すでに別れは済ませてある。最後にもう一度会いたいと考えるのは、ただの未練だ。だから、こちらからメールを送る気もなかった。スマートフォンをチェックしたのは、電車に乗った後のことだった。

メールが一通届いていた。相手のアドレスは、見憶えがないものだった。迷惑メールだろうかと思いつつ開いて、眉を顰めた。送り主はレイだったのだ。

レイはわざわざフリーメールのアドレスを取って、送ってきていた。警察に気づかれないための配慮だろうが、その内容に困惑した。レイは〈しばらく会わない方がいい〉と書いていたのだ。

それはもう話し合ったことのはずだった。なぜ改めて、またレイの方から同じ内容でメールを送ってくるのか。その意図がわからない。実際に誠也が警察に任意同行を求められたと知り、念を押す気になったのだろうか。信用されていないのかと悲しい気持ちになったが、再確認したくなること自体は責められないと思った。

釈然としないままスマートフォンをしまい、吊革に摑まってぼんやりと思考を巡らせた。誠也を犠牲にして幕を引こうという発想は、あまりレイらしくない。とはいえ、ぎりぎりの局面に置かれればそうした判断をするのも当然だとも考える。もともと、レイのために犠牲になることを厭う気持ちはなかった。その覚悟を話して聞かせたことはないが、勘のいいレイのことだから、うすうすは感じ取っていたのではないか。いつかそうなるという予感があったなら、誠也との関係を絶つ決心も簡単についたのだろう。メールはそのことを告げるためのものだったとも解釈できる。

誠也はレイのそんな果断なところが好きだった。そうでなければ、競争が激しい芸能界で生き残っていくことなどできないだろう。レイは誠也を踏み台にして、華やかな世界で生きていけばいい。誠也はもうそれを見守ることはできないが、刑務所の中からずっとレイの成功を祈っている。そんな距離が、自分たちには似合いのようにも感じられた。

いったんはそう納得したものの、しかし喉に小骨が刺さっているような感覚がどうしても拭えなかった。レイの真意は本当にそうなのか。自分にとって都合のいい解釈を避けるあまり、レイのことを見くびっていまいか。レイの言葉の意味を忖度《そんたく》するなら、正しく読み解かなければならない。レイは本当に、ただの念押しでメールを送ってきたのだろうか。

電車を降りる間際に、あることに思い至った。思わず声が出そうになる。おれは馬鹿だった。ひとつの角度からしか、物事を見ることができなかった。実際はまったく逆だ。レイは自分の身の安全を考えているのではない。誠也の身を案じているのだった。

レイが警察に目をつけられたのだ。だからわざわざフリーメールのアドレスを取り、自分に近づくなと誠也に警告したのである。一度気づけば、それ以外に解釈のしようがないと思えた。警告でなければ、すでに話し合ったことをさらにまた蒸し返す理由はなかった。

しかし、なぜだ。その疑問が、頭の中で乱舞した。なぜ、警察はレイの存在を嗅ぎつけた？　地道な捜査の結果か。実は誠也は、それに一抹の不安を覚えていた。いずれ警察が、レイのところに行くことは避けられないと考えていた。とはいえ、通り一遍の質問をすればレイを容疑者リストから外すはずと楽観してもいた。何しろ、レイは人気急上昇中の芸能人である。そんな人が警察官連続殺人に関わっているとは、よほど想像力が逞《たくま》しくない限りなかなか想定できない。ましてレイ本人の姿を見れば、凶悪犯罪とは無縁と考えるのは当然だ。一度容疑の圏内から外れれば、かえってレイは安全だとすら予想していた。

にもかかわらず、警察はレイに目をつけた。理由は考えてもわからない。こうなってしまったからには、誠也が取るべき道はひとつだった。先ほどまでの憂鬱な気持ちは一掃され、冷え冷えとした決意だけが感情を支配した。思えば、この冷えた感情がずっと誠也を支えてきたのだ。心が冷たく固まれば、もう迷うことはなかった。

レイの姿も、今夜で見納めだった。直接会うことが叶わないなら、せめて動いているところを見たい。自宅のマンションに帰り着いて、自動録画を設定してあるハードディスクレコーダーをチェックすると、レイが出演している番組が録《と》れていた。居住まいを正して、テレビに向き合う。決定ボタンを押すと、番組再生が始まった。

オープニングではまず司会のタレントが挨拶をし、次に雛壇に坐っているゲストたちが映された。客席の拍手とともに、ゲストたちがひとりひとりアップになる。レイの順番は、かなり後の方だった。まだテレビに出るようになって日が浅いから、扱いが小さいのはやむを得ない。おれが刑務所を出てきたときには、誰もが知っている有名人になっていてくれと、心の中で念じた。

レイの整った顔が大きくクローズアップされた。画面下部には、レイの芸名が表示される。そこには竹井英司という文字が出ていた。

# 69

〈久しぶりに飲まないか〉という用件のみのメールが届いた。必要最小限のことしか書かないのは、いかにも兄らしい。ただそれだけの文面になんとなく嬉しくなり、西條もまた〈いいよ。いつ？〉と返した。ほとんど単語レベルのやり取りで、日時と場所を決めた。

当日、仕事を終えてから兄が指定した店に向かった。居酒屋と聞いていたが、想像していたよりずっと高級そうな佇《たたず》まいだった。考えてみれば、兄が利用するのだから安い店のはずがない。料亭ほど格式張っていないというだけで、これを居酒屋と思って気軽に暖簾《のれん》をくぐる人はそういないだろう。

　仲居に案内され、小さな中庭を経由して四畳半ほどの個室に通された。兄はまだ来ていなかったので、飲み物も注文せずにそのまま待つ。兄は約束の二分前にやってきた。二分前という絶妙の到着もまた、兄らしさを物語っていた。兄が約束の時刻に遅れたという話を、西條は聞いたことがない。

「待たせた」「いや」というやり取りを経て、卓を挟んで向かい合った。「いい店だろ」と兄は自慢げに言う。

「料理も旨《うま》いんだ。今日はおれの奢りだから、遠慮なく食ってくれ」

　遠慮して聞き入れる兄でないことは、よく承知していた。だから「ありがとう」と素直に好意を受けた。ビール嫌いの兄は、最初から焼酎のロックを飲む。西條もそれに合わせることにしたので、ボトルで頼んだ。

「仕事はどうだ」

　兄はぽつりと尋ねた。おそらく今日の本題はこれなのだろうが、まるで前置きの世間話のように口にする。西條の現状を人づてに聞いたから今日の席を用意したことは、最初から察しがついていた。

「前は女性ばかりの職場だったから、身の置き所がない感じだったが、今はそれほどでもないよ」

「そうなのか？　相変わらず浮いているという噂を聞いたぞ」

「それはいつものことだ。警察にいたときもそうだった」

人との付き合いを拒絶していたつもりはなく、むしろ警察で働いているときは同僚たちに仲間意識さえ持っていた。一緒に飲みに行ったりするような付き合いをしなかっただけで、九係の面々は西條にとって特別な存在だったのだ。

もっとも、西條がそんな気持ちでいたことには誰ひとり気づかなかっただろうが。

「お前はどこに行っても変わらんな」

兄は呆れたのか、苦笑してそう言った。いや、そんなことはない。たくさんのものが失われ、おれも変わったのだ。そう言いたかったが、兄は全部わかった上で「変わらない」と評しているのだと思い至り、西條も苦笑で応じた。

「人間はそうそう変われないってことだ」

運ばれてきたお通しをつつきながら、一般論でごまかした。自分でも、偏狭な己を変えたいのか変えたくないのか、よくわからなかった。

「お前が変わらない理由を、指摘してやろうか」

しばらく黙々と食事をしてから、ふと兄が言った。兄のことだから鋭い点を衝くのだろうと予想し、身構える。兄は箸を置くと、両手を後ろについて上体を傾けた。その姿勢で顎をしゃくった。

「お前は自己肯定感が異様に乏しいんだよ。自分で自分を認めないから、いつまでも変わらないんだ」

やはり、胸の真ん中に突き刺さった。西條も箸を置き、居住まいを正す。吟味するまでもなく、兄の指摘は正しいと心で感じた。自分ではこれまで気づきもしなかったのに、兄が正しいことだけは瞬時に理解できた。一歩遅れて、兄の洞察力の高さに呆れる気持ちが湧いてきた。

「こんな鋭い兄貴がいれば、自分を肯定なんかできるわけないじゃないか」

半ば負け惜しみ的に言い返したが、それが事実であることも自覚していた。すべてにおいて自分を上回る存在を、物心ついた頃からずっと身近で見ていて、どうして己を肯定できよう。自分に何かの価値があるなどとは、これまでの人生で一瞬とて考えたことがなかった。他人が西條の頭のよさや容姿を褒めたり妬んだりしようと、とてもまともに受け取る気にはなれない。おれ程度の人間の何が優れているのか、といつも内心で考えていた。

言われるまでもなく、人格形成には兄の存在が大いに影響していた。父はずっと、西條を兄との比較でしか見ていなかった。絶対評価ではなく相対評価ならば、西條は父親をがっかりさせるだけの存在だった。西條は幼い頃から、劣等感の塊であった。

こんな優秀な兄がいなければ、と一度も考えたことがないとは言わない。だが自分でも不思議なほど、兄を疎ましくは思わなかった。むしろ、万能の兄が誇りだった。完璧な兄は、弟にも優しかった。弟を見下げるような、人格的欠損とは無縁だった。西條を軽んじる父に楯突き、庇ってくれさえした。そんな兄を、疎ましく思えるはずもなかった。兄を慕う気持ちは、この年になってもいっこうに衰えていない。

兄を否定できないなら、その兄に劣る自分を否定するしかなかった。何をやっても西條は、八十点から九十点しか取れなかった。合格点は楽々と超えるが、決して百点には届かない。すべてで百点を取るのは不可能、と第三者は慰めてくれるかもしれないが、現にオール百点の兄が存在するのだ。百点を取れない自分が駄目なのだと考えるのは、自然な結論だった。

その兄が、自分を肯定しないから変われないのだと指摘する。まったくそのとおりだ。かつては自己評価と他人の評価のギャップにもどかしさを覚えたが、今は誰が見ても駄目な人間になっている。これを心地よく感じているのも、また事実だった。兄という強力な磁場から弾き飛ばされ、遠く隔たったことに快感を覚えていた。

そんな心の動きまで含めて、指摘されたようにも感じた。お前の自己否定は自己憐憫《れんびん》と同質なのだと、兄は言っているのかもしれない。そのことに気づくと、急に恥ずかしくなった。自意識が過剰なハイティーンからちっとも変わっていないと、自覚させられたようなものだった。恥じ入るしかなかった。

「おれの存在が、お前から自信を奪っていることは察してたよ。でも、お前はお前で立派な仕事をしてきたんだ。もうおれと比較する必要はないじゃないか」

そうだろ？　と兄は目で同意を求めてくる。これまたそのとおりだ。そう心の中では思うのに、口では違うことを言ってしまった。

「おれの仕事のどこが立派なんだ。世間を騒がすスキャンダルで警察を追われて、ホームレスにまで身を落としたんだぞ。こんな自分を肯定できるほど、図太い神経は持ってないよ」

「いや、お前はお前にしかできない仕事を、いくつも成し遂げた。本当はお前だって、それがわかっているはずだ。人間、誰だって失敗はする。おれだって、する。中には取り返しのつかない失敗もある。それでも、生きている限りはその失敗を受け止めなきゃならないんだ。受け止めるってのは、肯定することだ。完璧な人間なんて、いないんだぞ」

「完璧な人間なら、ここにいるじゃないか」

思わず、兄を指差した。それに対して、兄は厳しい顔で言い返した。

「そこが、お前が一番わかってないところだ」

「えっ」

頭の回転の速さでは、とうてい兄に敵《かな》わない。今も、兄が何を示唆しているのか、とっさには理解できなかった。兄は身を乗り出し、少し表情を和らげた。

「お前はおれをすぐそばで見てきたつもりだろうが、おれの全部を知っているなんて思ったら大間違いだぞ。お前だって、おれに全部を見せてるのか。違うだろ。おれはお前に認められたくて、いいところしか見せてなかったんだ。駄目なところだってあるし、失敗もする。人間なら、当然のことだ。子供の頃ならともかく、もういい年なんだからお前だってわかるだろ。いつまでおれの幻影を見てるんだ」

「幻影、なのか」

「当たり前だろ」

すぐさま切り返し、兄は大笑した。ずっと兄を崇拝し続けている弟の純朴さには、笑うより他に反応のしようがないといった様子だった。

「幻影か」

言われてみれば、誰でもわかるようなことだった。幻影と闘って、ずっと負け続けてきたのかもしれない。幻影ならば、妄想の中でいくらでも完璧になれる。勝てないのは、至極当然だった。

「少し兄らしいことを言ってやろうか」

今度はいたずらっ子めいた表情になり、兄は言う。兄らしいこととは、いったい何か。嬉しくなって、二度頷いた。

「うん、頼むよ」

「お前に一番欠けているのは、誇りだ。もっと誇りを持って生きろ。そうすれば、人生が変わるぞ」

兄は厳粛な声で告げたかと思うと、すぐに「おれもわかったふうなことを言うな」とおどけた。兄は年長者風を吹かせたり偉ぶったりするのが、昔から嫌いだった。それでも今は、必要だと思うから言ってくれるのだろう。西條も、そんな兄には素直になれた。

「ありがとう。おれは、自分が兄貴の弟でよかったと思ってるよ」

「よせよ。照れるだろ」

兄は本当に照れ臭そうに、焼酎のグラスを呷った。空になったそれにボトルを傾けようとするので、西條が手を出してロックを作った。グラスを差し出すと、兄は笑って受け取った。

その後は、主に兄の家族の話ばかりをした。無難な話題だからだが、西條も姪の話が聞きたかった。姪の話を聞けば、もうずいぶん会っていない自分の娘のことも思い出すが、その際の痛みも今は小さくなった。

最後のデザートを食べているときに、ずっと考えていたことを兄に漏らした。

「せっかく紹介してもらった今の仕事だけど、もしかしたら辞めるかもしれない。兄貴が言うように、誇りが持てる仕事がしたい」

「おお、いいな、誇りが持てる仕事。それが何か、もうお前はわかってるんだな」

「ああ、わかってる」

その仕事とは何か、兄は尋ねなかった。おそらく察しているのだろう、と思った。

店を出て、兄はタクシーで帰っていった。「またな」という挨拶を、西條は社交辞令とは受け取らなかった。そうだ、また会いたい。兄とは切っても切れない絆で結ばれているから、いずれ必ず会うことができる。その絆の強さを、ありがたく感じた。

ひとりで電車に乗っている際に、別の兄弟のことを連想した。兄は血の繋がっている兄弟だから、強い繋がりを感じられる。だがそれが義理の関係であったなら、果たして同じように思えるだろうか。義理の関係が解消されれば、絆もなくなりはしないのか。

竹井英司にとって、十八年前の事故は義理の父の身に起きたことである。その結果として両親が離婚したとしても、事故に関わった警察官を十八年も経ってから次々殺すほどの深い恨みになるのだろうか。動機としては、いささか弱いと思えた。

一連の殺人が復讐なのだとしたら、それは竹井の兄の復讐ということか。兄の自殺の原因は、父親の交通事故なのかもしれない。しかしそうだとしても、短い期間だけの義理の関係であった兄に、なぜそれほど執着を持つ？　義理であっても、兄弟は兄弟なのか。

そうなのかもしれない。あるいは違うのかもしれない。竹井英司は義理の兄に、同性愛的感情を持っていたとは考えられないか。竹井は義理の兄と、何歳のときに知り合ったのだろう。幼くても、同性愛的感情は存在するのか。

死んだ竹井の兄のことがもっと知りたい。その兄こそ、すべての事件の鍵となる存在かもしれない。あくまで個人的感情からの着眼点であることは自覚しつつ、必ず理那に指示しようと心の中に書き留めた。

## 70

朝、目を覚ましてすぐ、会社に欠勤の連絡をすべきかと考えた。いや、それより退職願か。ほぼ脊髄《せきずい》反射でそんな思考が頭に浮かんだ自分の真面目さに、誠也は苦笑せずにはいられなかった。わざわざ退職願など出さずとも、会社の方から誠也を解雇する。警察に逮捕されれば、それは避けようがないことだ。いまさら会社に説明することもないので、連絡はしないことにした。同僚たちの顔が思い浮かびそうになり、慌てて頭を振ってそれを払いのけた。

身辺整理には、さほど時間がかからなかった。常にこの日が来ることを想定し、極力質素な生活を送ってきた。始末しておくべきは、生ゴミくらいか。後は、電気ガス水道電話などを止めてもらう連絡をした。マンションの賃貸契約だけはそう簡単に解約できないので、弁護士に頼んで手続きをしてもらうしかない。それらを済ませてから、部屋を後にした。

成城署まで、電車で行った。受付で大山の名を出し、署内にいるか尋ねる。用件を訊かれたので、自首したいのだと正直に答えたら、応対する女性警官に目を丸くされた。冗談だと思われたかもしれない。大山は不在だったらしく、別の男が慌てて出てきて、誠也を取調室まで連れていった。そしてひとりきりで、しばらく放置された。

先ほどの男がやってきて、机を挟んで坐った。三十代ほどの、背広姿の男性だ。おそらく刑事なのだろう。正面から誠也を見据えて、尋ねてきた。

「自首したいというのは本当か」

「本当です」

「何についての自首だ」

「小柳未央さん殺しです。私が小柳さんを殺しました」

淀みなく答えたせいか、かえって胡散臭そうな顔をされてしまった。さんざん自白させようとしたくせに、正直になったとたんに疑うのか。警察は基本的に、人の言葉を疑うのが習い性になっているのだなと思った。どんどん答えるから、さっさと尋問を始めて欲しかった。

「お前が小柳さんを殺したと認めるんだな」

男はなおも念を押す。はっきりと頷いてやった。

「そうです。認めます」

「昨日までは白を切っていたのに、なぜ今日になっていきなり素直に認めるんだ」

「ひと晩経って、自分の罪の重さを自覚したからです。きちんと償いたいという気持ちになりました」

男は目を眇《すが》めた。こちらの言葉の裏に、何かが存在していないかと探る目だ。刑事の勘というやつだろうか。それは正しいが、しかし誠也が隠していることを見抜けるわけがない。こちらはもう何十回と、架空の問答を頭の中で繰り返して今日に備えてきたのだ。

「受付で、大山さんの名前を出したな。大山さん相手じゃないと、喋らないつもりか」

男は質問を変えた。「いいえ」と誠也ははっきり否定した。

「どなたでもかまいません。私が名前を知っているのは大山さんだけだったから、お呼びしただけです」

しかし男はそのまま尋問を続けようとはせず、「ちょっと待ってろ」と言い置いて取調室を出ていってしまった。またかなり待たされ、結局受付を訪ねたときから一時間ほどした頃にようやく、大山が額に汗を浮かべながら現れた。神妙に坐っている誠也を見て、なにやら衝撃を受けたように立ち竦む。急転直下の展開に、戸惑いを覚えているようだ。

「待たせた」

そう言って、正面に腰を下ろした。大山に続いて、別の刑事も入ってきて部屋の隅の机に着く。そこでやり取りを記録するようだ。

「自首だって？　どういう風の吹き回しだ。昨日はあんなに否認していたのに」

「小柳さんに申し訳なかったという気持ちが湧いてきたからです。このままとぼけて、何もしなかった振りをして生きていくことはできないと思いました」

誠也の返答を聞き、大山は先ほどの刑事と同じような目つきをした。どうやら誠也の言葉は、少し綺麗すぎるのかもしれない。自首とは、もっと不様なものなのか。他の人が自首するところを見たことがあるわけではないので、基準がよくわからない。だとしたところで、誠也は肚を括った上での自首ならば、こんなものだろうとも思う。実際、演技ではなく誠也は肚を括っているのだ。冷静な頭で対応する限り、この口調は変えられなかった。

「小柳さん殺害を認めるんだな。動機はなんだ？」

「痴情の縺《もつ》れです。昨日も話しましたとおり、彼女は素直に別れてくれませんでした。彼女の存在が重くてならなかったので、もう殺すしかないと考えました」

　別の女性と付き合うことにしたから、とでも言えれば信憑性が増すのだが、調べればそんな女がいないことはわかってしまう。別れ話がこじれて、だけでは動機として弱いと承知してはいるものの、この線で押しとおすしかなかった。

「短絡的だな」大山は言った。「短絡的すぎる。何も殺さなくたっていいじゃないか。あんたはそんなこともわからない人間じゃないと思うんだが。あんたにしては、あまりにも短絡的すぎる」

　大山は「短絡的」という単語を、三度も繰り返した。いかにも、そのとおりだ。誠也の説明だけでは、そんな感想が出てくるのも当然だろう。問題は、そこに疑いのニュアンスが交じっていることだ。大山は、誠也の説明に納得していない。

「カッとなってしまいました」

「カッとなった？　それにしちゃ、あんたは素手じゃなく紐を使って首を絞めてるじゃないか。あらかじめ、紐を用意してあったんじゃないのか。それに、鈍器で頭を殴ってるだろ。解剖結果によると、ブラックジャックじゃないかってことだぞ。そんな物、たまたま持っていたわけじゃあるまい。計画的犯行だったんだろうが」

　自首すれば諸手《もろて》を挙げて歓迎してもらえるという予想は、かなり甘かったようだ。警察はなかなか疑り深い。だが、疑いはあくまで未央殺しの段階でとどめておかなければならない。それ以上詮索されないよう、警察が納得できる告白をしなければ。

「カッとなって殺そうと決めましたが、計画は立てました。おっしゃるとおりです」

「つまり、事前に凶器を用意して小柳さんを襲ったということだな」

この確認は、傷害致死か殺人かを明確にするためのものだろう。誠也も傷害致死としてごまかすつもりはない。計画殺人と認めることに吝《やぶさ》かではなかった。

「そのとおりです」

頷くと、ようやく大山は満足そうに鼻から息を吐いた。そして腕を組むと、しばし無言で誠也を観察する。大山の視線を居心地悪く感じたが、誠也の方から何か言うわけにもいかなかった。

「それにしても、短絡的すぎる。おれはあんたが、そんなことで人を殺すような人間には思えない。むしろ昨日の白の切り方など、頭のよさを感じたよ。頭がいい人間は、カッとなって人を殺したりしないもんだ」

「……しつこかったんです。うんざりしたんですよ」

未央を悪《あ》し様に言うことには罪悪感を覚えるが、やむを得ない。未央に申し訳なく感じるなら、そもそも殺したこと自体を詫びるべきなのだ。これくらいは些細なことではあった。

「しつこかった、ねえ。じゃあ、付き合いの最初から教えてもらおうか。あんたたちはいつから、何をきっかけに付き合い始めたんだ」

当然尋ねられる質問だった。ストーリーは作ってある。だが、裏づけが取れないのが弱いところだった。職場の人間は誰ひとりとして、誠也と未央が付き合っていたとは証言しない。ふたりでデートしたという話をしても、行った先で顔を憶えられていることもないのだ。大山の先ほどからの態度を見ていると、誠也の自白だけでどこまで信じてもらえるか、心許なくなってきた。

それでも、用意してきたストーリーを語るしかなかった。警察も、誠也が殺したこと自体は間違いないと考えているはずだ。辻褄《つじつま》の合った説明さえすれば、それで納得してくれる可能性も高い。誠也が隠していることに、未央殺しにしか携わっていない刑事たちが気づくわけもないのだった。

大山はほとんど口を挟まず、誠也の説明に耳を傾けていた。誠也が語り終えると、「ふん」と言ってから居住まいを正す。

「よし、そういうことならあんたの逮捕状を取る。裁判所が逮捕状を出し次第、あんたは逮捕されることになる。身内の人など、連絡したい相手はいるか」

これは、自首したが故の温情なのだろうか。だが誠也は、きっぱりと首を振った。

「いえ、いません。私は天涯孤独の身の上です」

## 71

東京都内では常に、新しい殺人事件が起きている。つい数日前にも、世田谷区《せたがや》でOLが殺される事件があった。だがそれもあっという間に解決したらしく、容疑者逮捕が報じられている。捜査本部に設置されているテレビが、容疑者の顔写真を映していた。理那はちらりとそれを見て、すぐに意識を逸らした。こちらの事件もこんなふうに、解決まで漕ぎ着けられればいいのだがと思う。

同じように感じたらしき誰かが、「簡単なヤマで羨ましいねぇ」などとぼやく声が聞こえた。捜査本部でそんなことを堂々と言えるのは、もちろん九係の人だ。珍しく全員揃っていた九係の面々は、思い思いの態度で画面に見入っている。他の係の担当であっても、容疑者逮捕の報には興味を覚えるらしい。ちらりとしか容疑者の顔を見なかった自分を、理那は反省した。

しかし理那が他のことに注意を向けられないのには、れっきとした理由があった。竹井英司の義理の兄について調べろ、と西條から指示が来ていたのだ。事件捜査は、西條の指示によって新展開を迎えたと言っていい。今回はどういう思考経路でそのような指示をするに至ったかわからないが、従わないわけにはいかなかった。

西條の思考経路こそ不明ではあるものの、その意図は理那にも理解できる。竹井英司が一連の殺人事件の首謀者だとしたら、動機が弱いのだ。竹井英司の母と吉岡の結婚生活は、それほど長くなかった。ほんの二年余りしか一緒に暮らさなかった相手のために、連続殺人まで起こすだろうか。被害者の顔触れを見れば竹井英司が当事者であるのは間違いないが、主犯ではなくあくまで従犯に過ぎないと推測されているのは、単にアリバイが成立するからだけではなく、動機の弱さに起因していた。

強いて言えば、義理の兄の死が原因ではないかと考えられたが、だとしたところで二年しか続かなかった関係である。十八年後に復讐を始めるほどの絆があったとは思えない。当時、竹井英司はまだ五歳にしか過ぎなかったから、同性愛的感情を義理の兄に対して抱いていたとも思えない。結局動機面は、不可解の一語で片づけられてしまった。現実に、常人には理解できない動機で殺人を犯す人は増えている。この事件もそうなのだろうと捜査本部が判断しても、無理からぬところであった。

そこに西條が、義理の兄を調べろと指示してきた。意味のないこととは思えない。やはりこだわるべきは義理の兄か、と理那は改めて考えた。今や理那は、西條の言葉を無条件で受け入れるようになっていた。

　単に人となりについて調べるなら、それほど難しいことではない。足で稼ぐ捜査は、むしろ警察の得意とすることである。だが西條の指示はおそらく、竹井英司との関係性について調べろということだろう。ならば、両親の再婚前や離婚後のことを調べても西條の意に沿うことにはならない。結婚していた二年間について、調べるべきだった。

　その当時に竹井英司が住んでいた地域の聞き込みは、当然のことながらやっている。住民の入れ替わりがそこそこあり、かつ古い話なので、あまりめぼしい情報は得られなかった。だからまた聞き込みに行きたいと希望を言うには、それなりの理由が必要である。今から始まる捜査会議でどのように提案しようか、理那はずっと頭を悩ましていたのだった。

「竹井英司の動機について、もう少し調べてみたいと思います」

　結局、直球で希望を述べた。よけいな理屈づけをしようとするから、説明に困るのである。口にしてみれば、さほど突飛な希望とは思えなかった。

「動機？　ああ、まあいいよ。やってみな」

　鷹揚《おうよう》に野田は頷く。再捜査の功労者ということで、評価されているのかもしれない。すべて西條の指示に従っただけだから、まるでカンニングをしたかのような疚しさがあるが、野田に認められた状況は利用しないわけにはいかなかった。

「動機を洗えって、もしかして西條の旦那の指示？」

会議が終わって警視庁庁舎を出発すると、さりげなく村越が訊いてきた。この辺りの鋭さは、さすがである。素直に認めた。

「そうです。正確には、竹井英司の義理の兄について調べろ、という指示でした」

「へーっ、なんだろうね」

口では不思議そうな物言いをするが、西條の意図を考える素振りはまるでなかった。西條の考えなら、従っておけば間違いないだろうという信頼なのか。村越と西條がどのような関係を築いていたのか知らないから、推測もできない。村越のことだから、単に考えるのが面倒臭いだけとも思えるのだ。

向かっているのは、吉岡正昭と竹井英恵が夫婦として暮らしていた土地である東寺方だった。以前に理那がひとりで聞き込みをして回ったときは、主に吉岡正昭について尋ねた。そしてここ数日は他の刑事が、竹井英司のことを調べるために歩き回っている。つまり、吉岡の息子に焦点を当てた質問はしていないのだ。改めて質問すれば、何か新しいことを思い出してくれる人もいるかもしれないと理那は期待していた。

そんな狙いで聞き込みを続けた結果、反応を示してくれる人が見つかった。この地域に二十年来住んでいて、吉岡の息子と年が近い子供がいるという女性である。吉岡正昭についてはまったく記憶していなかったが、息子のことは朧げに憶えていた。やはり、質問を変えれば違う証言が出てくるのだ。

「この前も別の刑事さんが聞きに来て、そのときは吉岡さんって名前がぜんぜん記憶になかったんだけど、後で考えたら息子さんの方は知ってたんですよ。知ってるといっても、会ったことがあるという程度で、うちの子と親しかったわけじゃないんですけど」

五十絡みの女性は、そう前置きをする。期待されても大した話はできない、と予防線を張っているらしい。理那は少々落胆したが、どんな内容でもかまわないと考え直した。

「憶えている範囲でけっこうです。何か印象に残っていますか」

「ごめんなさい。そういう子がいたということだけを思い出したので、印象も何もないんですよ。息子とは年も違ったから、行き来もなかったし」

「ではどうして、憶えているんですか」

それほど繋がりが薄いなら、むしろ記憶に残っている方が不思議だ。吉岡の自宅があった場所とは少し離れているので、近所付き合いというわけでもなかろう。この理那の疑問に対しては、女性は明快に答えた。

「昔、この地域では子供会があったんですよ。熱心な人がいて、音頭をとってくれたので。子供たちを集めて正月の餅つきをやったり、凧揚《たこあ》げを教えたり、夏はお祭りをやったりって、けっこう活発な会でした。たいていの親が子供をその会に入れていましたし、うちもそうでした。その会で、吉岡さんのお子さんと一緒だったんです」

「子供会ですか」

なるほど、そうした地域の繋がりがあったのか。昨今はあまり聞かないが、二十数年前なら珍しくもなかったのだろう。その会には吉岡の息子だけでなく、竹井英司も参加していたのだろうか。

「吉岡さんにはお子さんがふたりいたのですが、下の子は憶えてますか」

「それをこの前訊かれたんだけど、下の子はまったく記憶にないんですよ。再婚した奥さんの連れ子で、二年くらいしか一緒に住んでなかったんですって？　それじゃあ、憶えてなくてもしょうがないかなと思いました」

「そうですか」

相槌を打つ声に、力が籠らなかった。吉岡兄弟の仲について話を聞ければそれでいいと思ったのだが、竹井英司の存在がまったく記憶にないのであれば、兄弟の関係について語れるわけもない。この程度の話なら、すでに聞き込みに来た刑事も聞いていたのかもしれなかった。

「子供会で写真を撮ったりしませんでした？」

不意に横手から、村越が口を出した。質問の意図がわからなかったので、思わずその横顔を凝視してしまう。女性はさほど考えもせずに、「ああ」と顔を輝かせた。

「たぶん、ありますよ。記念写真は撮ってましたから」

ちょっと待ってください、と言い置いて奥に消える。理那は村越がどういうつもりで写真を求めたか訊きたかったが、後回しにすべきと考えた。単なる気まぐれのようでいて、おそらくきちんとした理由があるのだろう。

五分ほどで、「ありましたよ」と言いながら女性が戻ってきた。見せてもらうと、通常の紙焼きサイズに大勢の子供が写っていた。二十人くらいいるだろうか。

「どれが吉岡さんの息子ですか」

「わからないです」女性はあっさり答える。「ともかく、その程度の付き合いしかなかったんですよ。この中にいるかどうかもわかりません」

それでは意味がない。どうするかという質問の意を込めて村越を見ると、理那の視線を無視して女性に話しかけた。

「では、この写真を少しお借りできないでしょうか。必ずお返ししますので」

「あ、はい、返していただけるならいいですよ」

女性は承知してくれた。なぜこんな写真を、と理那は内心で思いつつ、借用の手続きをした。女性の家を出ると、村越が自分から申し出の意図を説明した。

「小川巡査部長がなぜ、テレビに出ていた竹井英司を認識できたのかという議論をしただろ。結論として、竹井英司の方から小川に接触したからすでに面識があったという推測で落ち着いたけど、もしかしたら顔を見ただけでわかったのかもしれないじゃないか。竹井が子供の頃からあまり顔が変わっていなかったら、わかっても不思議じゃない。それを確認しようかと思ってね」

ああ、そういうことか。理那もようやく納得した。

「この写真の中に竹井が写っているなら、吟味する価値があるでしょ。だから借りたんだよ」

それは思いつかないことだった。幼い竹井英司の顔立ちがわかれば、捜査本部の推測が覆る可能性がある。ならば、写真は手に入れておくべきだった。理那はまたひとつ、村越から勉強をした思いだった。

そんな気持ちで改めて写真を見てみたが、サイズが小さいのでひとりひとりの顔までは判別できなかった。やむを得ず写真はひとまず措き、その後も聞き込みを続けたものの、大した成果はなかった。夜になって警視庁舎に帰り、写真を粒子が粗くならないぎりぎりまで拡大してもらう。それを捜査本部に提出し、皆で竹井英司を捜してもらうことにした。ひと目で竹井を見分けられるようなら、小川もまた同じだった可能性がある。

「これじゃないか」

複数枚プリントアウトし、会議に出席している者たちの間で回してもらった。そこで、同じような声が上がる。理那もまた、拡大した写真でなら竹井らしき子供を見つけることができた。なるほど、長じてモデルになるだけあって、この頃から整った顔をしている。竹井が子供会に参加していたなら、吉岡の息子はその隣にいる子供なのだろうか。

「ちょっとよろしいでしょうか」

そう言いながら手を挙げ、立ち上がった者がいた。オタクふうの風貌の男性だ。確か、九係の金森という人だった。金森は黒縁眼鏡を指で押し上げながら、手にしている写真を翳した。

「この中に、見憶えのある人物がいます」

## 72

警察署内の留置場は、想像どおりの眺めだった。ただ人間をとどめおくだけの空間。ベッドとトイレ、洗面台があるだけで、その他の物はまったくない。必要最小限、究極のシンプルライフを送るための部屋が、ここにあった。しかしそのことに、誠也はまったく苦痛を覚えない。これまで佇んでいた自分の部屋と、大差ないじゃないかとすら思った。

　取り調べもまた、さして辛くなかった。自首した誠也に、刑事たちも厳しく当たろうとはしなかったからだ。和やかとまではいかなくても、ごく普通の会話のようにやり取りをし、調書を作り、そして逮捕された。精神的な疲労は覚えるものの、自ら望んで出頭したのだから敗北感はない。むしろ、レイを護りきらなくてはという張り詰めた気持ちが持続していて、昂揚感すらある。誠也の闘いは継続している。レイを護れなかったという過ちを、二度と繰り返さないための闘い。自責の念にただ苦しんでいただけの期間より、現実に闘っている今の方がよほど満たされている。レイのために闘っている限り、すでに死んでいる自分にも生の実感が味わえるのだった。

　かつて誠也は、安眠とは無縁だった。眠りは浅く、すぐ悪夢に魘されて飛び起きる。汗をびっしょりかいている自分に気づいて、その都度己の罪深さを自覚した。あれはまさに、拷問だった。終わりが見えない、果てしない拷問。いっそ死んだ方がましだと思い、実際に死ぬことにした。死んでも、楽になりはしなかったのだが。

　復讐は、ただ楽になりたくて考えたことだった。本当に警察を恨んでいるのか、突き詰めてみれば違う答えが出てきそうなのはわかっていた。だから自分の思いを疑わず、復讐のためだけに生きることにした。復讐という具体的目標があれば、いつか安眠できるかもしれないと期待していた。

実際、今は泰然とした気持ちでベッドに横たわっている。これほど平らかな気持ちでいられるのは、いったい何年ぶりのことだろうか。あまりに昔過ぎて、思い出すこともできない。それでも、あの地獄の日々を経験するまではぐっすり寝ていたはずだった。何も知らなかった子供の頃のように、凪《な》いだ心で眠りに就く。これこそ、自分がずっと望んでいたことだったのだと誠也は思う。

レイは、誠也が人生を犠牲にしていると言う。そんなことはない。犠牲になったのは、レイの方だ。レイはもしかしたら、もう憶えていないのかもしれない。だが、誠也は忘れられない。一生かけても返しきれない、大きすぎる負債。レイを犠牲にしてしまった自分の罪深さを思えば、まともな人生を歩むことなど許されるはずもなかった。己のすべてをレイのために捧げたとしても、それでもまだ足りないとすら思っていた。

悔恨は、鋭い鉤爪《かぎづめ》をもって誠也の心の奥深くに食い入っている。なぜあんなことをしてしまったのか。幼かった、という言い訳は通用しない。たとえ幼くても、大半の人は罪を犯さずに成長するのだ。誠也は、罪に手を染めた。それだけでなく、罪業を重ねてレイを巻き込んだ。自分を消し去ってしまいたい、最悪の罪。その罪に比べれば、警察官数人の命を手に掛けたことなど、大した罪ではなかった。だから誠也は、ひとり目の警察官を殺すときでもなんら躊躇しなかったのだった。

当時のことを回想しようとしても、まるで記憶の一部が封印されているかのように、うまく思い出せない。おそらく、生活環境になんらかの不満があったのだろう。母が死に、厳格な父とふたりで残された。学校教師をしていた父は家庭でも厳しく、息子に甘えさせてくれるような存在ではなかった。経済的には、裕福とはとうてい言えないものの、困窮してもいなかったはずだ。だから、飢えてしたことのはずがない。寂しさが、いたずらの延長として誠也をあの行為に走らせたのかもしれなかった。

誠也は万引きをしたのだった。コンビニエンスストアではなく、家族経営の小さなスーパーマーケットでのことだ。コンビニエンスストアには万引き防止装置というものがあって、金を払わずに店を出ようとするとすぐに捕まってしまうと、子供心にもわかっていたのだろう。万引きが悪いこととは知らずにしてしまったのではなく、明らかに善悪の判断がついていたのに行為に及んだのだから、より悪質だ。誠也は当時、十歳だった。捕まらずに万引きをするにはどんな店を選べばいいのか、充分判断できる年だった。

万引きの動機を忘れてしまったように、そのとき覚えたであろう緊張や罪悪感もまた、誠也の記憶の中から消え果てていた。おそらく、緊張はしていたはずだ。だから周囲への注意が疎かになっていて、手にした菓子をそのままポケットに入れてしまった。次の瞬間、背後から『おい』と声をかけられて肩を摑まれた。その衝撃だけが記憶に定着し、他のことを忘れさせたのだった。

とっさに振り返ると、大人の男が立っていた。当時だから大人と見えただけで、今にして思えばせいぜい二十代半ばほどだったのではないか。だとしても、十歳の子供にとっては圧倒的な年齢差だ。悪いことをして捕まってしまった、という思いだけが心を支配した。

『お前、今、万引きしたろ。悪い奴だな』

耳許に口を寄せてきて、男は囁いた。この人は何者だろう、とは考えなかった。店員や警備員ではなさそうだが、大人の人だ。悪いことをしたところを大人に見つかれば、怒られる。男の素性は問題ではなかった。

『お前、確か吉岡先生の子供じゃないか』

あろうことか、男は誠也の身許まで知っていた。もう逃げられない。このまま警察に逮捕されて、牢屋《ろうや》に入れられるかもしれない。父がものすごく怒るところが、ありありと想像できる。父の激怒と、警察による逮捕。そのふたつだけで、幼い子供には人生が閉ざされるような絶望だった。

『先生に言ってやろうか。それとも、警察に行くか』

男は誠也の肩を摑んだまま、囁き声を発する。反射的に、首をぶんぶんと振っていた。いやだと言ってどうにかなるものではないとわかっていても、全力で拒否するしかなかった。

『なんだよ、それ。いやだって言うのかよ』

男の口調は、どこか意地悪だった。本能的に、この人は正義に基づいて誠也を責めているのではないと察した。そのとき初めて、相手の顔を直視した。細面で顎が尖っていて、トカゲみたいな顔だと思った。今にも口から長い舌が出てきて、唇をぺろぺろと舐めそうだった。

『先生に知られたくないのか』

改めて、男は尋ねてくる。誠也は警戒心を覚えていたが、頷くしかなかった。父に知られるくらいなら、今この場で死んだ方がましだとすら思った。

『じゃあ』

男は言って、両膝を折り曲げた。顔の高さを誠也に合わせ、口角をきゅっと吊り上げるいやな笑みを浮かべた。

『おれの言うこと、なんでも聞くか』

誠也に選択肢はなかった。拒否も無視もできず、ほとんどうなだれ気味に首を縦に振る。それを見た男は、さらに笑みを大きくした。笑ったトカゲの顔。不気味で、目を逸らした。

『よし。じゃあついてこい』

男は言うと立ち上がり、今度は誠也の手を握った。傍目には仲の良い関係に見えるかもしれないが、実際は誠也を逃がさないようにしたのだろう。男は誠也の代わりにチョコレートの代金を払うでもなく、チョコを返させようともせず、手を引っ張ってスーパーマーケットを出た。ポケットに入っているチョコが、誠也にはとてもおぞましいものに思えた。

男は誠也を、自宅に連れ込んだ。誠也の家からさほど遠くない一軒家だった。吉岡先生、という言い方をしていたくらいだから、父のことを知っていたのだろう。父は学校教師ということで、近隣では一応のところ一目置かれる存在である。この地域の住人だから、男は誠也のことを知っていたのだ。

家には男の母親らしき女性がいたのに、『ただいま』とも言わず、自室に真っ直ぐに入った。男の部屋は狭くはなかったが、物で溢れていた。雑誌、ビデオテープ、プラモデルなどが整然と、あるいは雑然と並んでいる。部屋にはテレビがあり、ビデオデッキも繋がれていた。そのことを『すごいな』と感じたことを、誠也ははっきり憶えている。

『アニメ見るか？　いろいろあるぞ』

なぜか男は、先ほどまでとは態度を変えて優しいことを言った。誠也はまだ警戒していたが、いやなことを言われるよりずっといい。ロボットが出てくるアニメが見たいと答えると、男はビデオを再生してくれた。古いアニメだったが、誠也が見ても面白かった。

『続きが見たければ、また来いよ。一話だけじゃ、まだまだだからな。この先がすごいんだよ』

実は男は親切な人なのではないかと、そんなふうにも思えてきた。ただの子供好きで、誠也を庇ってくれたのではないか。確かに一話だけでは、生殺しのようなものだ。もっと続きが見たい。そのためにはここに来なければならないが、最初に覚えた恐怖心はすっかり失せていた。次に来るならいつがいいのか、とまで考えていた。

『おれはさぁ、お前と仲良くしたいんだよ。お前が見たいなら、いくらでもアニメを見せてやるよ。さっきの万引きも、誰にも言わないでおいてやる。おれって優しいだろ』

男は猫撫で声を出した。世間知があればその猫撫で声で警戒していただろうが、当時の誠也はまだ何も知らなかった。優しいだろ、と同意を求められて、素直に頷いた。自分がアニメで釣られたという意識もなかった。

『だったらさぁ、お前もおれに優しくしてくれよ。お前はおれに感謝すべきなんだ。感謝を行動で示してくれ』

男はまた薄ら笑いを浮かべたが、誠也はその言葉の意味がわからなかった。感謝はするが、誠也ができることなど限られている。男のためになることを、子供の誠也ができるのだろうか。

『なに、大したことじゃないよ。おれを気持ちよくさせてくれればいいんだ。やり方は教えるから、絶対に言うことを聞けよ。いやだなんて言ったら、お前の父ちゃんに万引きのことをチクるからな』

男は脅しを口にすると立ち上がり、自分のベルトを外し始めた。何をするつもりなのかわからずきょとんとしている誠也の前で、男はジーンズを下ろした。

## 73

染みのない、ただ白いだけの天井は、まるで鏡のようだ。回想を続けながら、誠也は思う。白い天井を眺めていると、封印したい過去が続々と甦ってくる。それはあたかも、自分の容姿にコンプレックスを抱く人が鏡の前に立ったときのようだった。見たくもないものを見させられる感覚。見たくないものは、自分自身なのだ。過去が心の奥底からこぼれ出してくる。たとえ目を閉じても、その流れは止まらなかった。

誠也の万引きを見咎めた男が要求したことは、吐き気を催す行為だった。誠也は強い抵抗感を覚えたが、警察に突き出される恐怖には勝てなかった。言われるがままに男の下腹部に刺激を与えると、最後に口腔《こうこう》内に苦いものを放出された。それがなんであるかわからず、その場で吐いて泣いた。

『ありがとうな。感謝するよ。今日は準備してなかったけど、次はジュースとケーキを用意しておくから、また来いよ。アニメの続きもあるし』

男はふたたび優しい声に戻り、誠也の頭を撫でた。誠也は拒否したかったが、そんなことをしようものなら男の態度が豹変《ひょうへん》すると、もう知っていた。男への恐怖、警察に捕まる恐怖を、ジュースやケーキ、アニメの魅力でごまかそうとした。悪夢じみた現実に力で抗えないなら、自分を騙すしかない。少しのいやなことを我慢すれば、楽しい報酬が得られるという自己欺瞞《ぎまん》に逃げた。

一度現実逃避をしたなら、そのままずっとごまかし続けるべきだったのだ。誠也は奥歯をぎりぎりと噛み締めながら、かつての自分を責める。ケーキとアニメは、労働の対価だと思っていた。そのふたつのために、いやなことでもがんばって耐える。仕事とは、そういうものだ。割り切れば、続けられないことではなかった。

男からは、週に一回のペースでこの家に来るよう命じられた。男は誠也を解放する前に必ず、次回の日時を指定するのだ。もし来なかったらどうなるかわかるな、と恫喝することも忘れなかった。十歳の子供では、命じられたとおりにする以外の選択肢は見つけられなかった。

　週一の苦行が始まった。男の要求が非常に背徳的な行為であることは、その意味がまだわからない誠也にも察しがついた。気持ち悪いことをやらされているという嫌悪感だけでなく、いけないことを無理強いされているという罪悪感があった。最初のうちはケーキとアニメでごまかすこともできたが、嫌悪感と罪悪感は回を重ねるごとに大きくなっていった。

　どうすれば逃げ出せるのか。そんな思いが、日に日に膨らんでいた。男はいつか飽きるかもしれない。その日まで、じっと耐えればいいのだろうか。しかし、飽きたときは誠也の破滅の日かもしれないと、不意に気づく。男は不要になった誠也を、警察に突き出すのではないか。ならば、むしろ飽きられないようにしなければいけない。逃げたいのに、相手に気に入られようと努力する矛盾。あまりに八方塞がりで、頭がおかしくなりそうだった。

　男は飽きなかった。二ヵ月経っても、三ヵ月過ぎても、解放してくれなかった。アニメは全話見終わり、また新しいものを見始めた。それを全話見終えるまではここに来なければならないのだと思うと、アニメの長さが恨めしかった。アニメを見ることも苦行になった。

　そうして鬱屈《うっくつ》が降り積もった頃に、あれが起きた。その日は義理の母が、友達と会うと言って出かけていた。父は休日に子供と遊ぶような人ではなかったので、幼い義理の弟は誠也が面倒を見なければならなかった。家の中にいるのにも退屈し、弟の手を引いて公園に行った。五歳だった弟は、滑り台を滑ったり、ジャングルジムに上ったりするのが楽しい年頃だった。

日曜日の公園だというのに、なぜか他の子供はいなかった。公園を独占できることに弟ははしゃぎ、走り回った。そんな弟を追いかけているだけで、誠也も楽しかった。その楽しさが暗転する近い未来のことなど、予想できるはずもなかった。

誠也は動きを止めた。まさに、凍りついた感覚だった。ブランコのそばに、あの男が立っている。トカゲに似た顔。男は誠也と目が合うと、片頰を吊り上げるようにして笑った。そして自分から目を逸らし、別の対象に視線を向けた。男が目で追っているのは、弟だった。いやな予感がした。具体的に悪い未来を想像できたわけではないが、男の視線には危険なものを感じた。見られてはいけない相手に、弟を見られた。それが致命的な失敗に思え、誠也は弟の手を引いて公園を後にした。弟は遊びを中断させられてぐずったが、無理矢理引っ張っていった。背中に、粘着質な視線を感じた。

次に男の家に行くのが怖かった。だが、怖くても行かないわけにはいかなかった。男が弟を見ていたことに意味はないと、自己暗示をかけた。実際のところ、男の視線の意味を察することはできなかった。男の異常性は、誠也の知識や想像の範囲を大きく逸脱していたのだった。

労働を始める前に、男は誠也に話しかけてきた。この前連れていたのは弟か、と。誠也は返答に詰まったが、まだ十歳でしかない子供にうまくごまかす知恵はなかった。曖昧に頷くと、男は『へー』と声を発した。

『かわいい顔立ちしてるな。お前とぜんぜん似てないじゃないか』

血が繋がっていないのだから似てなくて当然だが、そんなことを言い返しても益はないので黙っていた。むしろ男がなぜ弟に言及するのかが気にかかったものの、やり取りはそこで終わった。

男がまた弟の話を蒸し返したのは、労働が終わった後だった。男は満足そうな吐息を漏らしてから、『次は弟も連れてこい』と言ったのだ。

なぜかと問い返すと、男は怖い顔になった。くだらないことを訊くな、と言いたげだった。

『そろそろお前に楽させてやろうと思ったんだよ。弟に代わりをやらせるなら、お前はもうアニメ見てるだけでいいよ』

言われてようやく、男の考えていることを理解した。弟は五歳にしてすでに、整った美しい顔立ちをしている。男が男児を好む異常者であることはもうわかっていたが、そうした人間にも好みがあることまでは考えなかった。男は誠也より、綺麗な顔をしている弟を気に入ったのだ。粘り着く視線には、そういう意味があったのだ。

『弟に代わりをやらせれば、お前は何もしないでここでケーキ食いながらアニメを見ていられるんだぜ。いい話だろう。だから次は、弟を連れてこい』

なぜあのとき、いやと言えなかったのか。世界で最も憎むべき人間がいるとすれば、それはあの瞬間の自分だ。トカゲに似た男でも、警察官でもなく、自分こそが最も憎い。誠也の選択はあまりに卑怯すぎて、幼さも言い訳にはならなかった。苦行から逃れるすべを提示されたとき、誠也は己の身のことしか考えなかったのだった。

承知したつもりはなかったが、拒否もせずに男の家を後にした。それから一週間、誠也は塞ぎ込み続けた。頭蓋《ずがい》の中では、弟を連れてこいという男の言葉が乱舞している。しかし、悩んでいたわけではない。誠也の中では、すでに結論が出ていた。塞ぎ込んでいたのは、自責の念に苛まれていたからだった。

男がさせることの意味を、誠也はすでに理解していた。だが弟はまだ幼いから、何をさせられているのかわからないだろう。わからないなら、いいも悪いもないのではないか。最終的に、誠也はそう考えるに至った。結局その一週間は、自責の念を和らげる理屈を探していただけだったのである。世界で最も憎い存在。卑劣な自分を思い出すだけで、正気と狂気の境を軽々と越えることができる。誠也はこれまで、何人もの人を殺してきた。しかし心の中では、殺す相手は常に自分自身だった。

次に男の家を訪ねる際に、誠也は弟を伴った。弟は無邪気に、なんの恐れも抱かずについてきた。弟はもう充分に誠也に懐き、本当の兄のように慕っていた。ひとりっ子だった弟は兄弟ができたのが嬉しいらしく、常に仔犬のようにまとわりついた。そんな義理の弟がいとしく、誠也も他人には抱き得ない情愛を覚えた。覚えたはずだった。

その弟を、誠也は男に差し出した。単に、自分が苦行から逃れるためだった。背徳感と罪悪感に、誠也は押し潰されそうになっていた。しかしだからといって、それを弟に肩代わりさせようとするとは万死に値する。誠也は全力で弟を護るべきだった。自分の身を犠牲にしてでも、男を弟に近づけてはならなかった。それなのに誠也は、己の弱さに負けた。弟を男の前に連れていき、戸惑ってこちらを見る弟に何をすべきか指示した。弟が拒否すると、お兄ちゃんを助けてくれと懇願さえした。男はそんなやり取りを、ニヤニヤ笑って見ているだけだった。

その日は結局、弟は何もできなかった。代わりに誠也がやらされることになり、弟の目の前で屈辱的な行為をする羽目になった。誠也は不機嫌になる自分を抑えられず、帰り道ではいっさい弟と口を利かなかった。弟はおろおろして、何度も謝った。謝らなくていいんだと内心では思ったものの、それを言葉にする度量がなかった。

『ぼくがあれをすれば、お兄ちゃんを助けることになるの？』

数日後に、思い詰めたように弟が訊いてきた。弟なりに、男の家でのことを引きずっていたらしい。弟に肩代わりさせることを諦めかけていた誠也は、ぱっと顔を明るくした。そんな表情を見せてしまえば、弟としてはもう逃げ場がないのに、十歳の子供に配慮はできなかった。結果的に、あのときの自分の表情が弟のその後を決定づけてしまったのだと、今になって思う。

次から、弟が労働を務めることになった。誠也はその間、ずっとアニメを見ていたが、ストーリーはまったく頭に入ってこなかった。やっぱり自分がやる、と喉元まで言葉が込み上げているのに、どうしても声に出せない。自分の膝を摑み、痛みに耐えた。心がきりきり痛むという感覚を、初めて味わった。

不安になったのは、何度か男の家に通ううちに、弟がいやがらなくなったことだった。次はいつ行くの、と誠也に訊いてくるようにさえなった。ケーキが楽しみなのだろう、子供だから甘いものに釣られているのだ、と思おうとした。子供だから、自分のしていることの意味がわからないのだ、と。

不安が的中していたと知るのは、ずっと後のことである。再会したとき、弟だった英司は別人になっていた。弟はどう見ても女としか思えない外見で、男を愛する性的嗜好の持ち主だった。おれのせいだ、と瞬時に悟った。幼い頃の経験が、弟の性的嗜好を枉《ま》げたのだ。それを知ったとき、弟の人生を丸ごと受け止める覚悟が生まれた。復讐という、過去からの逃避のために生きてきた誠也だが、自分の人生は弟のために使う。弟が望むことをなんでもする。その決意は、今に至るまで揺るがないでいる。

トカゲ顔の男との地獄の日々が終わったのは、外的要因のお蔭であった。父が死亡事故を起こし、両親が離婚したからだった。弟がいなくなればまた自分が男に奉仕しなければならないかと考えたが、もう男は誠也に関心を向けなかった。誠也は男の好みからすると、成長しすぎていたのだ。幼児を愛《め》でる楽しみを覚えた男にとって、誠也はもう用済みだった。そうして誠也は解放されたが、喜びはなかった。弟が自分から去っていった喪失感の方が、圧倒的に大きかったからだ。

償いたいと思っていた。いつか償えると思っていた。それなのに、弟は去ってしまった。別れの日、誠也は涙を抑えられなかった。誠也の涙の意味を知る者は、誰ひとりいなかった。義理の母は単に、ひとりで残されることを泣いているのだと思っただろう。後ろめたく感じていることを示して、弟の手を引くとさっさと遠ざかっていった。弟は泣いて抵抗したが、大人の力には逆らえなかった。小さくなっていく弟の姿を、誠也は見えなくなるまで見送った。弟が視界から消えたとき、誠也の胸の底に暗い炎が灯った。

# 74

その炎の正体を見定めるまでには、長い年月がかかった。憎悪を向けるべきは、己自身だ。それはわかっている。だが、弟に対する償いを終えるまでは自殺もできなかった。自分を罰しようにも罰せないなら、別の対象を見つける必要がある。ならばその対象は、あのトカゲ顔の男以外にいなかった。

復讐という言葉の響きは、甘美だった。誠也は当時、ただその甘さだけを糧《かて》に生きていたと言っていい。復讐を夢想している限り、苦痛でしかない生を生き抜くことができる。自分にはやるべきことがあると考えると、まだ生きていることの言い訳にできる。胸の底の炎は、誠也を内側からちりちりと焼いている。ただ生きているだけで苦しい。しかし復讐という目標が、それをわずかなりとも和らげてくれた。憎む対象を定めて、誠也は息をついたのである。

誠也は力を求めた。復讐を実行するための力。義理の母は去っていき、父は交通刑務所に入り、自分は親戚の許に身を寄せた。その後は中学に通い、高校にも行かせてもらったが、まだ何も手にしていない。力が欲しいと、切実に思った。胸の炎は消えることなく、心の奥底を焼いている。いつかこの炎は、おれ自身を呑み込む。そうなる前に、復讐を成し遂げなければならない。

高校卒業を待つ気はなかった。警察には捕まらないようにするつもりだったが、もし万が一にも逮捕された場合、十八歳未満の方が有利だ。それを考えれば、できるだけ早く復讐を終えた方がいい。しかし、焦りは禁物だった。

まずは、あのトカゲ顔の男の所在を確認しなければならない。引っ越していたなら、なんの力もない一介の高校生でしかない誠也が捜し出すのは難しい。復讐の第一歩は、トカゲ顔の男を見つけることだった。復讐を成し遂げるための力をどう身につけるかは、その後考えればいい。

かつて住んでいた地に行くのは、恐怖を伴った。トカゲ顔の男にまつわる辛い記憶が、未だ鮮明に甦ってくるからだ。それに、顔見知りに会う危険もある。トカゲ顔の男が死体で発見された後、誠也がこの辺りを歩いていたなどと証言されては困るのだ。まだ高校生に過ぎない誠也がサングラスをしていたら不自然だから、サージカルマスクで顔の半分を覆うことにした。そして、内心の抵抗を押し切ってトカゲ顔の男の家に向かった。

ありがたいことに、トカゲ顔の男は引っ越していなかった。表札の名前は、当時と同じだった。それを確認し、逃げるように去る。たったそれだけのことに、ぐったりと消耗するほどの体力を使った。こんなことで復讐ができるのかと、己の情けなさに腹が立った。

まず第一歩は踏み出した。ならば、二歩目に進まなければならない。二歩目とは何か。ためらいを捨てることだ。トカゲ顔の男への復讐だけを考えて生きてきたはずなのに、この期に及んでためらいが存在する。ためらいを振り払うために、武器を買った。大振りのサバイバルナイフ。凶器を殺害現場に残すつもりはなかったから、足がつくとは思えなかったが、念のために自宅から離れたホームセンターまで行って買った。ナイフだけでは目立つので、必要のない他の工具もいくつか一緒にレジに持っていった。その際にはむろん、サージカルマスクをした。レジの店員は誠也の顔を見ようともせず、だからナイフを買うことを咎められもしなかった。

その日から毎日、サバイバルナイフの柄を握って暮らすようになった。学校にも持っていったし、家では刃を出してじっと見つめた。これを、あのトカゲ顔の男に突き刺す。頭の中で何度も繰り返せば、いざ実行に移る際にためらわないだろうと期待した。イメージする回数が多ければ多いほど、復讐は成功すると信じた。

だが、その次の段階に進めなかった。トカゲ顔の男が現在、どんな生活を送っているのか調べられなかったからだ。かつては勤めに出ることなく家にいるだけだったようだが、今はどうなのか。どこかに通勤しているのか。家にいるだけだとしても、以前のようによく外に出るのか。それとも引き籠り状態なのか。そうしたことは、しばらく張り込みでもしないとわからない。しかし、張り込みなどできるわけがない。誠也の顔を知っている人に姿を見られるかもしれないし、そうでなくても家を見張っていればトカゲ顔の男本人に見つかる。探偵を雇うのは、経済的に論外だ。誠也は行き詰まってしまったのだった。

どうすればいいのか。学校の勉強が手につかなくなるほど考え抜き、結論として偶然に頼ることにした。もし天が誠也に復讐を許すのであれば、チャンスをくれるだろう。いつまでも復讐の機会が訪れないなら、それは天が許さないからだ。運を天に任せると言うが、そのときの誠也はまさにその心境だった。運に頼るしかない自分は無力だと思った。

誠也が期待した偶然とは、トカゲ顔の男とばったり出くわすことだった。計画が立てられないなら、他に手はない。ただ、目撃されないよう最低限の警戒はすることにした。雨が降っている夜にだけ、男の家の周りを歩く。トカゲ顔の男を見つけたなら、躊躇なく刺す。雨ならば歩いている人は少ないだろうし、こちらも傘で顔を隠せる。加えて、返り血を浴びることを想定してレインコートを着ておける。問題は、雨の夜にトカゲ顔の男が外に出るかどうかだった。

考えてわかることではない。ともかく、行動を起こすしかない。雨の夜、誠也は必ず外出した。当時はすでに交通刑務所を出所した父と一緒に暮らしていたが、父は何も言わなかった。息子の人生を狂わせてしまったという負い目があったのかもしれない。出所後の父は、かつて厳格だったことが嘘のように息子を放任する人になっていた。

チャンスは多くないと覚悟していた。だからこそ、チャンスが目の前にあればためらわないだろうとも思えた。ためらっている暇などない。誠也が歩む道は、他にないのだ。目の前にトカゲ顔の男がいれば、刺し殺す。その課題を乗り越えないことには、人生の先がないとすら思い詰めていた。

あれは何回目のことだったか。十回では済まなかったと記憶している。だが、二十回も無駄足を踏んだわけではない。だからこそ、運命だったと信じられる。誠也はトカゲ顔の男を殺す運命だったのだ。あらかじめ定まっていたことなのだから、選択の余地はなかった。

午後八時過ぎだった。冬の夜は寒く、雨は誠也の身を凍えさせた。レインコートを着た誠也は、傘で顔を隠しながらも、すれ違う相手に必ず一瞥をくれた。忘れられない、いかにも冷酷な顔。最も会いたいと願う顔が、それだった。誰かを恋い慕う気持ちとは、こんな感じなのだろうか。人並みの恋愛などしたことがない誠也は、そう想像する。そんなはずはないと思うが、完全に否定はできない。トカゲ顔の男に会いたい、心が切望していた。

そして、相手は現れた。頭の中で何度もリハーサルしていたのに、誠也は衝撃を受けて思わず足を止めてしまった。たった今、誠也の横をトカゲ顔の男が歩いていった。奴は足許を見るばかりで、こちらに気づきもしなかった。振り向いた誠也の視野に、無防備な背中がある。誠也は動いた。

手にしたサバイバルナイフを胸の辺りでかまえ、体ごと奴の背中にぶつかった。狙うは心臓だった。心臓をひと突き。討ち漏らすわけにはいかない。ナイフがするすると肉に食い込んでいく感触がある。トカゲ顔の男は、声も上げなかった。

手をつこうとしない、不自然な倒れ方をした。一本の棒のように、そのままバタンと倒れる。顔を思い切り地面に打ちつけていたが、反応はなかった。それを見て、こいつは死んだのだと確信した。サバイバルナイフをトカゲ顔の男の背中から抜き、捨てた傘を拾って、その場を離れた。自分が返り血を浴びているのかどうかもわからなかったが、ともかくレインコートは脱いだ。喉がからからに渇いていた。

達成感はなかった。それよりはむしろ、長年重しになっていた義務をようやく果たしたという気持ちの方が大きかった。ためらわなかった自分に、及第点をあげたい。今震えているのは、単に寒いからだ。決して怖《お》じ気づいているわけではなかった。

ただし、小さな喜びはあった。自分に義務を果たす力があったという喜びだ。力がつく日を待っていては駄目なのだと、今になって気づく。力は、行動することで得られるのだ。誠也はついに、前に進む力を得た。自分がひと回り大きくなったかのような感覚があった。

レインコートとサバイバルナイフは、不用意に捨てたりせず、家に持って帰った。捨てれば、そこから発覚するかもしれない。家で、父がいないときに洗い、しばらく保存しておくしかない。警察がやってくる危険性があるならすぐに始末しなければならないが、おそらくその恐れはないのだ。誠也は誰にも見られなかったし、動機面から浮かび上がる心配もない。トカゲ顔の男は、通り魔に襲われたとでも見做されるのが関の山だ。殺される本当の理由は、誠也しか知らない。

予想どおり、警察はやってこなかった。誠也は完全犯罪を成し遂げたのだ。世の中の誰が、警察に捕まらずに殺人を犯せるだろう。誠也は高校生にして、その難事を達成したのである。大きな満足が心を満たしてもおかしくないはずだった。

それなのになぜか、さほど満足感はなかった。誠也は己の心の動きが解せなかった。何が不満なのか。あの男を殺すことだけを一心に考えて、これまで生きてきたのではないか。そんな人生の目標を鮮やかに達成させ、なぜ満足しない？　自分が何を求めているのか、誠也はよくわからなかった。

いや、求めているものは遥か昔からはっきりしていた。弟との再会。それが叶うまで、真の喜びなど味わえないだろう。しかし再会は、決して叶わない夢なのだ。だからこそ、次善の夢として復讐を思い描いたのではないか。大きな喜びを求めてはいけない。小さな幸せで満足できなければ、いずれ破滅へと邁進《まいしん》することになるだろう。人ひとりを殺した経験を得た今、誠也の洞察力は格段に広がっていた。自分の向かう先が、はっきりと見えていた。

何度も己に言い聞かせた。満足しろと、叱りつけた。それなのに心は、もっととと要求した。復讐は終わったのか？　お前と弟を引き裂いたのは、本当にあのトカゲ顔の男なのか。そうではないだろう。本当の敵は他にいるのに、お前は気づかない振りをしているだけなのだ。

真の敵を認めろ。そして、また一歩踏み出せ。心の奥底から、そんな声が湧いてきた。

真の敵とは誰か。自問するまでもなく、わかっていた。しかしそれは、トカゲ顔の男を殺すこと以上に不可能な夢だった。たとえ誠也が成人していても、復讐を実行に移すだけの力はない。敵はあまりに大きく、そんな巨大な存在の前で誠也が得た力などちっぽけすぎた。己の心が求めるものを直視し、誠也は絶望した。

誠也の心は、警察への復讐を欲していたのだった。

## 75

それは喉の渇きに似ていた。水が飲みたくて仕方ない。しかし、水は決して与えられない。絶対に潤うことのない、喉の渇き。地獄の責め苦だった。

なぜ、そんな無謀なことを考えるのか。警察への復讐など、不可能に決まっている。警察を恨む者は、世の中にたくさんいるだろう。しかし、復讐をした人の話は聞いたことがない。それは当然だ。できもしないことなのだから。

にもかかわらず、どうしても諦めることができなかった。喉の渇きに似ているので、自分の意思ではどうにもならない。確かに、誠也と弟を引き裂いたのは警察だ。父の言葉を信じるなら、警察のでっち上げによって誠也の家庭は崩壊したことになる。許すわけにはいかない。警察の罪に気づかなかった振りをして生きていくことはできない。警察への復讐こそ、真にお前が望むことだ。内なる声が囁く。振り払おうにも振り払えない、悪夢めいた欲求。声は四六時中、誠也を責め立て続ける。やむを得ず、真剣にその欲求と向き合うことにした。

機が熟すのを待てばいいのか。いや、それだけでは足りない。やはり力が必要だ。だが、どんな力だ。何を手にすれば、警察への復讐などという途方もない試みに踏み出せる？　誠也には思い描くことができなかった。

そうした悶々《もんもん》とした日々の果てに、あいつと出会った。あいつは誠也と境遇が似ていた。いや、履歴だけを見れば誠也よりも辛い人生を歩んでいる。あいつの父はアルコール依存症の果てに死に、母は自殺し、幼い頃から養護施設で育った。高校を卒業して養護施設を出なければならなくなったが、就職先は見つからなかった。仕方なくファストフード店でアルバイトをし、月二万円の家賃のボロアパートに住んでいる。頭はよくなく、顔立ちは平凡で、不幸な生い立ち以外に突出したものは何もなかった。人生に絶望しているという点で、誠也に似ていた。

誠也があいつと知り合ったのは、ファストフード店でのことだった。誠也もそこでアルバイトをしていたのだ。互いの境遇を知り、意気投合するまでに時間はさほどかからなかった。一緒に働く他の人たちは皆、普通の人生を歩んでいる者ばかりだったからだ。誠也は生まれて初めて、自分と同じ世界を生きる者に出会った気分だった。

あいつはすべてにおいて、後ろ向きな性格だった。小中高の学校生活を通じて、親しい友達はひとりもできなかったらしい。加えて、高校卒業時に就職できなかったことが、あいつに大きな挫折感を与えていた。自分には何もできない、生きている価値がないと思い詰めていた。

『君は見た目がかっこいいし、頭もいいし、絶対おれとは違う人生を送るよね。羨ましいな』

あいつはそんなことを言った。そうやって他人を羨むばかりだから友達ができなかったのではないかと誠也は考えたが、言葉にはしなかった。どうしてそういう性格になったのか、よく理解できたからである。希望がひとかけらも見えない人間が、前を向いて生きるのは難しい。

あいつとの付き合いは、楽しかった。誠也もまた、友達がいなかったからだ。表面的な付き合いがなかったわけではない。だが、生きる世界が違うと思うと深入りする気になれなかった。普通に生きている人とは、いずれ道が分かれる。今だけの付き合いならば、心を開く必要はないと考えていた。幸か不幸か、誠也の胸の奥に燻る炎には誰も気づかなかった。誠也の感情が表面上のものだけでしかないことを見抜く鋭敏な人は、周囲にはいなかったのだった。

あいつのことは、少し受け入れていたのかもしれない。振り返ってみて、そう思う。だが、ほんの少しのことだ。誠也はトカゲ顔の男のことを語らなかったし、弟の存在を仄めかしもしなかった。それらを誰かに語ることなど、絶対にあり得なかった。誰にも言えないことがある限り、他人に心を開けるわけもなかった。

誠也との友情は、あいつに覇気を与えたかのようだった。初めて友達ができたことを、あいつは本当に喜んでいた。互いに時間を合わせて会い、書店や家電量販店に行ってあれこれ見て回ったりした。疲れると公園のベンチに坐り、話をした。あいつのボロアパートで、コンビニ弁当を一緒に食べたこともあった。互いに友人との付き合い方を知らなかったから、常に手探りで接していたように思う。ネガティブな発言が多かったあいつも、誠也といるときは明るい顔で話すようになった。

そんなあいつが『死にたい』と言い出した理由は、誠也には今ひとつ理解しにくかった。あいつは同じアルバイトの女の子を好きになったのだった。あいつは暗い性格のせいで、当然のことのように同僚の女の子たちから相手にされていなかった。あいつもそれを苦にしているとは思えなかった。あいつにとっていつものことであり、特に気に病むような辛い状況ではないはずだった。

あいつが好きになったのは、優しい子だった。他の女の子たちに軽んじられているあいつに対しても、いつも笑顔で接していた。特別に美しい顔立ちをしていたわけではないが、見る人をホッとさせる笑みを浮かべる子で、誠也も好感を覚えていた。あいつが好きになる気持ちは、よくわかった。

『辛いよ』

そんなふうにあいつは言い出した。あの子と会うのが辛い、と言うのだ。

『だって、おれみたいな気持ち悪い奴が好きになったって、絶対に喜ばないよ。いやがられるだけだろ。もちろん告白なんてしないけど、自分の気持ちを抑えてあの子と接するのが辛いんだ。あの子に話しかけられたらガチガチに緊張しちゃって、声が上擦っちゃって、そんなおれを変な奴だと思わないかと心配になって、どっと疲れる。いっそ話しかけないでくれと思うけど、無視されたくもないんだ。もう自分で自分がいやになる』

そういうものか、と誠也は話を聞いていて思った。自分には無縁の感情だ。誠也が誰かを好きになることは、絶対にない。人が誰かを愛する様は、分厚いガラス越しに見ている遠い世界だった。

いっそ死にたい、とあいつが言ったとき、誠也は冗談だと思った。その程度のことが死ぬ理由になるはずがないと、常識的に考えたからだった。最初はあいつも、言葉の勢いだったのかもしれない。しかし次第に、本気の気配が滲んできた。

『いっそ死にたいよ。こんな辛い思いをするくらいなら、死んじゃいたい。まさに生き地獄』

あの女の子に会うのがそんなに辛いなら、アルバイトを辞めればいいではないか。そう言ってみたが、あいつの言い種《ぐさ》はあくまで奇妙だった。

『そうしたら君と会えなくなるだろ。新しい職場でまたひとりぼっちになるのはいやだよ。アルバイトを辞めるくらいなら、死んだ方がましだ』

死んだら誠也と会えなくなるではないかと思ったが、矛盾を指摘しても意味はないとわかっていた。あいつは結局、生きていたくなかったのだ。人生に絶望しきった人間は、常に死ぬ口実を求めている。あいつはついに、それを見つけたのである。その理由が他人には理解しがたいものであっても、本人が納得していればそれでいい。要は、背中を押して欲しいのだった。

　あいつが死んだら寂しいだろうかと、ひとりになったときに考えた。おそらく寂しさを覚えるだろう。しかし、弟を奪われたときの絶望感に比べれば、圧倒的に小さな感情でしかない。もう誠也は、他人との関わりで心を揺さぶられることはない。あいつが死ぬと言うなら、仕方がないと思うだけだった。

　そこまで考えて、卒然とひとつの発想が芽生えた。果たしてそんなことは可能なのか。頭に浮かんだ発想を、何度も吟味する。できるかもしれなかった。あいつはまだ、自動車運転免許証もパスポートも取っていない。高校を卒業して生徒証もないから、顔写真つきの身分証明書は何もないのだ。親兄弟、親戚もいない。友達すらいない。あいつが不意に姿を消しても、気にかける人はこの世に存在しないのだった。

　こんな好機があるだろうか。誠也は興奮した。方法が見つからなかった警察への復讐を、現実のものにできるかもしれないと予感した。この好機を摑んだとしても、それが復讐に直結するわけではない。まず最初の第一歩に過ぎない。しかしこれまでは、その一歩をどこに向けて踏み出せばいいのかもわからなかったのだ。踏み出せる、行動に移せる。そのことが、嬉しくてならなかった。

自分を捨てる覚悟は、さほど悲壮な決意をせずとも固まった。誠也はずっと己を滅したいと望んでいたし、生活環境に未練はない。この後悲惨な人生を送ることになったとしても、それが現状とどれほどの違いがあるのか。このまま重すぎる自責の念を抱えて生きていくくらいなら、踏み出した方がましだ。ためらいは、自分でも誇らしいほどに覚えなかった。

誠也はあいつにすべてを話すことにした。子供の頃に万引きした現場を押さえられ、屈辱的な行為を強いられたこと。それに義理の弟を巻き込んでしまったこと。父が濡れ衣を着せられ、交通刑務所に行ったこと。そのせいで両親が離婚し、弟と別れ別れになってしまったこと。弟への償いができなくなった今、警察への復讐だけが生きていく上での目的であること。そのためには、別の自分に生まれ変わる必要があること……。

あいつは涙を流しながら聞いてくれた。軽蔑される可能性も考えていたので、泣き出したのは意外だった。あいつは嗚咽を嚙み殺しながら、『わかったよ』と言った。

『わかった。おれの名前が欲しいんだね。あげるよ。おれの名前なんかでよければ、使って。君の役に立てるなら、嬉しいから』

あいつはそう言ってくれたが、いざ死ぬとなれば後込《しりご》みするのではないかとも危ぶんでいた。しかしあいつは、本当に死にたいのかと念押しする誠也に、『本気だ』と言い切った。見くびらないで欲しい、とも。誠也はあいつの決意を信じることにした。

細かい部分まで綿密に決めてから、計画を実行に移した。死ぬ場所は伊豆《いず》と決めた。ふたりで東海道《とうかいどう》線の鈍行に乗り、伊東《いとう》で伊豆急行に乗り換えて、城ヶ崎《じょうがさき》を目指した。念のため、駅で乗り降りする際には別行動をとった。万が一、連れがいたことを証言する人がいるとまずいからだ。本当なら道中も他人の顔をすべきだったが、それはあいつが望まなかった。死出の旅をひとりで過ごしたくはないと言うのだ。気持ちはわかるので、電車の中では一緒にいた。

旅は、目的を考えれば不釣り合いなほど楽しかった。景色を見ながら、とりとめのないことを延々と話し続ける。落ち込んでいたあいつが久しぶりに明るい顔を見せたので、誠也も嬉しかった。別れを、ほんの少しだけ悲しく感じた。

観光シーズンにはまだ早かったため、海辺の岩場に人の姿はなかった。あいつは海に向かって立ち、遠くを眺めていた。しばらく待ってから、その背中に声をかけた。あいつは振り返り、『ああ』と言った。

『そうだね……。始めようか』

すでに誠也は、持ってきた小振りの盥《たらい》に海水を汲んでいた。あいつは岩場の陰に置いてある盥に近づき、その前で跪《ひざまず》く。最後に誠也を見ると、微笑んだ。

『じゃあね。これでお別れだ。君と知り合えて、本当によかった。君が目的を遂げられることを、天国から祈ってるよ』

声が震えていた。声だけではない、手も体も小刻みに震えている。肚は括っていても、怖いことは怖いらしい。誠也は促さず、あいつが自分から盥の海水に顔をつけるのを待った。

しかしあいつは頭を下げず、震えはどんどん大きくなっていた。最後の度胸が出ないか。誠也は辛抱強く十分間待ってから、声をかけた。手伝おうか、と。

『う、うん。頼む』

懇願するような目をあいつは向けてきたが、それを滑稽とは思わなかった。誰だって、死ぬのは怖い。死んだ方がましと思って生きていても、いざとなれば後込みするのは人として当然だ。むしろ、恐怖はさっさと終わらせてやった方がいい。だから誠也はあいつの後頭部に手を当て、盥に押しつけた。顔が完全に海水に没する。すると苦しさから、あいつは暴れ出した。誠也は全体重をかけて、あいつの顔を海水に沈め続けた。

どれくらいそうしていただろうか。ずいぶん長い時間がかかった気がした。暴れていたあいつは、ついに動きを止めた。それでも誠也は力を抜かず、そこからさらに三分間、押さえ続けた。もう充分という手応えを得てから、あいつを仰向《あおむ》けにし、心臓に手を当てる。鼓動は聞こえなかった。あいつは目を背けたくなるような苦悶《くもん》の表情を浮かべて、息絶えていた。

人を殺すのも二度目ともなれば、心は波打たなかった。呼吸すら乱れていない。いつの間にか自分が、他の人とは違う場所に立っていたことにいまさら気づいた。そうか、おれはとっくに踏み越えていたのだ。誠也は初めて自覚した。しかし、それを誇る気持ちはなかった。当たり前のことでしかなかったからだ。

別れを惜しむ気持ちは、あえて封印した。そんな感傷を抱いていては、この後の作業ができない。誠也はさっさとビニールシートを広げ、そこにあいつの体を載せた。そして顔に盥を逆さまにして被せ、その上から持ってきたハンマーで叩いた。盥はへこみ、さらにその下にあるものも陥没した。誠也はためらわず、盥を何度も叩いた。

盥をどけると、あいつの苦悶の表情は消えていた。もう表情などない、ただの肉塊になっていた。ビニールシートには血溜まりができている。あいつの体を引きずり、海に流した。これから引き潮になることは、事前に調べてある。やがてあいつの体は、沖に運ばれていくだろう。できるならそれを見送ってやりたかったが、ぐずぐずしているわけにはいかなかった。

ビニールシートを海水で洗い、あいつの体を引きずった痕跡もできるだけ消した。血がついた砂は海に捨てたから、よほど疑ってかからなければここで何があったかはわからないはずだ。何も落としていないことを確認してから、岩場を後にした。雨風が当たりにくい岩陰に、誠也が書いた遺書も残してきた。

これで、うまくいったはずだった。あいつの顔は潰したが、指はあえてそのままにしておいた。誠也は自分の部屋を綺麗に拭き掃除し、あいつを呼んで指紋を至るところに残させたからだ。顔が判別できず、歯列も砕けているなら、身許確認には指紋を使うだろう。部屋に残っている指紋が一致すれば、死体は誠也と見做されるはずだ。あいつと誠也はよく似た背格好だったから、服は事前に交換しておいた。さらに加えて、父が身許確認をすれば完璧だ。父にはあらかじめ、別の人生を手に入れると話していた。父は咎めず、協力を約束した。あいつの死体を、息子であると認めてくれるだろう。加えて誠也は、今日に備えて学校やアルバイト先で何度も死にたいと漏らしていた。動機はあるのだから、自殺を疑う要素はひとつもなかった。

そうして誠也は、渕上誠也になったのだった。渕上誠也こそ、あいつの名前だった。あいつの住民票は、すでに転出手続きをしてある。転出証明書を持って、このまま関西に行くつもりだった。誰も誠也を知らないところで、渕上誠也として生きていく。渕上誠也の名前で運転免許証を取れば、もう誰も入れ替わりに気づかないだろう。実際、誠也は関西で生活の基盤を築いた。小さい町工場の社員になり、職歴も得た。友人すら作った。誠也のことを渕上誠也として認識する人は、多ければ多い方がよかったからだ。二年も経つと、元の名前は思い出さなくなった。

## 76

生まれ変わった生活は快適だったが、だからこそそこに安住してはいけないと己を戒めた。お前はなんのために生きているのかと、常に自問した。警察に復讐するためだ。ならば、このまま関西にいていいわけがない。いずれ東京に戻り、計画を立案しなければならない。そのためにまず、顔を変える必要があった。東京に戻れば、かつての知人に会うことも皆無とは言えないだろうからだ。

こつこつ働いて貯めた金で、目許《めもと》を整形手術した。本当なら顔全体を変えてしまいたかったが、そんな金はなかった。目許を少しいじっただけで、印象はずいぶん変わった。かつての誠也を知る人でも、同一人物だと断定するのはためらうだろう。その程度で充分だった。何しろ、誠也はすでに死んでいるのである。誠也の姿を見かけたところで、他人の空似と思うのが普通の反応のはずだった。

手術を終えた後、東京に乗り込んだ。関西から不意に消えるような真似はしなかった。きちんと筋を通し、ごく普通に東京に越してきた。関西でできた友人との縁も、断ち切ったりはしなかった。

関西でまともな職歴があったから、東京でも就職することができた。幸運にも、そこそこ大手の会社で採用してもらえた。これで、金銭的に困ることはないと思うと安心できた。まさか後に、そこでの付き合いに足を引っ張られることになるとは予想できなかった。

東京での最も大きな出来事は、むろん弟との再会だった。弟とは、渋谷のスクランブル交差点で出くわした。弟が誠也に気づき、『お兄ちゃん』と呼び止めたのだ。だがそのときは弟が女の格好をしていたので、自分に向けられた言葉とは思わなかった。足を止めずにいたら、横から肘を摑まれて驚いた。相手がちょっと目立つくらいの美人だったので、いささか戸惑った。

『信じられない。お兄ちゃんでしょ。間違いない、ホントにお兄ちゃんだ』

弟は誠也の肘を抱え込み、そのまま体を寄せてきた。何事が起きたかわからず、誠也は振り切って逃げようとしたが、弟の力は強かった。弟は強引に誠也を引っ張って横断歩道を渡りきると、耳許に口を寄せてきて囁いた。

『ぼくだよ。英司だ』

人生を振り返ってみれば、あのときほど驚愕したことはない。目を瞠り、たっぷり一分間は弟の顔を凝視していたのではないか。そんなこちらの表情が面白かったのか、弟は『ふふふ』と含み笑いをするだけで、誠也の視線を避けようとはしなかった。言葉を続けたのは弟だった。

『びっくりしてるみたいだけど、私だってびっくりしたよ。お兄ちゃんは死んだって聞いてたのに。もしかして、幽霊？』

その服装に驚かされたが、間近で見ると確かに英司だった。もう二度と会えないと思っていた英司と、こんなところで出会えた。これは何かの啓示なのだろうか。とっさに、そう考えた。

『お兄ちゃんは死んだはずじゃなかったの？　私、すごく悲しかったんだよ。三日くらい、ずっと泣いてたんだから。あれは間違いだったの？』

英司は当然の質問をしてきた。しかしそれは、こんな立ち話で答えられることではなかった。喫茶店に入ったとしても無理だ。さして深く考えず、英司の時間があることを確かめてから、自宅に誘った。

復讐計画を打ち明けることに、ためらいはなかった。復讐の意図を話さないことには、名前を変えた理由が説明できないからだ。聞き終えた英司は、思いがけないことを言った。誠也に向けて身を乗り出すと、『私もやる』と言い出したのだった。

『私も、警察に復讐したい。ねっ、一緒にやろう』

そう誘われたとき、断るという選択肢は一瞬も頭に浮かばなかった。誠也の感情を占めたのは、喜びだけだった。分かれてしまったと思っていた自分と英司の人生が、ふたたび重なった。復讐を考えている限り、またともに生きていける。この瞬間、警察への復讐は目的ではなく手段になった。英司とともに生きるための手段。自分の運命が大きく動き出したことを、誠也ははっきりと感じた。

『へえ、お兄ちゃんは今、誠也って名前なんだ。かっこいいね。誠也って呼んでいい？』

どうやって誠也が他人と入れ替わったかを聞いても、英司はただ面白がるだけだった。泣き虫だった英司が、ずいぶん強くなったものだと思った。これならば、復讐のために生きる人生にも耐えられるだろう。見た目はどんな女よりも女らしいのに、芯には強さを宿している。そんな英司が誇らしかった。

『私も名前を変えたんだ。女の格好をしているときは、レイっていう名前なの。藤咲玲依って子、知ってる？　私、あの子に憧れてるんだ。だから同じ名前にしたの』

レイか。どう見ても女の英司は、その名前の方が似合っていた。お互いに生まれ変わったのだと思うと、今日巡り合うのはあらかじめ決まっていた運命だと確信できた。おれはレイと再会するために、渕上誠也としての人生を得たのだ。おれの決断は間違っていなかった。

レイのためならなんでもすると、いっさい気負うことなく心に決めた。それこそが、自分に与えられた役割だと思えた。おれは自分の命を、すべてレイのために使う。そのために、重すぎる自責の念を抱えながらも生き抜いてきたのだ。レイのためであれば、誰を殺すことも厭わなかった。父を冤罪に陥れ、レイとの仲を割いた三人の警察官はもちろん、その件に関係のない梅田という男を殺すことにも罪悪感を覚えなかった。何しろ相手は、警察官なのだ。誠也とレイの敵は、警察全体である。警察官である限り、誰であろうと殺す際にためらうわけがなかった。

レイと再会してからもなかなか復讐に着手できなかったのは、三人の警察官を殺す動機を調べられれば、すぐに父の冤罪が浮上するからだった。誠也は死亡したことになっているからまだましだが、レイは戸籍上の名前を変えていない。レイの許に警察が訪ねていくような事態は、絶対に避けなければならないと強く考えた。

そこで、別の動機を作り上げようと思いついたのだった。殺人の動機を持つ者が他にいれば、警察の目はそちらに向く。東府中署の管内で起きた交通事故を調べるうちに、大柴悟という人物を見つけた。雇った探偵の調べによれば、前科がある上に、今も振り込め詐欺に荷担している。まさに好都合の男だった。

大柴を犯人に仕立て上げるために、無関係の梅田を殺した。杉本、小川、梅田の三人が死ねば、警察は大柴に必ず行き着く。犯行時刻の大柴のアリバイを奪っておき、血がついたスウェットという物的証拠を残しておけば、警察は大柴が犯人と断定するだろう。これもまた新たな冤罪ではあるが、大柴は同情する必要のない男である。誠也とレイの隠れ蓑《みの》になるなら、わずかなりとも存在意義があったと言うべきだった。

仕上げは、千葉を自殺に見せかけて殺すことだった。これが一番の難事であったが、千葉の行動パターンを調べ上げることで成功させた。千葉は仕事帰りによく、昆虫ショップに寄ることがあった。息子がふたりいるから、子供たちのために何かを飼っているのかもしれない。ショップは駅とは反対方向の、いささか不便な場所にある。そのため、千葉は公園内を突っ切っていくのだ。途中、石神井川を渡る橋を通った。川で分かれた公園を繋ぐ橋なので、夜は人通りがない。千葉は自ら、己の死地を指定したようなものだった。誠也は背後から頸部を圧迫して気を失わせ、首にロープをかけて橋の欄干から落とした。遺書の署名は、小川が持っていた寄せ書きの中にあった千葉の直筆を真似て書いた。六度目の殺人ともなると、誠也も完璧にやりおおせることができた。実際、警察は千葉が自殺したことを疑っていない。

千葉の直筆の署名を手に入れるだけでなく、狙う相手の個人情報はすべて、レイが小川から引き出してくれた。小川は同性愛者であり、レイの誘惑にやすやすと屈したからだ。レイがどんな手を使って小川を籠絡したのか、誠也は聞きたくないから詳しいことを知らない。レイ体は許していないとレイが言うので、それをそのまま信用していた。レイの言葉を聞くまでもなく、憎むべき相手にレイが身を任すわけもないのはわかっている。ただ、レイが小川を手なずけてくれなければ復讐など不可能だったことは確かであった。

復讐自体は、様々な幸運に後押しされて成功させた。幸運に恵まれたこと自体が、復讐が天意であったことを物語っていると誠也は考えた。四人の警察官を殺したことに、まったく悔いはなかった。

しかし、未央の場合は別だった。むろん、レイのためなら職場のかわいい後輩を殺すことも厭わなかった。未央はあの夜、レイの正体に気づいてしまった。誠也に彼女がいると誤解していてくれれば、まだよかったのだ。あの驚きは明らかに、レイが竹井英司であると気づいたことを示していた。竹井英司が女装していたこと、そして同性愛者であるかもしれないこと、そんなことを触れ回られたら、致命的だ。是が非でも、口を塞ぐ必要があった。すべて、レイのためだった。

未央を殺したとき、自分が涙を流したことが驚きだった。そんな感情は、伊豆であいつの頭を盥に沈めたときに捨てたはずだった。ようやくできた友達を、無理矢理溺死《できし》させてまで手にした新しい生である。他人の死を悲しむような、そんな甘い感情からは卒業したつもりだった。化け物になりたいなどと望むのは、まだ化け物ではないからだ。レイの方が自分よりずっと先を歩いていると、あのとき悟った。

化け物になる。未央殺しの罪で自首すると決めてから、ずっと心の中で念じていたことだった。化け物になれば、感情が乱れることはない。人間のどんな言葉も、心に届かない。レイに累が及ばないよう、未央殺しの罪だけを背負って刑に服することができる。レイには夢がある。明るい世界で大きな存在になるという大志がある。その過程を見守ることができないのは残念だが、遠くからレイを思うだけで幸せだった。幼い頃の自分の罪を、わずかなりとも償うことができたのではないかと感じられるだろう。誠也は今、幸せだった。

人が近づいてくる気配がした。留置場担当官だ。足音は誠也の部屋の前で止まり、「出ろ」と言った。また取り調べのようだ。誠也はベッドから身を起こし、外に出る。取調室に連れていかれ、椅子に坐って待った。

入ってきたのは、これまで誠也を取り調べていた刑事ではなかった。くたびれた中年の男と、若い女。男はともかく、若い女も一緒であったことに軽く奇異の念を覚える。男はドア近くに立ち止まったまま、腕を組んで女に顎をしゃくった。女はそれに対して頷き返し、机を挟んで誠也の正面に坐ると、真っ直ぐにこちらを見てきた。勝ち気そうというわけではないが、目を逸らさずに相手を見つめる態度に、なんとなく苦手意識を抱いた。

「私は野方署刑事課の、高城といいます」

女はそう名乗った。なぜ今になって、新しい人員が現れるのかわからない。しかも野方署所属とは、どういうことか。いやな予感を覚えて、誠也は沈黙を保った。高城と名乗った女は、誠也の反応を待たずに続けた。

「渕上誠也さん、あなたは小柳未央さん殺しで逮捕されました。間違いありませんか」

この改まった質問は何かと警戒しつつ、誠也は認めた。

「はい、そのとおりです」

「つまり、小柳未央さん殺しは認めるんですね」

「そうです」

ますます心の警報が大きな音を立てる。この女は、なんのために来たのか。野方署所属ならば、明らかに未央殺しとは関係がない。なぜなんだ。その疑問だけが、激しく脳裏を乱舞した。

「他に何か、罪を犯していませんか」

「いえ、何も」

白を切った。白を切るしかなかった。おれはレイを護らなければならないのだ。レイを護ることだけが、おれの生き甲斐なんだ。警察はまた、おれからレイを奪うのか。お願いだから、そんなことはしないでくれ。

「そうですか。では、持って回った言い方はやめましょう」

女は表情を変えず、淡々と言った。これから死の宣告をするであろう女を、誠也は激しく憎悪した。

「ずばり確認します。あなたの本当の名前は、吉岡俊道《としみち》ですね」

# 77

ずっとポーカーフェイスを保っていた相手の顔が、ようやく変化した。なんとかこらえようとしてはいるが、目を一瞬見開いたことを理那は見逃さなかった。渕上誠也を名乗っていた吉岡俊道も、その一瞬をこちらが見逃さなかったことを察しているだろう。勝負はあったと、手応えを感じた。

理那の問いかけを、吉岡俊道は肯定も否定もしなかった。白を切り続けようとしないのは、もうそれが無意味だとわかったからだ。往生際がいいとも言える。しかし、答えてもらわなければならないことはまだあった。

「私たちがそこまで摑んでいることに驚きましたか。もちろん、本名だけではないです。あなたがしたことすべてを、私たちは把握しています」

多少はったり交じりだが、嘘ではなかった。人海戦術でどうにかなることであれば、警察は強い。結局今回の一連の事件では、どこに向かって捜査を進めていけばいいのかわからなかったのが難航の原因だった。方針さえ決まれば、捜査員たちは必ず成果を出す。

「何も言わないんですね。でしたら、私たちがどうやってあなたに行き着いたか、説明しましょう。そうすればあなたも、逃げようがないと悟るでしょうから」

鼠《ねずみ》をいたぶる猫のような気分になるが、見たところごく普通のサラリーマンであるこの吉岡俊道が、何人もの警察官を殺してきたのである。その罪を警察がすべて炙《あぶ》り出したことを、わからせてやらずにはいられなかった。

吉岡俊道は黙秘することにしたのかもしれない。返事がないが、理那はかまわず続けた。

「あなたが小柳未央さんを殺した容疑で逮捕されたことが、テレビで報道されました。その際に顔写真が出て、それをある捜査員が見ました。その捜査員の記憶力は特別で、一度見た顔を二度と忘れません。たとえ目許を整形手術で変えていても、捜査員は耳の形を憶えているのです。私たちが竹井英司の子供の頃の写真を入手したとき、捜査員は一緒に写っていたあなたに気づきました。そうして、あなたがまだ生きていることが判明したのです」

今度は、吉岡俊道は驚きを隠さなかった。隠せなかったのかもしれない。無理もないと、理那は内心で思う。誰だって、金森の記憶力には驚かされる。

「あなたは吉岡俊道ではなく、渕上誠也を名乗っていた。ならば、どこかで入れ替わったはずです。私たちは渕上誠也なる人物についても調べました。あなたの死体と見做されたのは、実は渕上誠也さんだったんですね」

吉岡俊道は答えようとしないが、かまわなかった。入れ替わりの過程は、調べればわかることである。尋ねるべきは、なぜ逮捕されているのかだった。あれほど巧妙に警察官を殺し続けた吉岡俊道がどうして、ある意味普通の殺人で躓いたのか、理那には理解できなかった。

「答えてくれませんね。では、話を戻しましょう。あなたはなぜ、小柳未央さんを殺害したのですか。動機は痴情の縺れと自白しているらしいですが、違いますよね。一連の警官殺しと関係しているんじゃないんですか」

被害者は見てはならないものを見てしまったのではないか、と推測されていた。それは警官殺しの犯行の瞬間か。その点は、自白してもらわなければ明らかになりそうになかった。

驚いたことに、吉岡俊道は顔を歪めて首を振った。質問されたこと自体が辛くてならないといった様子だった。この反応はなんだろうか。普通であれば、こんな態度の容疑者は全面自供寸前と見るべきだが、理那は楽観しなかった。護らなければならない人がいる者は強いからだ。

「黙秘ですか」

沈黙を貫く吉岡俊道に、そう言葉を投げた。吉岡俊道は今や、うなだれて理那と目を合わせようとしない。そこに、さらに言葉を浴びせた。

「そうですか。でしたら続けましょう。私たちはあなたこそ、一連の警官殺しの真犯人と考えています。それは認めますか」

「認めません」

ようやく、吉岡俊道はまた口を開いた。この否認は予想済みだった。物的証拠は何も残していないと、強気に考えているのだろう。実際、直接的な証拠はないのだった。

「もちろん、事件当日のあなたのアリバイは調べます。全部答えてもらえますね。ただ、嘘をついても無駄ですよ。あなたの姿は、あちこちの防犯カメラが捉えていましたから」

指摘しても、今度は動揺しなかった。それは避けようがないと、最初から悟っていたのかもしれない。ならば、これから理那が言うこともわかっているはずだ。

「状況証拠でも、これだけ数が揃えば充分に効力を発揮します。あなたは事件が起きたすべての日時に、その周辺で何度も姿を撮影されています。このことに対する合理的説明ができるなら、どうぞしてください。あなたの逮捕状を取るにはこの状況証拠で充分ですので、法廷で弁明を聞きましょう」

また意地悪な物言いになってしまったが、本題はこの後だった。その前に、外堀を埋めたのである。

「さて、Nシステムのことはご存じですよね。一般に、通過車両のナンバーを撮影するシステムとして知られていますが、記録しているのはナンバーだけではありません。車の前部座席に坐っている人の顔も、Nシステムは撮影しています。この意味はおわかりですね」

わざと一拍おいて、吉岡俊道に考える時間を与えた。当然、吉岡俊道は理那が仄めかしていることを理解する。その上で、切り出した。

「杉本宏治巡査部長が事故死した際には、同じ道路を通過する黒いワゴンをNシステムが捉えていました。あなたの車も黒いワゴンですね。そして、その車の運転席に坐っていた人物、これは竹井英司ではないですか。マスクをしていますが、目許は竹井英司に見えますね」

持ってきた書類封筒から、紙焼き写真を取り出して机の上に置いた。アップにしているので不鮮明だが、マスクをしている人物の目が切れ長であることはわかる。吉岡俊道はそれを一瞥し、すぐに目を逸らした。

「そんな写真じゃ、何もわからない」

「そうでしょうかね。これが誰に見えるか、街角でアンケートでも採ってみましょうか？竹井英司と答える人は多そうですが」

「アンケートなんて、なんの証拠にもならない」

「もちろん、そうです。ただ、この車はあなたの所有している車と同じ車種です。加えて、なぜかこのナンバープレートによれば、運輸支局に登録されている車種とは違います。つまり、偽造プレートと思われる。そんなものをつけた車に、竹井英司とおぼしき人物が乗っていた。あなたと竹井英司は、義理の兄弟だったことがある。これだけ符合して、裁判所は無視するでしょうか」

「英司は関係ない！」

思った以上に強い語調の否定が返ってきた。やはり、そうか。おそらく会社の同僚殺しで自首したのは、竹井英司を庇うためなのだ。竹井英司が何をしたのかは、まだわからないが。

「偽造のナンバープレートなんて知らないし、英司はおれの車を運転してない。たまたま英司に似た人が、怪しい車を運転していただけだ。濡れ衣だ」

「事故のあった日の夜、あなたの家にマスクをした人物が向かっています。これも、防犯カメラが捉えていたことです。ついでに言いますと、竹井英司も自宅からマスクをして出発しています。すべて繋ぎ合わせると、どういうことになりますかね」

竹井英司の当夜の足取りを、一瞬の切れ目もなく追えているわけではない。日本の防犯カメラは、そこまで道路を網羅していない。しかし、吉岡俊道のウィークポイントは竹井英司と判明した。はったりでも、ここを衝くしかなかった。

吉岡俊道はしばしの沈黙の末、瞑目《めいもく》するとすっと息を大きく吸った。覚悟を決めたのだ、と理那は見て取った。果たして、吉岡俊道は淡々と語り始めた。

「英司は無関係です。おれはあのときたまたま英司に車を運転してもらったが、あいつは何もしていません。何も知りません。全部、おれがひとりでやったことです」

「全部ひとりでやった？　それは警官殺し全部という意味ですか」

「そうです。おれがひとりで全員を殺しました」

「あくまで竹井英司は無関係だと言うのですね」

「そのとおりです。あなたたちは犯行動機も摑んでいるのでしょう。だったら、英司には関係のないことだとわかっているはずだ。これはおれの問題だ。英司は再婚相手の連れ子でしかなかったんだから」

確かにそれはそうなのだ。警察もまだ、竹井英司が関与していたという物的証拠は得られていない。Nシステムに映った姿が、唯一の間接的な証拠だった。

だが、この激烈な反応自体が、竹井英司が無関係などではないことを物語っている。それに、竹井英司の関与を想定しなければ説明がつかない部分もあるのだ。そのことを、改めて指摘した。

「動機、と言いましたね。それは父親が濡れ衣を着せられたことに対する復讐でしょうか。だったらなぜ、梅田武雄巡査部長も殺したのですか」

「動機を隠蔽するためです。それに、そもそも警察全体を恨んでいたのだから、相手は誰でもよかったんですよ」

吉岡俊道は捨て鉢に言う。そんな無差別殺人を試みる男には見えないが、そのことはこの際脇に置いておく。理那は吉岡俊道の急所を衝いた。

「ではどうやって、警察官たちの個人情報を手に入れたんですか。勤務先や住所を知らなければ、待ち伏せもできないですよね」

ふたたび、吉岡俊道は黙り込んだ。答えられるわけがない。しかし、口を割りそうにもなかった。この先はおそらく、どんなに激しく追及しても何も認めないのではないか。吉岡俊道の全身から、是が非でも竹井英司を護り抜くという覚悟が放散されているかのようだった。

吉岡俊道と竹井英司は、ほんの短い期間しか兄弟ではなかった。それなのに吉岡俊道は、自分を犠牲にしてまで竹井英司を庇おうとしている。いったいこのふたりの間に、何があったのか。竹井英司は同性愛者のようだが、吉岡俊道もそういう関係にあるのだろうか。

堅く口を閉じる吉岡俊道を、理那は改めて観察した。彼らの関係について知りたい。しかしそれは、至難の業ではないかと思われた。

# 78

見憶えのある男が、車から降りてマンションに入っていった。確か、名前は芦屋だったか。竹井英司のマネージャー。車で竹井英司を迎えに来て、今から仕事に向かう予定なのだろう。しかし、竹井英司は仕事に穴を開けることになる。今から三井が任意同行を求めるからだった。

十分ほどで、芦屋は出てきた。竹井英司を伴っている。竹井英司は黒一色の、遠目には地味な服装をしていた。それでもモデルをしているだけあって、おそらくセンスがいい服を選んでいるのだろう。おしゃれをしていられる生活も今日までだよと、三井は内心で語りかける。芸能人が麻薬や覚醒剤を使用して捕まることはあるが、殺人容疑で逮捕されるのは珍しい。華やかな世界からの転落ぶりに、三井は大いに興味があった。

乗っていた車から大野とともに出て、ふたりに近づいていった。芦屋は三井に気づかず、そのまま車のドアに手をかける。だが竹井英司がこちらを認め、足を止めた。わずかに眉を寄せている。

「朝早くから失礼。少しよろしいでしょうかね。こういう者です」

へらへらと笑いながら、警察バッジを示して話しかけた。三井の表情筋は、感情とはまったく連携せずに動く。三井のこの顔を見て、不吉な予感を覚える人はいないだろう。

「えっ？　ああ、なんですか」

竹井ではなく、芦屋が不愉快そうに応じた。警察の訪問など、ろくな用件ではないとわかっているのだ。そのとおり、あんたがいやがる用件でやってきたんだよ。芦屋に笑いかけながら、声に出さずに答えた。

「竹井英司さんにちょっと伺いたいことがありまして。大変恐縮ですが、警察署までご同行願えませんでしょうか」

「は？　何言ってるんです。竹井は今から仕事です。訊きたいことがあるなら、仕事の後にしてもらえませんか」

「ところが、そういうわけにはいかないんですよ。何しろ、事は殺人事件ですから」

「竹井にはアリバイがあると、以前に来た女の刑事さんが確かめたじゃないですか。この上、どんな用があると言うんですか」

「殺人容疑です。我々は、竹井さんが殺人事件の共犯者であったと考えています」

「なっ、何を――」

芦屋は絶句して、その後を続けられなかった。三井は竹井にだけ語りかけた。

「我々はすでに、吉岡俊道を逮捕しました。あなたの義理の兄だった人です。小柳未央さん殺しの容疑だけではありませんよ。一連の警察官殺しの容疑者として、逮捕したのです」

竹井は「え？」とだけ小さく呟いて、目を見開いた。吉岡俊道は警察官殺しとは関係のない事件で自首し、そうすることで逆に警察の目を逃れるつもりだったらしい。今の竹井の驚き方は、そんな吉岡俊道の意図を知っていた証拠だった。三井は手を伸ばして、竹井の肘を摑んだ。

「さあ、ご一緒していただけますね。なぜ吉岡俊道が逮捕されたのか、あなたも知りたいでしょう」

笑みがますます深くなった。自分でも、怖い笑みを浮かべているなと思った。

「ちょ、ちょっと待ってください」

「いいんだ。仕方ないよ」

制止しようとする芦屋に、竹井は首を振った。そして三井の方に顔を戻すと、尋ねてきた。

「仕事に行けないと、事務所がなんらかの補償をしなければならないかもしれません。それは警察が持ってくれるんですか」

「そんなわけないでしょう」

寝ぼけているのか、とつけ加えたかったが、なんとか抑える。竹井はまだ、現実を認識できていないようだ。お前の芸能人生命は、もう終わったんだよ。事務所の損失を心配している場合か。

待機させていた車の後部座席に、大野との間に挟み込むように竹井を押し込んだ。「出してくれ」と運転手に命じて、そのまま桜田門の警視庁庁舎を目指す。車のバックミラーに、取り残された芦屋が慌てて電話をかける様子が映っていた。

庁舎地下の駐車場に入庫して、取調室に直行した。道中、竹井英司の身柄を確保したことは電話で捜査本部に伝えてあった。

「さて、あなたの義理のお兄さんの話でもしましょうか。吉岡俊道が生きていたことは、もちろん知ってますよね」

机を挟んで向かい合い、まずはそう質問を投げた。肩を落として悄然《しょうぜん》としている竹井は、顔を上げて首を振る。

「知りません。義兄は死んだと聞いています。何を言ってるんですか」

「ほう、白を切るわけですね。では、この写真はなんですか」

Nシステムが撮影した、竹井が吉岡俊道のものらしき車を運転している写真を机の上に投げ出した。それを見て竹井は、顔つきを険しくする。テレビではお目にかかれない、厳しい顔だった。なるほど、これが本性かと理解した。

「なんですか、この写真は。これがぼくだとでも言いたいんですか。違いますよ。しかも、こんな写真はプライバシーの侵害ではないですか」

竹井は声を荒げずに抗議する。建前上、Nシステムは運転者の顔を撮影していないことになっている。だからこの写真も、法廷では証拠にならない。だが、そんなことを正直に教えてやる必要はなかった。こうして犯罪者を追いつめる切り札になるのだから、綺麗事を言っている場合ではない。

「この車、渕上誠也のものですよね。渕上誠也とはどういう付き合いですか」

その名を出すと、さすがに竹井も平静を保つことが難しかったようだ。わずかに眉を動かすという反応を示す。それだけで充分だ。いずれ、白など切っていられなくなる。

「個人的なことなので、答えません」

竹井はそんな物言いで、返答を拒否した。まあ、いい。時間はたっぷりあるのだ。三井はまたニヤニヤ笑いを顔に浮かべた。今度の笑みは、本当に今の状況を楽しんでいる笑みだった。

質問をしては拒否されるというやり取りを、しばらく続けた。何も答えようとしない竹井に、三井はまったく苛立たなかった。そのうち、こちらの余裕を竹井も不審に思い始めたようだった。疑う目で三井を見るだけで、まったく言葉を発さなくなった。

待望の報告が届いたのは、竹井をここに連れ込んでから二時間ほどした頃のことだった。取調室に入ってきた者が、三井に耳打ちする。頷いて、改めて竹井に向き合った。

「さあて、いいニュースです。あなたの自宅を家宅捜索させてもらいました。その結果、なかなか素敵なものが見つかったんですよ。なんだと思います？」

竹井に尋ねてみた。おそらく竹井は、心当たりがないはずだ。報告によると、物証はようやく見つかったという。何も残さぬよう、周到に始末していたことが窺えた。

「黒いスラックス。竹井さん、あなたはそれを小川道明巡査部長を殺した際に穿いていましたね。上半身も黒い服でしたか。でもそれは始末したのですね。どうして一緒にスラックスも捨てなかったんですか。もしかして値段が高いもので、捨てるのが惜しかったですか」

竹井は三井を睨んだ。歯を食いしばっているようにも見える。自分の犯したミスを悟ったようだ。勝者の快感が、三井の胸に満ちる。この瞬間があるから、三井は刑事を続けているのだった。

「もうおわかりですね。そのスラックスから、小川巡査部長のＤＮＡが検出されました。洗濯したから大丈夫だと思いました？　ＤＮＡを検出できる付着物って、洗濯しても残ってたりするんですよ。なぜそんなものがあなたのスラックスについていたのか、説明してもらいましょうか」

勝者の余裕で、そう促した。竹井は答えない。三井はつい、鼻を鳴らして笑ってしまった。

さらに一時間後に、裁判所が発行した逮捕状が届けられた。それを示して逮捕を宣告しても、竹井はもう表情を変えなかった。

夕方に、記者会見が開かれた。三井は会見が始まる様子をテレビを通して見ていたが、記者会見場に大勢のマスコミ関係者が集まっていることが知れた。それだけ、世間を騒がせた大事件だったのだ。発表に臨む佐竹捜査一課長は、さぞかし胸を張っていることだろうと予想した。

予定時刻より五分ほど遅れて始まった記者会見は、まず大柴悟の誤認逮捕についての報告から始まった。会見場はざわめいたが、容疑者として竹井英司の身柄を確保したことを佐竹が続けて告げると、たちまち騒然となった。竹井英司とはあの竹井英司か、と確かめる声が飛ぶ。ただでさえセンセーショナルな事件なのに、その容疑者が今売り出し中のタレントとなれば、テレビ的には大騒ぎだろう。先に佐竹が説明した誤認逮捕に言及する人は、もはやひとりもいなかった。会見席に並んだ佐竹を始めとするお歴々は、場の混乱とは対照的に平静を保っていた。狙いどおりに誤認逮捕の衝撃を和らげることができ、内心では満足しているのだろう。

　問題は、動機の説明だった。そう考えながら注目していると、佐竹は動機を〝逆恨み〟と称した。警察を逆恨みして、無差別に警察官を殺していたとしか説明しなかったのだ。なるほど、と三井は納得した。

「これが、公式発表ですか」

「どうもそうみたいだねぇ。まあ、落としどころはこんなところか」

　傍らに立っていた村越も、半ば達観したように言う。考えてみれば、確かに落としどころはここしかなかった。

「冤罪事件が動機でしたなんて、警察が認めるわけないもんな。裁判所が無罪認定しても、頭を下げることの方が珍しいんだから」

「警察は間違いを犯さないんですよ。警察が完璧じゃなかったら、一般市民は枕を高くして寝られないじゃないですか」

「じゃあ、おれらみたいな刑事が一課にいるってことは、一般人は知らない方が幸せだね」

「おれら、って、村さんと一緒にしないでください」

　村越との軽口の応酬でなんとか気が紛れたが、三井の胸には白けた気分が溜まっていた。佐竹はあくまで淡々と、記者たちの質問に答えている。世間が騒然とし始めたのを物語り、記者会見中継中だというのに竹井英司逮捕の速報がスーパーで流れた。

# 79

駅の改札口はひとつしかなかったので、降車客の中に見知った顔を見つけるのは難しくなかった。待ち伏せはまるで予想していないのか、向こうはこちらに気づいていない。西條は物陰から出て、駅から遠ざかっていく男の背中に声をかけた。相手は素早く振り返ったが、声をかけたのが西條と知っても特に驚きはしなかった。

「なんだ、こんなところで。おれを待ってたのか」

九係の係長である、野田だった。野田の住所までは西條も知らなかったが、最寄り駅は以前に聞いたことがあり、憶えていた。こんな形でそれが役に立つとは、予想しなかった。

「ご無沙汰しています。いきなり、すみません」

尋常に頭を下げた。事前にアポイントを取るわけにはいかなかったので、待ち伏せすることになった。それが非礼であることはわかっていたが、どうしても野田に会いたかったのだった。

「なんだ、おれに話か？　こんな立ち話でいいのか」

「はい、伺いたいことがありました。店に入ってできる話ではないので、ここでけっこうです。係長がお急ぎでなければ」

「かまわないよ。家に帰ったって、風呂入って寝るだけだ。わざわざおれに会いに来たってことは、よっぽどの用件なんだろう？」

相変わらず野田は、話がわかる人だった。こういう人だから、警視庁内の異分子のような男ばかりを集めて統率していられるのだろう。西條もかつて、その異分子のひとりだった。

「よほどの用件といえば確かにそうですが、実は私には直接関係のないことです。例の、サツカン連続殺人事件です」

「ああ、その件か。そりゃあ、もうお前には関係ないなぁ」

とぼけた物言いが逆に、野田が何かを察していることを物語っていた。さすがは係長、と密かに感心する。おそらく、西條の顔を見た瞬間にすべてを理解したのではないか。頭の切れは相変わらずだった。

「ついに、ホンボシが逮捕されましたね。一課長の記者会見を、テレビで見ました」

「おう、そうなんだよ。苦労したぜ」

「あれが、公式発表のすべてですか」

西條がそろりと切り出すと、野田は目を細めた。五秒ほど西條の顔を見つめてから、答える。

「こっちも質問がある。高城にあれこれ入れ知恵してたのは、お前だろ」

「――高城刑事と面識はありません」

野田に会いに行けば、高城との繋がりを見抜かれるのは予想していた。その場合、高城に迷惑がかかる危険性もあったが、野田であれば大丈夫と踏んだ。野田の柔軟性は部下として信頼していたし、今でもそれは変わらない。

「やっぱりね。あのお嬢ちゃん、途中から妙に冴えたことを言うようになったと思ってたんだよ。お前が裏で操ってたわけだ。でも、なんで高城と繋がりができた？」

野田は唇をへの字に曲げて、剽《ひょう》げた顔をした。野田に尋ねられれば、正直に答えるしかなかった。

「彼女の方から、私に会いに来たのです」

「お知恵拝借、ってか？　まあ、そりゃ大手柄だなぁ。聞いてるとは思うが、お前の入れ知恵がなければヤマは解決できなかったよ」

「役に立ててよかったです」

これは素直な気持ちだった。もはや警察に籍を置いていない自分が事件解決に寄与できたことは、西條に予想もしなかった感情を与えていた。

「で、質問に答えていただけますか。一課長の記者会見が、公式見解ということなのでしょうか」

「ああ、そうだよ。何か不満か？」

野田はあっさり認めた。そうであろうとは思っていたので、落胆はない。しかし、憤りはあった。この憤りを処理するすべがわからず、無意味と知りつつ野田に会いに来たのだった。

「いえ、不満なんて。私は警察を非難できる立場ではありません。私には他人を批判する資格など、ないですから」

内心を押し殺して答えると、野田はそんな西條を斜に見ながら顎を掻いた。こちらの心底を見透かす目だった。実際、西條が考えていることなどお見通しなのだろう。「ふん」と空気の抜けたような声で頷いてから、野田は応じる。

「間違ったことを許せない正義感は、変わっちゃいないな。お前からすりゃ、自らの間違いを認めない警察組織は許せないものなんだろ。おれはお前のそういうところ、嫌いじゃなかったぜ」

野田にそんなふうに言ってもらえるのは、嬉しかった。しかし返す言葉が見つからないので、ただ頭を下げるだけにしておく。野田はそのまま続けた。

「でもな、他人を批判する資格なんて、誰も持ってないいんじゃないか。お前だけじゃないよ」

「えっ」

一瞬、何を言われたのかわからなかった。西條のそんな反応が意外だったのか、野田は眉を吊り上げた。

「お前は別に資格を失ったわけじゃなく、他人を批判していい奴なんて世の中にはいないって言ってるのさ。批判する資格を持ってるなんて思ってたら、そいつはよっぽど傲慢な奴だ」

「……はい、そうですね」

野田が説明を重ねてくれても、まだ何を言わんとしているのか理解が及ばなかった。野田は悠然と、言葉を継いだ。

「とは言っても、批判されなければならないことも世の中には存在する。そういうとき、批判できる者は資格で批判するんじゃない。それは批判できる者の義務だ。警察は今回、保身に走った。事実の隠蔽を選択したんだよ。このことは批判されなきゃならない。だが残念ながら、おれも組織の中の人間だ。上が言うことには逆らえず、『はいはい、そうですね』と受け入れるしかない小心者だよ。そんなおれからすれば、納得できないからとかつての上司に文句言いに来る野郎は羨ましいぜ。資格がないなんて言うな。いつまでも過去を引きずってないで、お前はお前にしかできないことをしろ」

「はい」

わかりづらかったが、これは野田なりの励ましだったらしい。お前にしかできないことをしろ、との言葉が素直に胸に染み入ってくる。それは、「誇りを持て」という兄の助言とも重なった。

「青臭いことを言って、すみません。これが現実的な落としどころであることはわかってますし、係長の立場も理解しています。係長が小心者だなんて、まったく思いません」

改めて、また頭を下げた。単に、この胸のもやもやを誰かにぶつけたかっただけなのは自覚していた。そして、その相手を探したときに野田しか思いつかなかったのだった。

「おれのことなんか、いいんだよ」野田は照れ臭そうに、虫を払うように手を振った。「ところでお前、今何やってるんだ？　再就職先が見つかったと風の噂で聞いたが、本当か」

「ええ。ですが、もう辞めます」

「辞めてどうするんだ」

「係長が言うように、私にしかできないことをしようかと考えています。誇りを持てる仕事を」

「ほう、もう決めてるのか。おれは今、犯罪コンサルタントなんてどうかと思いついたんだがな。探偵じゃなく、コンサルタントだ。犯罪事件についての相談に乗り、アドバイスをするんだよ。今の世の中では、けっこう需要がある仕事じゃないかと思うぞ」

「いいですね、それ」

西條は笑った。ずっと強張っていた顔に、ようやく笑みが戻ってきた。

「いいだろ。アイディア料寄越せ。あ、でも、お前が開業したら、うちの者が相談に行っても次は有料になっちゃうのか。仕方ねぇ、昔馴染み割引をしてくれよ」

「考えておきます」

西條の表情が柔らかくなったのを見てか、野田は満足げに頷いた。そして、「また顔を出せよ」と言って、こちらに背を向けた。遠ざかっていく後ろ姿に、西條は深々と一礼した。

# 80

ただいま、と告げた声が弾んでいた。無意識のことなので、少し恥ずかしくなる。だが、この気持ちは父なら理解してくれるはずだった。事件が解決した日の夜ほど、心が弾む時間はない。かつて警察官であった父なら説明せずともわかることだから、むしろ胸を張ろうと理那は思い直した。

「お帰り」

父の出迎えの声が返ってきた。それ以外の音は聞こえない。珍しく、テレビを消しているようだ。ではもしかして、事件が解決したことを知らないのではないか。一瞬そう考えたが、実際は逆であることを居間に入って知った。

「事件が解決したんだな。おめでとう」

父はその報道を聞いたからこそ、ニュース番組がやっていないこの時間はテレビを消していたのだ。理那が帰ってきたらすぐにわかるように。

「ありがとう。そうなのよ、ようやく解決できた」

「大事件だったから、捜査本部のデカはさぞや活躍したのだろうな。よかったら、祝杯を挙げよう」

父はそれを言うために、真っ暗な世界の中でじっと娘の帰宅を待っていたのか。父親に対して反感しか覚えていなかった頃は、いずれこういう日が来るとは想像もしなかった。事件解決の達成感が倍加され、疲れがすべて消し飛ぶようだった。

手早く化粧を落とし、部屋着に着替えてから、居間に戻った。缶ビールとグラスをふたつ出して、双方に注ぐ。父にグラスを持たせてやり、それを合わせた。「お疲れ様」という父のねぎらいの言葉とともに飲むビールは、格別に心地よく喉を通っていった。

「結局、犯人逮捕のきっかけはなんだったんだ」

予想どおり、父は捜査の詳細を知りたがった。警察OBである父に対し、解決済みの事件について秘密にする必要はない。これまで話していなかった部分も含め、求められるままに語った。目を閉じて聞いている父は、嬉しげだった。

「——そうか。一課長の記者会見でも言ってたが、逆恨みで殺されるんじゃやたまったものじゃないな。おれはお前が無事退官できることを、心から祈ってるよ」

最後に父は、そんなふうに娘の身を案ずる感想を口にした。そう言われて、先ほどまで感じていた達成感が不意に萎《しぼ》んだ。自分が無意識のうちに、動機に関する部分を曖昧に説明していたことに気づいたのだ。今の説明であれば、動機は逆恨みとしか思えないだろう。

本当の動機が発表されなかったことには、軽い驚きを覚えた。だが、まず最初の記者会見だから詳細を省いているのだろうと解釈した。いずれ、冤罪が疑われる交通事故についても発表せざるを得なくなるものと思っていた。このまま隠しとおすのは社会に対して不誠実だと考えたからだ。

しかし時間が経ってみると、このままで済ませる可能性が高いと思えてきた。動機は逆恨み、という説明でも筋は通る。何もわざわざ、警察が自らの非を認める必要はないのだ。警察の隠蔽体質は、十年も在籍していればいやでもわかってくる。

「ねえ、お父さん」

改めて、居住まいを正して父に向き直った。目が見えない父は理那のそんな動作には気づかず、「なんだ？」と簡単に応じる。少し言葉を選んでから、尋ねた。

「お父さんの現役時代に、全部を世間に発表できない事件ってあった？」

「なんだ、突然」

質問内容から、理那が不穏なことを仄めかしているのは伝わったようだ。だが父は顔を顰めつつも、素直に答えてくれた。

「なくはなかったぞ。被害者のプライバシーに関わることとか、マスコミには言えないこともあった」

「ああ、それはそうね。他には？」

「他？　お前は何が訊きたいんだ」

改めて問われ、ためらった。父に話すこと自体は、かまわないと思う。父が警察の恥になることを吹聴するはずがない。だが、理那自身の気持ちの整理がついていなかった。捜査に忙殺されている間は落ち着いて考えなかったことが、改めて今、重い問いかけとなって理那に迫ってくるかのようだった。

「実は、逆恨みというか、ホンボシには警察を恨む理由があったの。真実はどうだったのかわからない。だから発表しなかったのかもしれない。でも、逆恨みとして片づけるのはフェアじゃないと思う。もしホンボシが主張するようなことが本当にあったのだとしたら、私は警察のそういう体質が恥ずかしい」

同僚たちの前では決して口にしない迷いが、父相手だと自然とこぼれた。警察が己の非を認めないことは、知識として知っていた。だが現実に目の当たりにしたのは、これが初めてだった。

吉岡俊道の動機には、未だ不明な部分がある。たとえ十八年前の事故が冤罪だったとしても、そのことによって吉岡俊道の身内に死者が出たわけではないのだ。冤罪を理由に何人もの警察官を殺すのは、復讐としても度が過ぎている。まして義理の関係でしかなかった竹井英司にしてみれば、渡るにはあまりに危険な橋だった。竹井英司はもう、タレント生命を終えたも同然なのだ。

そうした曖昧な部分は、このまま明らかにならずに終わってしまうのか。だとしたら、事件解決とはなんなのか。真犯人を逮捕できさえすれば、それでいいのだろうか。理那は被害者遺族の気持ちを思う。警察官の家族だから、説明を鵜呑《うの》みにするかもしれない。しかし遺族に納得を求めるのは、甘えでしかないだろう。つい先ほどまで達成感を覚えていた自分が、俄に恥ずかしくなった。

「お前がなんの話をしているのか、おれにはわからない」

一分ほどの沈黙の後、父は重々しく言った。父は真っ直ぐ前を向いている。たとえその目には何も映っていなくても、父は胸を張っているのだと理那は理解した。

「警察がすべてを発表しないことを、お前はアンフェアだと考えるんだな。おれは、お前のその正義感は尊いと思う」

「正義感」

そうか、これは正義感なのか。言われて改めて、自覚する。フェアでないことを憎む気持ち。確かにそれは、正義感と呼ぶべきものだった。

「お前はその正義感と、組織の間の板挟みになって苦しんでいるんだろう。事情はよくわからないが、お前の苦しみは想像がつく。理不尽なことを理不尽と言えないのは、苦しいものだ。だが、父親としてではなく先輩としてこれだけは言える。お前は恥じる必要はない」

父はきっぱりと言い切った。まったく迷いのない口調だった。そのことに、思いがけず胸を衝かれる。視線が合わないのをいいことに、父の顔をまじまじと見つめた。

「お前の仕事で、救われている人は確実にいる」父は続けた。「そのことを、お前は誇りに思うべきなんだ。おれも現役当時は、いろいろ理不尽なことに直面して迷った。でも退官した今は、誇らしさしか残っていない。だからお前が警察官になったことも、誇らしくてならない。迷うのはいい。アンフェアなことに腹を立てる正義感は忘れるな。だが、最後は必ず自分の仕事を誇れ。警察官が自分の仕事を誇らなければ、被害者は浮かばれない」

父は別人のように多弁だった。失明してからよく話すようになった父ではあるが、ここまで熱い言葉を口にすることはなかった。それはあたかも、娘の精神的危機を察してなんとか手を差し伸べようとしているかに見えた。父は元警察官だからこそ、理那が直面している理不尽さを瞬時に理解したのだ。

初めて、父が警察官でよかったと思った。同じ仕事に就いてよかったと思った。まだ自分の仕事に全面的な誇りは持てない。今回のようなことがあればなおのこと、こんな警察でいいのだろうかという迷いが生まれる。だが父が言うように、いずれは警察官であることを誇りたかった。誇れる自分になりたいと思った。

「ありがとう、お父さん。私、いい警察官になれるようがんばるよ」

思えば父が失明して以来、礼は言われる側だった。父に対して感謝したのは、本当に久しぶりのような気がする。卑屈にならず、威厳を見せる父が嬉しかった。

父は厳つい顔を綻ばせた。それは理那がかつて見たこともない、自然な笑みだった。

覚悟していたことではあるが、留置場の中は想像以上に寒々しかった。任意同行からそのまま留置されたので、身の回りの物が何もない。今夜ここにとどまらなければならなくなったとしても、化粧水ひとつないのだ。自分がこんな目に遭うことを、レイはまったく想定していなかった。すべて、誠也が引き受けてくれるものと楽観していた。

被害者間の繋がりが明らかになれば、動機として十八年前の交通事故が浮かび上がるのは避けられないと思っていた。だからそれをごまかすために、別の警察官も殺してもらった。どうせ警察官なのだから、同罪だ。殺してもらうことに、ためらいはなかった。

警察官たちの住所を知るためには、小川道明を利用した。あいつはレイの頼みなら、鼻の下を伸ばしてなんだって聞いた。あれほど操りやすい男はいないと思っていたのに、そんな小川が最後に逆らったことは計算外だった。小川が素直に言うことを聞いてくれさえすれば、何も殺す必要はなかったのだ。

小川と出会ったのは、ただの偶然だった。そもそもレイは、小川の名前も知らなかった。母が再婚してすぐに別れたのは、まだレイが幼かった頃のことだ。詳細はよくわからなかったし、後に知っても特に感想はなかった。かつての義父と警察と、どちらの主張が正しいかなんて、今となってはわからないとしか思えなかった。

小川とは、インターネットで知り合ったのだ。インターネットが普及する前は、同性愛者は特定の場所に出入りすることで相手を見つけるしかなかったと聞いている。しかし今は、同好の士を見つけるのはさほど難しくなかった。文字のやり取りで意気投合し、互いの写真を交換した。小川はレイ好みの、筋肉質な男だった。向こうは逆に、レイのような細い男が好みだったらしい。実際に会ってみて、すぐに付き合うことになった。

小川の職業は、初めて顔を合わせたときに聞いた。その時点では、母の離婚原因とはまったく結びつけなかった。小川の仕事内容についてはあれこれ訊いたが、それは守秘義務があることについて語らせるのが面白かったからだ。小川は最初、言えないと抵抗を示したものの、レイが臍《へそ》を曲げると簡単に折れた。他人を自分の意志に従わせることに、快感を覚えた。

小川と知り合ったとき、レイはまだアルバイトで生活をしている状態だった。だが、いつかは有名になりたいという野望を抱えていた。テレビを見れば、レイより顔の造作で劣る男がたくさん芸能人として出演している。あんな連中がテレビに出られるなら、自分はもっと有名になれるはずだ。そう信じて将来の飛躍を待ち、ファッションモデルとして活動できるようになった。しかし、モデルはレイの望む姿ではなかった。もっとだ。もっと有名になりたい。毎日のようにテレビに出るタレントになりたい。自分にはそれが可能だと、信じて疑わなかった。

所属している事務所にその希望を強く訴え続けたお蔭か、ぽつぽつとテレビの仕事が入り始めた。渋谷や原宿《はらじゅく》を歩けばファンから声をかけられる程度には、顔も売れ始めた。そうなると、行動に気をつけなければならなかった。売り出し始めの段階では、同性愛者であることはマイナスイメージになると計算したのだ。だから、小川に別れを切り出した。レイの言うことならなんでも聞くようになっていた小川は、すぐにも承知するものと思っていた。

それなのに小川は、別れることを頑として拒んだ。最初は、捨てないでくれと泣いて哀願した。しかしレイの気持ちが変わらないと知るや、態度を変えた。お前とおれがどんなふうに付き合っていたかを、世間に訴えてやる。証拠の写真をネット上でばらまいてやる。そうすれば、お前はあっという間に芸能界から消える。消えたくなければ、このままおれと付き合い続けろ。そんなふうに、小川は脅迫したのだった。

小川の容姿は好みだったし、従順な態度にも満足していた。しかし、思いのままにならない相手にはもはや興味がなかった。脅迫されるに至り、レイも肚を決めた。こいつは始末するしかない。そう結論するには特に時間がかからなかったし、覚悟も必要なかった。

小川との数奇な繋がりについては、とっくに気づいていた。小川の仕事について根掘り葉掘り訊くうちに、かつての義父の事故に小川が関わっていたと知ったのだ。だが、だからといって小川を恨みはしなかった。恨む理由は、レイには何もなかった。

とはいえ、いつか利用できるかもしれないとは思った。どんな形で利用できるかはわからない。それでも、相手の弱みを握っておくことは大事だった。もとより、小川とこのまま死ぬまで付き合い続ける気などなかった。テレビタレントとしてメジャーになるなら、いつかは手を切らなければならない。小川はレイに夢中だった。こんな綺麗な人は女にもいない、と会うたびに賛美した。その崇拝ぶりは心地よかったが、別れる段になったら面倒かもしれないとは予想していた。実際、その予想は的中したのだった。

今こそ、かつての因縁を利用するときだと考えた。手駒は用意してある。誠也だ。短い間だけ義理の兄だった男。再会してみると、義兄は顔も名前も変えていた。なにやら悲壮な覚悟があるのは明らかだった。それがレイに関係していると知ったときには、心底驚愕した。なんと、義兄はレイに負い目を覚えていたのだ。近所の男への性的奉仕をレイに肩代わりさせたことで、自分の顔も名前も捨てるほどの罪悪感を抱え込んだらしい。レイはといえば、義兄と再会するまでそんなことは綺麗に忘れていた。ああ、そういえばそうだったね、という程度の思いしかなかった。それでも、向こうの深刻な態度に表面上は合わせた。これもまた、いつか利用できるかもしれないと考えたからだ。

誠也の中に燻っていた罪悪感に、火を点けてやった。警察官は殺さなければならないと煽《あお》った。警察が私たちの仲を引き裂いたのだと吹き込むと、誠也はたわいもなくその気になった。レイが復讐のために小川に近づいたと言ったら、なんら疑うことなく信じた。

かつての自分を捨てて別人に成り代わるくらいだから、誠也の行動力は抜群だった。レイが求めるままに、誠也は次々に殺人を重ねていった。基本的には任せて、レイは関わらないつもりだった。関わったことが明るみに出てタレント生命を失ったら、本末転倒だからだ。しかし小川を殺す際だけは、傍観してはいられなかった。小川に対しての憎しみや嫌悪は、自分でも驚くほど大きくなっていた。誠也が返り討ちに遭いそうになったときには、考えるよりも先に体が動いた。小川を自分の手で殺すことには、なんの躊躇もなかった。

結局、小川を捨てて誠也に乗り換えたようなものだった。誠也は小川以上に、レイの言いなりだった。何しろ、人殺しをしろと言えばそのとおりに実行する男なのだ。これほど支配欲を満たしてくれる相手はいない。だからこそ、レイも感覚が麻痺していたようだ。女装しているところを見られただけで、あの女を始末してくれと頼んだのはいかにも早計だった。そのせいで誠也が追いつめられることになったのだから、思慮不足以外の何物でもなかった。

それでも、誠也がすべて堰《せ》き止めてくれるものと思っていた。警察の追及は、レイまでは及ばないと信じていた。こうして留置場にいても、何が悪かったのか未だにわからない。誠也が口を割るはずはないのだ。やはり警察は、さしたる証拠もなく逮捕に踏み切ったのではないか。ここは冷静に対処すべきところだった。

黒いスラックスから小川のＤＮＡが検出されたのは誤算だった。あの刑事が言ったとおり、スラックスは安いものではなかった。上半身に着ていたものは処分したのだが、スラックスには血がついていないだろうと軽く考え、残してしまった。ケチくさいことを考えたせいで、警察につけいる隙を与えてしまった。皮肉にも、警察の疑いを逸らせるために利用した大柴悟を陥れるために、血のついたスウェットを用意した。人には罠《わな》を仕掛けておいて、自分も同じようなことで躓くのだから、なんとも間が抜けている。己の迂闊さに、レイは舌打ちした。

だが、小川のDNAだけでは殺人に関与した証拠にはならない。何しろレイは、かつて小川と交際していたのだ。そのときについたものだと言い張れば、それを否定する物証は何もないはずである。警察の主張を崩すことは、決して不可能ではなかった。

リスクは、レイが同性愛者であることを世間に知られてしまうという点だけだった。それは計算外であるが、しかしこうなればやむを得ない。幸い、ひと昔前とは違って今は同性愛者というだけで差別される時代ではない。むしろ堂々とカミングアウトしてしまえば、個性のひとつとして見てもらえるかもしれないと計算する。加えて、警察には同性愛者に対する偏見があったから誤認逮捕したのだと主張すれば、逆に同情が集まるのではないか。災い転じて福となすとは、まさにこのことだ。この逮捕によって、かえって竹井英司の名前は売れるかもしれない。

誠也は絶対に口を割らない。すべてをひとりで抱え込んで、絞首台に上ってくれるだろう。誠也が死んだら、泣いてあげようと思う。きっとそれで、誠也も満足なはずだ。竹井英司が有名になることは、誠也の望みでもあった。

大丈夫だ。ここから出る勝算はある。まだ終わっていない。竹井英司はもっとメジャーになる。そんな将来を、レイは留置場のベッドに坐っていながらもありありと思い描くことができた。

留置場担当官が近づいてきた。所属事務所が用意した弁護士が、面会に来たらしい。待っていた。優秀な弁護士であれば、今組み立てた方向性で釈放を勝ち取ってくれるだろう。ここに泊まるのはひと晩で済むかもしれなかった。

身を屈めて、留置室の外に出た。知らず、顔には微笑が浮かんでいた。そんなこちらの表情を、留置場担当官が不思議そうに見る。その間抜け面がおかしくて、つい噴き出しそうになった。

# 解説

香山二三郎

一九五〇年代後半、社会の歪みや腐敗に犯罪動機を求めるリアリスティックな社会派ミステリーというジャンルを切り開いたのは松本清張だった。氏が何故にこのジャンルの開拓に挑んだのかといえば、当時の日本ミステリーの主流だった本格謎解きものへの抵抗と改革にあった。その志はエッセイでも明かされている。氏いわく、

物理的トリックを心理的な作業に置き替えること、特異な環境でなく、日常生活に設定を求めること、人物も特別な性格者でなく、われわれと同じような平凡人であること、描写も「背筋に氷を当てられたようなぞっとする恐怖」の類いではなく、誰でもが日常の生活から

経験しそうな、または予感しそうなサスペンスを求めた。これを手っ取り早くいえば、探偵小説を「お化屋敷」の掛小屋からリアリズムの外に出したかったのである。（「日本の推理小説」／『黒い手帖』所収）

「お化屋敷」とはもちろん本格謎解きもののこと。作家でいえば、巨匠横溝正史を指すといわれるが、別にお二人の間に遺恨があったというわけではあるまい。考えてみれば、社会派ミステリーと本格ミステリーは相容れぬ宿命にあるわけではなく、実際後年古典的な謎解きものを復興させた〝新本格〟の作家たちの中には、軽々とジャンルの枠を飛び越えてみせた人もいるし、清張自身、その厖大《ぼうだい》な作品群の中には本格的な謎仕掛けを駆使したものもあったりする。けだし清張の見事なまでの社会派戦略だったというべきか。

さて、不動の人気作家となった清張は現役のまま一九九二年に亡くなるが、氏と入れ替わるように翌九三年作家デビューを果たしたのが貫井徳郎であった。

そのデビュー長篇『慟哭』は警察小説と本格ミステリーを融合させた独自の作風が話題を呼び、ベストセラーとなった。清張が本格ミステリーにアンチを唱えることで社会派的手法を確立させたのに対し、貫井はデビュー作からして社会派ミステリー的な器に本格謎解き趣向を鮮やかに盛ってみせたのである。貫井のデビュー時にはすでに新本格が人気を呼んでおり、両ジャンルの融合に抵抗がなかったとはいえ、氏の融通無碍な手法は瞠目に値した。この世代交代劇が日本ミステリーというジャンルのひとつの節目となったのは間違いない。

貫井はその後精力的な創作活動を示し、社会派基調の現代ミステリーのみならず、警察小説や〝明詞〟という架空の時代を背景にした並行世界ものまで多彩なミステリー世界を構築していく。しかし社会派ミステリー的な肉厚なドラマに謎解き趣向を独自に織り込む手法にはこだわり続け、二〇一〇年には長篇『後悔と真実の色』で第二三回山本周五郎賞を受賞、同年さらに『乱反射』で第六三回日本推理作家協会賞（長編および連作短編集部門）も受賞して、長きに及ぶ足跡に花を咲かせた。

前置きが長くなったが、本書『宿命と真実の炎』は山本周五郎賞受賞作『後悔と真実の色』の続篇に当たる。『後悔と真実の色』は若い女性ばかりを殺してはその人差し指を切り取る連続殺人犯「指蒐集家」を追った警察捜査小説であった。主役の西條輝司は警視庁捜査一課九係の警部補で、ハンサムな三〇男だが、洞察力に秀で、公正にして独自の視点から事件を分析する一匹狼タイプの〝警官探偵〟である。彼も指蒐集家の捜査に参加するが、事件の第一発見者である制服巡査と組まされるなど捜査本部の方針に不満を募らせていく……。

連続殺人犯とそれを追う警官探偵といえば、まさにこの手の作品の王道をいく展開だと思われがちかもしれない。実際この作品はアメリカを代表するミステリー作家、ジェフリー・ディーヴァーの代表作であるリンカーン・ライム・シリーズにインスパイアされたものだという。ライムは元ニューヨーク市警の科学捜査官で、その後事故で四肢の自由を奪われ、今はパートナーでもある女刑事のアメリア・サックスや仲間たちとチームを組んで安楽椅子探偵として活躍している。なるほど『後悔と真実の色』においても、物語は二転三転し、西條の身の上にも災難が降りかかる。いわば名探偵の受難劇でもあり、すでに読み終えた読者の中にはその後の西條が気になっていたという向きも少なくないだろう。

ひるがえって本書『宿命と真実の炎』は雑誌「ポンツーン」二〇一四年二月号から翌一五年七月号までに掲載された作品をもとに、全面改稿ののち、一七年五月に刊行された。今回もベテランの白バイ警官が私用のバイクで帰宅途中、路上駐車していたワゴン車の二人に物干し竿で突き殺されるという衝撃的な場面から幕を開ける。だが驚くべきは、その直後犯人の名前（レイと誠也）と動機が明かされること。そう、本書は犯人の顔や犯行をのっけから明かしてしまういわゆる〝倒叙ミステリー〟なのだ。もっとも、二人の素性や復讐の細部は隠され終盤まで明かされない。倒叙ものだがフーダニット（犯人は誰）、ホワイダニット（犯行の動機）の興趣は温存されるあたりが並みの倒叙ものとひと味違うところである。

むろん西條輝司も登場するのだが、本書で注目すべきはまず倒叙ものであることと、あくまで警察の捜査を主軸にした小説であることだ。ただし、そちらの主役は西條でも警視庁捜査一課九係でもなく、所轄（野方署）の女性刑事、高城理那。「背が低くがっちりした体格で、顔は凹凸に乏しい」見た目こそ地味だが、女性蔑視が根強い警察組織への不満を抱えながらも私服刑事であることに誇りを持つ生真面目な三二歳（彼女が失明した父親の面倒を見ているあたりは、アメリア・サックス的）。やがて新たな警官殺しが発生し、その捜査に警視庁捜査一課九係も参加、被害者の発見場所が野方署管内だったことから、高城は九係のベテラン村越幸三郎と組むことになる。この高城と村越のコンビが味わい深い。頑固刑事の女版である高城と、彼女を理那ちゃん呼ばわりして若い女刑事と組めたことを素直に喜ぶ村越。彼は聞き込みにおいても、女刑事は優秀だからと本来は補佐役である高城にやらせておいて自分はへらへらしている。最初はいかにも水と油の関係だが、女性を蔑視しない村越の変人キャラに高城も次第に胸襟を開き始めるのだ。

前述したように、九係の面々は主役ではないが、村越はもとより、芸人めいた剽軽者《ひょうきんもの》だが実はクールで捜査にも長《た》けた三井刑事や一度見た顔は絶対忘れない特殊能力者の金森刑事など、他に類のないチーム力で脇をがっちりと固めている。彼ら抜きでは、捜査小説としての本書の魅力は語れまい。

そして西條輝司であるが、実は彼、警察を辞めて警備員に身を落している。そんな弟を見かねたエリートの兄から転職先を紹介されることになるが、いずれにしても犯罪捜査とは無縁な生活を送っている（実家が裕福でエリートの兄がいる点は、シャーロックとマイクロフトのホームズ兄弟を髣髴《ほうふつ》させる）。彼が連続警官殺しに関わるのは物語後半に入ってからで、今回は主役を高城に譲る形だが、だからといって、西條らしいエピソードがないわけではない。それが行きつけの古本屋の店主から依頼される案件なのだが、その詳細は読んでのお楽しみとしておきたい。ここでは西條とその古本屋の店主との付き合いかたについて触れておくと、読書家の西條は店を訪れるたびに店主からお奨《すす》め作品を紹介して貰うようになるのだが、『ありきたりの狂気の物語』にしても『百年の孤独』にしても、微妙に西條の生きかたを反映させているところが面白い。言葉数は少ないものの、互いにそれぞれのキャラを推しはかって気配りする二人。取りあえず事件の進展には関係しないが、ドラマの面白さを深めてくれるこうしたエピソード演出の妙もまた、本書の特徴といえようか。

いっぽう、追われる犯人側についても言及しておかないと不公平になろう。物語の主流は連続警官殺しの捜査であるが、その合間合間に犯人側視点のエピソードも挿入される。とりわけ会社勤めをしている誠也のほうは普段はどこにでもいそうなサラリーマンの顔を持つ。だがレイと組んだ警官殺しはエスカレートしていき、捜査の手も次第に厳しいものになってくると、日常の顔にも狂いが生じてくるのだ。追い詰められて、ついに暴走してしまう彼の姿はまさにノワールな犯罪小説の主人公そのまま。彼の内面が滔々《とうとう》と語られる終盤は圧巻で、この著者ならではの暗い、負の情熱が放たれていよう。

その終盤では、誠也の人生悲劇が明かされるとともに、司法の闇が告発されるばかりか、SNS等でも頻繁に取り沙汰される社会問題まで浮かび上がってきて、もはやページを繰る手は止まらない。『後悔と真実の色』と同様、犯罪小説、社会派ミステリーとしても読み応え充分の傑作に仕上がっているゆえんである。

西條ファンの諸氏には、さらなる続篇につながりそうな喜ばしい情報も呈示される。いや、それは筆者個人の要望でもあるのだが、実は、その前に、西條がまだ刑事を務めていた頃の前日譚が準備中とのこと。どうやら著者の中でも、貫井ミステリーを代表するシリーズとしての構想が膨らんでいるようだ。乞う、ご期待！

――コラムニスト

この作品は二〇一七年五月小社より刊行されたものです。

## 幻冬舎文庫

●好評既刊
# 後悔と真実の色
貫井徳郎

若い女性の人差し指を切り取る「指蒐集家」が警察を翻弄していた。捜査一課の西條輝司は、捜査に没頭するあまり一線を越え、窮地に立つ。連続殺人鬼vs刑事の執念。第23回山本周五郎賞受賞作。

●好評既刊
# 転生
貫井徳郎

自分に移植された心臓は、ドナーの記憶を持っているのか？　移植手術を受けた大学生の和泉がタブーとされているドナーの家族との接触を図った時、恐るべき近代医学の闇に直面する。

●好評既刊
# さよならの代わりに
貫井徳郎

「私、未来から来たの」。駆け出しの役者・和希の前に現れた謎の美少女。彼女は、劇団内で起きた殺人事件の容疑者を救うため、27年の時を超えてやって来たと言うが……。

●好評既刊
# 悪党たちは千里を走る
貫井徳郎

しょぼい騙しを繰り返し、糊口を凌ぐ詐欺師コンビの高杉と園部。美人同業者と手を組み、犬の誘拐を企むが、計画はどんどん軌道をはずれ思わぬ事態へと向かう——。ユーモアミステリの傑作。

●最新刊
# 秘録・公安調査庁 アンダーカバー
麻生　幾

公安調査庁の分析官・芳野綾は、武装した中国漁船が尖閣諸島に上陸するという情報を入手。それは日本を国家的危機に引き込む「悪魔のシナリオ」だった！　ノンストップ諜報小説。

# 宿命《しゅくめい》と真実《しんじつ》の炎《ほのお》

## 貫井《ぬくい》徳郎《とくろう》

令和2年10月10日　初版発行

発行人――石原正康
編集人――高部真人
発行所――株式会社幻冬舎
〒151-0051東京都渋谷区千駄ヶ谷4-9-7
電話　03(5411)6222(営業)
　　　03(5411)6211(編集)
振替00120-8-767643

印刷・製本―図書印刷株式会社

装丁者――高橋雅之

検印廃止


幻冬舎文庫

ISBN978-4-344-43029-7　C0193　ぬ-1-5

幻冬舎ホームページアドレス　https://www.gentosha.co.jp/
この本に関するご意見・ご感想をメールでお寄せいただく場合は、
comment@gentosha.co.jpまで。